POULE RENARD VIPÈRE

BENJAMIN PASCAL

POULE RENARD VIPÈRE

Thriller

ÉDITIONS PRISMA

ISBN : 978-2-8104-3969-0

Une enquête du Dabe

Le dabe : (argot) père.
Synonymes : daron, paternel, pater, reup, vieux, yeuve, Romain Rocca.

Pour Nasrin, qui a accepté de partager un bout de son histoire.
Pour Encarnación « Tita » Giménez Martínez, et toute la sagrada familia qui a franchi les Pyrénées.
Pour celles et ceux qui ont bien voulu les accueillir en des temps troublés.

Plus nous ferons de découvertes,
Plus nous nous assujettirons à de nouveaux besoins,
Plus nous multiplierons nos dépendances,
Et moins nous serons heureux.

David Augustin de Brueys,
Les Amusements de la Raison (1721)

Prologue

L'homme plissa les yeux. Le soleil commençait déjà à taper dans le ciel matinal. Il mit sa main en protection et observa l'horizon. Il ne savait pas où il était. Il ne savait pas où il allait. Il ne savait pas ce qu'il ferait s'il parvenait à s'en sortir. S'il marchait tout droit devant lui, il arriverait forcément quelque part. La destination n'importait pas. Tout ce qui comptait, c'était de foutre le camp d'ici. Le plus loin possible. Un pas après l'autre.

L'homme tituba sur l'asphalte. Sa jambe droite refusait de se plier. Son pied gauche traînait derrière lui. Ses plaies ruisselaient de toutes parts. Il laissait dans son sillage une longue traînée de sang qui menait tout droit au carambolage dont il venait d'être la victime.

À un moment, l'homme pensa qu'il était étrange de pouvoir marcher ainsi, seul, en plein milieu d'une autoroute. Mais à vrai dire, il était encore plus étrange de le voir encore en vie malgré le choc de la collision. Malgré ses multiples blessures. Malgré tout le sang perdu.

Derrière lui, l'accident avait provoqué l'arrêt de la circulation. Plusieurs voitures s'étaient encastrées les unes contre les autres, bloquant ainsi les deux voies de circulation. Une vaste fumée grisâtre s'élevait dans le ciel bleu. Au loin, des sirènes commençaient timidement à se faire entendre. La cavalerie ne tarderait pas à débarquer. En retard, comme d'habitude.

En attendant, l'homme continuait d'avancer. Un pas après l'autre. Toujours debout. Toujours vivant. En dépit du bon sens.

Première partie

Poule

Dhaka

La capitale du Bangladesh a redonné tout son sens à l'expression *boom démographique*. Cinq cent mille habitants en 1960. Plus de vingt millions, soixante ans plus tard. La ville est tout simplement la plus densément peuplée au monde. Un gigantesque embouteillage, qui ferait passer le périph parisien en pleine période de grève RATP pour un minuscule bouchon de province. On dénombre plus d'un million de rickshaws dans les rues, qui ne parviennent même plus à se faufiler entre les voitures et les bus.

Le meilleur moyen d'entrer ou de sortir de la ville, c'est de prendre le train. Mais le réseau est tellement pris d'assaut, qu'ils ont décidé de retirer tous les sièges pour faire de la place. Et même ça, ça ne suffit pas. Les wagons sont bondés et une bonne partie des voyageurs s'est résolue à voyager à l'extérieur, soit en s'agrippant aux wagons, soit en grimpant sur le toit. Certains petits malins viennent avec leur échelle, d'autres utilisent les fenêtres comme marchepied. La dernière solution revenant à se faire hisser avec l'aide d'autres voyageurs bienveillants.

Au final, il y a presque autant de passagers au-dessus du train qu'à l'intérieur. Les accidents sont légion, mais on fait ce qu'on peut avec les cartes qu'on a ! S'il faut mettre trois heures pour aller bosser, on ne va pas se plaindre. Ça veut dire qu'on a du boulot.

Sadiya est prévoyante. Elle connaît la capitale comme sa poche. Elle y est née et y a vécu presque toute sa vie. Comme elle ne veut pas perdre sa journée en déplacements, elle a choisi un café près du cabinet. Taslima arrive à leur rendez-vous avec une bonne demi-heure de retard, ce qui à Dakha relève du miracle. Les deux jeunes femmes ont fait connaissance lors d'une fête un mois plus tôt et Sadiya lui a donné sa carte, comme elle a pris l'habitude de le faire à chaque nouvelle rencontre depuis qu'elle travaille comme assistante juridique.

Sadiya est quelque peu impressionnée. Taslima Hafiza est d'une grande beauté. Du genre à faire carrière à Bollywood, ou à participer à des concours de Miss. Sa lèvre tuméfiée et son œil au beurre noir gâchent un peu le tableau. Même si les grandes lunettes de soleil derrière lesquelles elle tente de cacher ses contusions ajoutent une touche de glamour à son côté « star de ciné ».

Taslima est vernie. Grâce à son physique de petite poupée, elle a échappé aux bidonvilles en épousant un jeune entrepreneur de quinze ans son aîné. Fiancée à sept ans. Mariée à neuf. Elle est partie vivre chez ses beaux-parents à l'âge de dix ans. Sa famille était plus que ravie de cette union inespérée. Ils l'auraient vendue pour une bouchée de pain.

Un premier enfant à quatorze ans. Un deuxième à seize. Taslima vit dans un palace car son époux est devenu un businessman accompli. Et tant pis si le business consiste à importer de la méthamphétamine depuis la Thaïlande. Les fameuses pilules Yaba qui font des ravages dans la campagne bangladaise.

Mais si être une épouse de mafieux peut sembler acceptable pour une pauvre fille élevée dans le caniveau, être une épouse de mafieux *alcoolique et violent*, c'est beaucoup plus difficile à avaler. Surtout quand la violence se fait de plus en plus régulière. Si seulement Taslima avait eu un fils, son mari ne serait sûrement pas allé voir ailleurs. Son mari ne boirait pas autant. Son mari ne se défoulerait pas sur elle à la moindre petite contrariété. Mais Taslima a eu deux filles. Et une complication suite à l'accouchement de la deuxième. Taslima n'aura jamais de fils. Et cette nouvelle n'a pas particulièrement réjoui Rafiquar Biraj, criminel, trafiquant et père de famille frustré.

Taslima a bien essayé de porter plainte au commissariat de police. Mais Rafiquar a un cousin, Hasan Biraj, qui est membre du parlement. Le cousin a des amis haut placés. Le cousin est une célébrité. Le cousin fait régulièrement les gros titres des journaux. Le cousin fait aussi partie de la mafia. Rafiquar est considéré comme un type plutôt gentil, au sein de la famille. C'est le cousin Hasan, la vraie teigne. Le dur. Le violent. L'assassin.

Lorsque la police a appris qui était Rafiquar, et surtout qui était son cousin, ils ont refusé d'enregistrer la plainte de Taslima. Pourquoi prendre le risque de voir ses proches se faire descendre parce qu'une bonne femme a pris quelques tartes dans la gueule ? Mieux valait oublier l'affaire. Elle n'avait qu'à apprendre à devenir une meilleure épouse, *Inch'Allah*, si elle préférait une pluie de pétales à une pluie de coups.

Taslima n'a plus qu'un seul recours, le divorce. Selon la loi islamique, Taslima peut le demander pour manquement au devoir conjugal. C'est inscrit dans leur contrat de mariage. Et Rafiquar trempe son biscuit à toutes les sauces. Voilà ce qu'explique Taslima à Sadiya, lors de leur rendez-vous au café.

Sadiya est choquée par cette histoire. Finalement, elle n'a rien à envier à cette belle jeune femme. Comme quoi, les apparences sont parfois bien trompeuses. Sadiya ne demande qu'à aider cette pauvre femme. Elle rapporte son affaire à sa patronne, qui la charge de s'occuper des démarches. Étant donné le caractère violent du mari, Sadiya conseille à Taslima de se mettre à l'abri durant les trois mois que prendra la procédure. C'est pourquoi la jeune femme, qui fêtera bientôt ses vingt ans, retourne vivre chez son père avec ses deux petites filles, dans un des quartiers les plus pauvres de la ville.

Deux semaines plus tard, Rafiquar débarque dans le cabinet d'avocats flanqué de quatre molosses en charge de sa sécurité. Il vient voir Sadiya pour qu'elle interrompe la procédure. Il a retrouvé sa femme, l'a ramenée à la maison, et a trouvé la carte de visite qui a tout déclenché. Taslima aura du mal à articuler les semaines suivantes, mais elle a tout de même réussi à écrire une lettre demandant de retirer sa demande de divorce. Sadiya est *terrorisée*. Elle n'a pas d'autre choix que de s'exécuter. La procédure est nulle et non avenue, lorsque les époux continuent de vivre ensemble.

Deux mois s'écoulent. Sadiya a *presque* réussi à oublier toute cette histoire, lorsqu'elle reçoit un appel de Taslima depuis un numéro inconnu. Taslima a été torturée. Les enfants n'ont plus le droit de sortir, même pour aller à l'école. Mais Taslima est parvenue à s'enfuir avec ses filles et à franchir la frontière indienne. Tant mieux pour elles. Un peu moins pour Sadiya. Dire que Rafiquar est en colère est un *doux euphémisme*.

Sadiya va prendre conseil auprès de sa cheffe. Le cabinet ne peut pas prendre la responsabilité d'assurer sa protection. Mais pas d'inquiétude ! Sadiya a annulé la procédure de divorce. Elle n'a rien à voir avec la disparition de leur ex-cliente. Selon toute logique, elle ne risque rien.

La suite prouve que la logique ne fait *pas* partie du répertoire des trafiquants de méthamphétamines.

La Saint-Valentin est une fête célébrée partout dans le monde. En Asie, notamment, elle peut prendre des proportions folles. Aux Philippines, on célèbre gratuitement des mariages de masse. Au Vietnam, on organise le concours du plus long baiser. Au Pakistan, où la fête des amoureux commençait à devenir un peu trop populaire, le gouvernement a interdit de la célébrer, la Haute Cour d'Islamabad la considérant comme une importation culturelle occidentale contraire aux préceptes de l'Islam. Elle a même interdit aux médias d'en parler. En Inde et au Bangladesh où toutes relations sont absolument proscrites avant le mariage, la Saint-Valentin revêt un caractère plus familial. On célèbre l'amour au sens large, avec ses amis et sa famille.

Le mercredi 14 février 2018, Sadiya Jahangir, petite assistante juridique d'un cabinet d'avocat du quartier d'Uttara, à Dhaka, et fiancée depuis deux ans à Enamul Hossain, quitte son travail à vingt heures trente-sept. Elle ne doit pas faire la fête avec son promis, mais chez ses parents, où elle habite en attendant que la date du mariage soit enfin établie, pour pouvoir espérer un jour déménager du domicile familial.

Sadiya appelle son chauffeur depuis l'ascenseur, mais ne parvient pas à le joindre en direct. Elle sort donc de l'immeuble et fait le tour du bâtiment en direction du parking où son chauffeur a l'habitude de se garer. Un gros SUV aux vitres teintées stationne sur le côté. Lorsque Sadiya passe à sa hauteur, trois hommes en sortent et se précipitent sur elle. L'un d'eux tient un pistolet à la main.

Sadiya se met à crier au vol, s'agrippant à son sac qui contient les dossiers du bureau. Mais les trois hommes n'en veulent pas à son sac. Les trois hommes lui en veulent *à elle*.

Sadiya est agrippée. Sadiya est soulevée de terre. Sadiya donne des coups de pieds dans le vide. Sadiya tente de se débattre, de s'extirper, mais elle n'a pas assez de force pour résister à leur poigne. Sadiya pleure, Sadiya hurle, mais la ville ne s'intéresse pas à elle. Plus de vingt millions d'habitants, mais aucun pour intervenir et la sauver.

Sadiya est poussée de force vers le gros SUV. Un de ses assaillants applique un mouchoir sur son visage. Le mouchoir est à carreaux et a l'air d'être taché.

C'est là sa dernière pensée avant de sombrer dans un long cauchemar sans fin.

Chapitre 1

1978

Andoni traversa la rue Marqués del Duero et prit vers le sud dans la rue Duque de Lerma. Il se forçait à utiliser les grands axes, pour éviter de se faire remarquer. Ce qui était parfaitement inutile puisqu'il n'était pas recherché. Pas encore, du moins.

Sa besace lui pesait sur l'épaule. De peur que la lanière ne se brise ou ne lui entame la chair, il prit son sac sous le bras pour répartir le poids. Il commençait à suer à grosses gouttes, malgré la température clémente pour la saison. La rue de Libreria était presque vide à cette heure-là. Il changea de trottoir pour se mettre à l'ombre. À la hauteur du collège Jesus y Maria, la vue du drapeau espagnol lui fila des boutons et il cracha par terre.

Ez Dezanala menskeriarik egin ! Ne fais pas l'imbécile !! Ne te fais pas remarquer.

Il ne manquerait plus que ça. Se faire arrêter pour dégradation publique. Andoni accéléra le pas en baissant les yeux à chaque fois qu'il croisait quelqu'un. Histoire de se rassurer, il mit la main dans sa poche pour vérifier une fois de plus que son billet de train était là. Ses nerfs étaient sur le point de lâcher. Au loin, une sirène se fit entendre.

Ez hadila kexa ! Ne t'en fais pas ! Ne cours pas. Reste normal. Ils ne viennent pas pour toi. Ils ne te connaissent pas.

La sirène se fit plus proche. La voiture de la guardia civil se dirigea droit sur lui. Andoni ne put s'empêcher de se tourner vers le mur. Ses jambes jouaient des castagnettes. Il n'y arriverait jamais. Il ferma les yeux au moment où la voiture parvint à sa hauteur et lança une prière muette à *Eguzki Amandre*, la grand-mère soleil, et à tous les esprits qui peuplaient les contes basques que sa mère lui lisait quand il était petit.

Txakurrak… Zer pitoak !! Connards de flics.

Le hurlement de la sirène baissa en intensité quand la voiture le dépassa en trombe pour filer plus loin dans la rue. Les esprits étaient avec lui.

La famille d'Andoni n'avait jamais accepté la domination de la dictature. Ses parents éteignaient la télé quand passaient les variétés espagnoles, les films espagnols, les émissions espagnoles, les informations espagnoles. Enfant, la seule chose qu'il avait le droit de regarder, c'était le foot. Les exploits dans les cages d'Iribar, les dribbles de Txetxu Rojo, ou les buts d'Uriarte. La victoire de l'Athletic Bilbao en coupe d'Espagne en 1969, après les défaites en finale en 1966 et en 1967. Quand la coupe s'appelait encore copa del Generalísimo, en l'honneur du *puto* Franco. Aujourd'hui, on l'appelait *copa del Rey*, la coupe du Roi. Pas sûr qu'on y gagnait au change. Depuis sa création en 1903, il n'y avait eu qu'une année où elle s'était appelée *la copa de la España Libre, la coupe de l'Espagne libre*. En 1937. Il y avait une éternité.

Andoni contourna la place Circular et continua en face dans la rue de San Isidro. Sans Marixol, il serait resté comme ses parents. Membre de la majorité silencieuse. Ceux qui détestent, mais qui s'écrasent. Ceux qui protestent, mais en silence. Dans le confort du secret bien gardé. Mort à Franco. Mais pas trop fort. De peur qu'on ne nous entende. Les murs avaient des oreilles et la langue bien pendue.

Andoni fit une halte pour poser son sac au sol. Il avait des fourmis dans le bras. Son épaule le lançait. Il fit des moulinets pour s'étirer et relancer la circulation sanguine. Il souleva péniblement sa besace et la changea de côté. Son épaule gauche ferait le travail, le temps que la droite reprenne des forces. Andoni regarda sa montre. Dix heures sept. Son train arrivait à onze heures. Il n'y avait pas de temps à perdre.

Il se remit en route en pensant à Marixol qui l'attendrait à son arrivée. La belle, l'indomptable Marixol Olaskoaga. Marixol la révoltée, qui distribuait des tracts à la sortie des lycées. Marixol la sorcière qui vous envoûtait avec ses paroles. Qui vous arrachait le cœur d'un regard. De la lave dans les veines. Des yeux noirs comme l'enfer. Une voix rauque et chaude. La peau mate et douce. Et un parfum… Un parfum qui vous retournait le bide plus vite qu'une cuite au Patxaran.

On était en 1971. Andoni avait seize ans. Marixol en avait dix-neuf. Andoni avait lu le tract. Il n'avait pas bien compris. Mais Andoni avait suivi Marixol jusqu'au meeting. Andoni l'aurait suivie jusque dans les geôles fascistes si elle le lui avait demandé. Le Meeting était une réunion d'information sur un comité de soutien à l'ETA, un groupuscule d'extrême gauche qui commençait à faire de plus en plus parler de lui. L'année précédente, seize de ses membres avaient été jugés lors d'un procès très médiatisé à Burgos. Le groupuscule surfait sur une vague de sympathie à l'international et cherchait à recruter de nouveaux membres.

Andoni fut rapidement un membre assidu du comité. Il ne manquait aucune occasion de recroiser Marixol à une réunion. Et en 1972, il devint membre actif d'*Euskadi Ta Askatasuna, Pays basque et Liberté*. Il accompagnait Marixol dans sa campagne d'information et tentait de propager la bonne parole auprès des étudiants.

Andoni n'avait rien d'un beau parleur. Il n'était pas très causant, peu à l'aise quand il s'agissait de parler en public. Mais il faisait des efforts. Parce qu'il croyait en la cause. Et surtout parce qu'il croyait en Marixol. Si Marixol avait été une religion, il aurait été son pape. Son plus fervent défenseur.

Marixol, elle, ne prêtait guère attention au petit jeune qui lui collait au train nuit et jour. Andoni était comme un ersatz de frère. Un petit chien qui la suivait docilement, qu'on tapotait sur le museau une ou deux fois par jour pour qu'il soit content et qu'il ne vous morde pas.

Marixol n'avait d'yeux que pour Guillermo Ibarzabal. L'un des leaders de l'ETA. Un ancien membre d'*Eusko Gudarostea*, l'armée basque qui avait combattu Franco lors de la guerre d'Espagne. En 1939, il avait été formé avec quelques camarades par les États-Unis pour renverser Franco. Les Ricains adoraient mettre leur grain de sel partout. Il n'y avait pas de meilleurs profs pour vous apprendre l'art subtil de la guérilla. Mais il avait fallu attendre la fin des années 1950 pour qu'un réel mouvement de soulèvement voie le jour et que les antifranquistes s'organisent enfin. Il avait fallu attendre le milieu des années 1960 pour que l'ETA entame ses premières actions révolutionnaires. Et la fin des années 1960 pour qu'ils commettent leur premier assassinat prémédité. Meliton Manzanas, chef de la police secrète de Saint-Sébastien et ancien collaborateur de la Gestapo s'était fait descendre le 2 août 1969 en représailles pour la mort de Txabi Etxebarrieta.

En 1972, Ibarzabal avait cinquante-trois ans. Il était marié, avait deux enfants, tous deux plus âgés que Marixol. Il était instructeur dans la branche armée de l'ETA. Il enseignait aux jeunes combattants le maniement des armes et des explosifs. Et il avait un faible pour la belle jeune femme. Il s'était arrangé pour qu'elle quitte Bilbao et le département recrutement, et rejoigne son commando à Madrid, où il participait à l'élaboration d'une action qui ferait date dans l'histoire espagnole.

Andoni s'était retrouvé seul à distribuer ses tracts.

En 1973 l'opération Ogro avait été lancée. Franco était au plus mal. Bouffé par la maladie de Parkinson, le dictateur espagnol se vidait de son sang à cause du traitement, le remède s'avérant pire que le mal. Mais tout allait bien selon les journaux. Peut-être une grippe, ou un rhume par-ci, par-là, mais rien de bien méchant. Suffisamment tout de même pour que le généralissime se choisisse un successeur. Son bras droit, fidèle parmi les fidèles, l'amiral Luis Carrero Blanco. Un salopard de la pire espèce, surnommé *el Ogro* par ses détracteurs. *L'Ogre.*

Le 20 décembre 1973, l'Ogre était sorti de l'église Saint-François-de-Borgia où il venait d'assister à la messe. Il était monté dans sa voiture, une Dodge Dart GT 3700, puis était parti en direction de chez lui. Une rue plus loin, soixante-quinze kilos de dynamite enfouis dans un tunnel creusé sous la chaussée avaient explosé, propulsant la Dodge par-dessus le toit de la maison adjacente, faisant de l'amiral le tout premier astronaute espagnol. *Qui est né sur Terre, a vécu sur les mers et est mort dans les airs ?* disait la blague.

Avec l'Ogre étaient morts son chauffeur, un officier, et les chances du franquisme de survivre à la disparition annoncée de Franco. Un exploit retentissant pour l'ETA. On chuchotait çà et là que la CIA leur avait donné un petit coup de pouce. Les Ricains n'étaient jamais bien loin quand il s'agissait de fourrer leur nez dans les affaires des autres. L'Ogre refusait que l'Espagne entre dans l'OTAN. Et deux mois plus tôt, durant la guerre de Yom Kippour, il avait eu le culot d'empêcher les États-Unis d'utiliser des bases sur le territoire espagnol. Mais bon, tout ça relevait du domaine de la rumeur.

Durant un an, le malheureux Andoni n'avait plus eu de nouvelles de Marixol. Jusqu'en 1974 et l'attentat de Madrid dans un café près de la Puerta del Sol, qui avait fait treize morts et plus de soixante-dix blessés. Les camarades visaient les locaux de la DGS, la Direction Générale de Sécurité. Mais ne pouvant s'y introduire, ils avaient déposé trente kilos de dynamite dans le café Rolando attenant, où de nombreux policiers avaient leurs habitudes. Plusieurs policiers avaient été blessés. Et notamment le numéro deux de la police franquiste. Mais l'explosion avait été si forte que le toit du restaurant voisin s'était effondré sur les nombreux clients présents, tuant entre autres une maîtresse d'école, un boulanger, un retraité, un étudiant, une femme au foyer et un jeune mécanicien qui venait de se marier six jours plus tôt.

Un seul policier était décédé des suites de cet attentat. L'inspecteur Felix Ayuso Pinel. Et il était mort des suites de ses blessures en janvier 1977, soit deux ans et demi plus tard. Autant dire que ce 13 septembre 1974 fut le jour où l'ETA perdit la plupart de ses soutiens dans la presse internationale.

Quelques mois plus tard, Marixol était arrêtée en compagnie d'Ibarzabal. Ils avaient croupi en prison jusqu'à la loi d'amnistie du 15 octobre 1977. Entretemps, beaucoup de choses s'étaient passées. Après trois ans de guerre civile, un coup d'État, une alliance avec Hitler et Mussolini, quarante-six ans de dictature et de répression, Franco était enfin passé de vie à trépas. Parkinson, cardiopathie, ulcère digestif aigu, hémorragies abondantes et répétées, péritonite bactérienne, insuffisance rénale aiguë, thrombophlébite, bronchopneumonie, choc endotoxique, arrêt cardiaque. *N'en jetez plus, la coupe est pleine. Le Roi est mort, vive le Roi.* Pour une fois, le karma avait réclamé son dû.

À son enterrement, trois chefs d'État avaient fait le déplacement. Le roi Hussein de Jordanie, le dictateur chilien Pinochet, et le prince Rainier de Monaco. Des types sympas, sans aucun doute.

Depuis l'attentat de Madrid, la dissension régnait au sein de l'ETA. Le groupuscule était partagé entre ceux qui considéraient qu'il fallait accélérer la lutte armée et multiplier les attentats en utilisant le Pays basque français comme base de repli. Et ceux installés au Pays basque espagnol qui privilégiaient la lutte politique. Après la mort de Franco et le couronnement du Roi Juan Carlos, la traversée de la frontière des *bereziak, les commandos militaires de l'ETA*, s'était intensifiée de plus belle. Désormais, ceux qui avaient pris les armes se cachaient en France, de l'autre côté des Pyrénées.

On était en 1977. Andoni avait 22 ans. Comme beaucoup de monde au Pays basque, il n'avait pas dessoûlé de la semaine quand Franco avait enfin cassé sa pipe. Il savait que la mort du dictateur était un petit pas pour l'homme, mais un grand pas pour la liberté. Mais à part ça, il ne s'intéressait pas à la politique. Andoni s'était engagé avec l'ETA parce qu'il s'intéressait à Marixol. Et Marixol était en prison. Alors fini les réunions. Andoni n'était plus un etarra actif. Il ne tractait plus. Il ne recrutait plus les étudiants. D'ailleurs, il avait lui-même abandonné ses études et vivotait en filant quelques coups de mains par-ci par-là, pour une poignée de pesetas. Il n'était pas maladroit de ses dix doigts et le travail ne lui faisait pas peur... Mais son manque de qualification et sa timidité maladive l'empêchaient d'entrevoir un avenir durable.

Pourtant, l'optimisme était de mise. Un vent nouveau soufflait sur l'Espagne. Sous la pression du peuple, le chef du gouvernement Adolfo Suarez lança une série de réformes politiques visant le retour à la paix sociale. Parmi celles-ci, l'amnistie totale pour les prisonniers politiques intéressait particulièrement Andoni. Elle signifiait la mise en liberté de Marixol et son retour au bercail. Marixol était le seul futur qu'il pouvait imaginer. Andoni et Marixol pour la vie. Andoni en rêvait toutes les nuits.

Mais les rêves ne se réalisaient pas tous. Au mois de mars 1978, Marixol fut enfin libérée. Mais elle ne rentra pas au bercail. Elle s'empressa de franchir les Pyrénées pour suivre Ibarzabal et rejoindre les rangs des commandos de l'ETA. Andoni l'aurait bien accompagnée. Mais l'ombre que projetait Ibarzabal était *écrasante*. Trop écrasante pour le gamin qu'il était. Et Andoni la laissa partir.

Les semaines qui suivirent furent bien sombres. Andoni se renferma sur lui-même. Prêt à oublier Marixol. Prêt à tout oublier. Franco, le roi Juan Carlos, le Pays basque... *Qu'ils aillent tous au Diable.* Plus rien n'avait d'importance. Plus rien ne comptait. Jusqu'au mois précédent. Et la nouvelle de la mort de Joseba Martinez, un membre de l'ETA des plus virulents. Depuis 1975, plusieurs groupuscules d'extrême droite s'étaient lancés dans une guerre sale contre les etarras. *Pour vivre heureux, vivons cachés* s'était transformé en *Pour vivre, vivons cachés.*

Cette nouvelle n'avait rien de bien surprenant car l'espérance de vie d'un etarra s'était dangereusement raccourcie ces derniers temps. Mais Martinez était sur le point de participer à un nouveau coup d'éclat. Il fallait lui trouver un remplaçant. La frontière était en zone rouge. Tout le monde la surveillait. Gendarmes, militaires, douaniers, membres des milices d'extrême droite, et mêmes mercenaires français engagés par la police espagnole... Chacun espérant se payer un membre de l'ETA avant le petit-déjeuner. Mieux valait se tourner vers un etarra encore en Espagne.

Marixol fut chargée de trouver le successeur de Martinez parmi ses anciens contacts. Un type motivé, ayant prouvé depuis longtemps son attachement à la cause. Quelqu'un qui accepterait de fuir un temps le Pays basque espagnol pour venir se cacher en France. Quelqu'un qui accepterait de rejoindre Marixol et les *bereziak* de l'autre côté des Pyrénées. Andoni ne fut pas long à convaincre.

30 mai 1978. La ville de Valladolid. À mi-chemin entre Madrid et le Pays basque. Andoni regarda une nouvelle fois sa montre. Dix heures trente-quatre. Dans vingt-cinq minutes, il serait à bord du train. Il souffla, traversa la voie ferrée et continua dans la rue de San Isidro. Il quittait le centre historique pour se diriger dans un nouveau quartier en construction. La ville ouvrière s'agrandissait petit à petit. Et sa jeunesse ne faisait pas rêver. Valladolid était reconnue dans toute l'Espagne comme étant un nid de fascistes. À tel point que certains journalistes commençaient à la surnommer *Fachadolid*.

Andoni longea un campement de gitans qui s'étaient installés à côté d'une source naturelle, la fuente de la Salud. Il poursuivit sur l'avenue de Soria et se dirigea droit vers un bâtiment flambant neuf. La toute nouvelle *comandancia de la guardia civil*, la gendarmerie inaugurée l'an passé. Il ouvrit sa besace et régla l'horloge du détonateur sur cinq minutes. Un plus gros délai et il prenait le risque que son sac soit découvert. Un plus petit et il prenait le risque d'être trop près.

Il regarda autour de lui. La rue était vide.

Pour toi, Marixol !

Telle une offrande à la déesse Athéna, Andoni posa délicatement son sac au sol contre un des murs de la *comandancia*, puis traversa l'avenue d'un pas vif. Il compta une minute dans sa tête alors qu'il s'éloignait rapidement, tout en s'efforçant de ne pas courir. La minute passée, il prit ses jambes à son cou et courut à en perdre haleine. Il retraversa la voie ferrée pour la longer en direction de la gare, la main crispée sur son billet de train, son billet de train pour la France, pour Marixol, lorsque la détonation se fit entendre. Un bruit sourd, comme un lointain coup de tonnerre. Suivi par une pluie de verre brisé et un concert de cris et de sirènes.

Cinq minutes plus tard, il était assis dans le train, le nez collé à la vitre. Un nuage noir s'étirait haut dans le ciel, provoquant la curiosité des autres voyageurs. Andoni fuyait pour la première fois de sa vie. Quarante ans plus tard, il fuirait toujours.

Ce n'est qu'une fois arrivé en France qu'il apprendrait le résultat de son action. Son attentat avait fait onze morts et huit blessés. Parmi les défunts, deux femmes, épouses de membres de la *guardia civil*. Et six enfants, qui venaient jouer au foot sur le terrain vague derrière la *comandancia*.

Les photos des journaux en noir en blanc montreraient ces petits corps brûlés, démembrés, déchiquetés, noirs de suie et de sang. Il n'y a que dans ses cauchemars qu'Andoni les verraient en couleur. En rouge vif. Toutes les nuits. Toute sa vie.

Chapitre 2
Novembre

– Comment ça va, aujourd'hui ?

– Toujours vivant.

– Je vois ça. Mettez-vous en sous-vêtements.

Malet s'exécuta mollement. Il commençait à faire froid dans le petit cabinet. Et la kiné avait l'air de faire des économies sur le chauffage.

– Penchez-vous en avant… Très bien. Remontez… Penchez-vous sur la droite… Revenez… Sur votre gauche… Eh bien on n'est pas mal ! Allongez-vous sur le dos, on va regarder ça.

Ça faisait maintenant des années que les douleurs ressurgissaient par intermittence. Et ça ne s'arrangeait pas en vieillissant. Le moindre changement de température, la moindre variation du taux d'humidité, et sa guibole se rappelait à son bon souvenir. Dans les bons jours, on remarquait à peine sa claudication. Mais les bons jours se faisaient de plus en plus rares.

Régulièrement, Malet arrêtait ses séances. Il se décourageait et lâchait l'affaire. Avant de recommencer six mois plus tard. Et il alternait. Ostéopathie. Kiné. Massage thaï. Il avait même fait un peu d'acupuncture. Pas longtemps. Ce n'était pas pris en charge par la sécu.

Se prendre une balle, c'était un peu comme jouer à la loterie. Il avait vu des types se manger une dizaine de bastos dans le bide et survivre miraculeusement. Et d'autres se faire érafler le bras et crever comme des cons. Il avait entendu dire qu'un type avait tenté de se suicider en se tirant dans le crâne à bout portant. Il avait réussi à tirer trois fois. Il avait survécu. Dans quel état ? Ça, c'était une autre question. Mais il n'était pas mort. Et ça faisait réfléchir.

Malet ne pouvait pas se plaindre. Il avait eu de la chance. La balle avait pénétré dans la jambe, explosé son fémur juste au-dessus du genou, puis était ressortie pour terminer sa balade contre le pare-chocs d'une voiture. Un centimètre plus à gauche, et elle transperçait l'artère fémorale… Malet n'aurait pas été emmerdé par toutes ces séances de rééducation. On l'aurait mis dans un grand trou. On lui aurait décerné une médaille posthume. Fin de l'histoire. Mais Malet avait eu de la chance. Il ne s'était pas vidé de son sang en cinq minutes. Si les secours étaient arrivés dix minutes plus tard, ils n'auraient pas pu sauver son genou. Ils l'auraient amputé. Parfois, il rêvait qu'on lui avait coupé la jambe et que ses douleurs n'étaient que des douleurs fantômes. Des petits picotements dus à la mémoire sensorielle.

Mais non. Malet s'était pris cette balle. Il n'était pas mort de l'hémorragie. Il n'était pas mort des bactéries importées dans son corps par ce petit bout de plomb, de mercure et de nitrates. Et on avait sauvé sa jambe. Son fémur était un puzzle de trois mille pièces. Ses nerfs étaient réduits en bouillie. Mais il avait eu de la chance.

Aujourd'hui, ça faisait trente ans qu'il en chiait. Trente ans qu'il avait perdu le sommeil. Que sa vie d'avant s'était arrêtée et que sa vie d'après avait pris le relais. Il était passé de Rockstar du 36, l'étoile montante de la maison poulaga, à une épave qui traînait la patte. Un vieux clebs au derrière paralysé qui attend qu'on l'embarque chez le véto pour lui faire sa dernière piquouze.

Le plus difficile à avaler, ça avait été le regard des autres. La peur et le respect avaient laissé la place à la pitié. Jeune, tout le monde le comparait à Martin Riggs, le personnage interprété par Mel Gibson dans l'Arme Fatale. D'ailleurs, *l'Arme Fatale*, c'était son surnom au commissariat. Désormais, il ressemblait à un Vincent Lindon alcoolique qui sortirait de vingt ans de taule, de drogue et de malnutrition. Sa belle tignasse s'était désagrégée. Le blond était devenu blanc. L'épais était devenu épars. Ses traits s'étaient durcis, épaissis, creusés. Sa peau était devenue flasque. Son teint, gris. Son regard de tueur s'était voilé. Maintenant, il avait des yeux de *victime*.

– Aaaargggh !

La douleur, si familière, le ramena à la réalité. Mille coups de poignards qui lançaient des éclairs au plus profond de sa chair.

– Vous faites vos exercices ?

Malet détestait cette kiné. Il arrêterait bientôt ses séances avec elle. Tout ça ne servait à rien. Il n'allait pas se mettre d'un coup à récupérer sa mobilité et à gambader comme un lapin. De toute façon, il avait passé l'âge de gambader.

Malet sortit de son rendez-vous complètement abattu, en ayant plus mal qu'avant. En quittant le cabinet, il manqua percuter la jeune Indienne qu'il croisait depuis quelques séances et qui avait le créneau suivant. Comme d'habitude, elle cachait son visage derrière une immense paire de lunettes de soleil, ce qui au mois de novembre commençait clairement à dénoter. La jeune femme bredouilla un timide *sorry*, baissa la tête et recula, pour mieux le laisser passer. Malet marmonna un *désolé* et partit au bistrot du coin pour se remonter un peu le moral. Rien de tel qu'un petit pastis et une grille de Quinté+ pour se changer les idées.

Une heure et demie plus tard, le pastis avait fait des petits et les bourricots n'avaient pas été particulièrement sympas avec Malet. Il avait bien failli toucher dans la troisième, mais le numéro 13 s'était mis à galoper dans la dernière ligne droite et avait été disqualifié. Décidément, quand ça ne voulait pas…

L'estomac de Malet lui fit comprendre qu'il était temps d'ingérer un peu de solide et il se dirigea vers le *Lidl* du coin. Dans le placard qui lui servait d'appartement, le frigo était vide depuis plusieurs jours. Malet remplit machinalement son panier avant de se mettre dans la file d'attente. Évidemment, une seule caisse était ouverte. Un peu plus loin devant lui, sa camarade de kinésithérapie, l'Indienne aux lunettes noires, vidait ses courses sur le tapis roulant.

Malet laissa son esprit vagabonder. Il mit quelques minutes à réaliser que la file n'avançait pas. La caissière, probablement d'origine chinoise, lança un appel au secours au micro dans un français très approximatif, et une de ses collègues vint d'un pas lent ouvrir la caisse d'à côté. Ses prédécesseurs dans la file se ruèrent sur la nouvelle caisse, laissant un vide devant lui. Malet s'avança et rejoignit les deux femmes, qui étaient lancées dans une discussion incompréhensible. La Chinoise baragouinait en français, l'Indienne répondait en anglais. Les deux tentaient de joindre le geste à la parole, ce qui n'arrangeait pas les choses.

Malet perdit patience. Il était sur le point de rejoindre la file voisine qui grossissait à vue d'œil, quand l'Indienne se mit à pleurer. Il n'aimait pas voir pleurer les femmes. Il décida de s'en mêler et d'essayer de jouer les traducteurs, au grand soulagement de l'Indienne qui reconnut en lui le vieux monsieur grincheux et grisonnant qui la précédait parmi les patients de la kiné.

Après deux minutes, Malet se rendit à l'évidence. Son anglais était loin d'être aussi bon qu'il le pensait. *My Taylor is rich,*

Brian is in the kitchen. Tout ça, ça commençait à remonter loin. Il crut tout de même comprendre que le point de départ du drame provenait d'un désaccord à propos du mode de paiement. L'Indienne voulait payer avec une carte, et la Chinoise refusait de la prendre. Il tenta de négocier avec la caissière, mais elle se montra intransigeante. Merde, les Chinois étaient vraiment durs en affaire. Pas étonnant qu'ils règnent sur la planète.

Résultat des courses, l'Indienne n'avait pas de quoi payer. Elle fixa l'intérieur de son porte-monnaie, en espérant sans doute qu'un billet ou deux poussent par l'opération du Saint-Esprit. Avant de déposer les armes. Malet la regarda abandonner les quelques produits de première nécessité qu'elle voulait acheter, puis craqua. Il mit ses propres achats sur le tapis et paya le tout. Les courses de l'Indienne et les siennes.

La Chinoise haussa les épaules d'un air dédaigneux. Son problème était réglé. Elle se foutait du reste. L'Indienne, elle, mit quelques secondes à comprendre. Lorsqu'il fut clair que le vieux monsieur morose avait payé ses courses, elle devint rouge comme une pivoine et se confondit en remerciements.

– Mewci... Mewci... *Thank you very much*...

– De rien.

Malet, qui n'était pas à l'aise devant les effusions de la jeune femme, refusa de la laisser porter son sac de courses en râlant.

– C'est bon, je vais vous aider. *I help you.*

L'Indienne baissa la tête et le remercia une nouvelle fois. Elle lui faisait penser à une autruche, la tronche enfouie sous le sable.

Une jolie autruche.

Malet suivit son Indienne. Ils marchèrent côte à côte en silence, durant cinq bonnes minutes. Puis l'Indienne s'arrêta devant un vieil immeuble un peu délabré, que Malet n'avait jamais remarqué jusqu'ici.

– On est voisins, dit-il. J'habite pas très loin. Euh... *I live next.*

Malet attendit quelques secondes. Puis, devant le mutisme de sa comparse, lui tendit son sac de course. La jeune femme l'attrapa du bout des doigts. Depuis le moment où il l'avait vue au supermarché jusqu'à maintenant, elle ne l'avait pas une seule fois regardé en face.

– Bon, ben... À la prochaine.

Malet fit demi-tour. Trois pas plus loin, il entendit sa voix, timide.

– *Thank you again.*

Malet se retourna. Elle le fixait, derrière ses lunettes de soleil. Il esquissa un petit sourire et lui fit un petit salut de la tête. Elle le lui rendit.

– *Let me do something for you. To thank you.*

– Vous êtes pas obligée... *No problem.*

– *Please. Let me cook for you. One of these days. Please.*

– OK... OK... Bien sûr, si vous voulez.

– *Great. Thanks again.*

La jeune femme entra dans son immeuble, laissant Malet seul avec ses pensées. Si elle tenait tant que ça à le remercier, à lui préparer à manger, pourquoi pas ? C'était peut-être une coutume dans son pays...

Malet repartit en direction de chez lui. Depuis combien de temps il n'avait pas été invité à dîner chez quelqu'un ? Depuis combien de temps une femme ne lui avait pas préparé son repas ? Depuis combien de temps il n'avait pas eu *un rencard* ?

Non ! Inutile de se faire des idées. Un vieux croulant comme lui. Un éclopé. Avec une belle jeune femme comme elle. C'était parfaitement ridicule.

Mais si c'était vraiment un rencard ? Elle l'avait invité oui ou non ?!

Malet pâlit. Ça faisait une éternité qu'il n'avait plus été avec une femme. Il ne saurait plus quoi faire. Et de toute façon, ce n'était qu'une simple invitation de courtoisie. Un banal geste de remerciement. Il pouvait encore refuser. Il ne connaissait même pas son nom.

Mieux valait oublier toute cette histoire. L'idée d'avoir un rendez-vous semblait bien plus *terrifiante* qu'une séance de torture chez le kiné.

Chapitre 3

Jeudi

– Yannis ?! ! Qu'est-ce que t'as fait, putain ??!

– Papa, le pot y s'est renversé tout seul.

Romain se prit la tête à deux mains. La chambre du môme ressemblait aux images de la Nouvelle-Orléans après le passage de l'ouragan Katrina. Il avait empilé sur son lit jouets, livres, vêtements, peluches, doudous et par-dessus le tout, le pot. À l'envers. Le pipi avait coulé sur la montagne d'affaires. Il se voyait déjà en train de faire le tri dans la salle de bains. Dans la douche ce qui était récupérable. Dans un sac poubelle ce qui ne l'était pas.

– Pourquoi t'as fait ça ? Hein ? Pourquoi ??

– Il faut que je fais des bêtises…

– Pourquoi ?!

– C'est la seule chose que j'aime faire.

Mais d'où est-ce qu'il tenait ça ? Certainement pas de son côté. Romain avait été un enfant facile. Sa mère le lui avait toujours dit. Ça venait certainement du côté de Steph. Il faudrait qu'il demande à ses beaux-parents.

– Bon, tu vas au coin.

– Non !!!!

– Si ! Et après, tu m'aides à ranger.

– Pitain !

– Quoi ?? Qu'est-ce que t'as dit, là ?

– Baleubeleu…

– Ouais, je préfère ça… Va au coin.

Le petit fit sa tête de boudeur. Il boudait comme un pro. Il rentra la tête dans les épaules, fit sa moue, fronça les sourcils et marcha d'un pas nonchalant jusqu'au coin désigné du doigt par son père. Ces derniers temps, n'importe quel endroit servait de coin. Le gamin faisait tellement de conneries qu'il n'y avait pas assez de coins dans toute la maison pour répondre à la demande.

– Yannis, tu as tout dérangé dans ta chambre et tu as touché au pot. Tu dis pardon pour la bêtise ?

– Ouais.

– Non, tu dis pas ouais, tu dis pardon !

– Ouais, pardon, ouais.

Romain prit une bassine pour transporter toutes les affaires souillées. Incroyable la quantité de liquide qu'un petit être vivant d'à peine quinze kilos pouvait produire. Entre Yannis et Columbo, leur chat aveugle, ils ne manquaient pas de liquidités.

Quand Stéphanie rentra, le petit s'était mis en tête de transformer le salon en gigantesque champ de bataille. Les Playmobil 123 attaquaient les papos et un bateau de pirate avait eu un accident avec un tracteur conduit par des pingouins. Sa proue en portait les stigmates.

– Bonjour mon chéri. Fais attention, regarde, ton bateau, il est cassé ! Les jouets, c'est pas fait pour taper dessus.

– C'est pas grave maman ! Les pirates ils ont attaqué le bateau, alors il est mort.

Stéphanie retrouva son homme à quatre pattes dans la douche, une paire de gants Mapa roses XXL aux mains, en train de frotter la couverture d'un des livres préférés de Yannis.

– Me demande pas, dit Romain d'un air blasé.

– Je ne dis rien. Merci de t'être arrangé pour être là. Ça s'est bien passé quand même ?

Pour toute réponse, Romain lui lança un regard désabusé.

Pas la peine d'insister. Pour une fois que Rom faisait un effort… Steph retourna au salon, prête à se retrousser les manches.

– Allez mon chéri, c'est l'heure de ranger !

– Noooon !!! Veux pas !!

– Ah si ! Là, il est tard. Il faut tout ranger, et après on fait vite le biberon et on mange.

– PI-TAIN !!!

– Non, mais ça va pas ! C'est un très vilain mot, ce que tu dis là, c'est compris ?? Si tu es énervé, tu dis punaise ! Ou purée !

– Suis énervé !

– Alors tu dis punaise…

– Punaisse !!

– Voilà !

– Suis énervé, punaisse ! PU-NAISSE !!!

– Très bien.

Dix minutes plus tard, la maison avait repris des couleurs. Les jouets étaient retournés dans leurs caisses et on distinguait de nouveau le plancher. Romain rejoignit Steph et Yannis dans la cuisine. Steph tirait une gueule de deux cents pieds de long.

– Ton fils dit des gros mots, maintenant.

– Quoi ? Quel gros mot ?

– Le mot en P.

– Quoi ? « Fuck » ?

– Oui.

– Ah bon ?

– Il l'a pas dit avec toi ?

– Non.

Yannis tira sur la manche de son père.

– Papa, punaisse c'est pas un gros mot. C'est un petit mot. Il faut pas que tu dis pitain !

Un ange passa dans la cuisine. Romain haussa les épaules.

– C'est bien, il a compris.

Steph fit un effort colossal pour ne pas augmenter le vocabulaire ordurier de Yannis. Et Romain eut la présence d'esprit de ne pas en rajouter. Quand Steph faisait cette tête, elle ressemblait à leur bouilloire. Rom pouvait entendre le petit sifflement qui disait que l'eau était à 90 °C.

– Bon, OK, ça m'a peut-être échappé.

– On en reparlera ce soir.

Génial. Il pensa aux pauvres troufions qui se retrouvaient coincés en plein milieu d'un champ de mines... *Reculer pour mieux sauter*. Il était temps de fuir le terrain des hostilités.

– Faut que je file. Ils m'attendent au boulot.

Romain fit le bisou réglementaire – réduit au strict minimum légal – et prit ses jambes à son cou. Avant de refermer la porte, il eut juste le temps d'entendre la voix de son fils demander à sa mère :

– Quoi ça veut dire, « fuck » ?

Oups. Charmante discussion en perspective.

– Ça va ? T'as l'air fatigué, demanda Charron tandis que Rocca se laissait tomber dans son fauteuil.

Romain n'en pouvait plus. Avec le petit, ils étaient passés d'alerte jaune à alerte rouge. Heureusement qu'ils dormaient un peu plus la nuit... Steph et lui utilisaient toute leur énergie à le suivre et à l'empêcher de faire des conneries. Il grimpait partout. Il escaladait les chaises, le canapé, les fauteuils. Il attrapait tout ce qui traînait sur les tables, le bureau ou le plan de travail dans la cuisine. Il ouvrait tous les placards. Une fois, Romain avait tourné la tête une seconde et l'instant d'après il avait vu Yannis se balader avec une bouteille de liquide vaisselle. Il essayait de la boire. C'était l'enfer. Chaque jour il avait au moins vingt-cinq motifs de l'arrêter pour comportement autodestructeur et mise en danger d'autrui. Le petit avait de la chance que son père reste calme et maître de ses nerfs.

– Ça va.

– Oui ? Le gamin ?

– Il est mignon.

– Tant mieux.

Ça faisait maintenant deux ans que le lieutenant de police Romain Rocca avait perdu son poste suite à l'affaire du « Monstre de l'Oise » et avait rejoint le commissaire Charron au sein de l'IGPN. Le Charognard lui avait tendu la main et lui avait permis de rester tout de même *dans la maison.* C'était loin d'être la panacée. Mais c'était mieux que rien. Et certainement mieux que de pointer à Pôle Emploi. Surtout avec un emprunt sur vingt ans et un enfant en bas âge.

Après s'être fait la guerre durant de nombreuses années, la mort d'une de leurs collègues et la capture du Monstre avaient fini par les rapprocher. Aujourd'hui, Rocca appréciait le caractère bourru du vieux Charron. Le commissaire était un râleur de première, un pinailleur professionnel, un emmerdeur de haut vol. Mais c'était un bon gars. Et surtout, c'était un bon flic. Ce que Rocca n'aurait jamais soupçonné au départ. Il ne comprenait toujours pas pourquoi Le Charognard avait quitté les bleus pour rejoindre les bœuf-carottes. Il ne parvenait pas à percer le mystère. Comment on pouvait préférer la chasse aux flics à la chasse aux voyous ? Il y avait suffisamment de merde à gérer dans ce bas monde. Pourquoi s'en prendre aux policiers qui faisaient leur boulot ?

Évidemment, Rocca n'était pas dupe. Il savait qu'il y avait des œufs pourris dans le panier. Mais ils faisaient tous partie de la même équipe. Et dans une équipe, le plus important c'était de rester soudés et de tirer tous dans le même sens. Il n'y avait que comme ça qu'on obtenait des résultats. En allant à la pêche au gros, on se faisait forcément éclabousser. Si on avait peur de se mouiller, on faisait autre chose. On bossait derrière un bureau.

Pour Charron, la fin ne justifiait pas les moyens. Il voyait le monde en noir et blanc. Le gris dans lequel avait évolué Rocca à l'époque où il bossait sous les ordres de Sartet, le super flic du 36, ça n'existait pas. Charron était blanc comme neige. Il avait le cul propre. Mais Charron n'avait jamais arrêté de gros poissons. Sartet oui. Et plutôt deux fois qu'une.

Rocca et Charron ne voyaient pas leur job de la même façon. Les deux hommes n'étaient pas d'accord. Mais les deux hommes se respectaient. Et les deux hommes collaboraient. Qu'ils soient entrés à l'IGPN par choix ou par nécessité, le résultat était là. Ils faisaient partie de la police des polices. Et même si ça ne plaisait pas à Rocca, leur boulot consistait à surveiller le travail des collègues. Ceux qui bossaient *pour de vrai*. Sur le terrain. Ceux qui *prenaient des risques*. Qui n'avaient pas peur de se salir les mains.

Rocca avait l'impression d'être un planqué. Un lâche. Un traître. Il partait travailler en traînant les pieds. Il rentrait la tête basse. Il aurait donné tout l'or du monde pour échanger sa place avec les flics qu'il mettait sur le grill. Pour retrouver sa place à la PJ. Pour retrouver le terrain. Les enquêtes. Les vraies. Celles qui avaient du sens.

Au lieu de ça, il faisait chier les collègues. Pourquoi tel flic avait fait usage de violence lors de l'arrestation d'un mineur ? Le mineur avait dix-sept ans. Il jouait au rugby. Mesurait un mètre quatre-vingt-dix pour cent deux kilos. Il avait deux grammes dans le sang. Conduisait son scoot sans casque. Et il avait foncé sur le collègue comme un taureau en furie. Le collègue n'avait fait que se défendre. Eh bien maintenant, il devait se défendre face à l'IGPN. Et là, il n'avait pas de matraque pour se protéger.

Rocca *détestait* son boulot. Mais il était coincé. Charron l'avait sauvé *in extremis*. Après lui avoir couru derrière durant des années à cause de son passif avec *le vieux*. José Sartet, l'ancien mentor de Romain, était la cible principale du Charognard. Des années d'enquête interne pour faire tomber le bestiau. Mais le vieux s'en était sorti indemne. Il était parti avec les honneurs, avant d'atterrir à l'EHPAD, croulant parmi les croulants. Charron et Sartet. Deux ennemis intimes. Avec Rocca en victime collatérale.

Charron avait retourné sa veste, concernant Romain. Il l'avait pris sous son aile. Il lui avait offert un toit au sein de l'IGPN. Rocca y avait même gagné une promotion. On n'embauchait que des gradés dans la police des polices. *Only the best*. Le tout nouveau *capitaine* Rocca lui était redevable. Mais Rocca était malheureux. S'il avait eu des couilles, il aurait claqué la porte. *Vous ne voulez plus de moi chez les flics ? Eh bien adios muchachos. Je me tire ailleurs voir si l'herbe n'est pas plus verte dans le privé.*

Oui, mais voilà, Rocca n'était pas seul. Il y avait Steph. Il y avait Yannis. Il y avait la maison. Il y avait son con de chat qui lui coûtait une blinde en croquettes (spéciales chats diabétiques) et en produits de nettoyage. Il y avait sa mère, qui ne pourrait bientôt plus vivre seule dans sa barre de HLM. Il y avait les épinards et le beurre à payer. Et bio en plus. Parce que prendre soin de ce qu'on bouffait, c'était prendre soin de sa santé.

Tout ça avait un prix. Prendre soin de ce qu'on bouffait, ce n'était pas prendre soin de son porte-monnaie. Et le prix à payer, c'était d'accepter le boulot stable. La porte de sortie.

La solution de facilité. L'IGPN. Rocca ne savait pas faire grand-chose de ses deux mains. Il savait interroger, écouter et plus ou moins deviner si on lui racontait de la merde ou pas. Il savait prendre des notes dans un carnet. Il savait tirer au pistolet (et encore, pas très bien). Et enfin, il pouvait voir quelqu'un nager dans une flaque de sang et se faire une idée assez précise de la raison pour laquelle le sang avait giclé, et par quel trou.

Tout ça ne servait pas vraiment dans la vie active des gens normaux. Apprendre un nouveau métier à son âge, avec un gosse sur les bras ? Non merci.

Rocca se redressa sur son fauteuil. Une vieille chaise à roulettes qui grinçait autant que la R4 fatiguée qui prenait racine dans le parking de sa mère. Sur son bureau, une pile de dossiers tentait de battre le record de poussière accumulée, détenu jusque-là par un OPJ surnommé Casper. Ils avaient mesuré la couche de poussière sur son bureau, elle faisait 8 millimètres. Casper était un spécialiste du congé maladie. Quand on le croisait dans les couloirs, la première hypothèse qui venait à l'esprit c'était qu'on souffrait d'hallucination due au surmenage.

Rocca soupira. Il souffla sur sa pile. Un nuage d'acariens prit son envol, avant de se disperser quelque peu, et de revenir au point de départ, respectant ainsi scrupuleusement la loi de la pesanteur. Il hésita entre prendre le dossier du dessus (le plus facilement atteignable, mais le dernier arrivé), ou prendre celui tout en dessous (ce qui risquait de provoquer une chute de dossiers, voire un écroulement de la pile). Il se décida pour un choix intermédiaire, ferma les yeux et posa la main au hasard sur un dossier intercalé au milieu. Il l'extirpa lentement en tenant la pile de l'autre bras. Il évita l'avalanche de justesse, non sans avaler une bonne rasade de poussière. Puis s'adossa à son fauteuil, dans un concert de toux et de grincements.

Rocca entama sa lecture. Une vieille dame avait porté plainte. Quelqu'un s'était introduit chez elle. Elle avait appelé la police. Un collègue était venu sur place et avait retourné sa baraque. Il avait mis sa maison sens dessus dessous puis était reparti sans donner de suite. Elle avait voulu le dénoncer à son commissariat, mais personne n'avait entendu parler de lui. Ni d'elle, d'ailleurs.

Super. Encore une histoire passionnante. Une vieille emmerdeuse qui ne savait pas quoi inventer pour se rendre intéressante. Rocca se demanda s'il pouvait glisser le dossier tout en bas de la pile sans provoquer d'accident, quand la voix de Charron vint le déranger dans ses pensées.

– Laisse tomber les affaires courantes, j'ai quelque chose qui devrait t'intéresser.

Rocca rejoignit le commissaire dans son bureau. Dans l'antre du Charognard, la poussière ne faisait jamais long feu. Le bureau de Charron était aussi propre et rangé que celui de Rocca était bordélique.

– Qu'est-ce qui se passe ?

– Un lieutenant qui a tué un suspect. J'ai pensé que tu voudrais qu'on s'en occupe.

– Pourquoi, je le connais ?

Charron émit une petite grimace.

– C'est qui ??

– Guerrab.

Rayane Guerrab. L'un des rares amis qu'avait encore Rocca à la PJ. Les autres étaient morts ou à la retraite. Guerrab s'était mouillé pour lui dans l'affaire M'Penza. Rocca avait outrepassé ses fonctions en pourchassant une de ses anciennes cibles alors qu'il avait été muté et Rayane l'avait couvert alors que Charron et l'IGPN réclamaient sa tête. Rocca lui devait une fière chandelle.

– Qu'est-ce qui s'est passé ?

– Le lieutenant Guerrab a tué un homme en garde à vue.

– Quoi ??

– En pleine salle d'interrogatoire, au beau milieu du commissariat... Guerrab a menacé le suspect de son arme et le coup est parti. Le type est mort sur le coup.

Un cauchemar. C'était ce qui pouvait arriver de pire à un flic. On manipulait des armes à longueur de journée. Du matin au soir. Sous la pression de la direction pour faire du chiffre et avoir des résultats. Avec la fatigue qui s'accrochait à vous comme une tique. Avec la peur qui vous accompagnait H24. Avec le stress et l'adrénaline du danger à gérer. Personne n'était à l'abri d'un accident. Personne.

Et là, il s'agissait d'un proche de Romain. Un des rares sur qui il pouvait compter.

Et Rocca devait enquêter pour savoir à quel point la responsabilité de son ami était engagée ?

Guerrab allait se faire lyncher par sa direction, par les médias, par les politiques. Si en plus le mort appartenait à une minorité, Guerrab allait se faire lyncher par la rue. Il était foutu. Mûr pour la tôle. Et c'est Rocca qui devait se charger de le mener à l'échafaud.

C'était définitif : Rocca *haïssait* son boulot.

Chapitre 4

Quinze heures vingt-deux

Leonor baissa le pare-soleil et chaussa ses lunettes noires. Le soleil de juillet tapait fort, et elle commençait à avoir les yeux fatigués. Ils s'étaient levés à cinq heures trente du matin pour partir à sept heures et s'étaient relayés toutes les deux heures. Mais cette fois, elle n'irait pas au bout. Elle avait trop besoin de dormir. Et de toute façon, il fallait s'arrêter pour faire le plein et aller au pipi-room. À ses côtés, Alex ronflait depuis cent kilomètres. Il avait le superpouvoir de s'endormir quand il voulait, dans n'importe quelle condition. Leonor était extrêmement jalouse. L'entendre dormir comme un bébé commençait sérieusement à lui taper sur les nerfs.

Elle tint le coup une vingtaine de kilomètres supplémentaires, se tortillant sur son siège et se donnant de petites claques sur la joue pour se maintenir éveillée. Le panneau indiquant la station arriva juste à temps. Elle sortit en quatrième vitesse, puis s'arrêta dans un grand crissement de pneus le long de la pompe. Alex ouvrit un œil, qu'il dirigea immédiatement sur la petite horloge à côté de l'autoradio.

– C'est pas l'heure !

– Fallait faire le plein, et je m'endors.

Alex marmonna quelque chose dans sa barbe. Quoi qu'il arrive, il ressentait toujours le besoin impérieux de râler.

– Tu peux t'en occuper, s'il te plaît ? demanda Leonor.

– T'as vingt-sept ans. Tu crois pas qu'il serait temps que t'apprennes à prendre de l'essence ?

– De toute façon, faut que j'aille aux toilettes, sinon je vais me faire pipi dessus.

Leonor sortit en trombe de la voiture, sans laisser à Alex le temps de répondre. Inutile d'insister. Quand la princesse espagnole avait décidé de ne pas se salir les mains, le petit peuple ne pouvait que se plier à ses exigences. Les basses œuvres, ce n'était jamais pour elle.

Alex enfila sa paire de baskets et sortit de la vieille Nissan Sunny modèle 1992 qu'il avait achetée une bouchée de pain en sortant de la fac. Ça lui faisait un peu bizarre de se dire qu'il vivait avec une nana plus jeune que sa bagnole.

Il s'approcha de la pompe. Bien entendu, Leo s'était garée du mauvais côté. Ça faisait trois ans qu'il lui répétait que le réservoir était à gauche. Rien à faire. Ça n'imprimait pas.

Alex hésita à changer de pompe, mais un combi Volkswagen vint lui piquer la place d'en face. Si sa Nissan était une dame respectable, le minibus, lui, était un vénérable papi. Le vieux combi était une véritable antiquité. Un gros machin orange et blanc, avec des fleurs jaunes sur le côté. Une relique des années 1970 et du mouvement hippie. Ce truc devait consommer vingt litres aux cent. *Sexe, drogues et beaucoup de gazole.*

Alex mit sa carte dans le lecteur et tapa son code. Payer, c'était aussi un problème pour Leo. Les études longue durée, c'était sympa un moment, mais elle ne pourrait pas s'appuyer sur les autres éternellement. Il était temps qu'elle se prenne en main et qu'elle participe un minimum à l'effort collectif.

Il décrocha le pistolet du SP95 et tira le tuyau pour contourner la Nissan par l'arrière. Au moins Leo avait eu la bonne idée de se garer suffisamment en avant, il n'aurait pas à passer le tuyau par-dessus le toit de la voiture. À travers la fenêtre du combi, il aperçut une jeune femme debout dans le van, de dos, en train de s'habiller. Elle était torse nu, enfilait un petit short en jean par-dessus un string et avait une paire de fesses tout à fait sublime.

Alex prit sur lui et se concentra sur ce qu'il avait à faire. Il dévissa le bouchon à essence, enclencha le pistolet et commença à remplir le réservoir. Puis il se retourna nonchalamment vers le minibus. La jeune femme s'était retournée. Elle était penchée vers lui, collée à la vitre. Elle avait enfilé un haut de maillot de bain, qui ne masquait pas grand-chose de son décolleté. Elle fit la moue, fronça les sourcils dans une parodie de colère et le gronda du doigt. Alex piqua un fard et se retourna vivement vers la Nissan. Il avait l'impression d'avoir quatre ans et de s'être fait prendre la main dans le bocal de chocolats. Il n'osait plus bouger d'un pouce.

Le clic de l'arrêt automatique se fit entendre. Alex revissa le bouchon, puis remit le pistolet sur la pompe. Il contournait de nouveau la voiture pour se mettre au volant, lorsque la belle blonde descendit du van côté passager et le longea vers l'arrière. Le van étant assez large, il n'y avait pas assez de place entre les deux véhicules pour qu'Alex et la fille se croisent tous les deux. Alex se plaqua le dos à la Nissan pour la laisser passer. La blonde se tourna côté van et se pencha lééééégèrement en avant, faisant ressortir ses fesses juste ce qu'il fallait pour qu'elles frottent Alex sur leur passage. En une fraction de seconde, son érection passa de cinquante à trois mille pour cent. La jeune femme tourna imperceptiblement le visage vers lui, esquissa un sourire et lança un *sorry* parfaitement candide.

Puis disparut derrière le combi Volkswagen aussi vite qu'elle était apparue.

La scène avait duré deux secondes et avait sonné Alex, le laissant KO sur place, la bave aux lèvres tel le loup de Tex Avery, les yeux révulsés et la langue pendante. Une bombe atomique avait menacé d'exploser dans son caleçon.

Alex reprit ses esprits. Il gara la voiture devant la station et retrouva Leo près des machines à café. Elle avait l'air d'encore plus mauvaise humeur que d'habitude.

– C'était qui ?

– Qui ça ?

– La *puta rubia* qui s'est collée à toi !

– Quoi ? J'en sais rien ! Pourquoi ?

– *Coño !* La meuf, elle se balade à poil... Et toi, tu fais comme si c'était normal !

– Tu voulais que je fasse quoi ?? Que je me brûle les yeux et que je m'enferme dans la bagnole ?

– Passe-moi les clés, je t'attends dans la voiture.

Elle n'était pas croyable. Leonor râlait quand elle voyait une meuf en burqa. Et elle râlait quand elle voyait une meuf pas assez habillée. Qu'est-ce qu'il lui fallait pour qu'elle soit contente ? Le même uniforme pour tout le monde ??

Au loin, une sirène se fit entendre. Ça sentait l'accident à plein nez. Ça ne servait à rien de s'énerver pour des conneries. Il y avait pire dans la vie.

Alex se rendit lui aussi aux toilettes. Deux types étaient affairés auprès du lavabo. Ils baragouinaient en basque, ou en espagnol. On n'était plus très loin de la frontière. Encore quatre heures de route et ils seraient arrivés dans la famille de Leonor. Il n'avait jamais été très à l'aise avec Diego, le père de famille. Mais sa mère était plutôt sympa, et elle cuisinait la tortilla comme personne.

Alex se soulagea dans l'urinoir, puis s'approcha du lavabo. Les deux Espingouins s'arrêtèrent de parler et s'écartèrent pour le laisser se laver les mains. Le plus vieux, un barbu grisonnant à la mâchoire carrée et au regard sombre, le salua d'un petit signe de tête. L'autre, un jeune, beaucoup plus grand et aux traits émaciés, évita son regard.

Alex ne s'attarda pas. Il essuya ses doigts dégoulinants d'eau sur son jean, puis quitta les toilettes précipitamment. Il traversa la station en direction du parking et vit deux hipsters sortir du combi Volkswagen. La belle allumeuse ne voyageait pas seule. Rien d'étonnant. Avant de monter dans la Nissan, il regarda tout de même à droite et à gauche, mais aucun signe de la blonde et de son minishort. Dommage. Il ne garderait d'elle qu'un souvenir fugace. Une vision. Un *électrochoc.*

– *Vamos ?*

Leonor s'était déjà allongée. Elle avait baissé son dossier et mit les pieds sur la plage avant. Elle était prête et en avait marre d'attendre.

Alex s'assit derrière le volant, avant de mettre le contact.

– On y va.

Au loin, les sirènes se multipliaient comme des petits pains. L'accident devait être conséquent. Il y avait des gens qui n'avaient vraiment pas de bol.

Pendant ce temps, dans les toilettes de la station, le barbu avait ouvert en grand le robinet d'eau et pressé plusieurs fois sur le distributeur de savon. Le jeune aux traits émaciés frottait énergiquement ses mains pour tenter de faire partir le sang qui les maculait, et dégoulinait à flots rouge vif dans le lavabo.

Chapitre 5

1978

Grosse déception à la sortie du train, Marixol n'attendait pas Andoni sur le quai de la gare. Paul, un sympathisant français qu'il ne connaissait pas, le mena dans la montagne jusqu'à une cabane de chasseur, réaménagée pour servir de cache. Les placards étaient remplis à ras bord de conserves et de victuailles. Andoni ne crèverait pas de faim, c'était certain. Par contre, les distractions se faisaient rares. Pas de télé. Pas de radio. Pas de livre. Ses passe-temps potentiels se résumaient à une boîte de scrabble, et un paquet de 32 cartes, incomplet.

Une fois par semaine, le sympathisant venait lui rendre visite pour lui apporter quelques denrées périssables – pain, beurre, fromage, un peu de viande – et lui laisser le journal de la veille. C'est comme ça qu'Andoni découvrit les conséquences de son attentat. Il eut du mal à déchiffrer le texte de l'article rédigé en français, mais les photos étaient suffisamment parlantes. Lui qui pensait être accueilli en héros, il avait l'impression d'être un pestiféré, mis à l'écart de la civilisation en pénitence de ses péchés. Andoni Guerrero Arotzaga, vingt-trois ans, avait assassiné femmes et enfants par amour pour une militante politique qui visiblement se foutait complètement de son existence.

Andoni ? Hire maitarzün istoriak zertan dira ? Comment vont tes amours ? Biziki ontsa, milesker. Très bien, merci. S'il avait été croyant, il aurait été mûr pour rentrer dans les ordres.

Sa seule distraction possible, c'était la marche. Se balader dans la forêt, arpenter la montagne, observer la vie animale, découvrir les odeurs. Chaque jour, Andoni marchait un peu plus. Il se transforma rapidement en un parfait petit randonneur. Les Pyrénées de ce côté-ci de la frontière n'étaient pas si différentes des siennes. Il n'avait jamais été un grand amateur de la Nature, mais son isolement forcé l'obligeait à se reconnecter avec sa partie animale. Il avait déjà un côté ermite – ne pas communiquer ne lui manquait pas tant que ça –, mais il ne pensait pas un jour apprécier ainsi la faune et la flore, le bruit du vent quand il s'engouffrait dans les pierres, la beauté des nuages qui se détachaient sur le bleu du ciel basque.

La vie aurait pu être douce, et Andoni heureux malgré tout, si Marixol ne lui avait pas manqué terriblement. Marixol. Son absence virait à l'obsession. Elle était venue le chercher. Il s'était engagé à l'ETA pour elle. Il avait quitté son pays et sa famille pour elle. Il avait tué pour elle. Mais elle l'avait abandonné. Elle l'avait remercié en le mettant à l'écart comme un malpropre. Elle l'avait utilisé, puis oublié dans un trou perdu. Son amour pour elle se couplait d'une haine grandissante qui menaçait de tout dévorer à l'intérieur.

Andoni se renseigna auprès du seul lien avec la civilisation qui lui restait, Paul Iraola. Les deux hommes avaient fini par fraterniser durant les brèves visites de ce dernier, mais Paul n'avait aucune nouvelle des autres etarras. Le réseau était extrêmement fragmenté. La situation s'était encore tendue ces derniers temps. Depuis la mort de Franco, des groupuscules terroristes néofascistes avaient poussé comme du chiendent avec la bénédiction et le concours de la police et du gouvernement espagnols. Ces groupuscules qui se réclamaient tous du terrorisme tardofranquiste n'avaient qu'une seule raison d'être : détruire l'ETA, assassiner ses membres actifs qui se cachaient dans le Pays basque français, et tous ceux qui aidaient ou soutenaient les etarras dans leur lutte armée contre le gouvernement espagnol. Ils avaient pour noms ATE (Antiterrorismo ETA), BVE (Batallón Vasco Español), Triple A (Alianza Apostólica Anticomunista), GAE (Grupos Armados Españoles), ANE (Acción Nacional Española), ou encore Guerilleros de Cristo Rey.

Ils assassinèrent des proches de Carlos Hugo de Bourbon, prétendant à la couronne d'Espagne. Ils assassinèrent des étudiants de gauche. Ils assassinèrent un propriétaire d'hôtel supposé avoir hébergé des etarras. Et ils assassinèrent même des chauffeurs de taxi qui avaient eu le malheur de prendre un etarra dans leur voiture.

Le 2 juillet 1978, Triple A revendiqua l'attentat qui coûta la vie à Rosario Arregui Letamendi, épouse de l'ex-dirigeant de l'ETA Juan José Etxabe. Le couple se fit mitrailler dans leur voiture du côté de Saint-Jean-de-Luz. Etxabe s'en sortit avec de graves blessures. C'était le quatrième attentat dirigé contre lui ou sa famille. Son frère était mort assassiné trois ans plus tôt.

Andoni apprit la nouvelle par Paul à la mi-juillet. Cela faisait six semaines qu'il se cachait dans la montagne. Il ne connaissait pas bien le couple Etxabe, mais les avait déjà croisés une ou deux fois à des réunions. La menace tardofranquiste devenait plus tangible. Personne n'était intouchable. Andoni demanda à Paul une arme pour se défendre, mais les instructions étaient strictes. Pas d'armes. En cas de contrôle de police, Andoni serait blanc comme neige.

Vers la fin du mois d'août, Andoni avait complètement perdu toute notion du temps. Il ne savait plus quel jour on était.

Les visites hebdomadaires de Paul n'étaient plus aussi régulières. L'été s'était déroulé comme d'habitude, mais Andoni l'avait vécu de loin, comme s'il ne faisait plus vraiment partie de ce monde. Il avait vaguement suivi les informations avec les rares journaux que Paul lui apportait. La victoire de Maradona et de l'Argentine à la coupe du Monde, le décès du pape Paul VI, ou encore l'explosion accidentelle d'un camion-citerne près d'un camping en Espagne, qui avait fait plus de deux cents morts et des centaines de blessés. À côté, son attentat contre la comandancia de Valladolid, c'était de la gnognote. Mais le conducteur du camion n'avait pas à se terrer dans un trou. On l'avait ramassé à la petite cuillère, éparpillé à des dizaines de mètres à la ronde.

Pour s'occuper l'esprit, Andoni se mit en tête d'égailler sa pitance quotidienne avec tout ce qui pouvait lui tomber sous la main. Il ne se souvenait pas de quand datait la dernière visite de Paul. Six, sept, huit jours ? Ou plus ? Il avait perdu le compte. Si par malheur, son camarade français ne revenait pas, il faudrait bien qu'il puisse se nourrir tout seul, en attendant de retourner une bonne fois pour toutes à la civilisation. Les journaux ne parlaient plus de Valladolid. Le monde entier se foutait de ce qu'il avait fait. Le monde entier se foutait d'Andoni Guerrero.

Andoni passait le plus clair de son temps en vadrouille. Il posait des pièges et des collets de sa fabrication à la sortie des terriers qu'il avait pu débusquer. Il cueillait des myrtilles, des airelles ou du raisin d'ours. L'inactivité lui pesait, mais dépendre d'un autre pour survivre était pire que tout. Il ne rapportait pas grand-chose de sa chasse, mais le simple fait de chasser et de partir à la cueillette le faisait se sentir vivant. Actif. Utile.

Un matin, à la toute fin du mois d'août – ou était-ce début septembre ? – Andoni partit faire le tour de ses pièges. Deux jours d'un orage terrible l'avaient bloqué dans la petite cabane, qui fuyait par tous les pores. Il avait écopé comme il pouvait, et tenté de survivre à l'enfermement sans perdre la tête. Le ciel avait déversé sa colère quarante-huit heures durant, mais il pouvait désormais respirer.

Il décida de faire le grand tour. Il commença par grimper durant une bonne heure. La pente était raide et ses chaussures n'étaient pas faites pour crapahuter en haute montagne, mais il commençait à avoir le pied léger. En presque trois mois, il s'était forgé des mollets d'acier. Il atteignit une partie du col où la forêt disparaissait pour laisser place à des terres arides. Au-dessus, c'était le royaume du roc et de la pierre. Il s'assit un instant pour boire une rasade d'eau fraîche à sa gourde et manger un bout de saucisson. Il n'avait plus de pain depuis plusieurs jours et ça commençait à lui manquer. À croire qu'en trois mois, il s'était déjà francisé. Le soleil commençait à chauffer sérieusement. Il ferait le tour de ses collets à découvert, puis redescendrait tranquillement vérifier ceux à l'ombre, et farfouiller les arbres et les arbustes. S'il pouvait mettre la main sur des fraises des bois, ce serait la fête.

Un éclat attira son regard plus bas, dans la vallée. Une lumière en mouvement. Le soleil qui se reflétait sur un pare-brise. Une voiture. Paul ? Paul le rejoignait toujours à pied. Mais la cabane n'était pas accessible en voiture. Il devait forcément faire une partie du trajet en voiture et se garer en contrebas, avant de finir le chemin en marchant. D'ailleurs, quand Paul l'avait accompagné la première fois, ils étaient venus en voiture depuis la gare.

À moins qu'il n'habite pas loin. Il aurait été logique qu'il l'emmène vers une cachette près de chez lui, facilement accessible. Sa maison ne se trouvait peut-être qu'à un ou deux kilomètres ? Dans ce cas, que venait faire cette voiture dans ce coin paumé ?

Andoni rangea l'opinel qui ne le quittait plus depuis son arrivée dans ces terres, puis entama la descente qui menait à la cabane. Il remonterait le lendemain vérifier ses pièges. De toute façon, les animaux avaient également dû se terrer durant l'orage. Il perdit de vue la voiture dès qu'il se retrouva sous le couvert des arbres, et longea le lit d'un ruisseau asséché. Plus en contrebas, le ruisseau se transformait en cascade quand la neige fondait au printemps. Il y avait une avancée de roches qui formait une corniche depuis laquelle il aurait une vue un peu plus dégagée.

Arrivé près du promontoire, il s'allongea sur le sol, puis rampa avec mille précautions jusqu'au bord. Il craignait autant la chute que de se faire voir par un éventuel visiteur. Il se risqua tout de même à dépasser légèrement le rebord de la tête. La voiture n'était plus visible. Il fouilla le paysage du regard à la recherche du véhicule. Aucune traînée de poussière. Aucun bruit. Soit le chauffeur avait fait demi-tour, soit il s'était garé quelque part à couvert. Était-ce la visite tant attendue de Paul ? Si c'était lui, il faudrait lui demander comment il venait, pour s'éviter des frayeurs inutiles.

Andoni recula, reprit ses appuis et retourna en direction du cabanon. Il marcha avec précaution, sans faire rouler de pierres sous ses pieds. Il voulait à tout prix éviter de se faire repérer. Trois mois d'isolement l'avaient rendu *méfiant*. Il acheva sa descente au ralenti, profitant de chaque tronc d'arbre pour mieux se dissimuler. Il n'était plus qu'à quelques dizaines de mètres de la cabane. Il se déplaça latéralement, à la recherche d'un point de vue un peu plus dégagé. Il parvenait à distinguer l'emplacement de la petite cahute en bois, mais le feuillage ne permettait pas de voir si une personne s'y trouvait.

Quelques instants plus tard, il découvrit la position idéale. À cet endroit du versant, la végétation était beaucoup plus éparse, et le dévers beaucoup plus abrupt. Andoni se trouvait une dizaine de mètres au-dessus du cabanon, avec une vue plongeante sur la situation. La porte était ouverte. Quelqu'un devait l'attendre à l'intérieur. *Impossible de savoir qui.*

Andoni patienta de longues minutes. Il était sur le point de changer de position, quand il vit du coin de l'œil quelqu'un descendre du chemin qu'il avait emprunté plus tôt dans la matinée. Un homme qu'il ne connaissait pas. Un deuxième inconnu sortit de la cabane pour rejoindre le premier type sur le pas de la porte. Les deux hommes étaient habillés pour la montagne. Tous deux avaient une carabine. Des chasseurs ?

Le premier type fit non de la tête. Le deuxième, qui avait l'air d'être le chef, n'était pas content. Ils se lancèrent dans un long conciliabule. Impossible de les entendre. Les deux hommes ne parlaient pas fort et le vent soufflait dans la direction opposée.

Il était peut-être arrivé quelque chose à Paul ? Andoni décida de se rapprocher, pour pouvoir écouter ce qu'ils disaient. S'ils parlaient basque, c'est qu'ils étaient venus le ramener parmi les siens. S'ils parlaient français… Eh bien, il serait toujours temps de trouver une idée.

Andoni se faufila parmi les épicéas et les mélèzes qui surplombaient la cabane. Il manqua glisser, mais se rattrapa de justesse à une branche, et évita la chute. La descente était beaucoup plus raide que par le chemin. L'arbre qui l'avait sauvé prenait racine dans le sol juste derrière la cabane. Andoni se cramponna au tronc et joua les écureuils. Il descendit l'arbre maladroitement. À deux mètres du sol, une branche céda sous son poids et Andoni chuta lourdement. Ses mains s'éraflèrent contre le tronc. Son atterrissage brutal fut aussi bruyant que douloureux. Il put tout de même se relever et constater qu'il n'avait rien de cassé. Mais son coccyx le faisait souffrir et il avait des lambeaux de peau arrachés sur la paume des mains.

De l'autre côté de la maison, on l'avait entendu. Des voix s'élevèrent rapidement.

– *Mira por detrás, ¡ rápido !*

De l'espagnol ! Des putains d'Espagnols !!! Faxista nazkagarriak !!! Bastart ! Des fils de pute fascistes !!

Andoni se précipita vers l'aval. Sa seule chance, les perdre dans la forêt. Et espérer qu'ils aient moins d'endurance que lui. Une déflagration le fit sursauter. Un éclat de bois explosa sur un tronc à la hauteur de son visage, le blessant à la tempe. Andoni baissa la tête par réflexe. Il s'enfonça un peu plus au milieu des arbres. Deux autres coups de feu partirent, sans l'atteindre. Les détonations semblaient plus lointaines, il avait pris un peu d'avance. Il courait aussi vite que possible, mais trébuchait régulièrement sur les ronces, les racines qui sortaient du sol, et les arbustes qui poussaient un peu partout aux alentours.

Le souffle court, le sang tambourinant dans ses veines, la douleur qui perlait à la tempe, Andoni ne savait pas combien de temps il pourrait tenir. La peur lui retournait les tripes. L'acide lactique transformait ses jambes en deux blocs de béton. Chaque inspiration lui brûlait les poumons. Les branchages s'évertuaient à lui fouetter le corps et le visage. Les arbres tendaient les bras pour l'empêcher d'avancer et le retenir prisonnier, à la merci des tueurs qui étaient venus en finir avec lui.

Andoni avait envie de hurler son innocence. Jamais il n'avait voulu tuer ces enfants. Il n'avait fait qu'obéir aux ordres. Exécuter une mission. Un acte révolutionnaire dans une guerre juste contre une dictature qui massacrait à tour de bras. Ce n'était pas sa faute si la mission avait été un échec.

Alors pourquoi s'en prendre à lui ? Pourquoi s'en prendre à un simple soldat, au lieu de demander des comptes aux généraux qui restaient bien peinards cachés dans leurs pénates.

Derrière lui, les deux voix qui hurlaient en castillan s'étaient séparées. Andoni bifurqua sur la gauche, espérant tromper son poursuivant le plus proche. Lorsqu'il déboucha sur une clairière, une Seat 850 semblait l'attendre patiemment. C'était la voiture qu'il avait aperçue d'en haut.

Un troisième homme s'engageait sur le chemin qui menait à la cabane. Il avait entendu les coups de feu et sorti son pistolet. *Pas le temps de réfléchir.* Andoni dégaina son opinel, l'ouvrit à la volée et se précipita sur sa cible. L'homme eut juste le temps de se retourner. D'un grand geste, Andoni fit pénétrer sa lame sous le menton de son assaillant. Le sang gicla et coula à grandes eaux sur la main et le bras du Basque. C'était la première fois qu'il tuait quelqu'un en face à face. Il vit la petite lueur s'échapper des yeux de sa victime quand le type poussa son dernier soupir. Ce mort-là ne l'empêcherait pas de dormir. *Manger ou être mangé*, le choix était vite fait.

Andoni retira son opinel. Il attrapa le pistolet du cadavre, puis repartit en courant vers la Seat. Un coup de feu transforma le pare-brise en toile d'araignée. Ses poursuivants étaient déjà là. Il n'avait pas eu le temps de fouiller le mort. S'il avait la clé sur lui, c'en était fini d'Andoni.

Le Basque ouvrit la porte de la voiture. La clé était sur le contact. Il y avait un Dieu pour les révolutionnaires. Deux autres balles touchèrent la voiture, perçant la carrosserie, tandis qu'Andoni démarrait et faisait demi-tour. Le pare-brise arrière explosa en mille morceaux à l'instant où Andoni s'engageait dans la descente, échappant de justesse à ses poursuivants.

Chapitre 6
Décembre

Malet ne vit pas son Indienne la semaine suivante. Lorsqu'il sortit de son rendez-vous hebdomadaire, la jeune femme n'était pas dans la salle d'attente. À sa place, une vieille peau attendait avec impatience de se faire triturer les lombaires.

Les jours passèrent et le climat se mit au diapason du moral de Malet. Un temps maussade, pluvieux… Un froid de gueux, qui vous transperçait de part en part. Mais le pire, c'était l'humidité. Elle réveillait les douleurs les plus enfouies. Malet boitait bas. Son genou lui faisait souffrir le martyre. Il voulut tout envoyer balader. Encore une fois. Ses exercices de rééducation, ses étirements, ses séances. Il ne garderait que les médocs. Alcool et antidouleurs, il n'avait besoin que de ça.

La semaine suivante, il retourna chez la kiné pour la dernière fois. Il fit sa séance sans piper mot. Et à la fin de ses trois quarts d'heure, remercia sa praticienne et lui dit qu'il ne la reverrait plus. À chaque fois qu'il arrêtait ses séances avec un spécialiste, il inventait une excuse différente… Guérison miraculeuse, déménagement, départ en vacances. Cette fois, il ne se donna même pas la peine.

Il sortit du cabinet. La petite Indienne était assise sur une chaise dans le couloir, les mains sur les genoux. À la vue du vieux bonhomme, elle esquissa un sourire et se mit à rougir.

– Bonnedjour…

Malet répondit à son sourire malgré lui.

– *Sorry for last week, I was sick,* dit-elle.

Malade. Elle était malade…

– *But I feel better, now.*

– *Good.*

– Madame, c'est à nous !

Cette conne de kiné avait tout le temps du retard. Elle ne pouvait pas attendre deux minutes ?! La jeune Indienne se leva et se dirigea vers le cabinet. Mais ses yeux restaient fixés sur Malet. Pour une fois, elle ne portait pas ses lunettes de soleil.

– *Are you available tonight ?*

– *Tonight ?* Ce soir ??

– *Yes ? At eight ? Eight o'clock ?*

Malet comprenait mieux les habituelles lunettes de soleil. L'Indienne avait des cicatrices sur la tempe et autour des yeux. Des marques de brûlure, peut-être. Malet ne les avait pas remarquées auparavant. Cela lui donnait un air encore plus mystérieux. Exotique.

– *Yes, yes, OK,* bredouilla-t-il. Euh… *Perfect.*

– *Good.*

– Euh… oui.

Elle disparut dans un sourire lorsque la porte du cabinet se referma sur lui.

Les pensées de Malet se bousculaient dans sa tête. Il était incapable de les formuler en un tout cohérent. Elle ne l'avait pas oublié. Elle avait été malade. Il allait la revoir.

Tempête sous son crâne. Coup de fouet. Malet eut l'impression de sortir d'un long tunnel et d'apercevoir enfin la lumière. Il passa le restant de la journée à se préparer, tel un zombie qui retrouverait sa condition humaine. Des gestes automatiques, comme pour une sortie de cuite. Réapprendre le B.A.-BA. Respirer, se laver, se coiffer. Trouver un vieux reste de parfum dans un flacon abandonné au fond d'un placard poussiéreux. Enfiler des vêtements pas trop usés et pas trop années 1980. Encore qu'ils revenaient à la mode. Si ça continuait, il pourrait bientôt remettre sa vieille veste à épaulettes.

Le soir venu, quelques minutes avant *eight o'clock* – il ne voulait pas arriver trop en avance, ni la faire attendre – Lionel Malet fit le pied de grue au bas d'un immeuble quelconque, devant lequel il était passé un nombre incalculable de fois sans jamais le remarquer. Désormais, ce ne serait plus le cas. Après des années d'interruption des programmes, Malet reprenait du service. Il faisait de nouveau partie des vivants. Pour le meilleur et pour le pire ?

La porte de l'immeuble s'ouvrit. L'Indienne était là. Elle s'était maquillée. C'était bon signe. Elle avait de grands yeux bruns. Bizarrement, son mascara faisait ressortir ses brûlures. Ce qui ne gâchait pas sa beauté.

– Bonsoir.

– Bonnesoir.

Elle restait dans l'embrasure de la porte. Ne faisait aucun mouvement pour le laisser entrer. Elle avait l'air gênée. Quelque chose n'allait pas. Elle avait changé d'avis.

– Qu'est-ce qu'il y a ?

– *Could you help me, please ? It's heavy. Hum*... Louwd.

Elle voulait qu'il l'aide pour quoi ?

L'Indienne ouvrit plus grand la porte. Sur le sol du hall d'entrée, un gros faitout avec son couvercle. Une putain de marmite. Elle lui avait dit qu'elle lui préparerait à manger. Pas un instant il n'avait imaginé que c'était à prendre au pied de la lettre. Il avait cru qu'elle l'invitait à dîner. Mais elle lui avait fait une gamelle à emporter. Un doggy bag. Un nonosse pour le gentil chien-chien.

Elle ouvrit le couvercle. Des trucs à la couleur étrange nageaient dans une sauce de type inconnu. Ça sentait le repas en situation irrégulière. Malet n'avait aucune idée de ce que c'était, ni si c'était comestible.

– *Korma chicken, masoor daal, and buguni pakora.*

– Ça a l'air très bon. *Looks very good.*

Il y avait zéro chance pour qu'il goûte à ce truc. Mais il ne se voyait pas la planter là, comme ça. Ce n'était pas sa faute à elle s'il s'était monté tout seul le bourrichon. Malet tenta ne pas trop laisser transparaître sa déception. L'Indienne referma le couvercle et lui fit signe de prendre la marmite. Malet s'exécuta. Le truc pesait une tonne. Un gros machin en fonte, avec de la bouffe qui devait vous peser sur l'estomac comme une enclume.

– Bon, ben merci. *Thank you.*

La jeune femme lui sourit timidement et l'encouragea à sortir d'un signe de tête. Voilà qu'elle le mettait à la porte, maintenant. C'était parfait. Malet sortit de l'immeuble. Jamais il ne porterait ce gros machin jusqu'à chez lui. Une fois passé le coin de la rue, il balancerait la marmite dans la première poubelle venue.

Malet s'arrêta deux mètres plus loin. La marmite. Elle ne lui en faisait certainement pas cadeau. Il faudrait lui rapporter. Il se retourna vers l'immeuble. Elle était encore là. Elle le regardait partir. Il revint sur ses pas. Comment on disait marmite en anglais ?

– Heu… La marmite… *How do we… ?*

– *Yes ?*

Quelque chose dans sa voix, dans son regard lui fit changer d'avis. Elle avait probablement cuisiné pendant des heures.

Spécialement pour lui. Elle lui avait prêté son faitout. Elle comptait le revoir, ne serait-ce que pour le récupérer. Il décida de se lancer. Qu'avait-il de plus à perdre ?

– Voulez-vous manger avec moi ? *Do you want to eat with me ? I will be happy if you say yes.*

Elle rougit en baissant la tête. Il aimait vraiment quand elle rougissait comme ça.

– *It would please me very much. But I'm afraid we can't come up. I'm not allowed to have visitors.*

Merde. Ça allait trop vite pour lui. Qu'est-ce qu'elle avait dit ?

– Pas de visiteurs ? demanda-t-il en désignant son immeuble du doigt.

– *No…* Pas possibleu. *Forbbiden.* Intewdit.

Merde. Il allait quand même pas la ramener dans son boui-boui ? Tant pis. Pas le choix.

– *Do you want to come my house ?*

La jeune femme remua frénétiquement la tête. C'était un non catégorique. Malet était complètement paumé. Elle acceptait de dîner avec lui, oui ou merde ? Pourquoi c'était interdit de monter chez elle ? Est-ce que c'était un truc de religion ? Ils étaient quoi, en Inde ? Bouddhistes, ou un truc comme ça ?

Il regarda autour de lui, à la recherche d'une illumination. Et entrevit une solution un peu plus bas, dans la rue.

– Le parc ! Là-bas… Le square… *Do you see ?* Pique-nique, *you and me ?* Là-bas… OK ?

La jeune femme sourit à pleines dents. Un magnifique sourire qu'elle cacha immédiatement de la main.

– *Yes. Yes, it would be great. Go ahead. Give me two minutes, I'll join you there.*

Malet resta un instant interdit. *Yes*, ça, il avait capté. Elle avait accepté sa proposition.

– *Go, go !*

Elle l'encouragea à y aller et disparut dans son immeuble. Est-ce qu'elle avait bien compris ? Malet trimbala la marmite jusqu'au square. Sa jambe lui envoyait des signaux de douleur faciles à interpréter. *Cocotte trop lourde.* De plus, Malet était complètement gelé. Mais il s'en fichait pas mal. Il parvint tant bien que mal à la grille du parc. L'entrée était fermée pour la nuit. Il se demandait comment il pourrait s'y prendre pour passer de l'autre côté, quand elle le rejoignit. Elle avait enfilé gants et bonnet, et avait apporté des couverts dans un sac en plastique.

Malet lui fit la courte échelle. La jeune Indienne escalada le portail, enjamba aisément la grille, avant de retomber gracieusement sur le sol. Il lui passa la marmite par-dessus, et le sac de couverts à travers la grille. Puis, tenta à son tour de grimper. Sa jambe ne lui était d'aucun secours. Heureusement, il lui restait suffisamment de force dans les bras pour se hisser en haut. Il bascula comme il put côté parc et chuta lourdement sur le sol. Elle l'accueillit avec un petit rire. Son genou était en compote, mais ça valait largement le coup.

Ils s'installèrent sur un banc près d'une table de pique-nique. Ils mangèrent en silence, l'un à côté de l'autre. Il crut reconnaître un vague goût de poulet, de lentilles, et un truc qui ressemblait à des beignets d'aubergines. C'était pas mauvais. Beaucoup trop épicé. Mais franchement pas mauvais. Il se resservit. Ses intestins en prendraient certainement un coup, mais le jeu en valait la chandelle.

– *Do you like it ?* s'enquit-elle.

– *Yes ! It's delicious. Thank you very much.*

La cuisinière approuva silencieusement. Des volutes de fumée s'échappaient de la marmite et se perdaient dans la froideur de la nuit. Malet n'avait jamais mis les pieds dans ce square, avant. Il passait régulièrement devant, mais il n'y était jamais entré.

C'était un lieu de rendez-vous pour les jeunes parents et leurs enfants. Les passants qui promenaient leurs chiens. Les vieux copains qui jouaient aux échecs, à la belote ou à la pétanque. Les jeunes qui buvaient une bière, ou fumaient une cigarette en cachette. Malet n'avait pas d'enfants. Il n'avait pas de chien. Il n'avait pas de copains. Et il avait passé l'âge de boire en cachette. Mais Malet était heureux. Il était à sa place. Il avait l'impression d'avoir quinze ans.

L'obscurité ambiante permettait à Malet d'observer discrètement la jeune femme qui lui faisait face. Elle n'était pas particulièrement belle, il en avait bien conscience. Elle avait des traits plutôt quelconques, un physique somme toute ordinaire, hormis ses brûlures. Et une attitude effacée qui ne la mettait pas en valeur. Mais elle avait un charme indéniable. Elle dégageait quelque chose qui attirait Malet irrésistiblement. Non, elle n'était pas belle. Elle était *magnifique*.

Depuis combien de temps était-elle en France ? Quel mystère se cachait derrière ses cicatrices ? Malet réalisa qu'il ne savait même pas comment elle s'appelait. Il partageait un repas avec une parfaite inconnue. Une femme qui le troublait au plus haut point. Dans un square fermé au public. Dans le froid et la pénombre d'une nuit d'hiver. La situation était surnaturelle.

– *My name is Lionel.* Et vous ? *What's your name ?*

La belle Indienne l'observa un instant, avant de lui offrir un sourire énigmatique.

– *Sadiya. My name is Sadiya.*

Malet eut l'impression qu'elle lui confiait un secret précieux. C'était peut-être le cas.

– Merci Sadiya, dit-il solennellement.

Une fois le repas terminé, Malet raccompagna la jeune femme devant chez elle. Il lui rendit sa marmite et ses couverts. Il s'en voulait. Il se triturait les méninges depuis cinq minutes pour trouver une excuse pour la revoir, mais rien ne venait. Il lui souhaita bonne nuit en maudissant sa lenteur d'esprit. Heureusement, la belle Indienne lui offrit la solution sur un plateau. Elle referma doucement sa porte et lui dit simplement :

– *Next time, you cook.*

La prochaine fois, c'est toi qui cuisines.

Malet ne savait pas cuisiner. Mais Malet s'en foutait. Son esprit s'était arrêté à *la prochaine fois*…

Chapitre 7

Vendredi

Rocca n'en revenait pas. Il ne reconnaissait pas son ami et ancien collègue. Guerrab était l'ombre de lui-même. *Une loque*. Ces dernières vingt-quatre heures l'avaient laissé nerveusement vidé. L'encéphalogramme à plat.

L'homme que Guerrab avait accidentellement tué d'une balle dans la tête n'était pas un saint, loin de là. C'était même la pire des ordures. Un trafiquant bien connu des services de police, qui organisait des combats de pitbulls dans sa cave pour se divertir les week-ends. Un crevard qui fourguait sa drogue jusque dans les écoles primaires. Qui utilisait la force et la menace pour imposer sa marchandise et éloigner la concurrence. Un vrai petit samaritain.

Guerrab et son inséparable partenaire Chauveau avaient découvert qu'en plus de ça, ce salaud avait accueilli chez lui une famille nigériane un an auparavant. Une jeune maman de trente ans, et ses deux filles de quinze et treize ans. Il les avait achetées à Lagos pour la coquette somme de mille dollars, puis les avait ramenées chez lui pour que les adolescentes lui servent de bonnes, et leur mère de cuisinière. Les trois jeunes femmes n'avaient plus donné signe de vie.

Durant l'interrogatoire, l'ordure avait avoué à demi-mot qu'il les gardait prisonnières quelque part. Qu'elles étaient ses esclaves. Et qu'elles comblaient le moindre de ses désirs. Viols, torture, humiliation. *La totale*. Le salaud se vantait. Le salaud était fier. Le salaud clamait sa supériorité. Son statut social. Son pouvoir. Mais le salaud ne voulait pas dire où elles étaient séquestrées. Le salaud voulait se les garder *pour lui tout seul.* Le salaud était persuadé que les flics n'avaient rien de solide contre lui, qu'il serait relâché fissa.

Chauveau était sorti un instant pour faire une pause et respirer un coup. L'air de la petite salle d'interrogatoire était vicié. Guerrab était resté face à l'ordure. Il lui avait posé la même question, encore et encore. *Où sont les filles ?* L'ordure avait souri. Guerrab avait craqué. Il avait sorti son flingue. L'avait posé sur la tempe de l'ordure. L'avait joué Dirty Harry. Comme au cinéma. Quand les gentils gagnent à tous les coups et qu'ils sauvent la princesse à la fin du film. Il avait reposé sa question. Mezzo voce. *OÙ-SONT-LES-FILLES ??????*

Les yeux dans les yeux. Front contre front. L'ordure avait eu un hoquet d'horreur. L'ordure avait sursauté. L'ordure s'était pissé dessus. Guerrab avait eu un mouvement de recul. Son doigt avait ripé. Le coup était parti tout seul. Guerrab avait oublié de mettre la sécurité. Bye-bye mon salaud. La cervelle du violeur était partie retapisser le mur du fond.

Rocca relut le procès-verbal.

– Tu dis avoir agité ton arme de service et menacé le suspect pour l'intimider et le forcer à avouer l'endroit où il séquestrait les trois Nigérianes ?

Guerrab opina du chef.

– Mais tu n'avais pas l'intention de faire feu ?

– Non, bien sûr que non.

– Alors pourquoi tirer sur la culasse ? demanda Charron.

Guerrab utilisait un SIG Sauer SP 2022 semi-automatique. Comme la quasi-totalité des flics en France, des gendarmes et des douaniers. La précision suisse et la fiabilité allemande. Le gars qui avait passé le contrat avec nos cousins germains avait dû se faire une belle commission. 260 000 armes commandées par l'État. Rien que ça.

Le SIG n'avait ni cran de sûreté, ni levier de sécurité. Mais pour pouvoir faire feu, il fallait d'abord tirer la culasse en arrière pour engager une première cartouche dans la chambre du canon et ensuite il n'y avait plus qu'à appuyer sur la détente. Comme le SIG était un semi-automatique, le rechargement se faisait ensuite de manière automatique.

– J'ai pas tiré sur la culasse, affirma Guerrab.

– La balle s'est engagée dans la chambre toute seule ?

Le Charognard intervenait peu. Mais il faisait mal à chaque fois.

– Je sais pas...

Une fois qu'il avait senti l'odeur du sang, il ne lâchait plus sa proie. Rocca se mit en retrait et observa le commissaire mettre la pression sur Guerrab. Le spectacle n'était pas beau à voir.

– Vous allez me faire croire qu'un lieutenant de police expérimenté comme vous se balade avec son pistolet dans son étui, et une balle dans la chambre ?

– Non...

– Quand vous êtes-vous servi de votre arme la dernière fois ?

– Je sais pas... Sûrement au stand de tir.

Les flics devaient tirer trois fois par an. Ce qui n'était pas un mal, quand on voyait le niveau de certains.

– C'était quand ? demanda Le Charognard.

– Il y a pas longtemps... Quinze jours, je dirais. Je peux vérifier, si vous voulez.

– Donc ça faisait deux semaines que vous vous trimballiez avec une arme dans l'étui, avec une balle dans le canon.

– J'imagine...

– Donc en gros, soit vous me mentez et vous avez buté ce connard volontairement, auquel cas vous êtes un assassin, et vous êtes foutu... Soit vous avez réellement oublié que vous aviez engagé une balle dans la chambre de votre arme, et vous êtes un crétin incapable et irresponsable, et vous êtes foutu...

Guerrab n'en menait pas large. Son teint avait viré au gris. Charron en remit une couche.

– C'est ça, votre défense ? L'incompétence ?

– Qu'est-ce que vous voulez que je vous dise ?? C'était un accident ! Un putain d'accident !

– Un accident, c'est quand on descend un escalier, qu'on glisse et qu'on se casse une jambe. Quand on sort son flingue et qu'on appuie sur la détente à bout portant, ça porte un autre nom.

En désespoir de cause, Guerrab se tourna vers un visage plus amical.

– Rocca, dis-lui, toi ! Tu sais ce que c'est !! Tu me connais !

Charron regarda Rocca droit dans les yeux en soulevant légèrement son sourcil droit, signe qu'il attendait de son partenaire qu'il participe également à la fête. Rocca aurait préféré se couper la langue plutôt que de collaborer à cet interrogatoire. S'il avait eu une pelle, il se serait mis à creuser pour pouvoir s'échapper de là. Merde, il était même prêt à se péter les ongles et à creuser avec les doigts.

– T'avais déjà tué quelqu'un, Rayane ? finit-il par demander.

– Putain, Romain... Tu le sais très bien. Vous avez mon dossier, non ?

Rocca l'avait effectivement sous les yeux.

– En 2007, tu tires trois coups de feu lors de l'arrestation d'un voleur de bagnole pris en flag.

– Le gars tentait de fuir. Deux coups de semonce et un tir dans les jambes.

– En 2009, tu descends un braqueur lors d'une arrestation.

– Légitime défense. Vos collègues m'ont blanchi.

– Le braqueur a tiré une centaine de balles avec sa kalach. Toi, t'as tiré deux fois. Les deux fois, t'as fait mouche.

– J'ai eu de la chance.

– Est-ce qu'on peut dire que t'es un bon tireur ?

– Oui, je me débrouille.

– D'ailleurs, quand on voit tes résultats de tests aux exercices de tir, on peut considérer que tu fais partie des meilleurs de toute la maison ?

– Je sais pas.

– À tel point qu'on a évoqué ton nom plusieurs fois pour participer à des concours nationaux...

– Non, j'en ai jamais fait.

– Parce que t'étais pas dispo. Tu voulais pas quitter le terrain.

– Où tu veux en venir ?

– Ce que je veux dire c'est que t'es un putain de tireur... Je t'ai déjà vu faire. À côté, je suis Gilbert Montagné...

Guerrab ne prit pas la peine de répondre. Ils avaient déjà tout. Rocca poursuivit sur la même note.

– Mais tu vas me faire croire qu'un tireur d'élite comme toi, a « oublié » toutes les règles de bases du maniement d'armes ? Soudainement, tu rentres chez toi, et pendant deux semaines, pas une fois, tu vérifies ton pistolet en le rangeant ? Tu vis avec deux gamins, et quoi, t'arrives, et tu balances ton SIG sur le meuble de l'entrée, avec une balle dans la chambre, le coup prêt à partir ? Et quand tu repars le lendemain matin, tu le récupères comme ça, et hop, tu le fous dans l'étui ?

Guerrab ne broncha pas. Si même son pote était contre lui, il était mort. Cuit. *Kaputt.*

– Qu'est-ce qui s'est vraiment passé, là-dedans ?

Les deux flics s'observèrent un instant dans le blanc des yeux. Rocca tentait de masquer sa honte. Guerrab, lui, transpirait le dégoût. Comment on pouvait retourner sa veste comme ça ? Comment on pouvait tourner le dos à ses amis ?

– Vous avez ma déposition, dit-il en croisant les bras.

Un peu plus et il se refermerait comme une huître.

– Dis-moi si je me trompe. Tu savais que votre suspect allait sortir. Vous n'aviez pas de preuves suffisantes, la garde à vue tirait sur sa fin, ses aveux n'étaient pas assez clairs. Deux heures de plus et il reprenait le métro direction la maison. Tu savais que la caméra de surveillance n'était pas branchée. Ça fait un an que vous réclamez du fric à la direction pour remettre le matériel en état, mais les grands patrons ont d'autres priorités. Ton partenaire est sorti faire un tour. Tu savais que t'avais dix minutes de tranquillité. Dix minutes en face à face pour faire plier ce connard. Et ensuite, qu'est-ce qui s'est passé ? T'as cherché à le faire craquer ? T'as voulu lui mettre un coup de pression ? Qu'est-ce que t'as fait ? Tu t'es approché de lui, pour lui bouffer son espace vital ? Et t'as vu dans ses yeux son mépris, sa tranquillité, sa suffisance… Et ça t'a foutu les boules, pas vrai ? Tu t'es dit, encore une ordure de la pire espèce qui va s'en tirer sans une égratignure… Parce qu'on connaît la musique, toi et moi. C'est toujours les gentils qui trinquent. Les enculés dans son genre, ils s'en sortent à chaque fois. Alors t'as sorti ton flingue et t'as voulu lui montrer qui c'était papa ! T'as voulu lui apprendre qu'on pouvait pas pisser sur les autres sans que ça vous retombe sur les chaussettes. Qu'on pouvait pas torturer des gamines impunément. Pas quand le capitaine Guerrab est là pour faire respecter la loi. T'as dégainé ton arme. Tu lui as planté sous le pif. Et t'as tiré cette saloperie de culasse en arrière, pas vrai ? Histoire de bien montrer à cette merde que ton flingue était armé et prêt à tirer. Pour pouvoir renifler sa peur. Pour réduire sa paire de couilles à la taille d'une cacahouète. Pour lui faire ressentir, juste un instant, un avant-goût de ce qu'ont pu vivre ces trois pauvres filles. Pour qu'une fois dans sa vie, ce soit lui la victime ! Ce mec ne méritait pas de vivre ! Et il allait s'en sortir ?! Hors de question ! Alors t'as réglé le problème, une bonne fois pour toutes !

– Non !

– T'as appuyé sur la détente et t'as délivré la justice ! Tu lui as explosé la cervelle ! T'as nettoyé la planète ! Une ordure de moins dans ce monde pourri…

– Non !

– Tu veux me faire croire qu'un tireur professionnel comme toi n'a pas fait exprès de dégommer ce connard ??

– Non !

– Pourquoi, alors ? Pourquoi t'as engagé une cartouche, si c'était pas pour le buter ?

– J'ai pas engagé de cartouche !

– Juge et bourreau ! Le capitaine Guerrab vous déclare coupable ! Bang bang !!

– J'ai pas engagé de cartouche !!

– Bonne chance pour convaincre le jury ! « Désolé, j'ai eu une amnésie, je me souvenais plus comment ça fonctionnait ! » T'as engagé une cartouche ! Pourquoi ??

– Non !

– Pourquoi ?! ! Pour le buter, ou pour lui faire peur ? Pourquoi ?!

– J'ai pas engagé de cartouche !!

– Pour lui faire avouer où ils cachaient les Nigérianes ? Dis-moi au moins ça… T'as engagé une cartouche pour sauver trois nanas ! Ça a de la gueule… Ça fera bien dans ton dossier ! Pense à ta femme et tes mômes… Tu veux qu'ils pensent quoi de leur papa ? Aide-moi ! J'essaie de t'aider, là ! Dis-moi pourquoi ? Pourquoi t'as engagé une cartouche ?! Pourquoi ??!

– Pour qu'il ferme sa gueule !!! Voilà pourquoi !! T'es content ?? Ce fils de pute s'est mis à se marrer comme une baleine ! Plus je me foutais en colère, plus il se marrait ! Alors j'ai sorti mon flingue ! Je voulais pas le descendre !! Je voulais juste qu'il arrête… Je voulais juste qu'il arrête…

Guerrab se mit à chialer comme une madeleine. Il ne pleurait pas pour ce salaud. Rocca avait raison, le monde ne s'en porterait pas plus mal. Non, Guerrab pleurait pour son épouse. Guerrab pleurait pour ses enfants. Guerrab pleurait aussi un peu pour lui, il fallait bien l'avouer. Il avait déconné, les conséquences seraient *terribles*.

Voir son ami dans cet état retourna l'estomac de Rocca.

– Tu peux finir sans moi, dit-il à son supérieur, la mâchoire serrée.

Sans jeter un regard à Charron, il sortit dans le couloir. Café, tartines, œuf à la coque… Et même un restant de coquillettes jambon de la veille. Il n'avait pas fait trois mètres que Romain vomissait tout ce qu'il avait dans le bide.

Chapitre 8

Seize heures quatorze

Au volant de la Nissan, Alex commençait à piquer du nez. Ils avaient terminé leurs bagages tard hier soir. La nuit avait été courte. Se farcir toute la route de nuit, pour ensuite se taper la famille de Leo durant deux semaines, ce n'était pas vraiment l'idée qu'il se faisait des vacances idéales. Il n'avait rien contre l'Espagne en particulier. Mais là, il n'y avait même pas la plage, on crevait de chaud et la seule piscine du coin était prise d'assaut par une ribambelle de gosses plus bruyants et mal élevés les uns que les autres. Un enfer.

Malheureusement, ils n'avaient pas vraiment le choix. Leurs finances n'étaient pas au beau fixe. Aller visiter la belle-famille, c'était le prétexte idéal pour changer d'air sans dépenser trop. Malheureusement, la clim de la Nissan était en panne et il n'avait pas l'argent pour la faire réparer. Rouler en plein cagnard, sans clim, c'était comme prendre un billet direct pour une excursion dans la vallée de la Mort. Tu perdais dix litres de flotte à l'heure et tu restais collé à ton fauteuil.

Allez, plus que quelques heures à tenir avant d'arriver à Huesca. En forçant bien, ils y seraient vers vingt heures, vingt heures trente. Ils auraient la dalle, mais ses beaux-parents se feraient un plaisir de les faire poireauter. Là-bas, le repas de midi, ils le servaient pour le goûter. Et le repas du soir, au beau milieu de la nuit.

La Nissan fit une embardée sur le côté et les pneus vinrent manger la ligne rugueuse qui délimitait la bande d'arrêt d'urgence. Alex se redressa sur son fauteuil. Merde, c'était pas le moment de flancher. Il jeta un coup d'œil au fauteuil passager, mais sa Majesté la mouche écrasait sévère. Il aurait bien mis la radio à fond, histoire de se maintenir éveillé. Mais quand la *señorita* dormait, il ne fallait pas la déranger. On avait le sang chaud en Espagne. Même les vierges effarouchées pouvaient avoir la main leste.

Le plus important, c'était de briser la monotonie du voyage. Trouver un centre d'intérêt. Quelque chose qui le ferait avancer. Quand il marchait dans la rue, c'était facile. Il suffisait de tomber sur une jolie fille, et hop, le chemin passait tout seul, sans qu'on s'en rende compte. Il pouvait marcher des heures derrière une belle paire de gambettes.

Il leva le pied et se concentra sur la route. Ils arrivaient à la partie la plus pénible du voyage, quand ils quittaient l'autoroute pour la nationale. Il emprunta l'A64 en direction de Saint-Sébastien/Bayonne/Dax, roula une dizaine de bornes, puis sortit à Artix pour prendre la RN134 en direction de l'Aragon. Dans quelques kilomètres, ça commencerait à grimper sérieusement jusqu'au tunnel du Somport, la frontière et la station de ski de Candanchú. Le paysage valait le coup d'œil, mais Alex n'était pas à l'aise sur ce genre de route. Il préférait rouler en ville. Les bouchons, les klaxons, les insultes, c'était ça son élément.

Il traversa Oloron-Sainte-Marie et, tel un coureur cycliste du Tour de France, se prépara mentalement à attaquer la côte. En sortant de la ville, une tache orange attira son attention dans le rétro. Le combi Volkswagen. Eux aussi partaient en Espagne. Chouette. Avec un peu de chance, il apercevrait de nouveau sa lolita en minishort. Il ralentit un peu, histoire de se faire rattraper tout doucement par le van. À cet endroit, la route du Somport se transformait en route de campagne. Des champs, des prairies, quelques bleds paumés qui se suivaient et se ressemblaient tous comme deux gouttes d'eau. Le van rejoignit la Nissan à hauteur d'Asasp-Arros. Mais pas de bol, la jolie blonde n'était pas visible. C'était un mec derrière le volant. Un visage familier, croisé à la station-service.

Alex décida de se laisser doubler, pour le plaisir. Il ralentit encore. Le minibus lui colla au train, attendant que la ligne blanche l'autorise à mettre les gaz. Le panneau de sortie d'agglomération lança le départ. Le conducteur du combi accéléra et le véhicule aux couleurs vives dépassa la Nissan. Impossible de voir quoi que ce soit. Les rideaux étaient tirés. Le spectacle de striptease entrevu à la station-service était terminé. L'artiste s'était retirée en coulisse.

Alex suivit distraitement le combi durant quelques kilomètres. Il était immatriculé aux Pays-Bas, ce qui expliquait sa couleur orange. L'orange était la couleur du maillot de foot de leur équipe nationale. Le ralliement de tous les Néerlandais. La blonde était donc Hollandaise. Rien d'étonnant. Les Hollandaises avaient la réputation d'être de sacrées coquines. Méritée ? Ça, Alex ne le savait pas. Il n'était jamais allé aux Pays-Bas et n'avait jamais rencontré de Néerlandaise auparavant. Il avait bien mangé du gouda et écouté Dave à la radio, mais jamais en même temps. Et il n'était pas sûr que ça compte.

Le paysage changea soudainement du tout au tout. Les sommets que l'on pouvait voir au loin se rapprochèrent brusquement. Au bord de la route, les champs firent place à des rangées d'arbres. Le plat, à du dénivelé. Ça montait sec devant. Ça grimpait sur le côté droit et ça dégringolait sur la gauche. On y était. Le début des Pyrénées. La route entama son chassé-croisé avec le gave d'Aspe, la rivière qui descendait du Mont Aspe pour se jeter dans le gave d'Ossau à Oloron.

Un frémissement attira le regard d'Alex. Le rideau orange qui masquait la fenêtre arrière du combi s'entrouvrit légèrement. Alex ne voyait rien de spécial, mais il eut la nette impression qu'on l'observait attentivement. Il accéléra légèrement, histoire de se rendre compte *d'un peu plus près*. Le rideau s'écarta subrepticement. Et elle apparut, aussi belle qu'auparavant. La lolita mima un baiser. Elle n'était pas croyable, cette fille-là ! Elle s'arrêtait jamais !

Alex jeta un coup d'œil à sa droite. Leonor dormait comme une souche. Il regarda de nouveau devant lui. La blonde faisait quelque chose avec la vitre. Il rapprocha encore la Nissan. La blonde traçait des lettres. Un H… Un E… Un L… Hello ! Alex tenta d'extirper son portable du support. Si elle lui donnait son numéro de téléphone, il faudrait qu'il puisse le noter avant que les chiffres ne s'effacent de la vitre.

Le combi fit une embardée, mettant fin à leur conversation par fenêtres interposées. Le rideau gigota dans tous les sens, puis se referma soudainement. Alex crut voir un des barbus de la station-essence. Et puis, plus rien. Un mari jaloux ? La blonde n'était peut-être pas coutumière de ce genre de démonstration… Dommage. Ça s'était joué à rien.

Le combi Volkswagen prit ses distances. La pente était de plus en plus sévère, et Alex dut lâcher prise. Ils étaient chargés et la Nissan ne pouvait pas suivre le rythme. La voiture n'était pas assez puissante, trop mal entretenue. À contrecœur, Alex laissa s'échapper le van. Entre Sarrance et Bedous, le minibus n'était plus visible que par intermittence, la tache orange apparaissant et disparaissant comme par magie, au gré des virages. Passé l'Estanguet, il se volatilisa complètement.

Alex tenta de se reconcentrer sur le chemin. Dans une demi-heure, ils seraient en Espagne. Dans une heure il réveillerait Leo et elle prendrait le volant pour l'arrivée. La Nissan franchit le petit village de Cette-Eygun. La route était entourée de vert et limitée à 50. Désormais, la montagne grimpait sur sa gauche et un petit muret en pierre empêchait de verser dans le vide sur la droite. Pas de place pour marcher le long de la chaussée ni pour se garer dans cette portion du chemin.

Un frisson parcourut l'échine d'Alex. Quelque chose clochait. Il y avait un truc de bizarre, qui le dérangeait, mais il ne parvenait pas à mettre le doigt dessus. Il tenta de se remémorer la scène, à la recherche d'un élément qui pouvait détonner.

La blonde se baladait à poil dans son camion. Mais elle ne savait pas que quelqu'un pouvait la voir. Quand elle l'avait pris sur le fait, elle l'avait chauffé en se frottant à lui une fraction de seconde. Mais ce n'était pas pour le draguer. Elle s'était gentiment moquée de lui. Ensuite il avait vu les deux hipsters descendre du van. Deux grands blonds mi-surfers, mi-vikings. Et c'était ça qui ne cadrait pas ! Le gars qu'il venait de voir au volant du combi n'était pas un des blondinets. C'était un brun sec. L'un des deux mecs qu'il avait croisé aux toilettes de la station. Et le type qu'il avait entraperçu derrière le rideau, ça pouvait être le vieux barbu ténébreux qui se trouvait avec lui à côté du lavabo.

La blonde ne lui avait pas envoyé un baiser. Elle avait soufflé sur la vitre pour pouvoir lui écrire un mot. Mais alors pourquoi HELLO ? Elle avait été interrompue. H-E-L... Pour HELP ? Est-ce qu'elle appelait au secours ? Pourquoi avoir tiré les rideaux, alors qu'elle se fichait de se balader à poil au regard de tous ? Qu'est-ce qui se passait dans ce foutu van ?

Alex n'avait aucune réponse satisfaisante sous le coude. Il se faisait probablement des idées. Les types croisés aux toilettes étaient peut-être du voyage avec les Hollandais. Le minibus était suffisamment grand pour cinq personnes. Ils pouvaient même voyager à huit ou neuf, là-dedans ! Il ne les avait pas vus descendre parce qu'il était obnubilé par une magnifique paire de fesses et un décolleté plongeant. Voilà. L'explication était toute simple. La fatigue et une vision sortie tout droit d'un téléfilm érotique avaient obscurci son jugement. Une imagination débordante. On lui avait toujours dit qu'il avait une imagination débordante. Un formidable monde intérieur avait dit madame Janvier, sa maîtresse en CP qui l'avait à la bonne. Au lycée, son « formidable monde intérieur » plaisait moins aux profs. Mieux valait ne pas trop le laisser s'exprimer, sous peine de se couvrir de ridicule.

Alex rétrograda en deuxième. La Nissan ne ferait plus quinze mille allers-retours. Elle avalait ses derniers kilomètres et expirerait bientôt. Elle avait bien bossé, mais il fallait se faire une raison. À la prochaine grosse panne, elle prendrait un aller simple pour la casse et une retraite bien méritée. Trouver sa remplaçante serait une sacrée gageure. Quand on n'a pas les moyens de faire réparer sa poubelle, c'est compliqué de s'en racheter une nouvelle, même d'occasion.

Il poursuivit, sous le regard des falaises qui bordaient désormais les deux côtés de la route. On se sentait minuscule à l'ombre des cols des Pyrénées. Il passa sous le fort du Portalet, puis traversa Urdos, dernière commune côté français. De là, on apercevait au loin les neiges éternelles des fameux trois mille. Les cols dépassant les trois mille mètres d'altitude, qui ne perdaient jamais leurs beaux chapeaux blancs.

Dans deux ou trois kilomètres ils parviendraient au tunnel du Somport. Alex longea une ancienne carrière de pierre et enfonça brutalement la pédale de frein. La Nissan pila et Alex s'arrêta sur le bord de la nationale, à côté d'un gros amas de roches qui lui bloquait la vue. Un camion les doubla en klaxonnant furieusement. Quelques mètres en arrière sur la route, un muret en pierre bordait la voie de droite. Une ouverture dans le muret menait à un petit chemin en gravier. Garé sur le chemin, le van des Néerlandais.

Tout cela était parfaitement ridicule. Ça n'était pas ses oignons. Alexandre Arno n'était ni détective, ni redresseur de tort. Il ne faisait pas partie de la police. Il n'avait aucune aptitude pour enquêter. Il n'était ni costaud, ni armé. Et de toute manière, rien ne disait que les Hollandais avaient des problèmes. Et surtout, qu'est-ce que ça pouvait lui faire ? *Chacun sa merde !*

Leonor entrouvrit un œil, se retourna sur le siège du mort et se rendormit aussitôt. Alex redémarra la voiture, fit demi-tour et redescendit lentement en direction d'Oloron-Sainte-Marie. Il regarda sur sa gauche. Le combi était bien là. Les rideaux tirés. Aucun mouvement. Que faire ? Jeter un petit coup d'œil… En avoir le cœur net… Si la jolie Néerlandaise avait un problème, il pourrait toujours appeler les secours. Il y avait une gendarmerie pas loin, vers la frontière. C'était la meilleure chose à faire. Effectuer son devoir de citoyen. Sa B-A de la semaine.

Alex gara la voiture cent mètres en contrebas, vers l'ancienne carrière, près de trois maisons posées là, le long de la nationale. Il regarda Leo. Elle ne s'était rendu compte de rien. Il hésita un instant. Inutile de lui laisser un message. Le temps de monter et de revenir, il serait absent cinq minutes. Et au pire, il avait son téléphone.

Il sortit de la voiture et commença à marcher le long de la nationale. Il n'y avait presque pas de circulation, heureusement. Mais il longea tout de même le muret en évitant soigneusement de se rapprocher trop de la route. La pente était raide et le fond de l'air frisquet. L'altitude se faisait ressentir. Les nuages avaient fait leur apparition. La montagne était couverte d'arbres et le sommet se noyait dans la brume. Le paysage devenait lugubre.

Alex parvint au petit chemin de gravillons. Il s'approcha doucement du van. Il le contourna par la droite. Aucun bruit. Aucun signe de vie. Il regarda par le pare-brise avant. Personne à l'intérieur. Les Hollandais s'étaient fait la malle. Alex regarda autour de lui. Le chemin s'arrêtait là, sous les roues du van. Il fit deux pas sur l'herbe. Le Gave d'Aspe empêchait d'aller plus loin. Sur sa droite, on apercevait la carrière et les trois maisons en contrebas. Sur sa gauche, un pont en pierre érigé en hauteur partait du gros tas de roches à côté duquel il s'était arrêté plus tôt.

Alex escalada les rochers, puis grimpa sur le pont qui enjambait le Gave. C'était une ancienne voie ferrée. La voie s'arrêtait quelques mètres après le pont. La ligne était abandonnée depuis un bail. De là, Alex avait vue sur les environs. Mais aucun signe de sa Hollandaise. Elle et ses compagnons s'étaient littéralement volatilisés. *Qu'est-ce qu'ils étaient venus foutre ici ?*

Un peu plus haut sur la route, en direction du tunnel, on distinguait un barrage électrique. Alex redescendit du pont et continua en direction du barrage. Derrière, le Gave se transformait en petit lac. Une passerelle en métal menait à un abri électrique. L'accès était fermé. Des panneaux *Attention Danger* et *Accès Interdit* étaient placardés sur la grille. Deux kilomètres en amont, la centrale hydroélectrique de Forges d'Abel montait la garde à deux pas de l'entrée du tunnel du Somport.

Il fallait se faire une raison, il ne reverrait pas la Hollandaise. Alex regarda sa montre. Il avait perdu vingt minutes à jouer les enquêteurs à la gomme. C'était débile. Il redescendit rapidement en direction de la voiture. Pourvu que Leo ne se soit pas réveillée. Ils seraient à Huesca pour vingt et une heures.

Pile pour l'apéro. Il dirait qu'ils avaient eu des bouchons dans le tunnel. Ça ralentissait parfois près de la frontière.

Alex retrouva la Nissan là où il l'avait garée. Cette petite marche dans la montagne l'avait revigoré. Rien de tel qu'un bon bol d'air pur pour se requinquer. Il ouvrit la portière. Personne sur le siège passager. La voiture était vide. Alex se redressa et regarda vivement autour de lui. Mais aucun signe de sa compagne. Il fit le tour des maisons, sans succès. Il tenta de la joindre, mais tomba à chaque fois sur le répondeur. Il descendit un peu plus bas sur la route. Puis remonta. Rien à faire. Leo n'était nulle part en vue.

Il ne commença à paniquer réellement que vingt minutes plus tard. Le temps que l'idée germe dans son esprit et s'installe pour de bon. Il fallait se rendre à l'évidence. Pendant qu'il jouait au con à la poursuite d'un fantasme, sa compagne s'était évanouie dans la nature.

Chapitre 9

1979

Andoni remit le tube de gaz en place. Il tâtonna sur la table à la recherche de la culasse, l'inséra dans son logement et la fixa dans sa glissière. Il introduisit le ressort de recul, abaissa le capot, le clipsa, puis remit le chargeur. Il retira son bandeau et vérifia sa montre. Une minute trente-six. Pas mal. Pas son meilleur temps. Mais pas le plus mauvais non plus. Guillermo Ibarzabal fronça les sourcils, mécontent.

Zahar okitua ! Vieux décrépit. Andoni aurait bien aimé voir son « professeur » essayer de démonter et remonter son AK-74 les yeux bandés. L'ancêtre avait les mains qui tremblaient. Le vieux n'avait pas mis les pieds sur le terrain depuis les années 1950, et on continuait de boire ses paroles comme s'il était le Che Guevara basque. Pas étonnant que l'ETA se porte mal.

Ça faisait six mois qu'Andoni avait échappé de peu à ses assassins dans les montagnes pyrénéennes. Six mois qu'il avait rejoint les etarras qui se cachaient côté français. Six mois qu'il s'entraînait sous les ordres de l'ancêtre, « San Guillermo », le pape de l'action armée. Six mois à se farcir des cours théoriques et de militantisme le matin. Six mois à ramper dans la boue, faire des pompes et apprendre le maniement des armes l'après-midi. Il n'avait encore jamais tué en tirant au fusil. Mais il avait compris que tuer n'était pas une histoire de mécanique. Uniquement une question de volonté. Andoni se foutait de savoir quel ressort poussait quelle culasse. La seule chose qui comptait, c'était comment appuyer sur la détente.

Après avoir échappé à ses assassins, ce matin de début septembre, Andoni avait roulé une demi-heure avant de tomber sur un minuscule village paumé en plein cœur de la montagne basque. Hosta. Andoni était couvert de sang. La Seat criblée de trous ressemblait à une épave. Andoni avait plaidé l'accident de la route. L'agriculteur sur qui il était tombé avait eu la bonne idée de ne *pas* poser de question. Andoni n'avait pas eu à sortir son pistolet. L'agriculteur n'avait pas le téléphone. Il l'avait emmené chez un voisin, tout aussi peu loquace. Andoni avait appelé le comité de soutien en Espagne, seul numéro qu'il avait en partant pour sa mission. Le comité avait joint un membre de l'ETA côté espagnol, qui lui-même avait téléphoné à un membre de l'ETA côté français. Deux heures plus tard, Marixol en personne débarquait à Hosta.

En un instant, tous les sentiments enfouis depuis des mois avaient ressurgi à la surface. Marixol était plus belle, plus sensuelle, plus farouche que jamais. Mais Marixol n'était pas seule. Marixol était accompagnée par deux camarades armés jusqu'aux dents. Pour leurs retrouvailles après tant d'années de séparation, Andoni se serait bien passé de chaperons.

Marixol était venue le chercher car Marixol était son officier traitant. C'était elle qui l'avait envoyé sur la mission de Valladolid. Marixol était responsable de lui. Et elle était venue accompagnée car Andoni avait dérogé à la règle. Il avait été confiné et n'était pas censé renouer le contact. Les camarades se méfiaient de lui, le petit distributeur de tracts qui s'était trompé de cible quand on lui avait donné son premier vrai objectif de guerre. La mort de ces enfants avait vraiment desservi la cause.

Ils laissèrent la Seat à l'agriculteur en guise de remerciement, puis s'entassèrent dans la 4L des etarras. Marixol à l'avant, lui à l'arrière. Le camarade à ses côtés ne le quittait pas des yeux, son fusil négligemment posé sur les genoux. Andoni n'avait pas pu garder son pistolet. On ne lui avait rien dit de spécifique. Marixol l'avait tout simplement récupéré et rangé dans son sac.

Ils suivirent les indications d'Andoni et retournèrent vers la planque. Ils ne trouvèrent aucune trace des deux Espagnols aperçus vers la cahute. Par contre, le troisième larron, celui qu'Andoni avait égorgé, se trouvait toujours à la même place. Il n'avait pas ses papiers. Ses amis n'avaient pas pris le temps de lui donner une sépulture décente. On ne pouvait pas verser dans le sentimentalisme quand on faisait ce genre de boulot. Priorité à la survie.

Andoni raconta une nouvelle fois son histoire. Les camarades firent le tour de la cabane. Explorèrent les environs. Le cadavre de l'Espagnol, les trous dans la Seat et les cartes routières trouvées dans la boîte à gants finirent par convaincre les camarades. Andoni avait tué un fasciste. Sans arme, attaqué par un commando de trois hommes probablement surentraînés, Andoni était parvenu à s'échapper et à tuer un ennemi. Il avait prouvé sa valeur.

Julen et Vicente, les deux camarades de Marixol, se décoincèrent. Avec l'aide d'Andoni, ils enterrèrent le cadavre et firent disparaître toute trace de lutte. Même si la planque était grillée, elle pourrait toujours resservir à un moment ou à un autre. Il n'était pas question de donner du grain à moudre aux autorités.

L'après-midi était bien avancé quand ils redescendirent tous les quatre de la montagne. Ils roulèrent une bonne heure avant d'arriver vers une maison isolée en pleine cambrousse. Ils se garèrent. Julen fit le tour du propriétaire avant de leur faire signe de le rejoindre. En passant devant la boîte aux lettres, Andoni lut le nom « Iraola ». Ils pénétrèrent dans la maison. Les épais murs de pierre maintenaient une certaine fraîcheur dans la vieille bâtisse, mais c'est en découvrant le cadavre de Paul dans la cuisine qu'Andoni eut un frisson. Le sympathisant était attaché à une chaise, les mains dans le dos. On lui avait crevé les yeux et brûlé les doigts. Il avait le ventre gonflé. On lui avait fait boire des dizaines de litres d'eau. Les fascistes utilisaient régulièrement la torture. C'était même leur arme favorite pour dissuader les indépendantistes. Iraola avait clairement résisté avant de donner l'emplacement de la planque. Pour Andoni, c'était une maigre consolation. Paul avait été son seul soutien durant ses trois mois placés en isolement. Il ne l'oublierait pas.

À la nuit tombée, ils reprirent la route, abandonnant le sympathisant tel quel. Ils se bornèrent à effacer toutes traces de leur passage chez lui. Andoni aurait bien donné une sépulture décente à son ami, mais il s'inclina devant le refus catégorique des camarades. Ils avaient déjà enterré un homme le jour même. Iraola était seulement un sympathisant. Il n'avait pas de lien direct avec l'ETA. Sa maison non plus. Ils n'avaient rien à gagner à l'enterrer, à part le risque de se faire découvrir. Paul serait inhumé plus tard, une fois son cadavre découvert.

Ils roulèrent une petite heure en pleine nature, évitant les villages. La route était à peine assez large pour la 4L. Les phares jaunes ne portaient qu'à quelques mètres. La montagne baignait dans la brume, la visibilité était nulle. Heureusement, Julen avait l'air de connaître le chemin par cœur. Cela n'empêcha pas Andoni de se cramponner au siège avant. Ils croisèrent une seule voiture durant tout le trajet. Julen donna un coup de volant au dernier moment, évitant la collision de justesse. Les deux véhicules mordirent sur le bas-côté. Julen ne décéléra pas d'un iota et se rétablit miraculeusement sur ce qui faisait vaguement office de route.

Ils finirent par atteindre sains et saufs une ancienne exploitation agricole dans les environs de Camou-Cihigue. L'ancien propriétaire élevait des chèvres laitières et fabriquait son fromage. L'ETA avait hérité de la propriété, puis l'avait transformée en camp d'entraînement sous l'égide d'Ibarzabal. L'ancêtre avait désormais soixante ans. Le vieux singe s'était montré malin. Il avait laissé femme et enfants de l'autre côté des Pyrénées. Il avait abandonné ses terres, s'était *sacrifié* pour la cause. Madame Ibarzabal, sorte de Pénélope moderne, devait régulièrement verser une larme en priant pour son pauvre époux. Son Ulysse de mari, lui, ne pleurait pas sur son sort. Papi avait trouvé en Marixol sa Circé. Il n'était pas pressé de rentrer à la maison.

Ibarzabal dirigeait le camp d'entraînement à la baguette. Un béret vissé sur le crâne, la clope au bec, il se baladait parmi ses hommes tel un général de pacotille. Son stage avec les Américains en 1939 lui avait donné de la crédibilité aux yeux de plusieurs générations d'etarras. Andoni n'était pas dupe. L'enseignement de l'ancêtre devait plus à John Wayne ou à Lee Marvin qu'aux véritables agents de la CIA côtoyés une poignée de jours.

Mais Andoni garda le silence. Il suivit le mouvement. Se mélangea aux autres membres de l'ETA. Joua au petit soldat. Apprit le maniement du pistolet et de la kalachnikov. Le célèbre AK-47. Et son petit frère, plus récent, l'AK-74. Il apprit à utiliser du C-4. Il se fit apprécier de ses camarades. Andoni avait été à l'épreuve du feu. Il parlait peu, ne se vantait pas, ne se plaignait jamais. Pour les autres etarras, il était le petit taiseux. Le renfermé. Solitaire, mais fiable. Pas celui à qui on penserait en premier pour la rigolade. Mais celui sur qui on pouvait compter en cas de grabuge. *Borroka lagun bat. Un camarade de lutte.*

Andoni se prit au jeu. Pour la première fois, il se sentait accepté. Membre d'un groupe. Partie prenante d'un tout. D'une somme, supérieure à ses individualités. Il apercevait Marixol, de temps à autre. Quand elle retrouvait Ibarzabal, ou qu'elle venait se mêler aux soldats. Mais il ne parvenait jamais à se retrouver seul avec elle, ne serait-ce que cinq minutes.

Un soir de mars, on organisa une fête au village voisin, pour célébrer la Mascarade. Dans tout le pays de Soule on se déguisait, on chantait et on dansait au son de la *txürüla*, du *ttun-ttun*, et de l'*atabala*. Les *gorriak*, vêtus de rouge, menaient la danse. Les *beltzak* les suivaient dans le cortège, tout en noir. Marixol se joignit à la fête. Andoni tenta de danser avec elle, sans succès. Ils se retrouvèrent plus tard à la ferme. Ils n'avaient pas échangé plus de deux phrases de toute la soirée, lorsqu'une opportunité s'offrit enfin à lui. Il était une heure du matin quand Andoni sortit prendre une bouffée d'air et se soulager dans un coin tranquille. Marixol fumait une cigarette dans la cour. Sa silhouette se découpait dans la pénombre, la lumière de la cuisine collective en contrejour.

– Je peux savoir pourquoi tu m'évites ?

– Je ne t'évite pas.

Elle mentait, bien évidemment. Andoni lui rappelait trop le pays. Les réunions du comité de soutien, la fin de son enfance et sa rencontre avec Guillermo. Le choix de quitter sa famille et sa vie toute tracée de gentille femme au foyer, pour une vie de lutte, de larmes et de sang. Marixol ne regrettait pas ce choix-là. Mais voir le petit Andoni touchait une corde sensible.

– Me regarde pas comme ça, dit-elle en baissant les yeux.

Un nuage de fumée s'échappa de ses lèvres.

– Pourquoi ? On se connaît depuis longtemps. On vient de la même ville. On vient du même moule. On est fait l'un pour l'autre.

Andoni avait changé depuis cette époque. Il avait grandi. Il était devenu un homme. Alors quel était le problème ?

– Tu es comme mon petit frère. Tu le sais bien.

– Je suis ici à cause de toi. Valladolid, la ferme, tout ça, c'est à cause de toi.

– Ne dis pas ça ! Tu t'es engagé comme moi, pour la cause !

– C'est toi qui m'as appelé pour poser cette bombe.

– C'est toi qui as accepté ! Personne t'a forcé ! Je suis pas venue te mettre un pistolet sur la tempe pour que tu le fasses… Je t'ai pas dit que si tu le faisais, tu pourrais m'avoir dans ton lit !

– J'ai jamais dit ça.

Marixol baissa la tête et jeta son mégot au loin. La braise traça dans l'air un mince filet de lumière rouge, avant de s'éteindre définitivement.

– Je ne pourrai jamais t'aimer. Pas comme ça.

– Pas comme Guillermo, tu veux dire ?

Ibarzabal. L'ombre de l'ancêtre planait sans cesse sur eux.

– Ça te dérange pas qu'il soit marié, qu'il ait des enfants ? insista Andoni.

– Guillermo est marié à la cause. C'est son seul amour.

– Il aime la cause plus que toi ?

– Évidemment. Il lui a voué sa vie.

– Et ça te gêne pas ?

– Au contraire. Je l'aime encore plus pour cela.

– C'est qu'il a rien compris à la vie. Moi je te placerais au-dessus de tout.

– C'est parce que tu ne penses qu'à toi. À ton plaisir.

Andoni agrippa Marixol et colla ses lèvres aux siennes. La bouche de Marixol avait un goût salé et sucré à la fois. Le parfum de l'interdit. Le fruit défendu. Le nectar des dieux. Il sentit son pouls battre à tout rompre dans son cou. La sensation était à la limite de l'insoutenable. Un baiser d'elle et il frôlait la crise cardiaque. Un peu plus et elle le rendrait fou.

Marixol lui griffa la joue jusqu'à ce qu'il relâche son étreinte. Elle avait le visage défiguré par une expression de haine absolue.

– *Perbertso ! Maniako !!*

Andoni se tint la joue. Il aurait une belle balafre. Il s'en foutait. Marixol n'avait jamais été aussi belle.

– Guillermo est un penseur, dit-elle la mâchoire serrée. C'est l'une des têtes de l'ETA. Toi, tu seras jamais qu'une petite main.

Marixol cracha par terre et partit, abandonnant Andoni à la nuit.

On pouvait faire plein de choses avec une main. *Caresser. Toucher. Frapper.* Être une main, ça lui convenait très bien.

Marixol ne parla pas du baiser volé à Ibarzabal. Peut-être parce qu'elle se considérait effectivement responsable de la venue d'Andoni. Elle l'avait pris par les sentiments et il avait accepté de remplacer Joseba Martinez au pied levé. Il avait posé la bombe. Il avait causé la mort de ces petits enfants. Et il avait changé. L'attentat l'avait changé. L'isolement l'avait changé. Il avait égorgé sans sourciller le milicien venu l'assassiner. Il ne montrait *aucun signe de remords*. Il s'était entraîné dur. Il était devenu une machine à tuer. Un monstre. Leur monstre. Son monstre. Marixol pouvait être fière. Elle qui était en charge du recrutement avait touché le gros lot. Andoni était devenu une bête sauvage. Mais elle refusait de jouer la dompteuse.

On ne vit plus Marixol à la ferme les semaines suivantes. Andoni avait fait ses classes. Il attendait impatiemment qu'on le relâche dans la nature. Qu'on lui donne une nouvelle identité. Qu'on lui fournisse un boulot, un appart. Et le plus important… Une mission.

Fin avril, son attente prit fin. On lui alloua un petit deux-pièces dans les faubourgs de Bayonne. Il était censé travailler pour une société de livraison et devait porter quelques caisses et cartons pour faire bonne figure. Mais le plus clair de son temps, il le passait à observer des personnalités. Une simple mission de surveillance, qu'il partageait avec ses camarades Julen et Vicente, et deux, trois autres etarras. En attendant mieux.

Andoni prenait des notes. Allées et venues. Horaires. Rendez-vous. Lieux de résidences et de travail. Fréquentations. Il voyageait avec sa camionnette de livraison. Parcourait tout le coin, invisible. Un fantôme. Attendant le feu vert pour prendre vie et embraser la région. Puis il rentrait dans son studio et jouait les Monsieur Tout-le-monde. Faisait ses courses sur le marché. Perfectionnait son français.

Un jour de juin, alors que le soleil était à son zénith, Andoni croisa l'ancêtre à Pau, dans le borg vielh. Ibarzabal lui fit un discret signe de tête, mais les deux hommes évitèrent soigneusement de s'adresser la parole en public. Andoni était *legezkoak. Légal.* Il n'était pas connu des services de police. Ibarzabal, comme Marixol, était *erre. Brûlé.* Libéré de prison, donc susceptible d'être sous surveillance. L'ancêtre prenait toujours ses précautions.

Il fit discrètement signe à son disciple de le suivre et Andoni emboîta le pas de son supérieur, une dizaine de mètres en retrait. Arrivé devant une porte cochère, Ibarzabal vérifia que personne ne pouvait les voir, puis ouvrit à Andoni qui se précipita à l'intérieur.

Ibarzabal habitait dans un modeste appartement sans fioriture. Une chambre, un salon avec un coin cuisine et une salle de bains. On ne ressentait pas spécialement une quelconque touche féminine. Tout n'était que purement fonctionnel.

– Qu'est-ce que tu fous à Pau ? demanda l'ancêtre.

– Je suivais une cible. Vicente vient de me relayer.

– À Pau ? Je croyais que ton commando était basé sur Bayonne.

– La cible a bougé. On a décidé de la suivre.

Ibarzabal sortit une bouteille de rouge du réfrigérateur.

– Un verre ?

– Non.

– Ça te dérange pas si je me sers ?

– Non.

L'ancêtre se servit un grand verre. Il s'assit à la seule table de l'appartement, côté cuisine et but lentement, en fermant les yeux.

– Marixol n'est pas là, finit-il par dire.

– Je sais.

– Elle reviendra tard dans la soirée.

– Je sais.

Ibarzabal sortit un paquet de tabac et du papier à rouler.

– Je peux ?

Devant le mutisme d'Andoni, il se roula une cigarette du bout des doigts. Les mains du vieux tremblaient, il dut s'y reprendre à deux fois pour parvenir à ses fins. Puis il sortit une petite boîte d'allumettes et alluma sa roulée.

– Ça se passe bien du côté de Baiona aldea ?

– Oui.

– Tu dois attendre nos ordres avec impatience ?

– Oui.

Ibarzabal baissa négligemment sa main, hors de vue d'Andoni.

– Tututut ! le reprit instantanément le jeune Basque en faisant non de la tête.

L'ancêtre hésita un instant, releva lentement la main, avant de la poser sur la table.

– Écoute, si c'est à propos de Marixol, je suis sûr qu'on peut trouver une solution… Moi, ça me dérange pas. Après tout, je pourrais être son père. Le mieux pour elle, c'est que je vous laisse tranquilles… Qu'elle prenne son envol… C'est ce que tu veux, non ? Je vois bien comment tu la regardes…

Andoni se rapprocha doucement de son instructeur, impassible.

– Je… Je retournerai en Espagne… Ma femme m'attend. Ça fait trop longtemps que je suis parti. Je te le promets ! Je te laisserai tranquille ! Je te laisserai Marixol !

– L'ennui, tu vois, c'est qu'il faut aussi qu'elle te laisse.

– Quoi ? Non !!

Andoni frappa fort sur le crâne de l'ancêtre. La matraque qu'il serrait nerveusement dans la main avait touché juste. Ibarzabal s'effondra sur la table. Andoni ouvrit son sac et en sortit une longue corde. Il attacha le vieux à sa chaise, les mains croisées en arrière. Il vida le restant de vin dans l'évier et remplit la bouteille d'eau. Puis la fit ingurgiter au vieux, ce qui ne manqua pas de le réveiller. Ce n'est qu'à la sixième bouteille que l'eau inonda définitivement ses voies respiratoires et que l'ancêtre s'asphyxia. Se noyer dans un verre d'eau, c'était moche.

Pour parfaire le tableau, Andoni brûla l'extrémité des doigts de la main gauche du vieux, puis trancha la main droite avec la scie à os qu'il avait apportée spécialement pour l'occasion. Andoni se nettoya soigneusement, puis effaça ses traces. Pour ses camarades, il était en mission dans la campagne non loin de Bayonne. Il ne serait pas inquiété.

Il avait tué sur commande à Valladolid. Puis, il avait tué en situation de légitime défense dans la montagne. C'était la première fois qu'il tuait par choix personnel. Ce n'était pas un sentiment désagréable. Il sortit du vieil immeuble et quitta Pau tranquillement, comme il était venu.

Avec la main tranchée, il avait écrit en lettres de sang sur le mur du salon :

¡ Viva España !

On pouvait faire plein de choses avec une main.

Chapitre 10
Février

Pour Malet, la vie avec son Indienne avait du bon. Même si elle ne se présentait pas vraiment comme il l'avait imaginée. En premier lieu, Sadiya n'était pas Indienne, mais Bangladaise, ce qui pour Malet revenait au même. Par contre, pour ce qui était de connaître son histoire, c'était une autre paire de manches. Sadiya n'était pas du genre à se confier. Et la barrière de la langue ne facilitait pas ses tentatives de creuser la question.

Sadiya avait quitté son pays précipitamment. Elle avait fui quelqu'un, ou quelque chose. Elle avait débarqué en France par hasard. Elle n'avait pas eu son mot à dire quant à la destination. À choisir, elle aurait préféré l'Angleterre. Elle parlait déjà la langue et son diplôme était valable là-bas, son pays d'origine faisant partie du Commonwealth. Mais le visa français était délivré plus vite et dans l'urgence, elle s'était retrouvée à Roissy.

Bienvenue en France. Si la terre de Molière était exagérément réputée hospitalière, son enfer administratif s'avérait bien pire que sur la terre de Shakespeare. Sadiya n'avait clairement pas gagné au change. Elle était demandeuse d'asile. Ce qui, par les temps qui couraient, signifiait survivre avec quatre cent vingt-six euros par mois (deux cent quatre, si on était hébergé en foyer), remplir une tonne de paperasse, poireauter des mois, et lancer une prière à Vishnou, Krishna et tous les dieux du Ciel et de l'Enfer.

En l'occurrence, Sadiya était musulmane. Mais pour Malet, c'était kif-kif. Bonnet blanc et toutes ces sortes de choses.

Malet et Sadiya s'étaient revus après leur pique-nique nocturne. Malet avait tenté de cuisiner un rôti, avec moutarde, miel et tout le toutim. Il ne s'était pas trop mal démerdé d'ailleurs, mais ça n'avait servi à rien puisque la jeune Indienne, pardon, Bangladaise, n'avait pas le droit de manger de porc. Elle s'était donc limitée aux pommes de terre vapeur, qui, sans sauce, paraissaient un peu tristounettes.

C'était la première d'une longue liste d'interdictions à laquelle Sadiya avait été soumise toute sa vie durant et que Malet découvrait un peu plus chaque jour, à son grand étonnement. Interdiction de manger du cochon, donc. Mais aussi de boire du vin, ou de l'alcool. Interdiction de se teindre les cheveux. Interdiction de se faire tatouer. Interdiction de rire en public. Interdiction de montrer les dents en souriant. Interdiction de faire du vélo après sept ans (les plus petites ont le droit, trop de la chance). Et d'autres conneries du genre, permettant d'affirmer autant que faire se peut la supériorité indéniable de l'Homme, le pur, le vrai, sur la femme, cette pauvre cloche. Sa famille avait d'ailleurs le droit de la lapider si elle contrevenait à certaines de ces règles. Pas de fausses blondes au Bangladesh. Fallait pas déconner non plus.

Pour se faire pardonner, Malet invita Sadiya à dîner dans un restaurant. Sadiya tergiversa longuement avant de finir par accepter. Elle ne voulait pas se sentir redevable et n'avait certainement pas les moyens de payer sa part. Mais Malet sut se montrer convaincant. Il hésita entre un resto indien, un couscous, ou une brasserie, avant de se rabattre sur un de ces faux sushi bars tenus par une famille de Chinois, et qui pullulaient sur la place de Paris. Sadiya pourrait manger sans se poser de question et ça restait abordable.

Le repas dut bien se dérouler car après cette soirée-là, aucun des deux n'eut à chercher d'excuse pour revoir l'autre. Les choses évoluèrent naturellement, sans qu'ils aient besoin de le formuler. Ils se retrouvaient presque chaque jour et passaient une bonne partie de la journée ou de la soirée ensemble. Ils se voyaient, parlaient, apprenaient à se connaître et à s'apprécier. Mais une barrière invisible les empêchait de se rapprocher physiquement. Ils étaient passés de la distance sociale à la distance personnelle, ce qui semblait déjà être un exploit pour Sadiya. Mais la distance intime paraissait inatteignable. Ce qui paradoxalement rassurait Malet, qui redoutait leur différence d'âge. Malet allait sur ses soixante ans. Il aurait pu être son père. Merde, au Bangladesh, il aurait pu être son grand-père. Malgré cela, ils s'étaient rapprochés inexorablement. Pour le meilleur et pour le pire. Pas vraiment des amants. Pas vraiment des amis.

Des femmes, Malet en avait connu. Il en avait même aimé une ou deux. Là, c'était différent. Il ressentait pour elle des émotions très fortes. Un besoin de la côtoyer, de l'avoir à ses côtés, de la sentir (*ah, son parfum ! quel parfum !!*). Il avait bien conscience qu'elle comblait un manque chez lui. Cette rencontre inespérée avait réveillé des sentiments enfouis profondément, qu'il croyait définitivement perdus. Des sentiments précieux. Et le mystère qui entourait Sadiya n'était pas pour lui déplaire.

Bien sûr, il avait envie d'elle. Il pensait à elle constamment. Il rêvait de la toucher. De l'embrasser. De la libérer de son passé, du carcan dans lequel elle avait été emprisonnée. De libérer la femme qui sommeillait en elle. De la faire jouir. De lui faire atteindre le Nirvana. De partir avec elle sur une île déserte où ils pourraient vivre en paix jusqu'à la fin de leurs vies, en ne se nourrissant que de soleil et de noix de coco. Mais il se contentait de leur amour platonique, de peur de rompre l'équilibre fragile qui s'était installé entre eux.

À la mi-février, Sadiya accepta enfin de dîner chez Malet. Cela faisait plus de trois mois qu'ils avaient fait connaissance. Et deux mois qu'ils ne se quittaient plus. Malet ne mentionna pas le fait qu'il s'agissait de la Saint-Valentin. Il ne voulait pas mettre la pression sur son amie. Mais il avait bien conscience qu'elle acceptait d'aller contre tous les préceptes de bienséance inculqués depuis son enfance. En fait, Sadiya avait quelque chose à célébrer. Elle ne le dit pas à Malet, mais ça faisait un an qu'elle avait été enlevée. Qu'on l'avait arrachée à sa vie. Qu'elle avait perdu son fiancé, son travail, sa famille. Qu'elle s'était échappée et avait tout abandonné du jour au lendemain, en une fraction de seconde. Aujourd'hui, elle était *toujours vivante*. Elle s'en était sortie. Et ça méritait bien une petite fête.

Cette fois, Malet prépara du poisson et du riz. Un filet de cabillaud acheté chez Picard. Un peu d'huile et au four. Sadiya ne fit pas de remarque désobligeante, même si le manque d'épice la gênait. Elle avait l'impression que ce qu'elle avait dans son assiette n'avait aucun goût. Pour la première fois de sa vie, elle but du vin. Une gorgée de Chardonnay que Malet avait débouché pour l'occasion. Ça faisait presque un an qu'elle était sur le sol français. Elle pouvait s'autoriser une incartade. Elle risquait de toute façon la mort si elle rentrait chez elle.

Ils continuèrent avec fromage salade, puis terminèrent sur un vacherin. Au moment de partir, la petite pièce où ils se trouvaient se mit à tourner. Sadiya se retint à la table, le visage pâle et les traits creusés. Malet n'aurait jamais pensé qu'un peu de vin blanc puisse faire autant d'effet. Cela dit, il ne se rappelait plus de la quantité de boisson ingurgitée lors de sa première cuite. Ça remontait à bien trop longtemps.

Avec mille précautions, Malet allongea la jeune femme tout habillée sur son lit. Autant qu'il s'en souvienne, celui-ci n'avait encore jamais connu de présence féminine. Sadiya ne rentrerait pas chez elle dans cet état. Il remonta la couette sur elle et la laissa se reposer. Il débarrassa la table, fit la vaisselle. Quand il retourna voir comment elle allait, la jeune Bangladaise dormait à poing fermé. Il prit un coussin et un pull en guise de couverture, puis se coucha au pied du lit, à même le sol.

Dans le courant de la nuit, il l'entendit se retourner, soulever la couette, vérifier qu'elle était toujours habillée.

– *Are you OK ?* chuchota-t-il.

– *Yes.*

– *Do you want water, tea ?*

– *No, thank you.*

– *Do you want to go home ?* Je peux vous raccompagner, si vous voulez ?

– *No,* mewci.

– *OK.* Bonne nuit. *Good night.*

Malet l'entendit hésiter. Retenir sa respiration.

– *Come with me.*

Sa voix était douce comme une caresse.

– *Please…*

C'était au tour de Malet d'hésiter. Il finit par se lever. Sadiya était toujours allongée sous la couette. Son visage tourné vers lui. Du moins, c'est ce qu'imaginait Malet. Difficile de se rendre compte, dans la pénombre.

Il s'allongea à côté d'elle. Sur la couette.

– *Hold me.*

Malet posa délicatement un bras au-dessus d'elle. Elle se retourna et cala son dos contre lui. Elle se rendormit au bout d'une minute et ne lui lâcha pas la main avant que le soleil ne soit déjà haut dans le ciel.

Malet ne ferma pas l'œil de la nuit.

Le lendemain, il n'y eut aucune gêne entre eux. Rien ne s'était passé. Ils avaient dormi, blottis l'un contre l'autre. Comme deux êtres qui s'étaient trouvés, et qui avaient besoin de chaleur humaine et de réconfort. C'était déjà largement suffisant.

Sadiya retourna chez elle, mais ne se fit plus prier les jours suivants pour retrouver Malet dans son minuscule appartement. La barrière de la distance intime avait été abattue. Elle acceptait le contact. Ils se tenaient par la main. Se prenaient dans les bras. Il était évident qu'il n'y aurait pas de relation sexuelle entre eux. Elle se réservait probablement pour le mariage, et Malet ne pensait pas qu'avec leur différence d'âge ce soit une solution envisageable. Mais il s'en foutait, il était heureux. Chose qui ne lui était plus arrivée depuis que cette fichue balle lui avait bousillé le genou en emportant carrière, confiance et relation de couple dans son sillage.

Sadiya habitait dans un foyer. Elle partageait une minuscule chambre avec une réfugiée Syrienne. Les chiottes et la douche se trouvaient dans le couloir. À côté, une kitchenette avec deux feux et un micro-ondes qui fonctionnait une fois sur deux. Le tout, à se partager entre une quinzaine de demandeurs d'asile en attente de régularisation. Sadiya avait monopolisé la cuisine et ses ustensiles quand elle avait cuisiné pour Malet lors de leur premier rendez-vous. Elle avait dû trouver un arrangement avec les autres réfugiés. Elle avait refusé de dire lequel à Malet.

Sadiya touchait deux cent quatre euros généreusement alloués par le gouvernement. Deux cent quatre euros par mois pour se nourrir, s'acheter des fringues, payer son abonnement mensuel de métro (dix-huit euros vingt grâce à la CMU), payer ses cours de français (soixante euros par an pour un cours de trois heures par semaine, et vingt balles le trimestre pour un autre cours de huit heures hebdomadaires)... Vivre la vie de château, quoi. Et bien entendu, avec l'interdiction de travailler tant que sa demande d'asile n'était pas acceptée.

En un an, Sadiya s'était familiarisée avec les structures qui venaient en aide aux plus démunis. Médecins du Monde, Restos du Cœur, friperies solidaires. Mais malgré ça, les fins de mois étaient toujours difficiles.

Sadiya était pâle. Ce qui somme toute était logique en hiver. Sadiya avait perdu du poids. Mais vu le régime qu'elle suivait, ça n'avait rien d'étonnant. Sadiya avait de plus en plus mal au dos et aux hanches. Un problème devenu récurrent chez elle, ce qui la conduisait à voir régulièrement une kiné, lorsque la CMU le lui permettait. Tous les trois mois, il fallait la renouveler, ce qui interrompait ses soins. Mais c'est seulement quand Sadiya fit un malaise pour la troisième fois en une semaine que Malet réalisa qu'il se passait quelque chose d'autre. Et cette fois, il n'y avait pas de Chardonnay à incriminer.

La première réaction de Malet fut de la déception, pure et simple. Sadiya était enceinte et elle ne lui avait rien dit. Puis vint la colère. La connaissant, il ne voyait pas comment ça avait pu arriver sans qu'elle se fasse violer. Et le seul fait de l'imaginer lui était insupportable. Qui pouvait dire ce que la pauvre petite avait vécu ? Pas étonnant qu'elle refuse tout contact intime. Dans tous les cas, Malet ne pouvait pas rester les bras croisés. Il fallait en avoir le cœur net.

Il prit rendez-vous chez un médecin à deux pas de chez lui. Sadiya avait eu une brève visite médicale en débarquant en France, suivi de plusieurs « entretiens d'écoute psychologique » d'une durée de cinq minutes chrono. De quoi travailler en profondeur, et bien exorciser ses démons ! Il était temps de remédier à ça.

Le cabinet du docteur avait une petite salle d'attente. Un mini-canapé deux places. Deux fauteuils en osier. Et deux chaises droites. Le confort d'assise dépendait de l'ordre d'arrivée.

– Mademoiselle, je ne pourrai pas vous ausculter si vous ne vous déshabillez pas.

Sadiya se tourna vers Malet, ses grands yeux l'implorant de lui venir en aide. Malet s'était planté. Il aurait dû choisir une femme. Le toubib était allé chercher Malet dans la salle d'attente pour tenter de convaincre la jeune Bangladaise de se laisser examiner. Malet encouragea Sadiya doucement durant de longues minutes. La jeune femme finit par céder et se déshabilla lentement, masquant sa pudeur au maximum. Malet se détourna un peu tard. L'ex-flic en lui ne put s'empêcher de remarquer les grandes marques de brûlure qui s'étendaient de sa gorge à sa poitrine et faisaient écho à celles de son visage. Définitivement pas accidentelles. Et assez récentes. Probablement la cause de son départ précipité et de sa demande d'asile.

Malet serra les poings. S'il mettait la main sur celui qui lui avait fait ça, il serait capable de lui coller une bastos entre les deux yeux. Qu'il n'ait plus tenu un flingue entre les mains depuis trente ans était sans importance. Il se souvenait de la sensation. Tuer un homme, c'était comme faire du vélo. Ça ne s'oubliait pas.

La suite de la consultation ne se déroula pas comme l'avait imaginé Malet. Tout d'abord, Sadiya n'était pas enceinte. Ce qui était tout de même une sacrée bonne nouvelle. Mais le médecin posa un grand nombre de questions en anglais à Sadiya, et s'assombrit un peu plus à chaque réponse. Enfin, il mesura sa tension artérielle. Avant même que le docteur ne fasse son topo, Malet regrettait déjà qu'elle n'attende pas de bébé. Le médecin leur expliqua le problème. Comme pour une enquête de flics, il avait un suspect. Mais il ne pouvait pas agir sans preuve. Il prescrivit donc une prise de sang et une analyse d'urine, afin d'être sûr à cent pour cent.

Malet et Sadiya durent attendre vingt-quatre heures pour pouvoir faire la prise de sang à jeun. Et encore vingt-quatre heures pour récupérer les résultats. Quarante-huit heures à se bouffer les ongles jusqu'aux phalanges, avant de faire le pied de grue devant le labo pour récupérer les analyses dès leur arrivée. Pas la peine d'avoir fait médecine pour décrypter le charabia scientifique. Sadiya avait une néphropathie diabétique carabinée. Elle avait un diabète de type 1 qu'elle traînait vraisemblablement depuis très longtemps. Ses reins étaient complètement foutus. S'ils ne faisaient rien pour régler le problème, elle risquait la crise cardiaque à tout moment.

Le programme était alléchant. Régime drastique. Contrôle strict des apports en eau et sels minéraux. Et surtout dialyse. Quatre à cinq heures par séance. Une séance tous les deux jours. Et ça pour le restant de sa vie.

La bonne nouvelle, c'est que vu son état, le restant de sa vie risquait de ne pas durer très longtemps.

Chapitre 11

Lundi

Rocca lut le texto.

Qu'est-ce que tu fous ??!

Marrant comme les vieux continuaient de s'appliquer pour bien tout écrire quand ils envoyaient un SMS. Il tapa sa réponse assez rapidement. Il commençait à prendre le pli.

peux pas suis en RDV

Steph lui donna un discret coup de pied. Romain leva la tête et sourit au directeur.

– Excusez-moi, le boulot.

Le directeur sourit en retour et reprit son laïus.

– Comme je vous le disais, nous visons en premier lieu l'épanouissement de la personnalité des élèves, dans le respect des valeurs que nous défendons, et qui sont…

« Ding ». Le tintement du téléphone vint une nouvelle fois lui couper la parole.

– Désolé, dit Romain. Je vais le mettre sur vibreur.

Steph lui fit les gros yeux. Il regarda discrètement la réponse de Charron.

On est en intervention et tu me laisses tout seul ?!!!

Le vieux était relou. Il pouvait se débrouiller cinq minutes sans lui.

désolé urgence familiale

Romain rangea son téléphone dans sa poche. Il espérait clore définitivement cette conversation. Il releva la tête et prit conscience du silence qui régnait dans le bureau. Il n'avait pas été aussi discret qu'espéré et le directeur attendait son bon vouloir pour reprendre leur entretien.

– Je suis désolé. Ils arrivent pas à se passer de moi au bureau.

– Qu'est-ce que vous faites, monsieur Rocca ? demanda le directeur en parcourant d'un œil la feuille de renseignement qu'ils avaient remplie avec Steph.

Un dossier d'une dizaine de pages avec questionnaire extrêmement poussé et lettre de motivation. Romain avait fait remarquer qu'il était un peu exagéré de demander à un gamin de deux ans et demi d'écrire une lettre de motivation pour pouvoir entrer en petite section. D'abord parce que l'école était obligatoire pour tous et que de toute façon il n'y couperait pas. Et qu'ensuite, à deux ans et demi, les principales motivations de Yannis consistaient à vouloir regarder des dessins animés (il en réclamait constamment alors qu'il n'avait pas le droit de faire de l'écran avant ses trois ans), à manger n'importe quoi contenant du sucre (alors qu'il n'avait pas le droit d'en manger avant ses trois ans), et à jouer avec un téléphone, n'importe quel téléphone (alors qu'il n'avait pas le droit de toucher à un portable avant ses dix ans). En bref, Yannis était motivé pour rompre n'importe quel interdit quel qu'il soit. Il était libre dans sa tête. Un *rebelle* opposé à toute forme de règle. Un anarchiste prêt à tout pour défendre sa liberté. L'école, et son règlement intérieur d'une quinzaine de pages, serait l'endroit idéal pour exercer son refus d'obtempérer. Est-ce qu'on pouvait être objecteur de conscience dès l'école maternelle ?

Mais Steph avait lourdement insisté. Cette école prenait sur dossier car c'était la meilleure de la ville. Oui, c'était une école privée. Mais ils faisaient de l'anglais, du théâtre, de la musique, du sport, dès la petite section. Dans les autres écoles, ils faisaient plutôt de l'initiation au français. L'école allait de la petite section à la troisième. Elle était à cinq minutes à pied de la maison. Les locaux n'étaient pas complètement délabrés. Les classes n'étaient pas complètement surchargées. Les profs n'étaient pas en arrêt maladie la moitié de l'année. Et les chances que Yannis se fasse poignarder dans une rixe entre dealers et drogués étaient nettement plus minces que dans les autres collèges du coin.

Romain avait donc accepté de mettre son fils dans le privé et de l'abandonner aux mains des cathos du cru. Steph l'avait rassuré. L'école respectait les croyances et les cultures différentes. Il y aurait des enfants de toutes les couleurs dans sa classe. Et il n'y aurait pas de curé ou de bonne sœur dans l'établissement. C'était toujours ça de gagné.

Mais payer ne suffisait pas pour avoir sa place. Il fallait la mériter. Répondre à une enquête poussée. Montrer patte blanche. Tout le monde n'avait pas la chance d'être *sélectionné*. Et si on était présélectionné sur dossier, il fallait encore réussir l'entretien avec le directeur. Papa, maman et le gamin. D'ordinaire, les classes étaient complètes une année à l'avance. Mais une place venait miraculeusement de se libérer, suite à une mutation imprévue. Steph, qui avait fait pression pour être sur liste d'attente, leur avait obtenu un rendez-vous.

Rocca avait tout fait pour éviter le calvaire. Priorité au boulot. Circonstance exceptionnelle. Une affaire compliquée à résoudre en quatrième vitesse. De la plus haute importance.

Pression hiérarchique. Demande gouvernementale. Privilège de l'État. Un mot d'excuse du patron et tout le tralala. Le directeur de l'école était prêt à faire une entorse au règlement. Il rencontrerait Yannis et sa maman. Et au besoin, il contacterait Romain au téléphone.

Mais après l'affaire Guerrab, retourner bosser paraissait encore pire à Rocca. Il était censé intervenir dans un commissariat de banlieue où un flic avait eu un comportement déplacé avec une collègue. Mais le cœur n'y était pas. Qu'ils se démerdent sans lui. Pas besoin d'y aller à quinze pour faire la leçon à un connard sexiste.

Romain avait annoncé la bonne nouvelle à Steph. Après l'avoir tannée pendant des jours avec sa « mission prioritaire », il avait finalement réussi à se libérer pour participer à une étape importante dans l'évolution et l'épanouissement de leur fils. Steph avait fait la gueule. La présence de Romain amenuisait soi-disant les chances que Yannis soit pris dans cette école. Jamais contente.

– Qu'est-ce que vous faites, monsieur Rocca ?

– Je travaille à l'IGPN.

– L'IGPN ?

– L'Inspection générale de la police nationale. La police des polices, si vous préférez.

– « *Quis custodiet ipsos custodes ?* » cita le directeur avec un sourire entendu. « Mais qui gardera ces gardiens ? »

– Eh ben c'est moi.

– Un métier très prenant, j'imagine.

– Oui, ça occupe pas mal.

Steph écrasa le pied de Romain sans ménagement.

– Mais ça ne m'empêche pas d'être souvent à la maison, corrigea-t-il immédiatement. Voir Yannis grandir et lui inculquer des valeurs, c'est ma mission prioritaire.

Rocca se tourna vers sa femme, fier de lui.

– Quel genre de valeurs ? demanda le directeur.

Merde. Il voulait le détail, le con.

– Eh bien... La gentillesse... La générosité...

Romain tapota sur la jambe de Steph, à la recherche d'une bouée de sauvetage.

– Le respect des autres et la tolérance, dit-elle.

– L'amour, ajouta Rocca d'un air solennel.

Steph serra la main de Rom jusqu'au sang. C'était le signal pour dire *ferme ta grande bouche*. Mais sa réponse n'avait pas l'air de déplaire au directeur.

– C'est beau, ça l'amour. Tu as une amoureuse, toi, Yannis ?

Le petit hocha la tête sans se retourner.

– Elle s'appelle comment ?

– Clémentine.

– Clémentine ? C'est joli, comme prénom. Et tu aimes quoi chez Clémentine ?

– Ses fauteuils.

Romain ne put réprimer un grand sourire. Même sans le vouloir, le gamin avait de la répartie.

– Qu'est-ce que tu aimes en général, Yannis ?

Faire du catch avec le chat. Mettre sa main dans la couche quand il a fait caca. Jouer avec son zizi. Escalader les meubles. Travailler son lancer de jouets. Hurler, hurler et encore hurler.

– La crème marron.

– Ah oui, c'est bien. Et quoi d'autre ?

– La pâte à tiner au chocolat.

– Hum. Et il paraît que tu es un gentil garçon ?

– Non ! Je suis un méchant !!! Et je vais te tuer !!! Je suis Gagamel ! Et toi tu es bébé schtroum ! Ha ha ha, je vais te couper la tête !!! Je peux te couper la tête, monsieur ?

– Heu, non, mon chéri, dit Romain. Tu peux pas.

– Non, mais je coupe semblant !

– Oui, Romain lui lit des BD des Schtroumpfs de temps en temps, dit Steph rouge de honte.

– Bien, bien.

Le directeur n'avait pas l'air de trouver ça bien.

– Je lui fais faire de l'anglais, aussi, ajouta Romain pour tenter de sauver les meubles.

– Ah ?

– Yannis ? *One ?*

– *Fuck.*

Le silence se fit dans le bureau.

– Phoque, mon chéri, reprit finalement Romain. Phoque. Il adore les animaux marins.

Deux minutes plus tard, l'entretien et la visite de l'école étaient expédiés et les Rocca se retrouvèrent sur le trottoir.

– Je trouve que ça s'est plutôt bien passé, finit par dire Romain pour rompre le silence.

– Je veux pas entendre un mot de plus.

– Quoi ? C'est plutôt pas mal, il a l'oreille pour les langues étrangères…

Steph leva un doigt menaçant, puis pivota sur elle-même, attrapa la main de Yannis, et prit le chemin de la maison. Rocca tenta de la suivre sur quelques mètres avant d'oser se lancer.

– Dis, tu peux déposer le petit chez la nounou ? Je me suis démerdé pour être au rendez-vous, mais faut vraiment que je file au boulot.

Il ne lui laissa pas le temps de répondre, l'embrassa sur la joue et partit en courant en lançant un *merci, je t'aime*. Il l'aimerait sûrement un peu moins quand il se ferait décapiter en rentrant du travail.

Quand Rocca débarqua à son bureau, Charron n'y était pas. Il était allé sur le terrain sans lui. Il avait embarqué son ancien comparse, l'OPJ Lumont. Un triste sire. Une tête de croque-mort, une attitude de faux derche et une langue qui devait être râpeuse à force de lécher le cul de ses supérieurs. Rocca ne pouvait pas le blairer. Et pas seulement parce que ce petit fonctionnaire obséquieux bossait avec Charron quand l'IGPN voulait la peau de Romain. La seule présence de Lumont lui refilait des boutons. C'était viscéral. Un peu comme une allergie au pollen. Il n'y avait pas grand-chose à faire, à part se gratter et l'éviter au maximum.

Le Charognard verrait qu'il n'avait pas perdu au change avec Rocca. Une petite piqûre de rappel de temps en temps, ça ne pouvait pas faire de mal.

Rocca s'installa dans son fauteuil, se demandant comment faire semblant de travailler en attendant le retour du commissaire. Sa pile de dossiers l'attendait toujours, refusant obstinément de disparaître. Romain reprit celui qu'il avait ouvert par hasard la semaine précédente. Un dépôt de plainte d'une dénommée Asunción Torres. Non, mais qui s'appelait *Ascension* ? Pourquoi pas Épiphanie, ou Chandeleur, comme dans *Friends* ??

La vieille avait plus de quatre-vingts balais. Elle s'était fait aborder dans la rue par une bonne femme qui lui avait dit être son amie. La vieille n'avait aucun souvenir d'elle, mais lui avait fait confiance, car la bonne femme connaissait des détails de sa vie privée que seul un proche pouvait connaître. La bonne femme s'était incrustée chez Asunción et avait fouillé chez elle. La vieille ne pouvait pas dire si quelque chose avait disparu.

Quelques heures plus tard, un flic avait débarqué chez elle. Il était à la recherche de la bonne femme, arnaqueuse notoire supposée agir dans la région, et voulait savoir si elle l'avait croisée. Le flic avait pris la déposition de la vieille. Il avait fouillé la maison à la recherche d'un indice. Il n'avait pas pris de gant et avait retourné la baraque du sol au plafond. Puis avait dit qu'il la tiendrait au courant. Mais la vieille n'avait eu aucune nouvelle. Elle avait appelé le commissariat un mois plus tard pour savoir ce qu'il en était, mais personne n'était au courant de son histoire. Et il n'y avait pas de policier correspondant à la description donnée par la vieille. Les flics l'avaient envoyé balader.

Avec l'aide d'une voisine, Asunción avait alors porté plainte sur le site Internet du service public. Elle reprochait au premier policier une attitude déplacée, une fouille intempestive, et de ne pas avoir enregistré son dépôt de plainte. Quant aux policiers du commissariat, elle leur reprochait de l'avoir traitée avec mépris et d'avoir refusé d'enregistrer un second dépôt de plainte. Rien de bien méchant.

La vieille et sa voisine avaient saisi le défenseur des droits. La voisine avait insisté. La voisine faisait partie d'une association de défense des pauvres citoyens lambda face à la grosse machine administrativo-gouvernemento-légale. La voisine était une activiste. La voisine était une casse-couilles professionnelle. Le défenseur des droits s'était débarrassé du dossier et avait refilé la patate chaude à l'IGPN. Le dossier avait atterri sur le bureau de Rocca où il prenait la poussière depuis plusieurs semaines.

De deux choses l'une. Ou la vieille débloquait et racontait de la merde, ce qui était une possibilité quand on arrivait à un âge avancé. Que ce soit pour se rendre intéressante, parce qu'elle vivait seule et trouvait le temps long, ou à cause de la vieillerie. Maman Rocca en était un bon exemple. Bouteilles et saisons qui passent ne font pas bon ménage. Si c'était le cas, ça ne regardait pas l'IGPN. Mamie zinzin devrait trouver un autre moyen pour occuper ses journées.

Ou la vieille racontait la vérité. Une arnaqueuse s'était tapé l'incruste et lui avait dérobé quelque chose. Pas commun, mais facilement envisageable. Les personnes âgées étaient des proies faciles. Leur crédulité n'était plus à démontrer. Mais alors pourquoi un flic serait venu enquêter seul ? On ne se déplaçait jamais seul quand on enquêtait. Surtout pour faire du porte-à-porte. On ne savait jamais sur qui on pouvait tomber. Son ancienne collègue avait fait cette connerie quand ils pourchassaient le Monstre de l'Oise et l'avait payé cher.

Et pourquoi ne pas enregistrer la plainte ? S'il recherchait effectivement cette bonne femme, le témoignage de la vieille aurait été bon à prendre. Ou alors il n'était pas flic. Mais dans ce cas, pourquoi cette intervention ? Pourquoi fouiller la maison ? Est-ce qu'il était de mèche avec l'arnaqueuse ? Si l'arnaqueuse n'avait pas trouvé ce qu'ils cherchaient, le flic était-il revenu sur les lieux pour finir le travail ?

Pourtant, la vieille disait qu'il ne lui manquait rien... Si c'était une histoire vraie, il y avait un truc qui clochait. Le soi-disant flic avait une carte de police. Une arme sous sa veste. Un portrait-robot de l'arnaqueuse. Une carte de visite avec le numéro du commissariat. Si c'était bidon, c'était soigneusement préparé. S'il était vraiment flic, il s'agissait d'une histoire personnelle. Avec l'arnaqueuse dans le coup ? Ou est-ce qu'il la pourchassait réellement, mais bossait en douce, en dehors du cadre légal ? La question méritait d'être posée.

Une lumière clignota sur le combiné abandonné sur un coin du bureau. Rocca ne recevait pas beaucoup d'appels. En général, on passait par Charron. Romain décrocha. Une voix sèche lui intima l'ordre de monter au dernier étage. Convocation immédiate chez le patron. Ça n'augurait rien de bon.

Rocca monta lentement l'escalier de la honte. Celui que les flics sous le coup d'une enquête de l'IGPN devaient emprunter jusqu'au quatrième étage pour leur garde à vue. Un gigantesque filet était tendu sur toute sa hauteur, pour éviter qu'un prévenu ne privilégie le grand saut au déshonneur. On avait déjà bien assez de suicides dans la maison poulaga. Pas la peine qu'ils viennent faire ça chez nous et qu'ils dégueulassent notre tapis. On était comme ça chez les bœuf-carottes. Pointilleux sur la propreté. Un peu maniaques sur les bords.

Rocca parvint devant le bureau du boss. Un grand cube vitré qui annonçait la couleur. Rien à cacher. Bordier n'était pas seul. Tournant le dos à Rocca, un costume à dix mille boules surmonté d'une touffe grise faisait face au chef de la délégation de l'IGPN à Paris. Faugeron, le directeur de l'IGPN, s'était déplacé depuis sa tour dorée. Le chef de son chef. Qu'est-ce qu'ils pouvaient bien lui vouloir ? Ça puait les emmerdes à plein nez.

Rocca frappa à la porte et Bordier lui fit signe de les rejoindre. Rocca entra sur la pointe des pieds.

– Commissaire. Monsieur le directeur.

– Entrez, capitaine.

Le directeur de l'IGPN se tourna vers lui et lui tendit une main énergique. Dominique Faugeron, bel homme, la petite soixantaine, avait le port altier de ceux qui se savent supérieurs aux autres. Celui que les flics surnommaient l'aristo contrastait nettement avec Stéphane Bordier, le supérieur direct de Rocca. Bordier, c'était l'homme d'action. Le flic qui ne tenait pas en place. Rocca ne savait pas pourquoi il avait atterri à la police des polices, mais il savait qu'il n'y ferait pas long feu. Encore un an ou deux, et il prendrait un gros poste à la PJ. Son avenir était tout tracé.

Faugeron, lui, n'était plus vraiment un flic. Rocca n'était même pas sûr qu'il l'ait été un jour. L'aristo était un animal politique. Lui aussi quitterait bientôt la maison. La retraite lui tendait les bras. Et les bruits de couloir chuchotaient qu'il travaillait plus à sa reconversion qu'à faire tourner la baraque.

Mais bon, il ne fallait pas toujours se fier aux bruits de couloir. Les flics étaient pires qu'un gang de concierges mal léchées. Un esprit retors, une langue de pute et une propension aux commérages digne d'une bande d'adolescentes dans un programme de téléréalité.

– Capitaine, le commissaire me faisait part de votre rôle dans le dénouement de l'affaire Guerrab. Félicitations.

Rocca ne savait pas trop quoi répondre. Il s'en voulait encore. Et étrangement, se faire passer de la pommade par le patron des patrons n'arrangeait pas les choses.

– On ne peut pas laisser ce genre d'agissements perdurer en notre sein, poursuivit l'aristo de son ton mielleux. L'image de la police est déjà suffisamment entachée comme cela aux yeux du public pour ne pas laisser des comportements meurtriers impunis.

– Qu'est-ce qui va arriver à Guerrab ? demanda Rocca.

La question s'adressait à Bordier. Le chef ne paraissait pas très à l'aise. Personne n'aime quand son supérieur vient marcher sur ses platebandes.

– Il est poursuivi pour négligence professionnelle dans la manipulation d'une arme, suivie de mort.

– *Dura lex, sed lex.*

La loi est dure, mais c'est la loi. L'aristo aimait étaler sa science. Et son latin.

– Vous n'avez pas l'air satisfait ? demanda Faugeron.

Question de merde. Comment répondre à ça ?

– J'ai fait mon boulot.

Mieux valait ne pas se mouiller.

– Votre chef m'a dit que vous connaissiez Guerrab ?

– Oui, monsieur.

– J'ai même cru comprendre que c'était un ami ?

– Oui, monsieur.

– Nous faisons là un métier bien difficile. Dévouement, courage et intégrité. Telles sont les qualités nécessaires pour pouvoir l'exercer.

– Oui, monsieur.

Blablabla. Faugeron parlait toujours comme s'il donnait une conférence de presse.

– Bien entendu, votre mal-être vous honore. Nous n'avons pas pour but d'enfoncer nos camarades, mais seulement de faire respecter les règles démocratiques. Ce n'est pas à nous de juger. Et je suis certain que si le parquet considère que votre ami a souffert de pressions psychologiques dues à sa profession, et que le stress et l'agressivité de la victime ont joué un rôle déterminant dans cet effroyable accident, il s'en tirera sans trop de dommages.

– Il pourrait s'en sortir avec une condamnation à cinq ans de prison avec sursis s'il est reconnu coupable de violence volontaire ayant entraîné la mort sans intention de la donner, dit Bordier.

– J'ai cru comprendre qu'il avait un excellent avocat, ajouta Faugeron. Inutile de vous miner davantage. Sur quoi travaillez-vous en ce moment ?

Rocca hésita un instant. Il jeta un coup d'œil à son chef. Était-il au courant qu'il avait laissé Charron en plan ? Connaissant Le Charognard, ça n'aurait rien d'étonnant.

– J'étais censé travailler avec le commissaire Charron sur un comportement harcelant, mais j'ai eu un imprévu. Sinon, j'ai récupéré un dossier du défenseur des droits. Un petit truc. Un manquement à l'obligation de prendre en compte le statut de plaignant par refus de plainte. Assorti peut-être d'une atteinte à la propriété. À vérifier.

– C'est bien, ça, le félicita Faugeron. Laissez retomber la pression. Soufflez un peu. Vous reviendrez à des sujets plus sensibles dans quelque temps.

Le directeur de l'IGPN fit un léger signe de tête envers son subalterne. L'entretien était terminé.

– OK, merci Rocca, dit Bordier. Tu peux disposer.

– Chef. Monsieur le directeur.

Rocca sortit du bureau. *À quoi ça rimait, ce bordel ?* Il fit quelques pas en direction de l'escalier quand la voix de Faugeron s'éleva dans son dos.

– Capitaine. Raccompagnez-moi jusqu'à la sortie.

Rocca se retourna et attendit la suite.

– La fidélité envers ses collègues est aussi une qualité importante quand on porte l'uniforme.

La voix de l'aristo se faisait plus intime, dans la confidence. Le patron se la jouait copain-copain.

– Je sais que vous êtes sorti de la PJ par la petite porte. Mais vous avez toujours l'âme d'un poulet, n'est-ce pas ?

– Je ne m'en suis jamais caché, monsieur.

– Et c'est tout à votre honneur. Vous aimeriez y retourner ?

Est-ce que c'était une question piège ?

– Je pense que je pourrais être plus utile à la société dans les rangs de la PJ, oui.

– Est-ce que vous faites partie d'un syndicat ?

Plutôt crever. Les syndicats policiers étaient gangrenés de l'intérieur. Les extrémistes en avaient pris le contrôle.

– Non, monsieur.

– Dommage. Il est primordial d'avoir des amis, dans la vie. Votre fidélité à ce lieutenant Guerrab est en ce point remarquable. Connaissez-vous *Le Petit Prince*, capitaine ?

Rocca ne l'avait pas lu depuis la quatrième. Mais Yannis avait le puzzle à son effigie.

– Oui.

– « Il faut exiger ce que chacun peut donner. L'autorité repose d'abord sur la raison. » Je déplore que le commissaire Charron vous ait mis dans cette situation. C'est une grave erreur. Et le commissaire Bordier n'aurait jamais dû laisser faire.

– Merci, monsieur le directeur.

– Soyez mon ami, dit Faugeron la main tendue. Et vous retrouverez la place qui devrait être la vôtre.

Rocca serra la main de l'aristo. Il le regarda sortir du bâtiment, tel un baron inspectant ses terres. Tout ça était trop beau pour être vrai. Encore un peu de patience et Rocca retrouverait le terrain, le vrai. Celui qu'il aimait. Fini le placard.

Alors pourquoi avait-il la désagréable sensation de s'être mis la corde au cou et d'avoir conclu un pacte avec le Diable ?

Chapitre 12

Seize heures cinquante-sept

Une sensation étrange l'envahit. Quelque chose de différent. La fin d'une étape, le commencement d'une autre. Son esprit cherchait à se raccrocher à un élément tangible, mais il était comme engourdi, freiné dans sa réflexion. Un fil ténu la retenait et l'empêchait d'avancer. Elle flottait à la limite entre rêve et conscience, entre irrationnel et cartésien. Et puis soudain, tout fut clair. Le silence. L'immobilité. La voiture ne roulait plus. Et à l'instant où elle s'en rendit compte, elle ouvrit les yeux.

Leonor regarda autour d'elle. La Nissan était garée au bord de la route. Ils étaient en pleine montagne. Elle n'aurait su dire s'ils se trouvaient encore en France ou s'ils étaient déjà en Espagne. Il n'y avait aucun panneau en vue. Alex n'était pas là. Ça sentait l'arrêt pipi.

La jeune femme en profita pour prendre l'air une seconde et se dégourdir les jambes. Elle s'étira le plus possible. Des petits oiseaux gazouillaient de branche en branche. La Nature la saluait. Leonor aimait la montagne. On respirait. C'était beau. L'endroit idéal pour décompresser cinq minutes. Passé ce délai, elle se faisait chier comme un rat mort.

Elle s'éloigna un peu de la route, mais impossible de voir Alex. Devant elle, il n'y avait qu'un champ de cailloux, et derrière, une rivière. Où est-ce qu'il était passé, cet *idiota* ? Il n'avait quand même pas fait cent mètres pour trouver un arbre à sa convenance ?

Leo retourna à la voiture et sortit son portable de son sac. Il était éteint. La batterie s'était vidée durant la nuit. Impossible de le rallumer. Il fallait vraiment qu'elle change de téléphone. Cette vieillerie ne tenait plus la route. Elle sortit le cordon pour le brancher sur l'allume-cigare, mais les clés n'étaient plus sur le contact. Alex s'était tiré avec. *¡ Pendejo ! Qui va pisser avec ses clés de bagnole ?!*

Leonor attendit deux longues minutes. Quand les fées s'étaient penchées sur son berceau à la naissance et avaient formulé leurs vœux, la patience n'était clairement pas à leur menu. Elle ressortit de la voiture furax, bien décidée à dénicher son homme et à le ramener derrière le volant par la peau du dos. Elle regarda du côté où la route descendait. *Nada,* à part la falaise à gauche et la montagne à droite. Elle se retourna. Du côté où ça grimpait, il y avait des vieilles bicoques en bord de route. Leo décida d'aller voir par là.

Les deux premières maisons semblaient abandonnées. De vieilles bâtisses en pierre qui tombaient en ruine. La première paraissait être une ancienne étable, ou un vieux hangar. La seconde était une ancienne auberge. Un panneau surplombant une vieille porte en bois était encore partiellement déchiffrable. *A. Carrere, Auberge de Peillou.* Ils étaient encore en France.

La troisième maison, en revanche, était habitée. Des rideaux aux fenêtres, une boîte aux lettres. Deux pots de géranium. Leo colla son nez à la vitre pour tenter de voir à l'intérieur. La maison était sombre et elle ne distingua aucun mouvement. Pourquoi Alex serait-il entré dans cette baraque ? Est-ce que la voiture avait un problème ? C'est vrai qu'elle n'était pas de première jeunesse… Mais pourquoi ne l'avait-il pas réveillée pour la prévenir ? Ça n'avait aucun sens.

Leonor appuya sur le bouton de sonnette. Sans succès. La maison était vide. Que faire ? Elle regarda au loin. La route continuait de monter. Mais un amas de rochers masquait la vue. Est-ce qu'il serait allé jusque-là ? Il n'y avait qu'une façon de le savoir. Elle s'engagea sur le bord de la route, longeant un petit muret. À droite, une vieille pancarte annonçait « Carrière du Gave ». Elle regarda sa montre. Dix-sept heures et des poussières. Ils auraient dû passer la frontière depuis un petit moment. Qu'est-ce qui s'était passé ??

Elle marcha en direction du bloc de rochers. Une voiture ralentit à sa hauteur. Son chauffeur se mit en tête de la klaxonner avec ardeur, confondant son avertisseur sonore avec le chant d'amour d'un animal en rut. Leonor répondit à sa délicate attention d'un léger geste d'excuse. Elle aurait aimé lui tendre bravement un doigt d'honneur. Mais de nature timide, elle luttait depuis sa plus tendre enfance contre une volonté de fuir systématiquement les difficultés. Gamine, elle s'enfermait dans sa chambre quand son frère la prenait comme souffre-douleur. Adolescente, elle avait fui ses parents et leurs sempiternelles remontrances en allant poursuivre ses études à Paris. Adulte, elle évitait soigneusement les conflits avec Alex en prétextant la barrière de la langue, ce qui était la principale raison pour laquelle ils étaient encore ensemble après trois ans d'errements et d'hésitations. Seule l'ombre d'une concurrente parvenait à réveiller en elle la flamme de la rébellion. La jalousie lui donnait bizarrement des ailes. Dans ces moments-là, elle pouvait se transformer en véritable furie. Elle ne se reconnaissait plus. Ce qui n'était pas pour lui déplaire.

Le conducteur abandonna devant le manque de réaction de Leonor et repartit en faisant de grands gestes d'énervement.

Une fois de plus, la politique de la tortue avait fonctionné. Leo était une petite créature, perdue dans la grande jungle de la mondialisation. Son attention se reporta sur une ouverture dans le muret longeant la chaussée. Un petit chemin de graviers partait sur la droite. Elle reconnut le véhicule garé au premier coup d'œil. Le vieux minibus aux couleurs criardes qui avait pris de l'essence à côté d'eux à la station. Le vieux minibus avec la *puta* qui avait allumé Alex. La coïncidence était trop forte.

Leo ne croyait pas au hasard, au destin, ou à la providence. Pour elle, 1 + 1 égalait toujours 2. On pouvait retourner le problème dans tous les sens. La probabilité pour qu'ils se retrouvent à nouveau en compagnie de l'allumeuse des dizaines de kilomètres plus loin, en plein milieu de nulle part, était proche du néant. Du moins, sans que ce soit une décision *délibérée*.

Alex avait disparu. Il l'avait laissé seule dans la voiture. Il avait profité du fait qu'elle dormait. Et là, à deux pas de l'endroit où il s'était garé, il avait retrouvé la blonde qui se promenait à poil et s'était frottée contre lui. *¡ Maldita sea !*

Le sang de Leo ne fit qu'un tour. Elle se précipita vers le van. Elle ouvrit en grand la portière latérale. Elle s'attendait à voir deux corps en pleine fornication. Au lieu de ça, elle fut accueillie par le silence et la pénombre. Les rideaux tirés projetaient une lumière orangée tamisée à l'intérieur du véhicule. Son regard parcourut l'habitacle. Au sol, une traînée noirâtre coulait lentement sur le plancher pour se perdre sous le siège du conducteur. L'espace d'un instant, le temps se figea. Le monde qu'elle avait connu était sur le point de s'effondrer. Avec une lucidité qui la troubla, Leonor sut ce qui l'attendait si elle tournait la tête. Mais elle décida tout de même de le faire. Elle retint sa respiration et remonta le cours du sang.

Vers l'arrière du van, un corps gisait au sol. Les jambes dans le couloir central. Le haut du corps masqué par les sièges.

Leonor savait ce qu'il lui restait à faire. Courir jusqu'à la route. Arrêter le premier véhicule qui passait. Appeler à l'aide. Fuir. Fuir le plus vite possible. Comme elle savait si bien le faire. Comme elle l'avait fait toute sa vie. C'était la réaction la plus *logique*. La plus sensée. Le seul choix possible.

Ses yeux s'attardèrent sur le pantalon du mort. Sur les chaussures du mort. Impossible de se souvenir comment était habillé Alex. Elle avait beau se concentrer, elle ne parvenait pas à se remémorer le moindre détail. Elle ne parvenait plus à distinguer les couleurs. Tout était devenu rouge. Le sol du van. Rouge. Les fenêtres du van. Rouge. Ce foutu pantalon. Rouge, rouge, rouge.

Il fallait qu'elle en ait le cœur net. Il fallait qu'elle sache. Il fallait qu'elle voie. Elle prit appui sur la portière et grimpa à l'intérieur. Une odeur aigre-douce assaillit ses narines. Elle pouvait entendre son pouls battre dans son cou, en staccato. Son cœur lui envoyait des signaux de SOS en morse. *¡ Lárgate ! Barre-toi ! Prends tes jambes à ton cou !* Mais le besoin de savoir était le plus fort. Une excitation morbide mêlée à une frousse carabinée. Et une prière horrible. Pourvu que ce ne soit pas lui. Pourvu que ce ne soit pas lui. Elle, oui. Mais pas lui.

Elle se dirigea vers le mort, en évitant soigneusement de marcher dans le sang. Le van se transformait au fur et à mesure qu'elle avançait. Il s'allongeait monstrueusement. Prenait des proportions gargantuesques. Leo avait le sentiment d'être avalée par une bête gigantesque. Prise au piège. Quoi qu'il advienne, elle ne ressortirait jamais de là.

Elle parvint à la rangée où se trouvait le cadavre. Elle contourna le fauteuil et le vit. Il était là. À moitié sur le siège, à moitié par terre. Dans une position absolument pas naturelle.

Il était grand. Il était blond. Leonor ne l'avait jamais vu. Il était beau. Figé pour l'éternité. Un trou béant au milieu de la poitrine. Elle ne parvenait pas à détacher ses yeux de lui.

Elle crut entendre un bruit derrière elle et se retourna brusquement. Une main dépassait au dernier rang. Un bras immobile. Un autre cadavre. Un frisson lui parcourut l'échine. Qu'est-ce qui s'était passé dans ce *jodido* camion ?? Elle avança d'un mètre pour rejoindre la dernière rangée de sièges. Un autre grand blond. Un autre inconnu. Il avait une partie du crâne arrachée. Du sang avait giclé tout autour sur le fauteuil. Des morceaux de cervelle étaient collés partout sur la housse de siège. Leonor réprima un haut-le-cœur. La panique se transforma en malaise. Une nausée mêlée à un sentiment de soulagement. Alex n'était pas là. Alex n'était pas mort. *Où était Alex ??*

De l'air. Il lui fallait de l'air. Le minibus commençait à tanguer dans tous les sens. Leonor allait tourner de l'œil. Elle recula un peu trop vivement et manqua trébucher sur les jambes du beau gosse. Il fallait qu'elle sorte. Qu'elle respire. Qu'elle remplisse ses poumons. Elle se précipita vers la portière, mais la voie n'était pas libre. Un homme se tenait dans l'embrasure. La barbe grisonnante. L'air sombre et ombrageux. Un homme aux traits tirés au couteau. Un homme qui avait l'air d'avoir connu l'enfer et d'y avoir survécu. Un homme qui respirait le danger. La douleur. La mort.

Leonor sut qu'il était responsable du carnage avant même de voir son fusil pointé sur elle. Terminé, Leo la tigresse. *Adiós* la furie vengeresse. La tortue était de retour. Et elle n'était pas près de sortir de sa carapace.

L'homme récupéra un sac sur le siège passager. Il agrippa Leo par les cheveux, et l'attira à l'extérieur du véhicule. Il claqua la portière et poussa Leo à l'écart de la route. Derrière elle, elle entendit passer des voitures. Si loin et si proches à la fois. Des voitures transportant des gens normaux, qui vivaient une vie normale, partaient au travail ou en vacances chez leurs parents. Des gens qui ne mouraient pas dans un bain de sang, au bord d'une nationale.

L'homme pointa son fusil dans les reins de Leo. Il voulait qu'elle accélère. Comment pouvait-elle accélérer ? On ne fait pas courir une tortue. L'homme l'obligea à escalader un tas de rochers. Leo grimpa comme elle put, pierre par pierre, en tremblant. Elle se retrouva vite trois ou quatre mètres au-dessus du niveau du sol, prise de vertige, mais sommée d'avancer. Elle parvint enfin en haut et s'éloigna vite du bord. Le talus où elle se trouvait menait à une ancienne voie ferrée qui surplombait la route et passait au-dessus de la rivière. Elle tourna la tête et crut apercevoir Alex au loin. Sa silhouette dégingandée, grimpant la route à pied. Vers où ? Pourquoi ??

Elle voulut l'appeler. Crier son nom. Elle ouvrit la bouche, mais aucun son ne sortit. La peur lui coupait les cordes vocales. L'homme posa sa main sur son épaule et la força à avancer.

– Tu cries, tu meurs.

Sa voix était sombre, gutturale. La voix d'un tueur de sang-froid.

Leonor ne pensait pas en être capable, mais ses pieds avancèrent, l'un après l'autre, dans une démarche saccadée et mécanique. L'esprit ne commandait plus le corps. Elle était passée en mode automatique.

Ils franchirent le pont en quelques pas. De l'autre côté, le chemin de fer s'arrêtait et la forêt étendait son domaine. À la lisière du bois, un autre homme, plus jeune, attendait avec *la puta rubia,* la blonde qui s'était collée à Alex, deux autres sacs à leurs pieds. La blonde était en sang et en larmes. La blonde était choquée. Mais la blonde n'était pas blessée.

Le jeune homme aussi était en sang. Mais lui paraissait mal en point. Il fit un signe à son compère, désignant Leo de la tête.

– Elle fouinait dans le camion, répondit le vieux barbu. *Goazen, azkar !*

Le jeune prit un sac sur son épaule et embarqua la blonde avec lui. Il avait une sorte de mitraillette en bandoulière et un pistolet à la main. Ils s'enfoncèrent au beau milieu des arbres. Le vieux prit le dernier sac et fit signe à Leo de suivre le chemin. Le vieux était lourdement chargé. Les deux sacs avaient l'air de peser une tonne. Mais il tenait son fusil fermement. Elle n'avait aucune chance de s'échapper. Elle baissa la tête, suivit le jeune et la blonde, et pénétra à son tour dans la forêt. Avec la désagréable impression d'abandonner derrière elle son ancienne vie et toute trace du monde civilisé.

Alex, je t'en prie. Viens me chercher. Trouve-moi ! Trouve-moi !! Trouve-moi !!!

Deuxième Partie

Renard

Vitry-sur-Seine

L'appel leur parvient en fin de matinée. Le bleu suit ses collègues jusqu'à leur voiture. À vrai dire, le bleu n'en est plus vraiment un. Ça fait un peu plus de deux ans qu'il fait partie de la maison. Depuis qu'il s'est inscrit à l'école de police sur un coup de tête, après avoir vu *Le Flic de Beverly Hills* au cinéma. Le bleu a fait l'école. Le bleu a fait son stage. Le bleu bosse sur le terrain depuis plusieurs mois. Il a demandé à ses collègues combien de temps il serait considéré comme un bleu. Ils lui ont donné plusieurs réponses. *Tant que t'auras pas du blanc sur les tempes. Tant qu'un autre bleu aura pas pris ta place. Tant que tes couilles seront pas descendues.* Le bleu a lâché l'affaire.

Ils font demi-tour et se dirigent vers la rue Houdon. Une simple plainte de voisinage. Une fumée persistante. Et des odeurs désagréables. Probablement un clampin qui s'amuse à brûler des mauvaises herbes dans son jardin. Rien de bien méchant, en somme.

Des petites maisons alignées les unes contre les autres. Des petits bouts de terrain. Ce n'est pas le grand luxe. Mais les chanceux qui habitent ce quartier ne sont pas les plus à plaindre.

Ils se garent et sortent de leur véhicule. Ils sonnent à la grille, sans succès. Le bleu longe le muret. La maison fait l'angle avec une petite voie sans issue.

– Il y a de la lumière, dit-il à ses collègues. Il y a quelqu'un.

– Ça répond pas, indique Morin en insistant sur le bouton de sonnette.

– La sonnette marche peut-être pas, fait Paillet en tentant d'ouvrir le portail.

Celui-ci n'est pas fermé à clé. Les trois gardiens de la paix pénètrent dans le minuscule jardin entourant la maison. Paillet se rapproche de la porte et frappe.

– Je vais voir derrière, prévient le bleu, avant de faire le tour de la baraque.

La portion de jardin à l'arrière est à peine plus grande que celle de devant. Aucune trace de feu. D'ailleurs, le petit terrain n'est pas du tout entretenu. Le propriétaire ne brûle pas ses mauvaises herbes. Il les laisse pousser librement, tentant de reproduire une parcelle de forêt vierge en miniature.

Le bleu se retourne pour rejoindre ses collègues. Une fumée légère s'échappe d'un soupirail en métal au pied de la maison. Si c'est ça la raison de l'appel, ça semble quelque peu excessif. Il s'approche du soupirail, se baisse. Ça sent le shit à plein nez. OK. On a un ou deux fumeurs de marijuana. Et probablement un vieux ou une vieille du voisinage qui a peur des jeunes. Le coup classique. La plupart des plaintes de voisinages sont dues aux barrières que les gens érigent entre eux. Barrière sociale, culturelle, religieuse, différence d'âge. La peur de l'autre, tout simplement.

Le bleu agite la main pour éparpiller la fumée. Un simple pétard ne pourrait pas provoquer autant d'émanations. Ou ils sont nombreux à fumer là-dedans, ou il y a également autre chose. De l'opium ? Du crack ? Le bleu décèle aussi une vague odeur d'encens. Peut-être pour tenter de masquer le reste ?

Le bleu se rapproche un peu plus du soupirail pour jeter un coup d'œil au travers. Le sous-sol de la maison est bien éclairé. Des lampes projettent une lumière blanche assez forte sur des rangées de plantes vertes alignées sur des tables. La pièce en est remplie. Le bleu n'en a jamais vu auparavant, mais il pourrait jurer qu'il s'agit d'une petite plantation de cannabis. Probablement pas de quoi inonder le marché parisien, mais beaucoup trop pour une simple consommation personnelle.

Le bleu se relève. Il a le cœur qui s'emballe. Il a beau battre le bitume depuis plusieurs mois, il n'a pas encore procédé à un grand nombre d'arrestations. À chaque fois, il sent le stress l'envahir. L'impression de ne pas être à sa place. De ne pas être légitime. Heureusement, il n'est pas tout seul. Il ouvre la lanière qui maintient son arme dans son étui. Il pose deux doigts sur son pistolet, puis rejoint ses coéquipiers.

Les collègues discutent sur le pas de la porte avec le propriétaire. Un type à la maigreur extrême. Les cheveux longs et filandreux, la barbe mal rasée, l'œil rouge et des tics faciaux en veux-tu en voilà. Une bonne dégaine de camé.

Paillet voit du coin de l'œil le bleu les rejoindre. Le bleu est tout pâle. Le bleu a la main sur son flingue. Le bleu n'aime pas les armes. Le bleu est pacifiste. Le bleu fait dans son froc dès qu'il y a un peu d'action. Mais le bleu a *de la jugeote*. Et si le bleu est dans cet état, ça sent le délit à plein nez.

– Monsieur, demande Paillet au camé, est-ce que vous pourriez nous laisser entrer s'il vous plaît ?

– Ouais, j'sais pas trop.

Il a la voix traînante et les yeux dans le vague. Autant parler à un mur. Ça ne monte pas jusqu'au cerveau.

– On veut seulement discuter deux minutes. C'est probablement rien. Vous savez comment sont les voisins… Toujours à chercher la petite bête.

– Ouais, ouais…

– Deux minutes.

Le brigadier ne laisse pas au camé le temps de répondre. Il pénètre dans la maison en le bousculant très légèrement. Dans ces cas-là, la règle est simple. Faire rapidement le tour du propriétaire. Bien couvrir tous les angles. Faire confiance aux collègues pour protéger vos fesses.

– Vous êtes seul ici, monsieur ?

Le camé proteste mollement.

– Hé ! Hé ! Vous pouvez pas…

La vérité c'est que si, ils peuvent. Morin s'engouffre dans la baraque à la suite du chef. Le bleu l'imite. La maison pue la poussière et l'humidité. Elle mériterait d'être aérée une année ou deux. Et même par grand vent, ça ne suffirait probablement pas.

Le chef se tourne vers le bleu.

– Le sous-sol, dit le jeunot.

– Vous avez un sous-sol, monsieur ?

– Non… C'est pas légal ! Z'avez pas le droit ! Z'avez pas le droit !

Un vieil escalier vermoulu monte à l'étage. Mais l'accès à la cave n'est pas visible. Le bleu cherche une porte qui pourrait donner sur un autre escalier. Il entend le camé râler et ânonner des grognements inintelligibles de l'autre côté de la maison. Le bleu emprunte un couloir étriqué qui mène à un semblant de cuisine. Un évier, un petit frigo et un réchaud. Des immondices à même le sol. De la crasse sur la crédence, sur le lino, sur les murs, sur les placards. De la crasse partout. À côté d'une minuscule table, une porte. Fermée.

Le bleu hésite. Mieux vaut appeler du renfort avant de faire une connerie.

– Je crois que j'ai trouvé, crie-t-il.

Pour seule réponse, il entend une lourde détonation, suivie d'un hurlement de douleur. Le bleu dégaine son pistolet. Deux autres détonations percent le silence. Une autre arme. Celle d'un collègue. La première arme lui répond. Du gros calibre. Peut-être un fusil à pompe. Peu de précision. Mais beaucoup de bruit. Et beaucoup de dégâts. Surtout à bout portant.

Le bleu avance *lentement*. La tête rentrée dans les épaules. Son flingue tremblotant devant lui. Des gouttes de sueur perlent sur son front, dégoulinent dans ses yeux, lui brûlent la rétine. Il tente de s'essuyer avec sa manche. Impossible. La frousse s'est incrustée en lui, coulant dans ses veines. La glace et le feu. Les mains gelées, le front brûlant. La peur panique, c'est pire que la grippe espagnole.

Le couloir fait deux mètres de long. Un siècle de traversée. Nouvel échange de coups de feu. À l'étage ? Difficile à localiser. Le son des déflagrations se répercute sur les murs. S'amplifie. Se déforme. Au bout du couloir, de la fumée. Des relents de poudre. Une odeur de cramé. Le bleu se fait *le plus petit possible*. Un râle attire son attention. Vers la porte de la maison, un collègue à terre. Blessé.

OK. Première chose. Localiser le camé et sortir le collègue de là.

Nouvelle détonation. De la distance. L'affrontement a lieu un peu plus loin. Le bleu ose jeter un coup d'œil. Il sort la tête du couloir et la rentre immédiatement. La voie est libre. Il se précipite vers le blessé. Morin est sous le choc, allongé dans son sang. Il lui faut des soins *de toute urgence*. Le bleu rengaine son arme, soulève son partenaire avec peine, le charge sur son épaule et ouvre la porte. Il tourne le dos à la maison. Tourne le dos au danger. Si le camé surgit derrière lui, c'en est fini. Il lui suffirait d'appuyer sur la détente et bye-bye le bleu. Avec un peu de chance, il aurait le droit à un hommage national. Avec ministre de l'Intérieur à ses funérailles. Sa mère serait contente. Elle aime bien Pasqua.

Le bleu porte son collègue jusque dans la rue. Le pose au sol le plus délicatement possible. Lui défait sa ceinture. Lui fait un garrot. Maintenant, il s'agit d'appeler rapidement les secours. Il se relève. Mais de nouveaux coups de feu retentissent dans la maison. Le chef. Lui aussi a besoin d'aide. Le bleu dégaine de nouveau son pistolet. Cette fois, il sera obligé de s'en servir. Il se précipite vers la maison, franchit la porte en courant, grimpe l'escalier quatre par quatre. Il sent la première balle l'effleurer avant même d'entendre la déflagration. Il plonge vers le sol, évitant de justesse la deuxième salve.

Le camé s'est réfugié dans une pièce. Il a changé d'arme. Qui sait combien il en a dans cette fichue baraque ? Le bleu, lui, est couché dans l'escalier. Les yeux au niveau du plancher du premier étage. Partout par terre des bris de glace, des bouts de bois arrachés par l'impact des balles, des traces de sang. Qu'est-ce qu'ils sont venus faire dans cette galère ??

– Chef, ça va ? chuchote le bleu dans sa radio.

Pour toute réponse, deux nouveaux coups de feu. Les balles se logent dans les boiseries au-dessus de lui. Le camé est nerveux.

Paillet ne répond pas. Pas de nouvelle, mauvaise nouvelle. Lui aussi est peut-être touché. Il faut tenter une approche différente.

– Hé, monsieur ! On s'en fout de votre sous-sol ! Vous m'entendez ? Tout ce que je veux, c'est récupérer mon collègue et on s'en va bien gentiment.

Trois nouveaux coups de feu. Le camé ne semble pas à court de munition. Que faire ?

Le bleu ne pourra jamais sortir de ce foutu escalier par le haut. Il est pile dans la ligne de mire. La pièce où s'est embusqué le camé donne sur l'escalier. Le bleu tourne la tête. Un petit couloir longe l'escalier et mène à une autre pièce, la porte grande ouverte. *Si seulement je pouvais arriver par là ? Atteindre la pièce où se trouve le camé depuis la droite, plutôt que du côté escalier.* C'est risqué, mais il faut savoir vivre dangereusement. Et de toute manière, il n'y a pas le choix. Les voisins ont sûrement appelé les flics. Les renforts sont en route. Mais le silence de Paillet ne peut signifier qu'une seule chose. Il faut agir *vite*.

Le bleu rengaine son pistolet et redescend de quelques marches. Il grimpe sur la rambarde, en prenant soin que sa tête ne dépasse pas le plancher du premier étage. Il s'agrippe aux barreaux de la balustrade au-dessus de lui, puis se déplace latéralement, ses pieds posés sur la rampe. Un mètre plus loin, il se retrouve les pieds dans le vide. S'il lâche prise, il est bon pour le plongeon, et au mieux, une grosse entorse. Au pire, une belle fracture. Il continue jusqu'au bout, puis tente de se hisser à la force des bras. Ses pieds frétillent en dessous, à la recherche d'un appui. Il faut accélérer le mouvement. Si le camé n'entend plus rien, il finira par sortir de sa cachette. Et dans cette position inconfortable, le bleu ne peut pas se défendre.

Il tire sur ses bras de toutes ses forces, se penche sur le côté pour tenter de poser un pied entre deux barreaux du garde-corps. Le bois se met à craquer. Si la rambarde supporte son poids, ce sera un petit miracle. Si le camé n'entend pas le vacarme et ne réagit pas, ce sera un *gros* miracle.

Le bleu parvient à se hisser et à se mettre debout, les talons dans le vide. Le bleu enjambe la balustrade, brandit son arme, puis se dirige vers la pièce où le camé s'est retranché. Depuis l'embrasure de la porte, celui-ci continue de surveiller le haut de l'escalier. Le bleu compte jusqu'à trois avant de se précipiter sur la porte. Le choc envoie le camé valdinguer sur le parquet. Étourdi par la collision, le bleu a un instant d'hésitation. Le camé fait feu le premier. Le bleu s'effondre, tirant à son tour.

Le bleu reprend conscience bien plus tard, dans l'ambulance qui le mène à l'hôpital. On lui expliquera par la suite comment il s'est relevé dans un état semi-comateux, a sorti son chef de la maison, avant de tomber définitivement dans les vapes.

Pour acte de courage et de dévouement, on lui donne une jolie Médaille d'Honneur en bronze, avec un beau ruban tricolore. Une distinction méritée, acclamée par ses collègues et amis. Au mépris du danger, il a sauvé deux gardiens de la paix d'une mort certaine. Les deux hommes sont salement touchés, mais ils s'en remettront.

Le jeune froussard s'est montré d'une bravoure extrême face au danger. Dommage qu'il n'ait gardé aucun souvenir de la scène. La seule chose dont il se souvient, c'est d'avoir tué un homme. Un ancien combattant qui a servi sous les drapeaux au Tchad, en Libye et au Liban. Lui aussi avait été décoré. Un militaire, abandonné par la société à son retour au pays. Engagé pour surveiller la plantation, il était tellement défoncé qu'il avait pris les trois agents de police pour des agresseurs venus lui piquer la marchandise.

Le bleu va voir *Le Flic de Berverly Hills 2* qui vient de sortir au ciné. Mais le film n'a pas le même goût que le premier. Le bleu est entré dans la police pour aider les autres. Pour avoir un impact positif. Être utile. Il n'est pas entré dans la police pour jouer les cowboys. Et il n'est certainement pas entré dans la police pour *tuer des gens*. Le bleu réfléchit longuement à une solution. Il aime son métier et ne se voit pas faire autre chose. Après plusieurs semaines de récupération, il retourne au travail et fait sa demande de mutation.

Quelques semaines d'attente plus tard, il se retrouve à l'IGS, la police des polices, fraîchement décoré. Il peut enfin travailler sans avoir à dégainer une arme et devoir tirer à tout bout de champ. Patrick Charron a la vie devant lui. Une vie à œuvrer pour le bien de tous. Sans violence. Et sans victime.

Surtout, sans victime.

Chapitre 1

1980

Le plan était simple. Une organisation comme l'ETA avait un coût. Avec les attentats de Madrid et de Valladolid, ils avaient perdu la plupart de leurs soutiens économiques. Il avait fallu trouver de nouvelles sources de rémunération. Les têtes pensantes avaient décidé de récolter la *iraultza zerga, la taxe révolutionnaire*. Racket, système de « protection » et saucissonnage. C'est là qu'intervenaient Andoni et le commando Bayonne. En quelques mois, ils étaient devenus les spécialistes du *bahiketak, l'enlèvement des mauvais payeurs*. Ceux qui refusaient de payer la taxe.

L'ETA s'était professionnalisée. On copinait avec les FARC, les forces armées révolutionnaires de Colombie, et avec les gars de l'IRA provisoire. Avec la mort d'Ibarzabal, l'ETA avait perdu son instructeur en chef. Désormais, on envoyait les etarras s'entraîner au Nicaragua, au Liban, en Algérie ou en Libye. L'ETA s'était mondialisée. Durant l'année 1979, l'ETA avait assassiné 86 personnes. Et 1980 était partie sur des bases encore plus élevées. L'ETA était une machine bien rodée. Une machine de mort lancée à toute allure sur les routes de la Révolution. Politiques, parlementaires, journalistes, magistrats, fonctionnaires, philosophes, intellectuels, religieux… Personne n'échappait à la furia etarra. Nul n'était à l'abri de son courroux.

Julen ralentit en pénétrant sur le rond-point et prit la troisième sortie. Julen conduisait toujours plus prudemment quand ils étaient en mission. À l'arrière de la camionnette, leur cible ne bronchait pas. Un sac sur la tête, les mains liées dans le dos. Après une prise en main plutôt musclée, leur cible avait fini par se calmer.

Le type s'appelait André. Il tenait un bar à Bayonne que fréquentait de temps en temps Andoni. Pas le mauvais bougre. Un mec fier. Le cœur à gauche. Et plutôt proche des courants indépendantistes. Vous pouviez vous réclamer de l'ETA qu'il ne vous foutrait pas à la porte, bien au contraire. Son seul défaut ? Il avait refusé de payer la taxe. Les ordres d'en haut étaient clairs. Pas d'exceptions. Même pour les sympathisants. On montre l'exemple.

Les gars avaient râlé. Si maintenant on s'en prenait aux copains, où allait-on ? Mais l'argent devait rentrer. Il fallait payer tous ces billets d'avion. S'entraîner en Amérique centrale, en Afrique ou au Moyen-Orient, ça avait *un prix*. Il fallait payer pour la bouffe, les logements, les faux papiers, les véhicules, l'essence… Et les armes. L'ETA avait besoin d'armes. Pas de victoire sans guerre. Pas de guerre sans munitions. Pas de munitions sans argent. Le calcul était vite fait.

La camionnette s'engagea sur le parking puis se dirigea vers l'arrière du bâtiment. Andoni et ses hommes se servaient d'un vieil entrepôt abandonné. Parfaitement isolé. Ils ne risquaient pas d'avoir de la visite, aucun promeneur n'était susceptible de se balader à proximité. Il n'y avait rien à voir, rien à faire, dans le coin. À part se faire kidnapper et prier pour que ses proches payent la rançon rapidement.

Ils sortirent le paquet de la camionnette. Le salaud ne faisait aucun effort. Il pesait une tonne et en rajoutait. André faisait la mauvaise tête et se montrait récalcitrant depuis le début. Il n'y avait aucun moyen de le faire tenir debout. Au moins, il avait arrêté de se débattre.

Ils le portèrent jusqu'au coin du hangar aménagé pour l'occasion et le posèrent sur le canapé défoncé qui faisait office de couchette. Vicente éclata de rire en leur désignant le renflement qui créait comme une petite bosse sur le pantalon de leur victime. En quelques mois, Andoni en avait déjà vu de belles. Beaucoup se faisaient dessus. Que ce soit la petite ou la grosse commission. Mais c'était la première fois qu'il en voyait un avoir une trique d'enfer. Le saucissonnage l'avait tout émoustillé. Qui l'eut cru ? André aimait le SM. Il se baladait peut-être le samedi soir avec des dessous en cuir clouté. Tous les goûts étaient dans la nature.

Andoni claqua des doigts et les trois etarras enfilèrent leur cagoule. Une fois masqués, Andoni s'approcha de leur cible pour retirer le sac qui lui couvrait la figure. La tête d'André roula légèrement sur le côté, en fixant le Basque droit dans les yeux. André était livide. André avait les yeux révulsés. André avait la langue qui pendait. André ne paierait plus la taxe. André ne paierait plus quoi que ce soit. Le con avait eu un infarctus.

Les trois etarras se disputèrent durant deux bonnes heures. La faute à qui ? Que faire du cadavre ? Que dire aux *buruzagiek, leurs chefs militaires* ? Ils ne seraient pas contents. Les mots fleuris volèrent dans le hangar. Quelques objets aussi. Julen était partisan de prévenir tout de suite et d'aller à la pêche aux ordres. Vicente voulait faire profil bas. Enterrer le mort et ne rien dire à personne. Mais c'est Andoni qui finit par avoir le dernier mot. On ne pouvait rien changer à l'affaire. André avait le cœur fragile. Ils n'avaient pas eu l'info. C'était con, mais ça ne changeait rien. André serait encore en vie s'il avait payé la taxe. C'était sa faute, tant pis pour lui. Eux étaient là pour récupérer l'argent et montrer l'exemple. Vous voulez vivre tranquille ? Alors il faut passer à la caisse. Point final. Pas d'exception.

Ils continuèrent la mission comme prévu. Contacter la famille, récupérer le fric, rendre la cible. La seule différence avec d'habitude, c'est que lorsqu'ils déposèrent le paquet là où ils l'avaient embarqué quelques jours plus tôt, il était froid, rigide et commençait à puer sérieusement.

Deux jours plus tard, Andoni était convoqué. Une voiture avec deux etarras qu'il ne connaissait pas vint le chercher en bas de chez lui. Sortis de Bayonne, on lui mit une paire de lunettes opaques sur les yeux en lui ordonnant de garder la tête baissée. Ils roulèrent ainsi en silence pendant plus d'une heure. La confiance était de mise, ça faisait plaisir.

La bagnole s'arrêta enfin. On lui retira les lunettes et Andoni découvrit une arrière-cour en pierre. Un vieux bâtiment, avec plusieurs voitures garées là. Ça ne présageait rien de bon. Andoni n'était pas armé. Il avait la désagréable impression d'être conduit à l'abattoir. Bien entendu, s'ils avaient voulu le tuer, ils l'auraient descendu en bas de son immeuble. Ils ne se seraient pas donné la peine de l'embarquer. Mais ça ressemblait tout de même à une convocation au tribunal. Le jugement final. Vous avez déconné. Le jury vous déclare coupable. Est-ce qu'il aurait le droit de se défendre ?

On le mena à une grande salle qui devait accueillir des réceptions, ou des grandes tablées. On le fit asseoir sur une chaise. Devant lui, Markel Irureta, Victor Etxeberría, Iñaki Arzuaga, Salva Olabarria, et Marixol. Les têtes pensantes de la branche militaire de l'ETA. *ETAren buruzagitza osoa. La direction au complet*. Ils étaient tous assis derrière une grande table en bois, alignés les uns à côté des autres. Marixol à une extrémité. Elle avait pris un petit coup de vieux depuis la mort d'Ibarzabal.

Mais elle ne portait plus le noir. Elle s'était attaché les cheveux en arrière pour l'occasion. Peut-être pour se donner un air plus strict. Ça faisait ressortir la ligne délicate de son cou et soulignait la finesse de son menton. Son regard était dur. Mais le reste de son corps appelait l'amour de toutes ses forces. Elle était seule. Elle était en manque. Ça sautait aux yeux.

– André Bargelès, dit Arzuaga d'une voix impassible. Tu peux nous expliquer ?

Andoni haussa les épaules.

– Il y a rien à expliquer. On a fait comme d'habitude. Il avait un problème cardiaque. On n'était pas au courant. Son cœur a lâché. Fin de l'histoire.

– Pourquoi vous avez balancé son cadavre pourrissant au pied de chez lui ? demanda Irureta. Vous avez choqué inutilement une famille de sympathisants.

– La question, surtout, c'est pourquoi on s'en prend à des sympathisants ? Du pognon, on peut en récupérer ailleurs.

– On ne te demande pas de discuter nos ordres, dit Olabarria. L'ETA est une organisation militaire. Tes supérieurs te donnent un ordre et tu l'exécutes. Si tu n'es pas capable de t'y plier, tu n'as rien à faire parmi nous.

– Vous nous avez donné l'ordre de récolter la taxe, on a récolté la taxe. Vous nous avez donné une liste de cibles, on a taxé ces cibles. Vous nous avez dit d'enlever les mauvais payeurs pour obliger leurs familles à payer la taxe, on a enlevé les mauvais payeurs. Vous nous avez désigné André, on s'est occupé d'André. Vous vouliez faire un exemple, on a fait un exemple. Au final, la famille d'André a payé. Vous l'avez, votre taxe. Il est où le problème ? L'ETA est une organisation militaire. Je ne fais qu'exécuter les ordres de mes supérieurs. Si vous n'êtes pas content, vous n'avez qu'à donner de meilleurs ordres.

Andoni avait parlé d'un ton calme. Maître de lui. Confiant. Il fixa Marixol droit dans les yeux. Ils ne s'étaient croisés qu'une seule fois depuis la mort de Guillermo. Pour l'enterrement. Les soupçons s'étaient immédiatement posés sur les groupuscules d'extrême droite qui faisaient la chasse aux etarras des deux côtés de la frontière. Même modus operandi. Message pro-espagnol. Andoni n'avait pas été inquiété le moins du monde. Mais il n'avait pas pu récolter les fruits de son geste. Il s'était montré patient. Mais si ces *ergelak, ces imbéciles*, décidaient d'en finir avec lui ou de l'envoyer en exil, il pourrait tirer une croix sur Marixol. Il sentit le sang affluer vers son cerveau, son rythme cardiaque s'accélérer. Il serra les poings pour éviter la crise. Inutile de perdre ses nerfs et de se donner en spectacle. Ça ne ferait que jouer contre lui.

Arzuaga le dévisagea en silence, essayant de lire dans ses pensées. Les autres chuchotaient entre eux, à la recherche d'une solution cachée. Que faire d'Andoni ? Trop efficace pour se passer de lui. Trop embarrassant pour l'avoir dans les pattes. Les chefs n'étaient pas d'accord.

Etxeberría aurait voulu se débarrasser de lui. Andoni lisait la peur sur son visage. Ce *koldar* était trop lâche pour se battre. C'était un planqué. Pour lui, prendre les armes signifiait donner des ordres à plus courageux que lui. Une voix contre.

Olabarria était de son côté. C'était un combattant, un vrai. Il connaissait les règles de l'engagement. On ne faisait pas d'omelettes sans casser d'œufs. La guerre propre, ça n'existait pas. Une voix pour.

Irureta ne pouvait pas le blairer. C'était un des penseurs du groupe. Ils s'étaient croisés plusieurs fois depuis la ferme et l'intello avait toujours montré de l'animosité à son égard. Il n'avait pas aimé l'erreur de Valladolid, ni ses conséquences politiques. Il serait ravi de l'éliminer. Deux contre.

Sans être certain à cent pour cent, Andoni aurait parié qu'Arzuaga, le véritable leader de l'ETA au nord des Pyrénées, était de son côté. Arzuaga respectait les soldats. Et Andoni était un soldat. Un combattant forgé sur le terrain, dans la sueur et le sang. Ce qui faisait deux voix pour, deux voix contre.

Restait Marixol. Marixol ne l'aimait pas. Marixol l'évitait. Marixol ne pouvait plus le sentir depuis qu'il l'avait embrassée à la ferme. Marixol était une femme. Elle avait un septième sens. S'il faisait tout pour rester dans le coin et se rapprocher d'elle, elle finirait par le suspecter d'avoir éliminé son amant. Mais Marixol se sentait responsable de lui. Elle l'avait enrôlé, manipulé, transformé, envoyé au charbon. Si une solution se présentait, elle préférerait qu'il ait la vie sauve. Qu'elle puisse continuer à dormir sur ses deux oreilles.

– Excusez-moi, dit Andoni, interrompant les palabres silencieuses des *buruzagiek*. Avec tout votre respect, si vous n'êtes pas satisfaits de mon travail, vous pouvez me donner autre chose à faire. Je suis abertzale, je suis patriote. Je ferai tout ce qu'on me dira de faire. Je peux voyager. J'ai mon passeport et je suis grillé nulle part. Je pourrais peut-être vous être plus utile ailleurs ?

Andoni décela un léger sourire sur le visage pourtant impassible d'Arzuaga. Il avait vu juste. Il leur offrait une porte de sortie. Les chefs ne pouvaient pas ne pas la prendre.

Les *buruzagiek* discutèrent encore durant quelques minutes, pour la forme. Mais les dés étaient jetés. Marixol s'était détendue. Elle paraissait soulagée. Pourquoi ? Parce qu'Andoni aurait la vie sauve ? Ou parce qu'ils l'enverraient à l'autre bout du monde ?

Leurs regards se croisèrent de nouveau. Andoni lui sourit.

Tu vois ? Je ne suis pas qu'une main, petite pute. J'ai aussi une bite et un cerveau.

– Andoni Guerrero, dit Arzuaga. Nous avons une mission pour toi de la plus haute importance... Dans une semaine tu partiras en Corse rencontrer, je l'espère, nos futurs amis. Notre futur dépend de cette prise de contact. Il faudra les convaincre que les ennemis de nos ennemis sont nos amis.

Irureta tirait la gueule. Etxeberría n'osait pas le regarder en face. La décision était loin d'être unanime. Mais Andoni s'en foutait. La Corse, c'était parfait. Ni trop près, ni trop loin. Il pourrait continuer à grandir, à se rendre indispensable. Et quand il rentrerait, elle ne pourrait plus le repousser éternellement.

– Vous pouvez compter sur moi, vous ne serez pas déçus. Je saurai vous satisfaire, promit Andoni en ne s'adressant qu'à Marixol.

Chapitre 2
Avril

L'enfer. La dialyse, c'était l'enfer. Sadiya ne se plaignait pas. Elle était malade, elle n'avait pas un rond et on la soignait sans rechigner. Elle était extrêmement reconnaissante envers son pays d'accueil, même si l'accueil était temporaire. Elle n'avait toujours pas de papiers et attendait avec anxiété le courrier qui lui délivrerait la décision des institutions quant à sa demande d'asile. Il y avait entre six mois et deux ans de délai, lui avait-on dit. Elle attendait depuis plus d'un an.

Sadiya n'était pas du genre à se plaindre. Mais Malet voyait bien ce que son amie vivait. Et elle vivait l'enfer.

Suivre une dialyse, ça signifiait se rendre un jour sur deux au centre pour une demi-journée. Quatre ou cinq heures à passer immobilisée, branchée à une machine infernale. Deux aiguilles grosses comme des pieux lui transperçaient le bras et la laissaient complètement meurtrie. La promiscuité avec les autres patients, pour la plupart des vieux qui puaient la maladie. Qui gémissaient ou criaient selon la douleur. Le hurlement des machines qui bipaient et sonnaient sans cesse. Le bruit de fond des télévisions. Les cris du personnel tentant de couvrir le vacarme ambiant.

Et après la séance, c'était pire. Sadiya était à bout de forces. Exténuée. En nage. On aurait dit qu'elle venait de courir un marathon en plein désert. Elle frissonnait et était secouée par des crises de tremblement. La seule chose qu'elle pouvait faire, c'était s'allonger et dormir. Les douleurs atroces et la fatigue l'empêchaient de lutter contre ce mal qui la rongeait de l'intérieur.

Et puis il y avait les repas. Manger devenait un problème mathématique. Il fallait tout calculer. Combien de verres d'eau. Combien de tasses de thé ou de café. Combien d'oranges. Un régime sans sel. Sans potassium. Sans phosphore. Sans protéine. Sans plaisir. Sadiya n'avait le droit *à rien*.

La routine s'était installée en quelques jours. Une demi-journée de traitement. Un jour et demi pour s'en remettre. Et ça recommençait, inlassablement. Il n'y avait de la place pour rien d'autre. Un cycle infernal de souffrance et d'éreintement. Pâleur extrême, anémie, perte d'appétit, et un cœur qui menaçait de la lâcher à tout moment. Selon sa cardiologue, le risque de mortalité de Sadiya équivalait à celui d'un vieux de 85 ans sans problème rénal. Sadiya avait 27 ans et elle était déjà en fin de vie.

Mais le pire dans tout ça, c'était que la dialyse ne servait pas à grand-chose. Au mieux, on pouvait espérer une amélioration de dix à quinze pour cent de la fonctionnalité des reins. *Au mieux*. Il n'y avait aucune chance réelle de guérison. Il s'agissait surtout de stopper les dégâts le plus vite possible. Éviter que ça n'empire. Maintenir le *statu quo*. Tout ça pour ça ? C'était à se tirer une balle. À quoi bon vivre si on ne pouvait plus bouffer, bouger, baiser ?

Heureusement, Sadiya n'était pas aussi négative que Malet. Elle s'accrochait. C'était une battante. Elle encaissait comme une grande. Sadiya n'était pas du genre à se plaindre.

À la mi-avril, Sadiya reçut la lettre tant attendue. Ils s'installèrent sur le sofa, et Malet tenta de traduire comme il put.

LE DIRECTEUR GÉNÉRAL DE L'OFFICE FRANÇAIS DE PROTECTION DES RÉFUGIÉS ET APATRIDES

Vu le code de l'entrée et du séjour des étrangers et du droit d'asile et notamment ses articles L. 711-1 et suivants, L. 712-1 et suivants, L. 713-1 et suivants, L. 721-2, R. 721-1, R. 723-2 et suivants :

Vu la demande d'admission au bénéfice de l'asile présentée par
Mme JAHANGIR
SADIYA
née le 12/05/1992
de nationalité bangladaise
en date du 03/04/2018

DÉCIDE

La demande d'asile présentée par
Mme JAHANGIR
SADIYA

est rejetée pour les motifs suivants :

S'ensuivait une page et demie de texte reprenant le résumé du récit de Sadiya. Sa rencontre avec Taslima Hafiza, l'épouse battue de Rafiquar Biraj, un trafiquant de drogues notoire. Comment Sadiya avait aidé cette femme à établir sa demande de divorce. Comment le trafiquant avait menacé Sadiya et son cabinet d'avocats. Comment il avait fait annuler la demande en enfermant sa femme à domicile. Comment celle-ci avait fini par s'échapper. Comment ce trafiquant avait considéré Sadiya comme responsable. Comment il l'avait enlevée. Comment il l'avait torturée. Comment il l'avait dénudée, attachée, ébouillantée sur le visage, les seins et les cuisses avec du thé brûlant. Comment il l'avait photographiée. Comment il avait envoyé ces photographies à sa belle-famille, mettant ainsi fin à son mariage arrangé prévu pour l'année suivante. Comment il avait envoyé ces photographies à sa famille, causant ainsi la mort prématurée de son père, fragilisé par des problèmes cardiaques. Comment il avait libéré Sadiya, lui intimant l'ordre de retrouver la trace de son épouse, sous peine de sanction plus définitive. Comment Sadiya avait fui le pays au sortir des urgences. Sans pouvoir assister aux funérailles de son père. Abandonnant sa mère, ses frères, ses sœurs, ses amis, sa carrière, sa vie, en une fraction de seconde. En un battement de cœur.

Une vague de colère submergea Malet. Un grondement sourd, violent, difficilement maîtrisable. Sadiya ne bronchait pas. Sadiya était imperturbable. Sadiya n'était pas du genre à se plaindre. L'enfer, Sadiya connaissait bien. Malet reprit sa lecture.

Ses déclarations et les documents produits à l'appui de sa demande ont permis de tenir pour établis son identité, sa nationalité et son parcours en tant qu'avocate. Elle a semblé renseignée sur les procédures judiciaires au Bangladesh, en particulier s'agissant de la procédure de divorce sur laquelle elle a fourni des éléments précis. En outre, elle a relaté la rencontre avec sa cliente puis leur discussion dans un café en novembre 2017 de manière circonstanciée, et elle s'est montrée renseignée sur son identité, ses origines sociales modestes ou encore les difficultés rencontrées dans le cadre de sa vie conjugale. Elle a dénoncé de manière spontanée les insultes et les violences physiques subies par cette femme ainsi que les obstacles qui l'ont empêchée de demander le divorce plus tôt. Ainsi, il ne peut être exclu que l'intéressée ait été personnellement sollicitée pour traiter un dossier relatif à une demande de divorce pour violences conjugales.

Toutefois, le récit des menaces dont elle aurait été victime de la part de l'époux de sa cliente a semblé trop peu précis. D'une part, elle a décrit de manière convenue le profil de cet homme, son alcoolisme et ses liens avec la mafia. Elle n'a apporté aucun élément concret permettant d'illustrer ses activités dans le trafic de stupéfiants et l'Office observe que l'article de presse versé au dossier ne permet pas d'apprécier ses liens avec l'homme politique dépeint comme un criminel. D'autre part, le lien familial entre ces deux hommes est demeuré peu clair, et il a semblé peu cohérent que leurs liens aient entraîné le rejet de la plainte déposée à la police par sa cliente.

Par ailleurs, l'intéressée a rapporté de manière trop peu précise son enlèvement le 14 février 2018, et elle a tenu des propos confus sur sa sortie anticipée de son cabinet ce soir-là et sur la localisation de son chauffeur censé l'attendre devant son bureau. De surcroît, ses déclarations relatives au déroulement de sa détention et aux circonstances dans lesquelles elle aurait subi les sévices allégués se sont avérées trop peu détaillées. Les modalités de sa remise en liberté ont également semblé peu claires. En effet, elle est restée peu diserte sur la réaction du chauffeur et de sa famille durant son absence, et sur son hospitalisation de cinq jours consécutive à cet événement. L'Office observe d'ailleurs que les certificats médicaux versés au dossier n'apportent aucun élément de preuve permettant de lier les séquelles physiques et psychologiques constatées aux sévices allégués.

Enfin, elle a dénoncé le chantage auquel elle aurait été soumise par l'époux de sa cliente en des termes globalement vagues. Elle a évoqué la détention de photographies compromettantes, sans pouvoir en fournir la preuve à l'Office, et elle a semblé peu renseignée sur la manière dont la famille de son fiancé aurait été mise au courant des événements. Au demeurant, l'intéressée a rapporté de façon peu consistante les menaces qui auraient visé sa famille. En tout état de cause, ses propos selon lesquels l'époux de sa cliente la rechercherait n'ont pas davantage été étayés par les circonstances de sa fuite du Bangladesh.

Dès lors, les éléments du dossier ne permettent ni de tenir les faits allégués pour établis, ni de regarder comme avérées les atteintes graves auxquelles elle se dit exposée.

En conséquence, la demande d'asile ne relève pas des cas visés aux articles L. 711-1 et L. 712-1 du code susvisé.

Fait à Fontenay-sous-Bois, le 11/04/2019

Malet s'alluma une cigarette. Ce ramassis de conneries lui filait la gerbe. Au bout du canapé, Sadiya se faisait toute petite. Elle fixait ses pompes, espérant sans doute disparaître dans les replis de la housse du sofa, usée par le temps. Jusque-là, Sadiya s'était refusée à raconter son histoire. Par pudeur, ou par honte ? Malet n'en savait foutrement rien. Sûrement un beau mélange des deux. Mais avec cette lettre, Sadiya s'était retrouvée devant le fait accompli. Et maintenant, ces derniers mois passés ensemble prenaient tout leur sens. Malet avait l'impression d'avoir percé sa carapace. Plus de mystère. Plus de secret. Plus de non-dit. Il n'était pas sûr qu'ils pourraient s'en remettre.

– *Are you OK ?* demanda-t-il d'une voix douce.

Il posa sa main sur la sienne. Sadiya eut un bref mouvement de recul.

– Pouwquoi ils disent non ?

– Pas assez de preuves. *Not enough evidence.*

– Toi, tu cwois moi ?

– Bien sûr que je te crois. Je te crois. Tu n'as pas besoin de me demander. Je te crois.

Il l'enlaça tendrement et elle enfouit sa tête contre lui. Il ne l'entendit pas pleurer. Il ne vit pas ses larmes. Il sentit seulement le liquide salé mouiller le tissu de sa chemise. Ils restèrent ainsi durant de longues minutes. Sa chemise collée entre eux deux.

La lettre était accompagnée d'une retranscription des deux heures et demie d'entretien effectuées à l'Office.

Malet lut le compte-rendu. L'entretien s'était déroulé en bengali. L'interprète avait noté ses observations à la fin du compte-rendu. *Il y a des choses typiquement féminines que mademoiselle Jahangir a dites de manière voilée, je voulais être sûre que vous ayez compris...*

Il reprit la lettre donnant la décision de rejet. Elle était signée du nom du chef de section qui avait reçu Sadiya. *Un homme.* Sadiya avait été interrogée par un homme. Malet fonça rue Carnot, à Fontenay-sous-Bois, dans les locaux de l'Office Français de Protection des Réfugiés et des Apatrides.

Un peu de parlotte, un peu d'intimidation et il se retrouva bientôt face au petit fonctionnaire qui avait décidé de retourner Sadiya à l'envoyeur. Le petit fonctionnaire fit l'important. Le petit fonctionnaire était chef de sa section. Tout le monde lui donnait du *monsieur* et du *vous* à la pelle. Malet s'énerva *juste un petit peu.* Malet leva la main. Le petit fonctionnaire menaça de porter plainte. On ne touche pas à un représentant de l'État. Malet montra les muscles. Malet montra les crocs. Le petit fonctionnaire se fit beaucoup plus poli. Le petit fonctionnaire se montra soudain extrêmement compréhensif. Le petit fonctionnaire pouvait faire preuve d'empathie, quand il voulait.

– Je suis désolé, j'ai fait ce que je pouvais...

Le petit fonctionnaire faisait dans son froc. Il bredouillait en joignant les mains.

– On a des quotas à respecter, on ne peut pas accueillir tout le monde... Et là, on manquait de preuves, c'est tout !

– Ses cicatrices ! hurla Malet en empoignant le petit fonctionnaire par le colbac. Vous les avez vues, ses cicatrices ?? Ça vous suffit pas, comme preuve ?!

– Pitié, ne me faites pas mal ! Je vous en supplie…

Malet trouva ça ironique. C'était probablement le même genre de phrase que Sadiya avait dû sortir quand ses kidnappeurs la brûlaient au troisième degré. Heureusement qu'on vivait dans un pays plus civilisé. Malet cracha par terre et relâcha le petit fonctionnaire. Le petit fonctionnaire pleurnichait. Le petit fonctionnaire s'était totalement liquéfié.

Malet finit par abandonner le type prostré dans un coin de son bureau, et rentra chez lui la queue entre les jambes. Il s'était défoulé et avait passé ses nerfs, mais en quoi avait-il amélioré la situation ? Le petit fonctionnaire ne pouvait rien faire. Sadiya avait un mois pour former un recours devant la CNDA, la Cour nationale du droit d'asile. Le bureau d'aide juridictionnelle de la CNDA pouvait désigner un avocat pour l'aider à introduire son recours. Elle avait quinze jours pour en faire la demande. Avec son coup d'éclat, Malet avait peut-être tout gâché. Heureusement, le petit fonctionnaire était une sous-merde. Il avait eu la frousse de sa vie. Il la fermerait et essaierait d'oublier l'incident. Il n'aurait pas les couilles de s'en prendre à Sadiya. Sinon, il savait que Malet reviendrait le voir.

Le lendemain, Malet accompagna Sadiya au Centre de soin. La lettre de refus avait fait des dégâts. Sadiya ne montrait rien, mais elle était marquée dans sa chair. Elle se traînait encore plus que d'habitude. Arrivée à l'accueil, on la pria de rentrer chez elle. Le rejet de sa demande d'asile avait mis fin à sa CMU. Il fallait en demander une nouvelle.

En attendant, la loi était la même pour tous. Pas de CMU, pas de dialyse. Plus de dialyse, plus de sursis. Les jours de Sadiya étaient comptés.

Chapitre 3
Mardi

– Vous vivez seule, madame Torres ?

– Si, jé souis veuve dépouis longtemps.

– C'était votre mari ? demanda Rocca en désignant un bonhomme sur une photo intemporelle.

– Non, ça, c'était mon fils. Loui aussi il a disparou. Paix à son âme.

– Navré de l'apprendre.

La photo datait des années 1970 ou 1980. Le jeune homme avait un air résigné. Comme s'il savait déjà quel sort funeste l'attendait. Rocca avait déjà vu cette expression. Sur les récidivistes au moment de leur arrestation. Cette certitude que si tout peut foirer, tout foirera, quoi qu'on puisse faire. Appelez ça le destin, la malchance, le karma... Mais tout le monde avait un moment ou un autre cet éclair de lucidité qui vous fait réaliser que les dés étaient jetés bien avant qu'on n'ait décidé de faire telle ou telle connerie...

Asunción Torres habitait un appartement du côté de Taverny, à deux pas de Saint-Leu-la-Forêt. Le bâtiment était un peu fatigué, mais ne manquait pas de charme. C'était le genre de baraque qu'on s'attendait à voir quand on visitait ses grands-parents dans les années 1980. Une maison hors du temps, restée coincée dans les années 1950. Des napperons en dentelle sur les meubles en bois. Une nappe en plastique à carreaux rose. Des photos en noir et blanc encadrées comme des tableaux. Une armoire en verre remplie de bibelots en faïence. Un papier peint à la couleur indéfinissable et qu'on pouvait qualifier au mieux de vintage. Le son de la vieille pendule accrochée au mur qui venait briser le silence. Et une forte odeur de naphtaline.

Asunción ne déparait pas dans le décor. Vêtue d'une longue blouse tablier bleue à petits pois blancs, chaussée d'une paire de charentaises usée jusqu'à la moelle, elle s'affairait dans la cuisine armée de sa canne, à la recherche de sucre à mettre dans le café.

– Vraiment, c'est pas grave madame Torres, dit Rocca. Je vais le boire comme ça, ce sera parfait.

La vieille dame revint vers eux, cafetière en main.

– Jé souis navrée. Jé perds la tête, jé né rétrouve plous rien.

Elle servit les deux officiers. Charron tirait la tronche. Il en voulait à Rocca de l'avoir abandonné la veille. Et alors qu'il voulait continuer de travailler sur son affaire de harcèlement, Bordier lui avait donné l'ordre de s'occuper de la nouvelle enquête de Rocca. Ça ne lui avait pas plu. Charron détestait l'ingérence, presque autant que la violence et les incivilités. Il fit tout de même un effort pour sourire à Asunción. Même hors de lui, Le Charognard ne perdait jamais ses bonnes manières. Il avait dû être british dans une autre vie.

– Alors, il est bon ? demanda-t-elle.

Le café était froid et beaucoup trop fort. À croire que la vieille avait oublié de mettre la flotte.

– Il est parfait, dit Rocca en observant le commissaire du coin de l'œil.

Charron restait impassible. Mais ça se voyait qu'il n'avalait pas. Il gardait le café dans la bouche en attendant l'opportunité de le recracher discrètement. Rocca s'empressa de lui poser une question.

– Commissaire, vous voulez commencer par quoi ?

Charron posa ses yeux de chien battu sur son partenaire. Le faisait-il exprès ? Rocca réprima un sourire en sirotant une nouvelle gorgée. Faire semblant de se régaler rendait presque buvable l'infect breuvage. Et voir son collègue s'étrangler était particulièrement réjouissant. Le Charognard finit par déglutir. Son visage tourna au violet, en passant par le rouge, le jaune et une magnifique teinte orangée tirant légèrement sur le vert du côté des joues et du front.

– Madame Torres, parvint-il à articuler en déglutissant, pourriez-vous nous décrire l'officier de police qui est venu chez vous, s'il vous plaît.

– Il n'était pas tout jeune. Il avait les chéveux blancs.

– Il était habillé en civil ou en uniforme ? demanda Rocca.

– Il était commé vous, dit-elle en désignant Charron.

– Il portait un costume ?

– Si.

– Il vous a montré sa carte de police ?

– Si. Tout dé souite.

– Vous avez reconnu sa photographie ?

– Jé sais pas. Ça allait vite. Il avait l'air plous jeune.

Charron sortit sa carte de police.

– Elle était comme ça ? Avec la puce sur le côté gauche et les deux photos à droite ?

– Non… Jé pense elle était plous grande. Et dans l'autre sens.

– Très bien. Et ensuite ? Il a fait quoi ?

– Il m'a montré oune dessin dé la dame qui était vénoue chez moi. Jé l'ai laissé entrer. On a parlé. Jé lui ai fait oune café. Et il a fouillé partout dans mes affaires.

Charron soupira en se frottant les yeux. Il n'était vraiment pas content d'être là. Rocca en entendrait parler pendant des mois.

– OK, merci madame Torres. Ça vous dérange si on fait un petit tour ? Promis, on ne mettra pas le bazar.

Les deux hommes s'éloignèrent un peu. Une fois à l'écart, le commissaire prit son partenaire à partie.

– Tu peux me dire ce qu'on fout là ?

– Notre boulot.

– Arrête, tu sais très bien ce que je veux dire… Des escroqueries à la fausse qualité, il y en a des dizaines chaque jour. Le faux flic, avec sa fausse carte. Le petit vieux qui se fait avoir. Bordel, en quoi ça concerne l'IGPN ?

– Le dossier est passé par le défenseur des droits. Le patron nous a demandé de vérifier, c'est tout.

– Que tu refuses de bosser correctement à cause de ton code de l'honneur à la noix, j'ai du mal à l'avaler. Mais que Bordier joue ton jeu, ça me dépasse complètement.

– Qu'est-ce qui te dit que c'est pas un flic ? Si c'est un vol par ruse, pourquoi le voleur a rien pris ?

– Si c'était un vrai flic, il aurait une vraie carte. Pas une fausse qu'on achète dans un magasin de farces et attrapes. Et la vieille perd la mémoire, c'est elle qui le dit. Elle est pas fichue de retrouver un carré de sucre dans son placard de cuisine.

– Les vieux, tu les connais… Ils sont pas fichus de te dire ce qu'ils ont mangé le matin même, mais ils peuvent te donner le menu exact d'un repas fait cinquante ans plus tôt… Sa voisine l'a aidée à ranger. Elles ont fait l'inventaire. Il ne manque rien. Le fric, les bijoux, tout est là. Quel voleur retourne une maison et laisse tout ce qui a de la valeur ? Avoue qu'il y a un truc chelou là-dessous…

– Oui, mais quoi ? Qu'est-ce qu'il cherchait, si ce n'était pas quelque chose à voler ?

– La bonne femme qui s'était introduite là en premier ?

– Et pourquoi elle se serait introduite là, si elle ne voulait rien piquer ?

– J'en sais rien. Mais avoue-le, t'es intrigué.

– Je ne vois toujours pas en quoi ça nous concerne.

Pas possible, Le Charognard le faisait exprès. Quand il était en rogne, il n'y avait rien à faire.

Rocca sortit son téléphone. Il fit une rapide recherche Internet et rejoignit Asunción pour lui montrer son écran.

– Elle était comme ça, madame Torres ?

– Si, exactément.

– Quoi ? demanda Charron. De quoi vous parlez ?

Rocca lui montra son téléphone. Sur la photo, on voyait une carte de police de la génération précédente. Quand elle était encore en papier, au format des vieux permis de conduire. Avant les puces et tout le foutoir technologique qui allait avec.

– S'il s'agit d'un flic à la retraite, est-ce que ça nous concerne ? demanda Rocca.

Le Charognard ne répondit pas. En trente ans de carrière, cette possibilité ne s'était jamais présentée.

Sur le chemin du retour, Charron ruminait dans son coin en regardant les paysages de l'A15 défiler par sa fenêtre. Il n'aimait pas l'hypothèse de son partenaire. Pour adoucir l'ambiance, Rocca se mit à réfléchir à haute voix.

– Un flic à la retraite, reconverti dans le privé, utilise son ancienne carte pour faciliter le contact avec madame Torres. Et il fouille sa maison. Pourquoi ?

– Par vengeance, râla le commissaire. Elle lui avait fait boire du café.

– Qu'est-ce qu'il avait le café ? demanda innocemment Rocca. Il était très bon…

Charron lui jeta un regard noir.

– Rien ne dit que c'est un ancien flic. Ces vieilles cartes, elles étaient aussi faciles à copier qu'un bulletin scolaire. N'importe quel type un peu débrouillard pouvait s'en faire une. Un ordi, une imprimante et le tour était joué.

– Ouais, mais quel faussaire s'amuserait à copier une carte plus valable depuis bientôt dix ans ? Les pros ont largement eu le temps de s'adapter. Dans tous les cas, ce qu'il faudrait, c'est mettre la main sur l'autre bonne femme. Ça nous donnerait une petite idée du mobile.

Asunción leur avait fait une description détaillée de la suspecte. Soixante ans, caucasienne, frisée et assez forte. Ça devait limiter les possibilités à un ou deux millions de personnes.

– Romain, laisse tomber.

Rocca quitta l'autoroute des yeux pour observer son collègue. Quand Charron donnait dans le prénom, on pouvait s'attendre au pire.

– Je vois bien que t'es motivé par l'affaire. Mais ça ne nous regarde pas. Il ne s'est rien passé. C'est du vent. Un crime sans délit et sans victime. Une anecdote.

– Si c'est un ancien flic, il a pas le droit d'utiliser sa carte. C'est de l'abus de pouvoir.

– Et on va le condamner pour quoi ? Pour avoir dérangé la maison ?

– Et les flics qui se sont foutus de la gueule de madame Torres et qu'ont pas voulu prendre sa déposition ?

– J'enverrai un courrier pour leur rappeler leur devoir de réserve et de courtoisie. Quoi ? Tu veux quand même pas qu'on les foute à la porte parce qu'ils ont manqué de respect à une ancêtre qui est venue radoter dans leurs locaux ? On a des flics violents, des flics racistes, des flics sexistes, des flics qui se servent dans les scellés, des flics qui se sucrent ou qui font du racket… Tu veux vraiment t'attaquer au gros problème des flics malpolis ? Tu penses que ça mérite ton temps et le mien ?

Rocca garda le silence jusqu'à la fin de la journée. Le Charognard avait raison. Rocca détestait quand Le Charognard avait raison.

– Yannis, arrête de jouer avec ta purée.

Le repas du soir, c'était le grand moment de retrouvailles. Rocca faisait tout pour y assister le plus souvent possible. Il fallait manger tôt, vers dix-neuf heures, pour pouvoir coucher Yannis vers vingt heures. Ça voulait dire s'éclipser du travail vers dix-huit heures. Ça n'était pas toujours possible, mais ça arrivait tout de même beaucoup plus souvent qu'avant. Un des rares avantages de l'IGPN sur la PJ.

– Bon, t'as fini ?

Yannis mangeait à deux à l'heure. Même les plats qu'il adorait. Les repas s'éternisaient, et même le plus patient des maîtres zen pouvait perdre son calme face à la constante perte de temps et la mauvaise volonté d'un gosse à table.

– Veux un dessert.

– « Est-ce que je peux avoir un dessert, s'il te plaît ? »

– Si te plaît ?

– Avec la phrase entière, pour voir ?

– Je peux avoir un dessert si te plaît !! beugla le gamin.

Romain aimait ces petits moments de partage familiaux. Steph qui avait récupéré Yannis à dix-huit heures et n'en pouvait déjà plus à dix-huit heures cinq, se leva pour tenter d'accélérer le mouvement.

– Tu veux un yaourt aux fruits ?

– Y a quoi dedans, maman ?

– Pomme-citron vert, mon chéri.

– J'aime bien la pomme, mais pas le citron vert. Beurk... Je veux un yayourt pomme-gnocchi !

– Non, on n'a pas ça en magasin, désolé. Tu veux une compote ?

– Non ! Veux un yayourt pomme-gnocchi !!

– Tu peux parler gentiment, s'te plaît ?! Maman te dit qu'on en a pas ! Ça n'existe pas !! On va pas l'inventer !

– Si !!

– Rom, c'est bon. Je m'en occupe. On a de la compote avec des pommes, comme tu aimes. Tu veux à boire ou à la cuillère ?

C'était le moment où toute la maisonnée pouvait raconter sa journée. Rattraper le temps perdu, se reconnecter à la cellule familiale.

– Yannis, arrête de mettre tes doigts dans la compote ! Avec quoi on mange la compote ?

– Avec de la crème marron.

– Non ! On mange la compote avec la main ou avec la cuillère ?!

– Avec la cuillère.

– Alors tu prends la cuillère !!!

– Laisse, Steph. Je m'en occupe. Yannis, maman t'a dit de prendre la cuillère !!! T'en fous partout, là !

Brossage de dents vers vingt heures, puis pyjama et toilettes, pour pouvoir coucher Yannis vers vingt heures trente. Ces petits instants du quotidien qui faisaient tout le piquant des relations parents-enfant. Voir son petit grandir et gagner en autonomie. Le choix du livre, puis la lecture vers vingt heures quarante-cinq, pour pouvoir coucher Yannis vers vingt et une heures. Le moment de calme et de sérénité partagé. La chanson du soir, vers vingt et une heures quinze, et le dernier câlin, pour pouvoir coucher Yannis vers vingt et une heures trente, vingt-deux heures. Puis les retrouvailles en tête-à-tête avec sa chérie, pour profiter de la soirée, avant de retrouver son petit trésor vers sept heures trente, pour pouvoir le déposer chez la nounou vers neuf heures.

Quand Romain sortit pour la dernière fois de la chambre du gamin, il était vingt-deux heures quarante-deux. Steph dormait, écroulée sur le canapé. Un filet de bave tentait de faire une sortie et de s'échapper sur son menton. Rom souleva les pieds de sa compagne pour pouvoir s'asseoir, les reposa sur ses genoux et alluma la télé. Il zappa sur les différentes chaînes de la TNT. Il était trop tard pour commencer un film et s'il continuait une série sur Netflix, Steph lui ferait la peau.

Il tomba sur une énième rediffusion. La fin du *Deuxième Souffle*. Un vieux film avec Lino Ventura, du temps où les Français savaient encore tourner des polars, des vrais. À chaque fois qu'il voyait un film avec un vieux de la vieille, Gabin, Delon, Lino ou Bébel, il ne pouvait s'empêcher de penser à Sartet. Le commissaire José Sartet. Le flic à l'ancienne, le dur des durs, le ripou.

Un quart d'heure plus tard, Paul Meurisse sortit du champ de la caméra sans allumer sa clope et le générique de fin se mit à dérouler lentement. Romain guida Steph la zombie jusqu'à leur chambre. Le sommeil fut long à venir, comme à chaque fois qu'il pensait à son ancien mentor. De mentor à menteur, il n'y avait qu'une ou deux lettres de différence. Sartet l'avait pris sous son aile, lui avait montré les ficelles, l'avait façonné, manipulé, utilisé. À quel point le Rocca d'aujourd'hui était influencé par son ancien patron ?

Une demi-heure plus tard, n'y tenant plus, Rocca abandonna sa femme dans leur lit, et s'installa de nouveau devant la téloche. Quitte à ne pas dormir, autant se changer les idées. Il tomba sur un documentaire. Au bout de vingt minutes, Romain réalisa qu'il ne savait toujours pas de quoi parlait le docu. Quelque chose l'obsédait et l'empêchait de se concentrer, mais il ne parvenait pas à mettre le doigt dessus. Dans ces cas-là, il n'y avait qu'une seule solution. Repenser à sa journée. Retracer son parcours, pas à pas.

Il se revit au bureau. Dans la voiture. Chez madame Torres. Et soudain, tout fut clair. La photo dans l'entrée. Le fils. Son visage lui disait quelque chose. Romain avait d'abord pensé qu'il s'agissait de son expression. Une expression familière, facilement reconnaissable. Mais maintenant, il savait qu'il l'avait déjà rencontré. Et plus important, il se souvenait où. Et avec qui.

Avec Sartet. Ils s'étaient croisés peu avant la mort de Pelegri, le mafieux corse exécuté par Sartet avec l'aide involontaire de Romain. Sartet et le fils Torres se connaissaient. Sartet et le fils Torres faisaient du business ensemble. Sartet et le fils Torres étaient *liés*. Le fils Torres était mort. Sartet était à l'EHPAD. Et un ancien flic était venu fouiller dans les affaires de la mère.

Charron n'allait pas aimer ça. Charron n'allait pas aimer ça *du tout*. Mais hors de question de lâcher l'affaire. Sartet avait attiré Rocca dans cette baraque. Il avait tiré une balle dans le crâne de Pelegri, éparpillant sa cervelle dans toute la pièce. Il avait demandé à Rocca de le couvrir, plaidant la légitime défense. Rocca était jeune. Influençable. Rocca adulait Sartet, le grand patron. L'as des as. Et puis Rocca avait appris par Charron que Pelegri n'était pas armé ce soir-là. Sartet ne s'en était sorti que par la grâce du témoignage de Romain.

Tout ça, c'était de l'histoire ancienne. Mais aujourd'hui, Rocca se sentait l'âme d'un historien. Rien de tel qu'un bond dans le passé pour se faire une nouvelle jeunesse. Charron n'allait vraiment pas aimer ça, mais Rocca s'en foutait. Il aurait l'aval de Bordier. Le big chief, Faugeron, l'avait à la bonne. Et il s'agissait d'enquêter sur un flic. À la retraite, d'accord, mais un gros nom. Ça ferait de la pub à l'IGPN, sans causer du tort aux collègues actuels, aux mœurs plus propres que celles des glorieux anciens. Tout le monde serait gagnant.

Si tant est qu'on pouvait gagner quoi que ce soit à remuer la fange.

Chapitre 4

Dix-huit heures treize

Un minuscule paquet de chips, un sachet de madeleines et une bouteille d'eau. C'est tout ce que le distributeur automatique avait à offrir de potable. Alex grignota nerveusement, plus pour passer le temps que pour couper la faim. Les gendarmes étaient sympas. Ils l'avaient écouté, ne l'avaient pas envoyé promener. Mais ils ne pouvaient pas l'aider. On ne lançait pas des recherches pour une disparition avant au moins vingt-quatre heures. À moins d'assister à un enlèvement. Ce qui n'était pas le cas.

Alex était resté vague quant aux raisons de sa petite excursion, mais pour le reste, il s'était échiné à leur faire comprendre la situation. Leonor avait disparu alors qu'Alex était absent du véhicule. Pour les gendarmes, l'explication la plus simple était souvent la bonne. Elle s'était réveillée, n'avait pas vu son petit ami et avait décidé de partir. Elle avait pu monter dans n'importe quelle voiture qui passait. Une jolie fille sur le bord de la route n'avait pas trop de difficulté pour faire du stop. À cette heure-là, elle était probablement déjà chez ses parents.

Par sympathie envers Alex, ils passèrent tout de même deux trois coups de fil. Aucun véhicule n'avait signalé de jeune femme marchant au bord de la route. Ils ne pouvaient rien faire d'autre.

Alex sortit du poste de gendarmerie, groggy. Il appela les parents de Leo pour les prévenir et leur demander de l'appeler si elle débarquait chez eux comme une fleur. La conversation fut légèrement *tendue*. Alex tenta de baragouiner deux, trois mots en espagnol, Diego glissa quelques mots en anglais. Bon an mal an, le message finit par passer. Les Hernandez n'étaient pas contents. Ils étaient inquiets. Alex aussi.

Leo ne s'était pas fait la malle sur un coup de tête. Leo pouvait se montrer impulsive, mais elle était bien trop timorée pour prendre une décision aussi radicale. Choisir quel film elle allait regarder ou quel plat elle allait commander au resto, c'était déjà une épreuve. Alors partir sur un coup de tête ? Ça relevait du domaine de la science-fiction.

Et puis Leo avait *peur* des gens. Elle n'aimait pas les inconnus. Monter dans une voiture avec quelqu'un qu'elle ne connaissait pas serait un exercice insurmontable pour elle. Enfin, si elle avait vraiment voulu le quitter, elle serait partie avec son téléphone et son chargeur. Elle aurait pris sa veste. Elle aurait pris son sac. Elle aurait pris sa valise. Comment imaginer un seul instant qu'elle parte sans ses affaires ? Leo était matérialiste. Ce n'était pas vraiment sa faute, d'ailleurs. Elle avait grandi dans un milieu qu'on pouvait qualifier poliment de « populaire ». Si on était un peu plus cru, on dirait plutôt à la limite de l'extrême pauvreté. La seule chose dont elle n'avait jamais manqué, enfant, c'était la nourriture. Pour tout le reste, elle n'avait pas été particulièrement gâtée. Ce qu'Alex considérait comme le strict minimum, pour Leo c'était du luxe.

Aujourd'hui, elle ne possédait toujours pas grand-chose, mais elle y tenait comme à la prunelle de ses yeux. Leo se baladait systématiquement avec son ordinateur portable pour pouvoir travailler sur son mémoire. Comment croire qu'elle pouvait abandonner son mémoire ? Des années de recherches parfaitement inutiles aux yeux d'Alex. Des années de recherches parfaitement *inestimables* aux yeux de Leonor.

Non. Si l'explication la plus simple était la plus courante, ça ne voulait pas dire qu'une explication complexe était à exclure. Il était arrivé quelque chose à Leo. C'était, n'en déplaise aux gendarmes, l'explication la plus logique.

Alex remonta dans la Nissan et sortit du parking en direction d'Oloron et de la carrière de pierre. Le van des Hollandais n'avait pas bougé. Rien n'avait bougé. Il se gara au même endroit que précédemment, à côté des trois petites maisons. Il verrouilla la voiture, puis commença à explorer le périmètre. Cette fois, il ne laisserait rien au hasard.

Il commença par les maisons abandonnées. La porte vermoulue de la première céda facilement sous son poids. Il en fit le tour en deux secondes. Le toit menaçait de s'écrouler. Les murs menaçaient de s'écrouler. Personne n'avait jamais habité là. Il s'agissait plutôt d'une ancienne remise, ou d'une grange. Les seuls habitants étaient petits, poilus, et avaient de grandes dents. Alex ne s'éternisa pas.

La deuxième maison semblait dans un état pire encore. Des planches étaient clouées au travers de la porte. Personne n'y était entré depuis belle lurette. Alex tira sur un volet pour s'en assurer. Le bois était complètement vermoulu, le volet céda facilement. Alex se retrouva avec un battant dans les mains, des échardes sur les doigts, et une vision périphérique sur l'intérieur de la bicoque. Vide, elle aussi.

Restait la petite maison d'à côté. La seule habitée. Les volets étaient grand ouverts. Inutile d'entrer par effraction. Il suffisait de regarder par les fenêtres pour se rendre compte que pour l'instant il n'y avait personne à l'intérieur.

Qu'est-ce qu'elle avait foutu ? Si Leo s'était réveillée, comment avait-elle réagi en se voyant seule dans la voiture ? Est-ce qu'elle s'était énervée ? Est-ce qu'elle s'était inquiétée ? Elle avait sûrement cherché à le joindre. Mais son téléphone déconnait à plein tube. Sa batterie se vidait en quelques heures et Alex avait branché son propre téléphone sur l'allume-cigare, parce qu'il utilisait l'appli GPS. Pourquoi ne l'avait-elle pas appelé ? Parce qu'elle n'avait pas pu brancher son téléphone. Parce qu'il était parti *avec la clé de la bagnole*.

Alex se réprimanda intérieurement. Tout ça, c'était sa faute ! Pourquoi avait-il agi comme un con ?! Une petite voix lui susurra que ça leur pendait au nez. L'amour durait trois ans, c'était bien connu. Ils avaient laissé la routine entrer dans leur couple. Ils n'avaient pas vraiment de projets ensemble. Pas de projet de mariage. Pas de projet de bébé. Pas de projet de maison. Pas de projet de voyage. Combien de temps pouvait-on rester ensemble par habitude, sans finir par se détester complètement ? Ils étaient forcément amenés à se séparer un jour ou l'autre. Mais pas maintenant ! Pas comme ça ! Surtout pas comme ça !

Il fallait réfléchir. Arranger les choses. Réparer son erreur. *Très bien. Restons simple. Restons logique. Je suis Leo. Je me retrouve seule dans la voiture. Alex ne revient pas. Qu'est-ce que je fais ? Je cherche Alex. Et si je ne le vois pas, qu'est-ce que je fais ? Je l'appelle. Et si mon téléphone est dead, qu'est-ce que je fais ? Je cherche un téléphone.*

Voilà. Ça n'était pas compliqué. Il suffisait de trouver un téléphone et il retrouverait Leo. *Peut-être*. En deux heures, elle avait largement eu le temps d'en trouver un et de lui passer un coup de fil. Alex regarda son portable. Il n'avait aucun message. Il appela sa messagerie pour vérifier. Rien.

Bon. Les gendarmes lui avaient dit qu'*a priori* aucun piéton n'avait longé la nationale. Il n'y avait pas quarante mille possibilités. Soit Leo était partie par la route à bord d'un véhicule, auquel cas Alex ne pouvait rien faire. Si quelqu'un l'avait embarquée de force, que ce soit en direction de la France ou en direction de l'Espagne, Alex était impuissant. Il lui faudrait attendre le lendemain et retourner à la gendarmerie.

Soit Leo était partie à sa recherche. Et ils s'étaient loupés. Mais comment ça pouvait être possible ? Il n'y avait qu'une seule route. La vue était dégagée. Impossible de s'éloigner de la chaussée, entre la falaise d'un côté et la rivière de l'autre. Et le seul moyen de traverser la rivière, c'était par l'ancienne voie ferrée qui passait au-dessus de l'endroit où le van des Hollandais était garé.

Le van des Hollandais. Si Leo avait remonté la route, elle avait forcément vu le combi orange. Dans le décor, il sautait aux yeux. Sa couleur criarde était visible comme une chemise hawaïenne dans un dressing de croquemort. Une tache dissonante au milieu de tout ce vert. Et Leo l'avait forcément reconnu. Après la scène qu'elle lui avait faite à la station-service, elle aurait immédiatement fait le lien. Son sang espagnol se serait mis à bouillir dans ses veines. La connaissant, elle se serait précipitée pour arracher les petits yeux de la Néerlandaise.

Alex remonta la route en courant. Il rejoignit le van en une minute. Est-ce que c'était comme ça que ça s'était passé ? Après tout, les Hollandais aussi avaient disparu… Est-ce qu'il y avait eu une embrouille entre eux et Leo ? Alex ne les avait pas vus quand il avait fait son petit tour. Mais ils les avaient peut-être ratés de peu… Un coup de malchance… Il était monté jusqu'au barrage. Si Leo s'était rapidement réveillée… Si elle était tombée sur le van, si elle avait tapé un scandale… Avant qu'il ne redescende vers la Nissan. Mais alors, où étaient-ils passés ?

Alex fit une nouvelle fois le tour du combi. Garé comme ça, sur ce bout de chemin qui menait nulle part, il paraissait abandonné. Personne n'aurait pu dire qu'il roulait encore le matin même. Cette relique du passé aurait tout aussi bien pu être échouée ici depuis la fin des années 1970. Il regarda à nouveau par le pare-brise. Aucun signe de vie à l'intérieur.

D'un côté, la route. De l'autre, la rivière. En bas, la carrière de pierre avec les trois petites maisons. En haut, le barrage électrique. Il ne restait que le pont avec le chemin de fer abandonné. Alex était déjà monté dessus la première fois. Il n'avait rien vu de spécial. Mais à ce moment-là, il venait tout juste de sortir de la voiture. Leo et les Hollandais étaient-ils passés *après lui* ? Quand il se trouvait au barrage ?

Il escalada de nouveau le promontoire. Le paysage paraissait identique. Il scruta le sol à la recherche de traces de pas récentes. C'était ridicule. Alex n'était pas pisteur. Il n'était pas fichu de distinguer une empreinte de chaussure d'une empreinte d'animal. Tout de même. S'il y avait eu du passage récemment… Un groupe de quatre-cinq personnes… Ça laisserait des traces, non ?

Sur les côtés du pont, des dalles formaient un mini-trottoir pour les piétons. Au centre, le sol sous la voie ferrée était bardé de cailloux. Est-ce qu'on laissait des empreintes sur des pierres ? C'était mission impossible. Alex aurait aimé être un éclaireur indien. Ou un expert de la police scientifique. Ou au moins un ancien scout. Mais non. Gamin, il n'avait même jamais mis les pieds dans une colonie. Les vacances, c'était chez papi mamie. Point barre.

Un minuscule point rouge attira son attention. Une toute petite tâche. Comme si quelqu'un s'était évertué à peindre une coccinelle sur un caillou, mais n'avait pas eu le temps de mettre les petits points noirs.

Alex chercha un autre point et en trouva un autre un peu plus loin. Puis un autre. Ils formaient une belle ligne en pointillé.

Quelqu'un saignait au goutte-à-goutte. Les traces étaient sûrement récentes. Il n'y avait pas de poussière dessus. Elles étaient claires et nettes. Le sang ne coulait pas à flots. La blessure devait être superficielle. Peut-être un saignement nasal. Suite à une baffe ? Ou un coup de poing ? Si quelqu'un avait touché à un cheveu de Leo, il passerait un mauvais quart d'heure.

Alex suivit la piste, tel un petit Poucet des temps modernes. Elle menait jusqu'à l'autre côté du pont et pénétrait droit dans la forêt. Qu'est-ce qu'ils étaient allés foutre dans la forêt ? Cela dit, de ce côté de la rivière, les choix semblaient limités. À droite, la lisière des arbres descendait plus bas et rejoignait la rivière un peu plus en contrebas. La voie ferrée partait vers la gauche en direction de l'Espagne, mais s'arrêtait au bout de quelques mètres. Comme si le chantier avait été abandonné là, du jour au lendemain. Un chemin suivait l'ancien tracé de la voie ferrée. Mais les gouttes de sang n'allaient pas dans cette direction.

Alex sortit son téléphone pour appeler la gendarmerie. Maintenant qu'il tenait une piste, ils seraient obligés d'intervenir. Mais au moment d'appuyer sur la touche verte, il retint son geste. Qui pouvait dire à qui appartenait ce sang ? Si Leo était tombée sur la belle Hollandaise, elle aurait été tout à fait capable de lui mettre une droite. C'était probablement la blonde qui saignait du nez. Ou un gamin venu jouer sur la voie ferrée était tombé et s'était écorché le genou. Ou un chasseur avait tiré un lapin et l'avait accroché à sa ceinture. D'ailleurs, rien ne disait que la trace *menait* à la forêt. Elle pouvait tout aussi bien *en venir.*

Alex regarda autour de lui. Le vent commençait à souffler dans les branchages. Le bruit des rares véhicules passant sur la nationale lui paraissait extrêmement lointain. Sur le bas-côté de la route, il pouvait voir un bout de la Nissan dépasser derrière la carrière abandonnée et les trois petites baraques. D'ici, sa voiture ressemblait à un jouet pour enfant. Soudain, sa vie sembla n'avoir plus aucun sens. Sans Leo, qu'est-ce qu'il ferait ? Il irait quand même chez ses beaux-parents en Espagne ? Il rentrerait sur Paris ? *Pour faire quoi ?*

Au sol, une minuscule tâche de sang lui faisait de l'œil. Il reprit son téléphone. Il n'avait pas la 4G dans ce coin paumé, mais avec un peu de chance, la 3G suffirait. Il ouvrit l'appli. Le téléphone rama pour charger la page, mais au bout de quelques secondes, la carte apparut. Il zooma sur sa position et passa en mode satellite. Il reconnut le tracé de la nationale, la rivière, le pont et enfin, ce qui l'intéressait, la forêt. Et plus précisément, ce qu'il y avait *après* la forêt.

Au nord, il y avait une ou deux maisons isolées. Mais si les Hollandais se rendaient là, pourquoi se garer à cet endroit ? Il leur aurait suffi de s'arrêter plus tôt sur la nationale, pour pouvoir être à la même hauteur que ces maisons et s'éviter une heure de marche inutile.

Au sud, un chemin partait en direction de la centrale hydroélectrique de Forges d'Abel. Le chemin semblait abandonné, tout comme la voie ferrée. La centrale avait un accès par la route depuis la nationale, non loin de la gendarmerie et de l'entrée du tunnel.

Il n'y avait aucune raison qu'ils soient allés dans cette direction. Sinon, ils auraient emprunté le chemin depuis le début. Or la traînée de sang allait plutôt vers l'ouest, à travers les arbres. Et de toute façon, la centrale devait être interdite au public. Il n'y avait qu'à voir comment était protégé l'abri électrique à côté du barrage. Haut grillage, clôture électrifiée, caméra de surveillance. Pas l'endroit pour faire une balade.

Restait l'ouest. À cet endroit, la forêt n'était pas très profonde. On était à flanc de montagne, et plus haut, le paysage changeait du tout au tout. De la pierre et de l'herbe. Mais plus d'arbres. Alex défila la carte sur son écran à la recherche d'un impossible indice. D'une piste. De Leo. L'image figée, photographiée depuis l'espace probablement des mois plus tôt, montrait des moutons. C'était rassurant. Au moins, il y avait de la vie là-haut.

Alex rangea son téléphone en repensant aux événements de la matinée. La Hollandaise avait-elle cherché à appeler à l'aide ? Il revit la belle jeune femme tracer les lettres sur la buée de la vitre arrière. H-E-L… *Hello ? Helena ? Hell ? Help ?*

Alex n'arrivait plus à penser. *Hélicoptère ? Hélium ? Hela ? Help ?* Il revit les visages des hommes qui l'accompagnaient. Les deux hipsters blonds sortant du van à la station. *Helsinki ? Helix ? Hélice ? Help ?* Les deux bruns au comportement étrange dans les toilettes. Le plus jeune au volant du van. Le plus vieux aperçu derrière le rideau. *Hélas ? Hellfest ? Hellboy ? Help ?* Alex se concentra très fort pour ne pas penser au pire. Leo aux prises avec ces… ces hommes… *Helmut ? Helvète ? Helmet ? Help ?*

Alex se força à fermer les yeux. Il ne voulait pas imaginer Leo en train de se faire v… *Help !* Il ne parvenait même pas à formuler le mot en pensée. *Help !* Mais les yeux fermés, c'était pire. *Help !* Leo lui criait dans les oreilles. *Help !!* Le bruit était atroce. *Help !!!* Les images insoutenables. *Help !!!!*

Alex ouvrit les yeux et s'engouffra dans la forêt.

Chapitre 5

1980

La patience d'Andoni était mise à rude épreuve. La planète marchait sur la tête. Les vautours tentaient de s'arracher les lambeaux de son âme. Et tout le monde voulait sa part du gâteau.

En quelques mois, les Russes avaient envahi l'Afghanistan, les Américains déclaré un embargo sur les céréales et cinquante-six pays avaient boycotté les JO de Moscou. À Londres, un groupe arabo-iranien avait lancé l'opération Nimrod. Une prise d'otages à l'ambassade iranienne qui s'était achevée par la mort des preneurs d'otage. L'Irak avait envahi l'Iran.

Alors que la guerre entre le Maroc et la Mauritanie embrasait toujours le sud du Sahara, toute l'Afrique était à feu et à sang. Guerre civile au Tchad. Coup d'État militaire au Liberia. Cabral, le leader des manifestations étudiantes au Mali, était mort sous la torture. Le printemps berbère avait fait 126 morts et plus de 5 000 blessés en Algérie.

L'Amérique et l'Asie n'étaient pas en reste. Guerre civile au Salvador. Coup d'État en Bolivie. Au Pérou, le parti communiste du Sentier Lumineux lançait sa propre guérilla. Au Chili, la junte avait prolongé le mandat de Pinochet indéfiniment. La répression d'un soulèvement étudiant en Corée du Sud avait officiellement abouti à plusieurs centaines de morts. Officieusement, les victimes se comptaient par milliers.

Alors que Reagan et Thatcher venaient de se faire élire et promettaient une révolution conservatrice, des voix contestataires s'élevaient partout en Europe. Manifestations en Suède. Émeutes à Amsterdam. Grèves massives en Pologne, couronnées de nombreuses arrestations de dissidents. Coup d'État militaire en Turquie, pour tenter d'endiguer les terrorismes d'extrême gauche et d'extrême droite. Attentat à la fête de la bière à Munich. 13 morts, 211 blessés. Attentat rue Copernic à Paris. 4 morts, 46 blessés. Attentat à la gare de Bologne. 85 morts, plus de 200 blessés. Les extrémistes de tous bords cherchaient à se faire entendre à coups de bombes.

La bande à Baader se faisait aider par la Stasi en Allemagne de l'Est. Carlos se cachait à Beyrouth. Les brigades rouges étaient toujours actives en Italie. Action directe en France. L'ETA des deux côtés des Pyrénées. Et pendant ce temps, que faisait Andoni ? *Rien.* Il attendait. Il attendait le bon vouloir des Corses qui ne semblaient pas pressés de l'accueillir dans leur sein. Le monde entier brûlait. Des cris s'élevaient de toute part. La violence et la mort s'affichaient chaque jour au 20 heures. Mais Andoni n'avait pas le droit de jouer. Il était puni. Consigné dans sa chambre.

Les camarades du Front de Libération Nationale Corse n'étaient pas là pour rigoler. L'année précédente, l'île de beauté avait connu 115 attentats à la bombe en à peine trois mois. Mais désormais, les militants du FLNC avaient opté pour un changement de stratégie. Après avoir plastiqué leur île durant plusieurs années, ils avaient décidé de s'inspirer des collègues de l'IRA avec l'Angleterre et de porter la guerre sur le continent. Pourquoi s'en prendre à leurs familles et à leurs amis ? Autant s'en prendre aux Français. À eux de régler le problème.

Durant les derniers mois, le FLNC avait plastiqué une trentaine de banques parisiennes et attaqué le Palais de Justice de la capitale. Dans le concert d'attentats et de revendications, la voix corse était parfaitement audible. Les autorités françaises ne le prenaient pas bien. Ils avaient clairement mis les moyens et de nombreux militants avaient été capturés, obligeant le FLNC à ralentir un peu ses activités.

Le contact d'Andoni s'appelait Antoine Lamonica. Lamonica était méfiant. Il n'aimait pas les étrangers. Le problème, c'est que pour lui, *tout le monde* était étranger. Si vous n'étiez pas corse, vous étiez un étranger. Si vous ne faisiez pas partie de sa famille, ou de ses amis, vous étiez un étranger. Si vous ne faisiez pas partie de son village, vous étiez un étranger. Les frontières de son pays personnel se limitaient à un périmètre restreint autour de sa maison. Une bâtisse dans laquelle il était né, et idéalement, dans laquelle il mourrait de vieillesse. Même s'il savait qu'il s'agissait là d'un rêve difficilement accessible. Dans sa branche, on avait une espérance de vie plus proche de celle de Claude François que de celle de Mathusalem.

Lamonica faisait patienter Andoni. Il était prêt à rencontrer « le Basque ». Il avait entendu parler de l'attentat de Valladolid. Il respectait l'engagement du militant etarra. De là à lui faire confiance, il y avait un gouffre. Les camarades du FLNC tombaient comme des mouches dans les mailles du filet gouvernemental. Les flics français étaient prêts à tout pour une arrestation. Même à utiliser un terroriste repenti. Qui pouvait dire si l'etarra n'avait pas été retourné ? On pouvait facilement craquer en taule.

Alors Lamonica faisait patienter Andoni. Et Andoni faisait patienter sa direction. Les *buruzagiek* n'étaient pas contents. Ils avaient perdu leur fournisseur principal. Et ils voulaient passer à la vitesse supérieure. Se créer un véritable stock. Établir un réseau de caches d'armes sur lequel s'appuyer pendant les années futures. Les flics et les gendarmes français se fichaient de leurs actions. Ils refusaient d'aider le gouvernement espagnol dans leur lutte contre l'ETA. La France avait ses propres problèmes. Il fallait en profiter pour faire le plein. Et rapidement. Passer par le FLNC pouvait leur offrir de nouvelles connexions. Et c'était s'éviter bien des problèmes aux frontières.

Andoni logeait à Marseille. Il ne voulait pas trop s'exposer. Aller en Corse aurait pu être mal interprété. À Marseille, il pouvait plus facilement se fondre dans le décor. L'avantage des grandes métropoles. Il en avait profité pour tâter le terrain. Le milieu marseillais était réputé et Tony Zampa, l'un des parrains phocéens, avait étendu ses activités au trafic d'armes. Mais des rumeurs évoquaient une collaboration avec les Groupes Antiterroristes de Libération. Les fameux commandos parapoliciers et paramilitaires espagnols qui faisaient la chasse aux etarras.

De plus, le terrain marseillais était *miné*. La guerre ouverte entre Zampa et ses deux anciens lieutenants, Francis le Belge et Jacky le Mat, embrasait la ville. Les malfrats phocéens tombaient comme des mouches. Il ne fallait surtout pas se tromper d'interlocuteur. La moindre erreur pouvait s'avérer fatale. Certains truands comme Spaggiari étaient clairement connotés d'extrême droite. Mais même ceux censés être proches de l'extrême gauche n'étaient pas toujours fiables. Après tout, l'argent n'avait pas de couleur.

C'est dans ce contexte tourmenté qu'un soir d'octobre, Tony Lamonica répondit enfin favorablement à la requête d'Andoni. Les deux hommes se rencontrèrent dans un bar du vieux port. Le Basque était à la merci du Corse. Il était seul. Il se baladait à poil. Porter une arme aurait été perçu comme un signe de défiance envers un potentiel futur partenaire. Lamonica, lui, était en terrain connu. Et il était accompagné par deux autres membres du FLNC, Jean-Louis Pironti et Joël Mori. Deux colosses à la réputation bien établie. Lamonica envoyait un message à l'ETA. *Nous les pros. Nous les costauds. On vous fait poireauter des jours, des semaines. Et quand on daigne vous recevoir, on ne vous invite même pas chez nous. Vous n'en êtes pas dignes.* Andoni tenta de masquer sa colère. Il avait un job à effectuer. Une mission à remplir. Pour l'instant, il avait *besoin* d'eux.

Ils s'assirent à une table dans l'arrière-salle. Le Basque avait la porte dans le dos. Aucune visibilité. Une vraie cible dans un stand de tir. Un adolescent se joignit à eux. Andoni mit quelques minutes à comprendre que le gamin accompagnait les Corses. Le petit devait avoir seize ou dix-sept ans. Suffisamment initié pour pouvoir assister à la réunion. Trop jeune pour avoir le droit de l'ouvrir. Un futur membre du FLNC en apprentissage. Le gamin était agité. Il avait le regard fébrile et la main baladeuse. Mais il ne fallait pas se tromper. Sa nervosité n'était pas signe de peur ou d'anxiété. Plutôt le signe d'une farouche envie de faire ses preuves.

Au bout d'un quart d'heure, la salle s'était transformée en fumoir. Un nuage gris surplombait la table. Après les banalités d'usage et les commandes de boissons, on était rapidement passé aux choses sérieuses. La communication n'était pas aisée. Les progrès d'Andoni en français étaient encore limités. On mélangeait espagnol, basque, corse, français et même un peu d'italien. Mais cela n'empêcha pas l'envoyé de l'ETA de comprendre l'exposé de la situation.

– Donc c'est la Libye qui fournit le FLNC en armes.

Pironti éclata de rire et partit dans une quinte de toux.

– Ce qui est assez poilant, quand on sait que c'est la France le principal fournisseur d'armes de la Libye.

– Depuis le début des années 1950, expliqua Lamonica, la France fait presque chaque année partie du podium des plus gros exportateurs d'armes. Et depuis le début des années 1970, elle s'est spécialisée dans le marché arabe. Le Koweït, l'Arabie saoudite, le Maroc, la Jordanie, l'Égypte, les Émirats arabes unis. Et bien sûr l'Irak, qui est le principal fournisseur de pétrole de la France, et que la France assiste dans sa guerre contre l'Iran.

– En France, on n'a pas de pétrole, mais on a des armes, ajouta Pironti en faisant un clin d'œil.

– Et près de quarante pour cent de ces armes sont destinées au Moyen-Orient. La France c'est un pays de marchands. Et comme tous les marchands, ils sont pas regardants concernant l'utilisation de ces armes. La preuve, la France est le seul pays à fournir l'Afrique du Sud, alors que les Nations Unies leur ont foutu un embargo au cul à cause de leur politique d'apartheid.

– Pour les gouvernements aussi, l'argent a pas d'odeur, dit Andoni.

– Amen, fit Mori en levant son verre.

– La vente d'armes rapporte trop de fric pour être contrôlée, reprit Lamonica. Imagine, il y a des départements entiers qui vivent grâce à la vente d'armes. Mais chut, faut rien dire ! Des dizaines de milliers d'emplois sont concernés. Alors les élus locaux s'écrasent et tout le monde ferme sa gueule. La France vend ses mirages F1 aux plus offrants. Et ses missiles. Et ses blindés. Avec la décolonisation, t'as un paquet de pays tout neufs qui veulent se la jouer nouvelle puissance. La France les a pillés durant des décennies, et maintenant, elle se goinfre sur leur dos en leur refilant sa camelote.

Pironti s'alluma un cigare.

– C'est l'âge d'or pour la vente d'armes, mon ami. Le boom économique. Ah on vit une belle période, moi je vous le dis.

– Et la Libye, elle fait quoi là-dedans ? demanda Andoni qui commençait à étouffer.

Le nuage de fumée au-dessus de leurs têtes devenait tellement épais qu'on aurait pu croire que le bar était en flammes.

– La Libye fait partie de ces tous nouveaux clients. C'est même le premier État du Maghreb qui a obtenu son indépendance. Ils ont mis à jour leur premier gisement de pétrole dès 1956. Dans les années 1960, c'était le premier pays producteur d'Afrique. L'or noir leur a rapporté un beau petit paquet de pognon. Et en 1969, Kadhafi a fait un coup d'État et a pris le pouvoir.

Ça, Andoni le savait. Il l'avait suivi dans les journaux. La Libye, rebaptisée la Jamahiriya arabe libyenne populaire et socialiste, était devenue un « état des Masses », officiellement démocratique. Officieusement, le colonel Kadhafi gouvernait sans partage.

– C'est qui Kadhafi ?

Le gamin avait à peine ouvert la bouche que les trois Corses lui intimaient du regard de la fermer. La discussion concernait les adultes.

Lamonica reprit ses explications.

– Le colonel a tenté d'exporter sa révolution dans les pays voisins, sans succès. Mais ses camps d'entraînement sont très prisés chez tous les camarades révolutionnaires. Il nous fournit en armes. Il fournit l'IRA. C'est un grand pourvoyeur pour de nombreux groupes terroristes européens. Pistolets-mitrailleurs. Lance-grenades. Explosifs. Tout ce que tu veux, il le vend.

– Et à pas cher ! s'esclaffa Pironti. Il est gentil avec nous, le marchand de tapis !

La réunion se termina sans réel consensus. Andoni s'était fait une idée assez précise de la situation. Restait à convaincre Lamonica de partager ses contacts libyens pour que l'ETA profite du même réseau de distribution. Mais la paranoïa du Corse était un frein. Ils s'étaient reniflés le derrière, comme deux chiens se rencontrant pour la première fois. Malheureusement, contrairement aux clébards, leur flair était limité. Et pour convaincre Lamonica de sa bonne foi, il fallait un peu plus qu'une simple rencontre autour d'une bière.

Ils se quittèrent sur le coup de minuit, avec la vague promesse de se revoir pour faire le point. *Le point sur quoi ?* Ça, Andoni ne le savait pas. Ce qu'il savait, c'est qu'il n'était pas venu perdre son temps à Marseille pour recevoir un simple cours de géopolitique. Il observa les militants du FLNC se fondre dans la brume du vieux port. Le gamin lui avait jeté un regard bizarre en lui serrant la main. Ses camarades se foutaient de lui. Ils ne prenaient pas le petit au sérieux. Ils avaient tort. Le môme en avait dans le pantalon. Il avait une lueur dans le regard. Une flamme qui en disait long. Les autres n'y prêtaient peut-être pas attention. Mais Andoni la reconnaissait. Il la voyait tous les jours dans le miroir.

Au moment de se séparer, il avait à peine salué Lamonica et ses deux gorilles. Des prétentieux qui pissaient plus haut que leur cul. Des forts en gueules qui faisaient de la muscu pour se rassurer et pour mieux épater les filles. Mais le gamin, lui, il lui avait serré la pogne en le regardant en face. Il lui avait glissé un *à bientôt*. Il l'avait traité avec respect. D'égal à égal. Et il avait lu la reconnaissance dans les yeux du petit.

Les jours suivants s'écoulèrent au ralenti. Son entrevue avec le FLNC n'avait abouti à rien, ce qui le mettait dans une situation embarrassante. Andoni s'était porté volontaire pour cette mission. Il avait sauvé sa peau en promettant monts et merveilles aux *buruzagiek*. Il ne pouvait pas rentrer la queue entre les jambes. Il n'oserait jamais se présenter devant Marixol en situation d'échec.

Le Basque se retrouvait en terrain familier. Isolé. En attente de quelque chose, mais sans savoir quoi. Seul, à broyer du noir. Et à tirer des plans sur la comète. À imaginer le monde brûler. Et à noyer son ennui dans l'alcool.

Le destin lui apporta un coup de pouce bienvenu en venant frapper à sa porte un vendredi soir, alors qu'Andoni somnolait en écoutant la radio. Il avait revêtu pour l'occasion le visage d'un adolescent. Un adolescent nerveux et déterminé rencontré une semaine plus tôt lors d'un rendez-vous longtemps attendu et trop souvent repoussé. Le jeune s'appelait César Pelegri. Et il avait besoin d'aide. Une aide tout à fait *spécifique*. Et Andoni était particulièrement qualifié.

César avait en réalité quinze ans. Son père s'était fait descendre devant le domicile familial quatre ans auparavant. Règlement de comptes entre factions rivales. Le petit avait tout vu, tout entendu. Il attendrait le milieu des années 1980 avant de mener sa petite vendetta. Sa mère n'avait pas élevé un imbécile. César était pressé. Mais il était patient. Un combo détonant qui le mènerait rapidement en haut de l'échelle de la sélection naturelle.

En attendant, ce soir d'octobre 1980, il était venu chercher l'aide d'un professionnel. Andoni suivit le jeune Corse dans la rue. César conduisait une Citroën GS. Le Basque s'installa sur le siège passager et ils prirent la route, direction la capitale. Les deux hommes se relayèrent derrière le volant et roulèrent toute la nuit. En plus d'avoir volé la voiture, César avait dérobé un pain de plastic et un détonateur dans une des planques du FLNC. Le lendemain soir, les indépendantistes corses avaient prévu un nouveau coup d'éclat. Le gamin voulait participer à la fête, mais ses camarades l'avaient rembarré. Mis à l'écart. Alors le petit avait décidé de prendre son destin en main et de faire sa propre action, tout seul dans son coin. Mais si piquer une bagnole était dans ses cordes, la transformer en véhicule piégé ne l'était pas.

Ils arrivèrent à Paris aux alentours de neuf heures du matin. Ils s'achetèrent des croissants à la première boulangerie du coin, puis se mirent en quête d'une cible potentielle. Ils se décidèrent rapidement pour une agence BNP. Elle était bien située. Ils auraient plusieurs voies d'évacuation possible. Et une place pour se garer devant leur tendait les bras.

Ce soir-là, les membres du FLNC avaient décrété qu'il y aurait une nouvelle « nuit bleue ». La première « nuit bleue » datait de 1961, quand l'OAS avait commis vingt-cinq attentats à Alger en l'espace de quelques heures. Une « nuit blanche » similaire avait suivi l'année suivante à Paris. Puis une « nuit rouge ». Mais c'est la première expression qui avait été reprise par les journalistes, lorsque le FLNC avait repris cette technique lors de sa création en 1976. Depuis un an, les « nuits bleues » se suivaient et se ressemblaient comme deux gouttes d'eau. Les indépendantistes y avaient pris goût.

Les cibles étaient souvent les mêmes. En Corse, ils visaient les résidences secondaires, les casernes de police ou les gendarmeries. Sur le continent, on s'en prenait aux banques ou à des cibles gouvernementales. Une offensive de plus dans la lutte pour la libération.

Pour César, l'attente fut longue. Le jeune militant piaffait d'impatience. Les heures paraissaient interminables. Pour calmer le gamin, Andoni l'emmena au cinéma. Ils passaient *Trois hommes à abattre*, le nouveau Delon. L'histoire d'un type lambda qui se retrouvait par hasard poursuivi par des tueurs à la solde d'une puissante société d'armement. L'histoire paraissait improbable. Mais Andoni savait que la réalité était souvent plus improbable que la fiction. Le public n'était pas prêt pour la réalité. Il refusait d'y croire, même quand elle lui sautait aux yeux.

La nuit venue, Andoni préféra attendre que les premières explosions attirent la flicaille dans d'autres quartiers. Inutile de prendre des risques pour un attentat qu'il ne pourrait même pas revendiquer. Vers une heure du matin, alors que le ciel de Paris était embrasé par les lueurs des feux et que le bruit des sirènes emplissait le silence nocturne, il déclencha la minuterie. Le Basque et le Corse se postèrent non loin de l'agence, à l'abri de la déflagration. Le gamin tenait absolument à voir le feu d'artifice. Andoni aurait préféré prendre la poudre d'escampette, mais le petit était tellement excité qu'il accepta de rester pour lui faire plaisir.

À une heure douze précisément, la GS qui les avait menés du quartier du Panier jusqu'à Paname, éclata sous l'effet des deux kilos de plastic cachés dans le coffre. Une flamme blanche s'éleva haut dans le ciel. L'explosion éventra la voiture et souffla les vitres des véhicules alentours. La vitrine de la BNP éclata en mille morceaux. Un nuage de verre brisé voleta dans l'air du soir. Même en se bouchant les oreilles, Andoni ressentit la déflagration au plus profond de son être. Le bruit assourdissant. Et cette fréquence, dans les graves, qui faisait vibrer les os et taper le cœur encore plus fort.

César hurla à la lune. Il rugissait de plaisir. Andoni se leva et sortit de sa cachette. À la place de la Citroën, un grand trou d'un mètre cinquante de diamètre prenait toute la place dans l'asphalte. La voiture avait été propulsée cinq mètres plus loin, s'encastrant dans une cabine téléphonique. Mais la vision qui fascinait le plus Andoni, c'était cette vitrine inexistante. Derrière l'écran de fumée, les flammes, les cendres et la poussière, il y avait *le vide*.

– Allez viens, faut se barrer ! lui cria le gamin pour couvrir l'alarme de la banque.

L'appel du vide était trop fort. Andoni traversa la rue. Il contourna le trou et pénétra dans l'agence. Une myriade de bris de verre recouvrait le sol, faisant crisser chacun de ses pas. L'air était saturé de particules. Le Basque se couvrit la bouche et le nez. La chaleur du brasier se mêlait à la fraîcheur du soir, en un va-et-vient perpétuel.

– Qu'est-ce que tu fous ? T'es complètement frappadingue !

Le Basque n'entendait pas son compère. Sur un mur, une vieille pancarte pendouillait par un côté. Un slogan à moitié effacé par la suie restait partiellement lisible. *Votre argent m'intéresse.* C'était tellement facile. Tout ce fric, à portée de main. Malheureusement, Andoni n'avait rien sur lui. Aucun outil pour s'attaquer au coffre. Aucun sac pour emporter les billets. Et il n'avait pas le temps d'agir. L'explosion allait rameuter tout un tas d'emmerdeurs. La cavalerie n'allait pas tarder à débarquer. Mais pour le moment, il se tenait là, seul, au milieu d'une banque qui faisait une opération portes ouvertes. Un complice à deux pas. Et plusieurs millions de francs à portée de main. C'était trop con.

– J'entends les sirènes ! Je me tire, mec !

Andoni baragouina au gamin d'aller leur trouver une bagnole. Le petit Pelegri ne se fit pas prier. Il courut de l'autre côté de la rue à la recherche d'une voiture facile à démarrer.

Une minute plus tard, le Basque le rejoignit au moment où le gamin réussissait à court-circuiter la colonne de direction. Le petit avait du doigté et de la technique. La caisse démarra au quart de tour et ils décollèrent juste à temps. Deux rues plus loin, ils croisèrent une voiture pie qui filait à toute vitesse en direction de la banque. Andoni avait récupéré une poignée de billets dans le tiroir-caisse d'un comptoir défoncé. Quelques milliers de francs à peine. Un pourboire. *Une invitation.* Plus question de taxer des camarades ou des pauvres commerçants pour les obliger à financer le groupe. Le pognon, il irait le chercher là où il se cachait. Il n'aurait qu'à se baisser et se servir. Il financerait la cause *à lui tout seul.* Et Marixol serait bien obligée de s'incliner.

Alors qu'ils roulaient plein sud sur l'A6 à bord d'un véhicule volé, deux hommes qui ne se connaissaient pas une semaine plus tôt, arboraient un grand sourire, satisfaits du travail accompli. L'un parce qu'il avait connu le baptême du feu et avait prouvé sa valeur. L'autre parce qu'il avait enfin trouvé un but à sa vie.

Chapitre 6
Mai

Une grosse connerie. Il avait fait une grosse connerie. Dans la précipitation, Malet avait insisté sur les problèmes de santé de Sadiya. Résultat des courses, au lieu d'intercéder en sa faveur, l'Office Français de Protection des Réfugiés et des Apatrides l'avait estampillée « immigrée médicale ». Pour eux, elle s'était inventé un passé de persécutée pour masquer les véritables raisons de sa venue en France. Profiter de nos soins médicaux pour mieux soigner sa pathologie lourde.

C'était débile. L'Inde était beaucoup plus avancée que la France concernant les maladies rénales. Elle avait du meilleur matériel, un personnel médical hautement qualifié, une capacité d'accueil bien plus grande et à des tarifs beaucoup plus compétitifs. Et elle avait l'avantage d'être nettement plus près du Bangladesh que la région parisienne. L'Inde occupait de fait la deuxième position derrière les États-Unis en termes de performance de greffes rénales. Et pas au même prix. Une greffe de rein coûtait treize mille dollars en Inde, quand elle en valait près de quatre cent mille aux USA. Des reins en rab, ils en avaient plein les placards au pays de Gandhi. L'avantage d'avoir dépassé largement le milliard d'habitants. Quitte à choisir une destination pour faire du tourisme médical, Sadiya aurait choisi l'Inde plutôt que la France les yeux fermés. Mais ça, à l'OFPRA, ça leur passait largement au-dessus de la tête.

Le petit fonctionnaire que Malet avait *légèrement* bousculé avait tout de même eu les couilles de se venger. Selon lui, Sadiya avait menti sur les raisons de sa demande d'asile. Il les avait bien foutus dans la merde. Sadiya ne pourrait plus gagner en appel. Il s'était même démerdé pour lui bloquer toute possibilité de récupérer sa CMB. La seule solution était de déposer une nouvelle demande d'asile, pour raison médicale cette fois. Vu l'état de santé de Sadiya, l'OFPRA ne pourrait pas lui refuser. Mais il fallait de nouveau compter entre six mois et deux ans pour avoir une réponse. Et en attendant, à cause du petit fonctionnaire, Sadiya n'aurait plus accès aux soins. Sans dialyse, les chances de Sadiya de rester en vie plus de six mois étaient foutrement *minces*. Même la Cimade qui défendait les droits des migrants et des réfugiés ne pourrait rien pour elle. Vu l'efficacité de l'administration française, le petit fonctionnaire venait probablement de la condamner à mort. À moins de trouver l'argent nécessaire à une opération dans le privé.

Coût d'une opération pour une greffe rénale, vingt mille euros. Ressources mobilisées pour rechercher un donneur compatible, frais de prélèvement chirurgical, de conservation des organes, de bilan biologique, de transport du greffon et de l'équipe chirurgicale, vingt mille euros. Frais d'hospitalisation, trente mille euros. En tout, soixante-dix mille euros si tu te faisais opérer dans le public, voilà ce que ça coûtait à la sécu. Pour se faire opérer dans le privé ? *Le double*. Et ça, c'était sans compter les médicaments antirejets quotidiens qui coûtaient un bras et qui étaient tout aussi essentiels à la survie du transplanté. Et les rendez-vous de contrôle multiples. Le tout, *ad vitam*. Soit en gros, un bon cent cinquante mille euros.

Cent cinquante mille euros. Le prix d'une vie humaine. Cent cinquante mille euros pour sauver une immigrée insignifiante, à moitié brûlée, abandonnée par le système et exclue d'un monde où l'homme tyrannisait les femmes qui refusaient de s'écraser devant Sa Toute Puissance. Cent cinquante mille euros, à condition de trouver rapidement un donneur compatible et de rester dans les clous, à bien attendre sagement son tour sur la liste d'attente. Si on était pressé et qu'on était prêt à naviguer dans des eaux plus sombres, on pouvait viser la Turquie ou encore mieux, la Chine. Pour quatre-vingt mille dollars, on pouvait s'y faire opérer et trouver facilement un donneur compatible. Il y avait plein de « volontaires » dans les camps d'internement chinois. Mais il fallait pouvoir voyager et organiser le déplacement, ce qui engendrait également de nombreux frais supplémentaires. Et surtout, il fallait trouver un moyen de faire sortir du pays une demandeuse d'asile, et *encore plus difficile*, de faire entrer une sans-papier en Chine. Ce qui voulait dire faux papiers et d'autres frais à ajouter à la note. On en revenait globalement au même montant.

Chaque problème a sa solution, il ne restait plus qu'à trouver laquelle. Comment trouver cent cinquante mille euros ? Et surtout, comment trouver cent cinquante mille euros rapidement ? Car si l'arrêt de la dialyse condamnait Sadiya à une mort certaine, personne ne pouvait prédire avec exactitude le temps qu'il lui restait à vivre. Deux ans, deux mois, deux semaines… Les médecins ne se prononçaient pas. Impossible de savoir quand son corps déciderait qu'il n'était plus en mesure d'assurer le minimum vital. Quoi qu'il en soit, Malet avait capté le message. Mieux valait trouver l'argent *fissa*.

Malet ne devait pas avoir plus de mille balles sur son compte. Il ne connaissait personne. Il n'avait pas de famille, pas d'amis, personne à qui emprunter. Il ne pouvait pas aller voir les banques pour demander un crédit, lui qui était vieux, sans emploi, avec sa seule (maigre) pension comme unique moyen de subsistance.

Il pouvait toujours contacter les prêteurs indiens qui sévissaient du côté de la Chapelle, en plein Bollywood parisien. Ils lui prêteraient sans rechigner les cent cinquante mille euros à un taux de cent pour cent d'intérêts. C'est ce qu'ils faisaient régulièrement pour « aider » leurs compatriotes à monter leurs commerces. Sadiya se ferait opérer et serait saine et sauve. Mais Malet ne pourrait jamais rembourser. Mourir ne lui faisait pas peur, surtout pour une bonne cause. Donner sa vie pour Sadiya, quel meilleur moyen de racheter ses fautes et de sortir en beauté ? Mais ça ne leur suffirait pas. Ils iraient voir Sadiya et lui feraient payer, par un moyen ou un autre, ne serait-ce que pour veiller à ce que leurs futurs emprunteurs ne fassent pas la même erreur. Quel intérêt de sauver Sadiya, pour qu'elle finisse dans une benne à ordures, tailladée en petites tranches façon poulet tandoori ?

Malet passa plusieurs heures dans un petit cybercafé, à surfer sur le net à la pêche aux idées. Évidemment, maintenant que les ordinateurs portables et les smartphones avaient envahi la planète, les cybercafés n'avaient plus rien d'un salon de thé. Il s'agissait en réalité d'une petite boutique qui vendait des accessoires pour mobiles, réparait et débloquait vos appareils pour un billet glissé sous le comptoir et qui permettait aux pauvres gars qui n'avaient ni ordi ni imprimante de venir pour une poignée de piécettes prétendre faire partie de la société.

En tapant *argent pour opération chirurgicale* dans le moteur de recherche, il découvrit le petit monde des cagnottes solidaires.

De nombreuses familles dans l'obligation de faire opérer un proche, et sans argent pour pouvoir le faire, faisaient appel à la générosité de leurs congénères. Une fillette de onze ans ne pouvait plus marcher à cause d'une déformation de la voûte plantaire. Coût de l'opération correctrice ? Trois mille euros. Un petit garçon atteint d'une paralysie cérébrale avait besoin d'une myoténofasciotomie effectuée à Barcelone. Coût de l'opération ? Cinq mille euros. Un autre gamin de six ans atteint d'une tétraparésie spastique. Opération possible en Allemagne. Coût ? Cinquante mille euros.

Leetchi, cagnotte des proches, gofundme... Les cagnottes solidaires étaient remplies d'appels à l'aide. *Adrien rêve de marcher*, soixante-dix mille euros. *Aidez Marie à combattre son cancer*, dix mille euros. *Aidez Emmanuelle à terminer sa transition*, quatre mille euros.

Aidez Sadiya à passer l'hiver, cent cinquante mille euros. S'il vous plaît ??

Avec l'aide du propriétaire de la boutique, Malet créa sa cagnotte. Il ne fallait pas se planter. Un texte bien rédigé pouvait changer radicalement la donne. Il prit le temps de bien se renseigner. Il tomba sur une page pleine de bon sens qui donnait les clés pour créer une cagnotte qui rapporte. Un bon titre, personnalisé, avec le nom et le prénom du bénéficiaire, afin de donner un visage humain à la quête. Jouer sur le côté sensible pour inspirer de la compassion, attiser la curiosité, faire preuve d'originalité.

Malet préféra ne pas mettre le nom de famille de Sadiya. Trop étranger. Les Français pouvaient parfois se montrer généreux, mais il valait mieux que la cause soit proche d'eux. Pas trop *basanée*. Il choisit une photo de Sadiya prise avec son téléphone, un peu floue, et légèrement surexposée. Elle pouvait presque passer pour une Italienne, ou une

Grecque. Ça, le Français moyen, il aimait bien. Il se tortura les méninges et se décida sur un titre qui résumait parfaitement le message qu'il voulait transmettre. *Sauvez la vie de Sadiya, elle le mérite.*

Sans rentrer dans les détails, il résuma brièvement le parcours douloureux de son amie et dressa le tableau de sa situation médicale. *Aidez-la, je vous en supplie ! Sans cet argent, elle est condamnée. Je compte sur vous.*

Malet était fier du résultat. L'annonce de sa cagnotte était sincère, émouvante. Merde, s'il était tombé dessus et qu'il avait eu de l'argent, il aurait participé direct. Il ne restait plus qu'à « assurer la com », lui conseilla le propriétaire de la boutique. Une belle annonce, c'était bien, mais ça ne servait à rien si personne ne la lisait. Malet ne voyait pas comment il pouvait faire pour l'envoyer à un maximum de gens. Il n'avait l'adresse mail de personne. D'ailleurs, il n'en avait pas lui-même. Il choisit donc une méthode plus traditionnelle et créa des affichettes. Une multitude de tracts sur lesquels il reprenait *grosso modo* le texte de l'annonce et où il indiquait le lien de la cagnotte.

Il sortit de la boutique avec sa pile de tracts sous le bras, imprimés en centaines d'exemplaires, et passa les journées suivantes à distribuer la bonne parole autour de lui, tablant sur les visages connus, entraperçus des milliers de fois dans les rues et les commerces de proximité. Il colla ses affichettes au bar du coin, à la boulangerie, au bureau de tabac, chez la fleuriste – même s'il reconnaissait qu'il n'y avait jamais mis les pieds auparavant – et chez tous les commerçants qui voulaient bien afficher son petit bout de papier sur leur vitrine.

À chaque fois qu'il distribuait un tract de la main à la main, il essayait d'engager le dialogue, d'expliquer, de toucher les gens, d'humaniser sa demande. L'exercice n'était pas facile.

Malet avait perdu l'habitude des interactions sociales. Taper la discute à des inconnus pour *grosso modo* faire la manche, même si c'était pour une bonne cause, relevait de l'exploit pour l'ours mal léché qu'il était devenu. Avant de rencontrer Sadiya, il pouvait passer des journées sans desserrer les mâchoires, et même avec elle, il était rare que les conversations dépassent quatre, cinq phrases, et que les phrases dépassent quatre, cinq mots. Mais le jeu en valait la chandelle.

En quatre jours, Malet avait distribué tous ses tracts, parlé à des centaines de gens. Il avait transmis le message. *Sauvez la vie de Sadiya, elle le mérite.* Il avait rencontré des personnes familières de la maladie, avait échangé des anecdotes, croisé des gens qui avaient perdu un père, une tante, un ami, ou qui connaissaient untel qui avait sa mère malade. Tout le monde était concerné, tout le monde se montrait à l'écoute, tout le monde se montrait compréhensif, gentil et charitable. *Nul n'est à l'abri de la maladie. Comment réagiriez-vous si c'est à vous que ça arrivait ?*

Malet laissa encore passer quelques jours, pour laisser du temps aux gens de se connecter. Il n'avait pas parlé de son initiative à Sadiya, il voulait lui faire la surprise. Lorsqu'il retourna à la boutique, il marcha d'un pas léger, le cœur battant à tout rompre. Pour une fois, le soleil avait repoussé la grisaille et Malet remarqua le bleu immaculé qui recouvrait l'immensité du ciel. Un bon présage.

Malet s'installa fébrilement derrière l'écran, attendit que l'ordinateur se connecte, entra l'adresse de la cagnotte, son identifiant et son mot de passe qu'il avait soigneusement notés dans un petit carnet. Une fois sur son compte, il chargea son annonce et découvrit enfin la somme des promesses de dons faites pour aider Sadiya à se faire greffer un rein. En découvrant le montant, Malet éclata de rire. Un rire communicatif, sonore et tonitruant, emportant tout sur son passage. Les deux autres clients de la boutique rirent de bon cœur avec lui, sans pouvoir expliquer ce partage involontaire d'émotions. Malet abandonna l'écran et sortit en riant, plié en deux.

Le propriétaire de la boutique vint mettre l'ordinateur en veille, curieux de voir ce qui avait bien pu provoquer cette hilarité générale. À l'écran, un chiffre s'affichait en pixels noirs sur fond blanc. *126 euros*.

Chapitre 7
Mercredi

– Tu te fous de ma gueule ?

Rocca s'attendait à une autre réaction de la part du Charognard. José Sartet était son ancien cheval de bataille. Sa Némésis. Durant toute sa carrière, Charron avait essayé de faire tomber le vieux, sans réussite. Même après son départ en retraite. Rocca pensait qu'en mentionnant le nom de son ancien mentor, Charron mordrait à l'hameçon. C'était loin d'être le cas.

– Tu veux me faire croire qu'en rentrant chez toi hier soir, tu as eu une sorte d'épiphanie, que t'as reconnu la photo du gamin de la vieille Espagnole, et que tu t'es souvenu de l'avoir rencontré avec Sartet, pile avant qu'il n'aille dessouder César Pelegri, c'est bien ça ?

– Oui.

– Le type qui était sur la photo que t'as entraperçue deux secondes hier ?

– Oui.

– Et ce serait donc le même gars que t'as croisé quelques minutes il y a de ça, combien, quinze ans ?

– Un peu moins, mais oui.

Il était plus jeune sur la photo, mais c'était la même tronche. Et le même regard. Rocca avait croisé ces yeux-là en vrai, il en aurait mis sa main au feu.

– Alors là, chapeau. Tu dois être le mec le plus physionomiste de la planète.

– J'ai une bonne mémoire visuelle.

– J'étais ironique.

– Je sais.

Cette conversation ne menait nulle part. Quand Charron s'était fixé une idée dans la tête, vous pouviez toujours courir pour la déloger.

– Écoute fiston, je ne mets pas en doute ta sincérité. Mais avoue que ton histoire est peu crédible... Mettons qu'il y ait une infime chance que t'aies raison... Que quelque chose ait enclenché les rouages de ton cerveau et extrait de ta mémoire un souvenir précis, et que ce soit effectivement le même type... Ce serait extraordinaire, mais pourquoi pas. Qu'est-ce que ça nous apporterait de plus ? Le gars connaissait Sartet, et alors ? Son marchand de journaux aussi le connaissait. Est-ce qu'on va s'intéresser à tous ceux qu'il a pu croiser un jour dans sa vie ?

C'était l'hôpital qui se foutait de la charité. Si quelqu'un avait bien épluché la moindre personne ayant approché Sartet de près ou de loin, c'était bien Charron.

– Tu sais que la mémoire fonctionne de manière étrange, reprit le commissaire. Reconnais que la probabilité est plus grande que quelque chose t'ait fait penser à Sartet, et que ça ait déclenché inconsciemment un souvenir biaisé. Qu'est-ce que tu faisais quand ça t'est venu ?

Rocca ne répondit pas. Évidemment que le film avec Lino Ventura avait joué un rôle. L'association d'idées avait marché à pleins tubes et avait guidé ses pensées tout droit sur le duo Sartet-Pelegri. Le flic ripou et le bandit. Qu'est-ce qui liait les deux hommes ? Pourquoi son ancien mentor avait liquidé le Corse ? Étaient-ils concurrents ? De farouches ennemis ? Ou bien d'anciens alliés qui s'étaient trahis ?

– T'as raison, j'ai dû me gourer, répondit finalement Rocca. J'ai passé une sale nuit, je suis crevé. Au temps pour moi.

Charron observa son collègue du coin de l'œil. C'est vrai que le petit avait une tronche de déterré.

– Romain, reprends-toi. Laisse tomber la vieille Espagnole et arrête de faire le tire-au-flanc. Je sais que tu n'es pas heureux dans ton boulot, mais si tu n'y mets pas un peu du tien, ça ne fera qu'empirer les choses.

Rocca acquiesça du bout des lèvres. Il fit profil bas et joua le jeu toute la matinée. À midi, il prétexta un rendez-vous et abandonna Le Charognard pour filer à Versailles. Là, dans les locaux du SRPJ, il tomba nez à nez avec l'homme qu'il était venu voir, le lieutenant Nicolas Chauveau, inséparable partenaire de Rayane Guerrab. L'ami que Rocca avait envoyé à l'échafaud.

Chauveau était entouré de trois collègues. Rocca reçut un accueil *un peu trop chaleureux*.

– Hé, regardez ! Monsieur Propre en personne, maugréa Chauveau en s'avançant suffisamment près de Rocca pour pouvoir compter ses points noirs. Tu viens finir le travail ? Qui tu vas foutre en tôle, aujourd'hui ?

– Du calme, je suis seulement venu discuter.

Le visage de Chauveau collait presque celui de Rocca. Romain se demanda si son ancien collègue allait lui rouler une pelle ou lui mettre un coup de boule. Un peu plus et les deux hommes se retrouveraient front contre front. À la manière des taureaux qui se défiaient en se poussant par les cornes. Ou des joueurs de foot qui voulaient montrer à l'autre qu'ils en avaient dans le short.

– Oh, monsieur est trop bon. Monsieur veut seulement discuter… Est-ce que je dois prendre un avocat ? Tout ce que je vais dire pourra être retenu contre moi ?

L'option coup de boule était probablement la plus crédible.

– Fais pas chier, Nico. Je veux seulement te demander un service.

Rocca eut à peine le temps de voir son interlocuteur armer un crochet du droit. Il leva le bras en réflexe, mais ne parvint pas totalement à parer le coup qui le toucha juste en dessous de la tempe. Rocca compta les étoiles durant quelques secondes. Le temps de se remettre, Chauveau avait déjà été maîtrisé par ses collègues. Il fallait bien trois hommes pour empêcher le taureau de charger de nouveau.

– Qu'est-ce que tu fous, mec ? Il y a des caméras partout !

– T'es complètement con de frapper un bœuf-carotte ! Tu veux qu'il te prenne ta carte ?!

– Laissez, c'est bon, dit Rocca. Il s'est rien passé, je me suis pris une porte, c'est tout.

Les trois flics se regardèrent comme des merlans frits, avant de finalement relâcher leur prise. Rocca s'approcha de l'animal en furie pour lui glisser un mot à l'oreille.

– Toi et moi, dehors, dans cinq minutes, que tous les deux.

Le capitaine de l'IGPN n'eut pas longtemps à attendre. Deux minutes plus tard, Chauveau le rejoignait d'un pas décidé devant l'entrée du SRPJ. Les deux hommes empruntèrent la rue Montbauron qui longeait le bâtiment afin d'éviter les regards indiscrets.

Chauveau serra les poings. Il était tiraillé. Un mot de Rocca et il passait à la trappe. Frapper un supérieur, devant témoins, c'était *vraiment* pas malin. Et en même temps, cette ordure avait trahi leur amitié. Il méritait de prendre la dérouillée du siècle.

– Vas-y, encouragea Rocca. Défoule-toi si tu veux. Je le mérite.

– Connard. C'est pas toi qui risques ta place.

– Guerrab, c'est comme un frère pour moi. Tu crois que ça m'a fait plaisir de devoir m'occuper de son cas ? Tu crois que je l'ai envoyé au casse-pipe pour me faire bien voir ? J'ai tout fait pour calmer le jeu. Je me suis pris la pression du dessus bien comme il faut. Alors j'ai fait le boulot, ni plus ni moins.

– Ouais, t'es un saint.

– Je dors plus la nuit. J'arrête pas de penser à sa femme et à ses gosses. C'est horrible ce qui est arrivé. En même temps, qu'est-ce que tu voulais ? Il a buté un mec sans défense. Il s'est condamné tout seul.

Chauveau se prit la tête entre les mains. Toute animosité l'avait quitté d'un seul coup.

– Oh bordel, fit-il en s'asseyant par terre. Quel métier de merde.

– Dis pas ça. On ferait quoi, sinon ?

Rocca rejoignit son ami sur le bitume.

– Je sais pas pourquoi, mais Faugeron m'a à la bonne. Justement parce que je traîne des quatre fers et que je rechigne à m'en prendre aux collègues. Il m'a dit qu'il ferait tout pour que Rayane prenne le minimum. Sa carrière est terminée, mais sa vie n'est peut-être pas complètement foutue.

– Ça me réchauffe le cœur.

Les deux hommes observèrent une minute de silence. Rocca n'aurait su dire ce qui occupait le plus ses pensées. La situation de leur ami ou la perte de leurs illusions. Chauveau avait raison. *Quel métier de merde.*

– Qu'est-ce que tu voulais me demander ? finit par dire le lieutenant du SRPJ en se levant.

– Asunción Torres. Une vieille Espagnole qui vit à Taverny. J'ai besoin de tous les renseignements que tu peux me trouver.

– Tu veux que je la passe aux fichiers ? Elle a fait quoi ?

– C'est son fils qui m'intéresse. Il est décédé il y a quelques années.

– T'as un nom ?

Rocca fit non de la tête.

– C'est pour faire tomber un flic ? Pourquoi tu me demandes ça à moi ?

– C'est personnel.

Chauveau hésita un instant avant de s'en aller, puis désigna le coquard qui commençait à noircir sur le visage de Rocca.

– Désolé pour ça.

– C'est rien. Moi aussi je me serais donné des baffes.

Rocca passa le restant de la journée à se cacher. Il évita Charron comme la peste, lambina à son poste jusqu'à dix-huit heures, puis fila à la maison sans demander son reste. Devant Steph il baragouina un bobard sans queue ni tête pour justifier son œil au beurre noir et s'occupa de coucher Yannis l'esprit ailleurs. Il enfila le haut de pyjama du petit à l'envers, oublia la couche et lut trois fois la même page de *Tchoupi fait des bêtises*.

C'est seulement après manger qu'il vit le mail que lui avait envoyé Chauveau. Le fils de la mère Torres s'appelait Andoni Guerrero. À une époque, la Brigade nationale de recherche des fugitifs avait bandé grave pour lui. Guerrero faisait partie de la liste des soixante « *Most Wanted* » d'Europol, l'agence européenne de police. Braquages de banque, attentats, meurtres, Guerrero s'était forgé un CV de tout premier ordre. Il avait trouvé la mort lors d'une tentative d'évasion, alors que le fourgon qui le convoyait avait brûlé dans un accident provoqué par des complices. C'était en 2006.

Rocca l'avait brièvement rencontré avec Sartet juste avant que ce dernier n'exécute César Pelegri de sang-froid.

C'était *en 2007*.

Chapitre 8

Dix-neuf heures cinquante-cinq

Après avoir bataillé plusieurs dizaines de minutes, Alex parvint enfin à s'extirper de la forêt. Il n'était clairement pas chaussé pour faire une randonnée en montagne. Ni assez couvert pour se protéger du froid. Le vent était glacial à cette altitude.

Il avait perdu la trace des gouttes de sang dès les premiers mètres à l'orée du bois. La mousse, l'herbe, les feuilles, la terre, les branchages, tout était réuni pour l'empêcher de suivre la piste, et il avait vite fait d'abandonner l'idée. Avant d'entamer son ascension, il avait vu sur Google Maps que la forêt était peu profonde à cet endroit. Sa meilleure chance de retrouver Leonor, si elle était bien passée par là, était de ressortir rapidement de l'autre côté, là où le terrain semblait à découvert. Là il aurait une vue dégagée, et peut-être parviendrait-il à trouver une preuve de sa présence, ou tout du moins, de son passage.

Mais la traversée du bois s'était avérée plus longue que prévu. Il avait probablement progressé en zigzag et perdu un temps précieux. Qui sait ce qu'il advenait de Leo en attendant ? Alex se remémora les hommes croisés à la station-service et un frisson lui parcourut l'échine. Mieux valait ne pas y penser et se focaliser sur ce qu'il pouvait faire. *Continuer à chercher.*

Alex vérifia une nouvelle fois son téléphone. Pas de message, pas d'appel. Et de toute façon, il ne captait plus. Merde. Perdu en haut de la montagne, il ne pourrait même plus compter sur son portable pour le guider si besoin.

Alex scruta les alentours. Personne en vue. D'ailleurs, l'horizon n'était pas si dégagé que ça. Le terrain était très accidenté et le dénivelé rendait la tâche encore plus ardue. Alex décida de longer la lisière pour tenter de retrouver la piste des gouttes de sang. S'il parvenait à trouver l'endroit où Leo et les personnes qui l'accompagnaient peut-être étaient sortis de la forêt, il pourrait alors les suivre à la trace. Mais au bout de quelques minutes, il fallut se rendre à l'évidence. La montagne était grande, et les gouttes de sang minuscules. C'était peine perdue.

Alex leva la tête. Sa dernière chance était de monter et de trouver un point culminant, d'où il pourrait avoir une vision panoramique de la région. Il emprunta un chemin pierreux qui grimpait en direction du sommet. À cette altitude, la pente était assez prononcée, et Alex dut s'arrêter régulièrement, histoire de reprendre son souffle. Lorsqu'il atteignit enfin le sommet, ses mollets lui faisaient souffrir le martyre. En contrebas, seul un fragment de la route qui menait à la frontière espagnole apparaissait au-dessus des cimes des arbres. En une heure de marche, Alex avait quitté la civilisation pour le monde sauvage.

La partie supérieure du versant où il se trouvait était assez désertique. Principalement de la roche, très peu de végétation. Du moins jusqu'aux arbres qui formaient la barrière végétale qu'il avait traversée un peu plus tôt. Aucune habitation, ni trace de présence humaine.

Alex se retourna et franchit le col. Heureusement, l'arête n'était pas trop prononcée, et le versant opposé semblait également praticable à pieds. Mais de ce côté-ci, la montagne paraissait bien plus imposante. Là encore, le sommet était constitué d'une large bande rocailleuse. La forêt qui s'étendait un peu plus bas était beaucoup plus impressionnante que du côté de la nationale où il avait abandonné sa voiture. Des arbres s'étendaient à perte de vue et aucune route n'était visible depuis le sommet. Il nageait en plein no man's land. Si Leo était là, il n'avait absolument aucune chance de la retrouver.

En désespoir de cause, il tenta une nouvelle fois de faire fonctionner son téléphone. Sans succès.

Ses perspectives n'étaient pas bonnes. Alex était épuisé, frigorifié, il crevait de faim et de soif, et se sentait complètement abattu. Il allait devoir rebrousser chemin, et *faire quoi* ? Attendre près du téléphone que quelqu'un l'appelle pour lui annoncer qu'on avait retrouvé le cadavre de sa compagne ? Ou qu'un ami lui dise qu'il avait aperçu Leo au bras d'un autre type, dans une autre ville ? Après tout, qui pouvait dire que Leo était en danger ? Des gens disparaissaient à longueur d'année, partout dans le monde. Combien d'entre eux le faisaient parce qu'ils décidaient de tout plaquer, du jour au lendemain ? Combien abandonnaient conjoint et enfants en un claquement de doigt, pour se réinventer une vie en partant de zéro ? Combien préféraient la fuite à la confrontation, s'inventer de nouveaux problèmes, plutôt que d'affronter ceux qu'on avait déjà sur les bras ?

Qu'est-ce qui retenait Leonor de le quitter soudainement ? De profiter d'un arrêt intempestif sur la route, d'une absence injustifiée, pour *fuir*. Fuir leur couple qui battait de l'aile. Fuir la routine, l'enfermement, l'ennui. Si elle était sortie de la voiture pour le chercher, si elle avait vu le van des Hollandais, si elle avait craqué et décidé de tout quitter… Les gendarmes l'avaient dit. Une jolie fille sur le bord de la route n'aurait aucune difficulté pour trouver une âme charitable prête à l'emmener au bout du monde, loin d'Alex, loin de sa petite vie foireuse. Alex s'était imaginé le pire. Alex s'était fait un film. Parce que son ego refusait de voir l'évidence. Qu'une femme à ce point dépendante de lui puisse l'envoyer chier de la sorte. Au final, qui était le plus dépendant des deux ?

Alex eut un violent haut-le-cœur. Ses jambes l'abandonnèrent et il se retrouva assis par terre, la tête entre les mains. Des larmes coulaient silencieusement le long de ses joues, tout là-haut, seul, en terre inconnue. Le cri d'un oiseau perça le silence. Par réflexe, Alex leva les yeux à la recherche du rapace. Sa vue, brouillée par les larmes, mit quelques secondes pour faire le point sur un magnifique aigle royal. L'animal suspendit son vol, majestueux, avant de piquer en direction de la forêt, jusqu'à devenir un microscopique point marron perdu dans la masse verte. Et c'est là qu'Alex l'aperçut. Un minuscule trait gris s'échappant de la cime des arbres. Un mince filet de fumée montant à la verticale sur quelques mètres avant de s'évaporer dans le ciel.

Il n'y avait pas de fumée sans feu. Et il n'y avait certainement pas de feu sans la présence des hommes. Pas par ce temps. Et pas une fumée aussi ténue. À cette distance, impossible de dire ce qui était à l'origine de cette fumée. Un feu de camp ? Une cheminée ? Y avait-il une cabane de randonneurs à cet endroit ? Un relais de chasse ? *Leonor ?*

À vue de nez, la fumée semblait se trouver à une distance raisonnable. Peut-être l'équivalent de ce qu'Alex avait parcouru depuis la voiture. Peut-être le double. En tout cas, suffisamment près pour que Leo ait matériellement eu le temps d'atteindre cet endroit depuis sa disparition. Qui l'avait allumé ? Un berger du coin ? Les gars de la station-service ? Les Hollandais ?

Ah putain ! Alex nageait en pleine science-fiction. Qu'est-ce qui était le plus crédible ? Que Leo pète les plombs et abandonne son compagnon, son ordi et sa thèse, et file en auto-stop avec le premier venu ? Ou qu'elle soit embarquée malgré elle dans une randonnée en pleine nature avec un groupe d'inconnus ?

Une chose était sûre. Si Leo avait fui en bagnole, Alex n'avait aucun moyen de savoir où aller, ni comment la rattraper. Si Leo était avec des violeurs psychopathes qui l'avaient kidnappée en pleine forêt, il y avait une infime chance qu'elle se trouve là d'où partait cette fumée. En bon joueur de poker, Alex n'avait pas le choix. Les pourcentages avaient toujours raison. Une infime chance valait mieux que pas de chance du tout. Au moins, ça lui donnait l'impression de pouvoir agir, d'être maître de son destin.

Alex alluma son téléphone. Même sans réseau, l'appli boussole fonctionnait. La fumée était à 327° NO. Il en avait pour une bonne heure de marche à découvert, avant d'arriver à l'orée de la forêt. Une fois sous le couvert des arbres, il n'aurait plus la fumée en visuel, et devrait se fier à la boussole pour garder le cap.

Alex se leva, remonta son col, et prit la direction de la fumée en priant pour que ce soit également la direction des potentiels ravisseurs. La direction de Leonor. La direction de la femme qui représentait son passé, et si le destin en décidait ainsi, son futur.

Chapitre 9

1982

Ez jainkoak, ez maisuak. Ni Dieu ni maître.

Pour la première fois de sa vie, Andoni n'avait de comptes à rendre à personne. Personne au-dessus de lui pour lui donner des ordres. Personne pour le tenir en laisse. Il était son propre maître. Il était son propre Dieu.

Il avait prévenu les *buruzagiek*, les têtes pensantes de l'ETA, ses supérieurs hiérarchiques. Contact établi avec les Corses. Mais il avait menti. Il avait dit qu'il avait besoin de temps pour tisser des liens. Beaucoup de temps. Les *buruzagiek* étaient déçus, mais les *buruzagiek* étaient soulagés. Marixol lui avait répondu. *Misioak jarraitzen du. La mission continue. Har ezaru behar duzun denbora guztia. Prends tout le temps dont tu as besoin.*

Tout pour maintenir le chien fou à distance.

Andoni s'était installé avec le petit Pelegri dans un quartier populaire de Valence. Ils ne pouvaient pas retourner au Pays basque. Pas les mains vides en tout cas. La Corse était intouchable. Le gang de la Brise de mer contrôlait l'île et tissait des liens avec le FLNC. Marseille était hors limite. Il était hors de question de marcher sur les plates-bandes du milieu phocéen. Et de toute façon, il était préférable d'éviter les grandes villes. Le gang des postiches écumait déjà Paris et la police était sur les dents. Elle avait remporté sa bataille face au gang des Lyonnais, exécuté Mesrine porte de Clignancourt. Les superflics avaient le vent en poupe. Mieux valait l'anonymat des petites villes et l'indolence du flic moyen de province.

L'idée était simple. Se faire la main en commençant tranquillement. Démarrer petit, monter un groupe fiable, puis viser de plus en plus gros. Une seule règle : ne rien attaquer là où ils habitaient. Andoni avait été très clair. *On ne chie pas là où on bouffe.* Et si possible, éviter les morts inutiles. Non par respect pour les vies humaines. Andoni s'en foutait. Mais pour éviter la publicité. Spaggiari était une star. Spaggiari se terrait quelque part dans un bled paumé en Amérique du Sud. Mesrine était une star. Mesrine nourrissait les asticots du cimetière de Clichy. Quand tous les flics du monde vous couraient aux fesses, mieux valait ne pas être reconnu à chaque coin de rue.

Désormais, la question était : comment monter un groupe fiable ? Andoni ne pouvait pas faire appel à ses camarades. Il aurait bien contacté Julen et Vicente, les hommes du commando Bayonne. Ils lui étaient fidèles et ils avaient partagé l'épreuve du feu. Mais ils risquaient de ne pas comprendre sa démarche, de ne pas voir le tableau dans son ensemble. Andoni s'éloignait de la voie, il ne suivait pas les ordres. L'ETA avait besoin d'armes. Pour acheter des armes, il fallait de l'argent et des connexions. Andoni se proposait de réunir tout ça, *à sa manière.* Et ses camarades n'apprécieraient peut-être pas son esprit d'initiative. Il était hors de question que les *buruzagiek* apprennent ce que mijotait le Basque. Pas maintenant, pas tant qu'il ne serait pas prêt. Il mettrait les chefs au pied du mur, quand Marixol ne pourrait faire autrement qu'accueillir Andoni en héros. *Le retour du fils prodigue*, c'était ça le plan.

Ils ne pouvaient pas non plus se tourner vers les Corses. Le gamin n'était pas assez introduit. Les gars du FLNC ne le prenaient pas au sérieux, même après leur participation en douce à la nuit bleue. Et de toute façon, ils restaient bloqués sur leurs demandes politiques. Comme ces vieux cons de *buruzagiek*.

Alors les deux comparses entamèrent leur apprentissage en duo, à la Bonnie and Clyde. Ils se firent la main sur des PMU, des boulangeries, des Prisunic. Des cibles modestes, mais faciles. Ils partaient faire une virée en bagnole pour visiter les bleds de la région. Annonay, Montélimar, Orange, Grenoble, Saint-Étienne, Nîmes, Avignon... Et repartaient avec suffisamment de monnaie pour vivre à la cool et attendre l'opportunité de se professionnaliser. Pas le grand luxe, mais la liberté, et l'impression pour Andoni d'enfin contrôler sa vie, d'être son propre maître, son propre Dieu.

Un soir, on donnait à la télé un western avec Paul Newman et Robert Redford. Une version ultraromancée de l'histoire de célèbres gangsters, comme seuls ces imbéciles d'impérialistes américains savaient le faire. Avec eux, les bandits ressemblaient à des vedettes de ciné, faisaient du vélo sous la pluie et draguaient la même fille, de manière civilisée, entre gentlemen. Andoni savait que la réalité n'avait rien à voir. Lui aussi avait dragué la même fille qu'un autre. Ibarzabal avait fini les voies respiratoires inondées, les doigts brûlés et la main tranchée.

Si dans la vraie vie Butch Cassidy et le Kid avaient été du genre à faire des courbettes et des politesses, on n'aurait pas surnommé leur gang la Horde sauvage, mais la Troupe sympathique. Mais le môme adora le film. Les paillettes, ça le faisait vibrer. Enterrés Bébel et Delon dans *Borsalino*. À partir de là, César se prit pour le Sundance Kid. Le petit Pelegri avait trouvé un nouveau but dans la vie. Crever les armes à la main face à une armée d'ennemis invisibles.

Oh pas tout de suite, bien entendu. Il avait quelques étapes à franchir d'abord. S'en foutre plein les fouilles, devenir un homme, venger son père, prendre le pouvoir. Mais l'idée était là. Grimper au sommet et partir en beauté. Andoni, lui, n'était pas nihiliste. Il se foutait d'être riche, de prouver aux autres sa supériorité, ou toutes ces conneries macho qui séduisaient le gamin. Et il n'avait aucune intention de mourir, pas s'il pouvait l'éviter. Non, la seule chose qui le faisait avancer, c'était l'idée de pouvoir un jour *posséder* Marixol. C'était ça, son moteur personnel. Pouvoir goûter au fruit défendu. Merde, même y goûter ça ne lui suffirait pas. Il voulait s'en repaître, chaque jour, chaque heure, chaque minute. La posséder corps et âme. Mais pour avoir une chance, il fallait qu'il remplisse sa mission. Et il voyait bien que ce n'était pas en ramassant des clopinettes avec des casses de seconde zone qu'il parviendrait à ses fins.

Alors qu'il commençait à perdre patience, Andoni vit une opportunité se présenter à lui lorsqu'un cousin éloigné de César les contacta. Toussaint Orsini faisait partie du gang de la Brise de Mer. Ce n'était ni un caïd ni une lumière, mais il frayait avec les gros poissons du milieu bastiais, et il faisait le job. Le gars était pro et il avait de l'expérience. OK, il ne fallait pas s'attendre à ce qu'il vous ponde un plan de derrière les fagots, mais il savait exécuter les ordres et il n'avait clairement pas froid aux yeux. C'était un ancien du FLNC, le genre de mec qu'on aimait avoir pour vous couvrir en cas de pépin.

Orsini avait besoin de se faire oublier un peu. En effet, le brave Toussaint avait une belle gueule et pour ne rien gâter, dame Nature l'avait pourvu d'un engin tellement gros qu'on pouvait croire qu'il se baladait avec une chistera dans son slip. Mais si l'animal savait s'en servir, ça n'était pas toujours à bon escient. Il avait mis en cloque la sœur d'un autre membre du gang, et ça, ça ne passait pas. Pas comme ça, hors mariage, sans le consentement du père et des frangins. On ne déconnait pas avec la famille en Corse. Alors maintenant le Toussaint cherchait un endroit où planquer sur le continent sa belle gueule d'imbécile et ses vingt-quatre centimètres.

Orsini les rejoignit à Valence. Oui, il avait du métier. Mais il avait autre chose qui intéressait Andoni. Orsini avait des amis. Des gars rencontrés en taule ou croisés lors de coups exercés *à l'étranger*, sur le continent. Ses amis avaient des amis. Le mot passa. De deux, ils passèrent à trois, puis à quatre, puis à cinq. À deux, on ne pouvait pas faire grand-chose. Un gars pour faire le guet et conduire, un gars pour ramasser le fric. Les possibilités n'étaient pas infinies. À cinq… À cinq, on pouvait viser gros. À cinq, on pouvait aller là où l'argent se cachait vraiment. À cinq, on pouvait taper une banque.

Andoni Guerrero. César Pelegri. Toussaint Orsini. Marc Thorent, un ancien membre du Front de libération de la Bretagne qui avait sympathisé avec le frère d'Orsini dans un camp d'entraînement en Libye. Et Djamel Abdelli, dit le Lyonnais. Abdelli avait connu les « événements d'Algérie », mais impossible de savoir dans quel camp. Il refusait catégoriquement d'en parler. Lui avait sympathisé avec Orsini en cabane.

Cinq hommes. Une putain de tour de Babel. Ça ressemblait à une mauvaise blague de comptoir. *Un Basque, deux Corses, un Breton et un apatride, ni Algérien ni Français, sont dans un bateau…* Des origines différentes, mais une cause commune. Le fric, le *dirua, I soldi*, le flouze. Et un parcours similaire, lié de près ou de loin au terrorisme et à la haine des gouvernements. Les cinq étaient faits pour s'entendre.

Leur premier coup ambitieux eut lieu en février 1982. Ils jetèrent leur dévolu sur une petite agence de province. Peu de sécurité. Un système d'alarme franchement basique. Un fonctionnement archaïque. Des employés qui ne lèveraient pas le petit doigt pour du pognon qui ne leur appartenait pas. Le petit César resterait à l'extérieur, les mains sur le volant et le fusil à portée de main. Les quatre autres pénétreraient dans la banque. Deux pour surveiller le personnel et les clients. Deux pour rafler le magot. S'ils se démerdaient bien, le tout serait plié en trois minutes chrono. Le temps que les flics se pointent, ils se seraient déjà séparés et auraient changé de véhicules.

Le matin du casse, ils s'introduisirent dans la banque, cagoule sur le visage et armes au poing. Ils ne rencontrèrent aucune résistance. À peine le temps de tirer quelques coups de feu en l'air et comme par magie, tout le monde se retrouva cloué au sol. C'était du gâteau. Andoni avait vu juste. Les employés ne prendraient pas de risque face à une poignée d'hommes décidés. Et les clients encore moins. Le directeur de l'agence ne s'opposa même pas à l'ouverture du coffre. Alors que le Lyonnais vidait les tiroirs derrière le comptoir, Orsini pénétra dans la salle forte.

Thorent qui avait un œil sur sa montre gueula :

– Une minute !

Andoni surveillait le personnel quand il entendit le Corse brailler :

– Le pognon ? Il est où le pognon ?!

Le directeur balbutia sa réponse.

– Mais… monsieur, c'est tout ce qu'on a ! C'est la nouvelle politique de la maison pour faire face aux vols et à la délinquance… Avoir le moins de liquide possible… Je suis navré !

Orsini lui balança un coup de crosse sur le crâne. Le directeur s'écroula par terre, au milieu du coffre vide. Andoni se retourna juste à temps pour voir une des guichetières appuyer sur l'alarme. Les flics n'allaient pas tarder à débarquer.

– Deux minutes ! cria le Breton.

– On s'arrache ! répondit Orsini.

Le Lyonnais avait fini de récupérer le cash aux guichets. Son sac était quasiment vide. Andoni hurla de rage. Tout ça pour récupérer des clopinettes ! Autant braquer un bar. Et en plus, cette fois il faudrait partager en cinq.

– Grouille ! lui intima Abdelli en sortant de la banque en courant.

À l'extérieur, les trois hommes se précipitèrent dans la bagnole où les attendait le petit.

Andoni prit tout son temps pour sortir. Une affiche était collée sur la vitrine. Il vida son chargeur sur le poster, jusqu'à ce que l'affiche se décroche, criblée de trous. Avec un peu d'imagination, on parvenait encore à déchiffrer leur tout nouveau slogan. *La banque est notre métier.*

Bientôt, ce serait le sien.

Chapitre 10
Juin

Sauvez la vie de Sadiya, elle le mérite.

Malet avait beau retourner le problème dans tous les sens, il ne voyait pas d'autre solution. Cent cinquante mille euros. Il devait mettre la main sur cent cinquante mille euros. Et en quatrième vitesse. Sinon, Sadiya était foutue.

Malet ne pouvait pas emprunter l'argent. Aucune banque au monde n'accepterait de lui avancer cette somme, même si c'était pour acheter une baraque sur laquelle il pouvait mettre une hypothèque. Alors pour une raison aussi « futile » et abstraite, c'était peine perdue.

Malet ne pouvait pas aller voir un usurier pour lui emprunter la somme à un taux exorbitant. Malet était vieux. Malet ne valait pas un clou. Malet n'avait aucune chance de rembourser la somme de son vivant. Ça faisait un bail que Malet n'était plus le cheval sur lequel on misait. Malet était en fin de course. Les dés étaient jetés depuis longtemps.

Non, Malet devait se procurer la somme *tout seul*, comme un grand. Malet devait *franchir la barrière*. Malet devait aller de l'autre côté. Malet devait voler le pognon. Lui, l'ancien poulet. L'ex-star montante du 36.

Flic ou voyou, au fond, la frontière était assez mince. On fréquentait le même milieu. On parlait le même langage. On se comprenait. Mais de là à bafouer la loi, c'était une autre paire de manches. Malet n'en avait rien à foutre de respecter les règles. Mais Malet avait des principes. Et il ne se voyait pas les bafouer, même pour une aussi belle cause.

Et puis Sadiya préférerait mourir que de faire souffrir quelqu'un pour elle. Hors de question de lui faire porter ça sur la conscience. Malet ne pouvait pas braquer un commerce, ou piquer du pognon à d'honnêtes gens. Non, ce qu'il fallait, c'était appliquer une forme de justice poétique. Se la jouer Robin des Bois. Malet devait trouver de l'argent sale, le chourer et le blanchir en l'utilisant pour une bonne cause. Comme ça, tout le monde pourrait dormir sur ses deux oreilles. Le Monde ne s'en porterait pas plus mal. Et Sadiya serait sauvée. *Elle le mérite.*

Malet se tortura les méninges. Sa carrière était loin derrière lui. Il n'avait plus les contacts nécessaires. Il ne connaissait plus le milieu. Malet était devenu un étranger. Malet était devenu un type normal. Un pauvre schnock. Mais certaines choses *ne changeaient jamais*. Le racket. La drogue. La prostitution. Ces trafics avaient toujours généré du fric. Il n'y avait aucune raison que ça ne soit plus le cas. Et ces trafics avaient toujours lieu dans les mêmes endroits. Les mêmes boîtes. Les mêmes salles de jeu. Les mêmes rues malfamées.

Oh, peut-être que le marché immobilier les avait obligés à déménager leurs petites affaires. En trente ans, les bobos avaient envahi et transformé les quartiers populaires. Mais il fallait bien que les dealers, les putes, les pickpockets, les petits malfrats à la gomme se recasent quelque part. Si possible pas trop loin, que les bobos n'aient pas trop de chemin à faire pour pouvoir se dévergonder. *Se salir les mains, oui, mais sans se fatiguer les pieds.* Il suffisait de se balader un peu et d'ouvrir l'œil.

Malet se mit ainsi à déambuler en ville chaque nuit, à la recherche de l'illumination. Il attendait que Sadiya soit couchée, puis sortait sans un mot, sans un bruit, et rentrait deux, trois, quatre heures plus tard. Il sentait alors le corps de la jeune femme se raidir, quand il amenait avec lui l'air frais de la nuit en la rejoignant sous les draps. Pas une fois elle ne lui demanda ce qu'il faisait, ni où il allait. Et Malet ne lui donna aucune explication. Inutile de lui donner de faux espoir. Malet parlerait quand il aurait une bonne nouvelle à annoncer. Pas avant.

Sadiya s'étonna de voir son ami changer soudainement ses habitudes. Le vieil homme se mettait à sortir de plus en plus tard. Il passait des heures entières à l'extérieur et rentrait au beau milieu de la nuit. Elle n'osa rien lui demander et il ne prit pas la peine de lui expliquer. En même temps, il n'avait pas à se justifier. Ils n'étaient pas mariés. Son ami ne lui devait rien. Il était là pour elle la journée, l'aidait à préparer ses repas, à calculer ce qu'elle devait manger, ce qu'elle *pouvait* manger. Il l'aidait à calmer ses souffrances, ses angoisses, sa colère aussi. Elle était plus que touchée par tant de bonté et de dévouement. Elle ressentait un amour profond et respectueux envers lui.

Sadiya se sentait indigne du vieil homme. Elle n'était pas en mesure de lui donner plus. Et désormais, avec la maladie qui rongeait ses forces petit à petit, elle n'en serait jamais capable. Alors s'il avait besoin de s'aérer l'esprit, de s'éloigner de cette odeur nauséabonde, l'odeur de la déchéance physique, elle comprenait parfaitement.

Malet parcourait les rues de sa ville, mais Malet avait du mal à trouver ce qu'il cherchait. À croire que le monde interlope qu'il avait connu vivait aujourd'hui caché. Ou pire. Malet était tellement hors du coup, il avait tellement vieilli, qu'il était devenu aussi aveugle qu'une pucelle de province. Incapable de voir la vérité en face. De déceler la crasse sous le vernis. Son flair de flic avait été broyé par le poids des ans. Rien ne remplaçait l'expérience du terrain. Et Malet n'avait plus vu le terrain depuis *très longtemps*.

Malet savait encore où on pouvait dénicher des putes. Il avait honte de le reconnaître, mais il avait fait appel une ou deux fois à leurs services durant ses années de solitude. À chaque fois avec le même sentiment de culpabilité qui venait gâcher le plaisir. Pourtant, ça ne le gênait pas à l'époque où il était au 36. Quand il faisait équipe avec Sartet. Ils avaient leurs protégées. C'était du donnant-donnant. Ils tiraient leur coup gratos et surveillaient leurs miches. Faisaient en sorte que leurs papas poules ne soient pas trop méchants avec elles.

Mais ce n'était pas la même chose. À l'époque, Malet était en couple. Avec les fleurs de macadam, c'était uniquement pour la déconne. Pour le sport. Histoire de se maintenir en forme. Une fois seul et en retraite anticipée, la rengaine n'était plus la même. Pour commencer, il devait payer. Et ça, ça faisait une sacrée différence. Mais en plus, il n'y allait plus pour rigoler, mais pour combler un manque. Et il avait beau en avoir pour son argent, le manque n'était jamais comblé.

Aujourd'hui, tout ça était derrière lui. Il avait abandonné sa libido dans un caniveau. Avec sa confiance, son ego et son estime de soi. Malet n'était plus Malet. Malet n'était plus un homme complet. Il était amputé. Un mutilé de guerre. Et Sadiya était sa béquille. Elle lui permettait pour la première fois de se remettre debout sur ses deux jambes, et de se tenir *presque* droit.

Malet savait encore où on pouvait dénicher des putes, mais il abandonna bien vite cette idée. Oui, il pourrait se mettre en planque et débusquer leur micheton. Mais s'il braquait un mac, celui-ci ne manquerait pas de se rabattre sur ses ouailles pour récupérer l'argent perdu. Et il ne voulait pas accabler ces pauvres filles. Elles avaient déjà la vie bien assez difficile comme ça.

Malet eut beau traîner sa carcasse dehors tous les soirs, ce n'est pas de nuit qu'il toucha le gros lot. Mais un matin, en allant faire ses courses. Tout connement. Alors qu'il se dirigeait vers le Lidl du coin, il croisa le SDF du quartier. Le pauvre type dégageait une odeur répugnante. Son froc usé jusqu'à la moelle ne tenait pas, malgré la ficelle qui lui servait de ceinture. Ses chaussures trouées étaient entourées de sacs plastiques pour tenter de lui garder les pieds au sec. Son manteau informe était aussi fin que du papier à rouler. Malet avait de la sympathie pour ce clodo qu'il voyait errer de temps en temps. Ce type avait eu encore moins de chance que lui. C'était une épave. Mais une épave bien particulière. Le clodo parlait tout seul. Il était d'une maigreur et d'une nervosité extrêmes. Sa barbe et ses sourcils étaient partiellement brûlés. Il était bourré de tics. Malet n'avait jamais fait gaffe, mais le SDF était clairement un drogué. *Qui dit drogué dit vendeur de drogue. Qui dit vendeur de drogue dit argent sale.*

Malet avait bien pensé aux dealers. Il aurait pu aller à la Chapelle ou à Stalingrad, là il aurait trouvé du trafic sans problème. Ou même dans sa ville, dans les quartiers de la Capsulerie, ou les Malassis. Mais les points de vente de drogue les plus connus étaient tenus par des gangs féroces. On y entendait des coups de feu presque tous les soirs. Et Malet ne voulait pas se confronter à un groupe de jeunes surarmés et surexcités. Malet cherchait un petit dealer à la manque. Un gars qui refourguait sa merde et empoisonnait son monde *en solo*. Un gars qui faisait son beurre sur la mort des autres. Malet voulait braquer une ordure. Malet voulait braquer une ordure *comme lui*.

Malet se mit à suivre son clodo. La piste était facile. Il aurait pu lui coller au cul à un mètre derrière, le pauvre gars ne se serait jamais rendu compte de rien. Le mec vivait sur une autre planète. Mais il avait sa routine, ses spots. Le SDF connaissait le quartier. Il connaissait ses poubelles. Il connaissait les personnes à éviter.

Le SDF ne faisait *pas* la manche. Le SDF touchait les allocs. Quatre cents balles par mois. Cet argent ne servait *pas* pour se loger, se nourrir ou s'habiller. Cet argent servait à s'acheter du crack.

Son dealer n'était pas bien grand. Et pas bien costaud. Son dealer était *la cible idéale*. Malet lâcha le SDF et se mit à suivre le dealer. La filature n'était pas coton. Malet était seul et le dealer n'était pas aussi perché que ses clients. Normalement, un filage, ça se faisait à plusieurs. Malet était seul, mais Malet avait un avantage. Malet était un croulant dont tout le monde se foutait. Une ruine que personne ne remarquait. Un truc posé là, en toile de fond dans le paysage. Malet était *invisible*.

Le dealer fourguait sa merde partout. Dans les bars, les salles de sport, les centres sociaux, les facs, les lycées, les collèges. Le dealer avait zéro limite. Il se baladait seul. Il avait la confiance. Il devait sortir couvert. Au minimum une arme blanche. Plus probablement un flingue. Voire les deux. Il faudrait le prendre par surprise et le laisser sur le carreau, le temps de lui faire les poches. Combien il pouvait avoir sur lui en fin de journée ? Mille balles ? Cinq mille ? *Plus ?*

Et combien il pouvait y avoir *chez lui* ?

Si seulement il pouvait y avoir un petit pactole… Cent cinquante mille euros, tous frais tous beaux, qui attendaient juste de se faire cueillir. Et pourquoi pas ? Pourquoi ne pas avoir enfin un coup de bol ? Le karma, c'était censé tourner à un moment ou à un autre. Attaquer le dealer chez lui, c'était beaucoup plus risqué que dans la rue. Il jouerait à domicile, sur son champ de bataille. Il ne serait peut-être pas seul. Mais le jeu en valait la chandelle. *Qui ne tente rien…*

Le gars vivait au douzième étage d'une tour à Pantin. Ça faisait beaucoup de voisins. Mais c'était pas plus mal. L'immeuble était bruyant. L'immeuble était pourri. Ça braillait à tous les étages. Personne ne lèverait le petit doigt. Si quelqu'un se rendait compte de quelque chose, il compterait sur son voisin pour appeler les flics. Inutile de se faire remarquer, chacun sa merde.

Le lendemain, Malet parcourut l'immeuble de long en large pour se familiariser avec les sorties potentielles. Puis il guetta patiemment l'arrivée de sa proie par la fenêtre de l'escalier des parties communes. À mi-chemin entre le douzième et le treizième étage.

Lorsque le dealer arriva enfin et traversa la rue pour pénétrer dans son immeuble, Malet souffla longuement pour faire redescendre son rythme cardiaque. Il enfila une paire de gants et la cagoule de ski qu'il avait achetée un euro à Emmaüs. Empoigna la barre de fer récupérée sur un chantier à deux rues de là. Redescendit de quelques marches et se posta au bout du couloir, à quelques mètres de la porte du dealer.

Les câbles de l'ascenseur grincèrent. Malet attendit de loooongues minutes. L'ascenseur s'arrêta deux fois sur le trajet. Puis reprit sa marche vers le haut. Malet pria pour que le dealer soit seul. Si quelqu'un l'accompagnait, il faudrait remettre à plus tard. Il n'aurait pas la patience d'attendre de nouveau. Trop de stress, trop de pression. Si un voisin sortait au même moment, il devrait laisser le dealer rentrer chez lui, puis sonner à sa porte plus tard. Pour qu'il ouvre sa porte, Malet devrait tomber le masque. *Mauvaise idée.* Il fallait qu'il soit seul. C'était l'unique option.

Le ding de l'ascenseur retentit. Malet serra sa prise sur la barre de fer. *Fortissimo.* Le dealer sortit de la cabine. *Seul.* Il se dirigea vers sa porte. Posa son sac au sol. Prit ses clés. Ouvrit la serrure. Malet se précipita pour lui asséner un gros coup sur le crâne. Le dealer entendit les bruits de pas, anticipa le coup et baissa la tête. Malet frappa à l'épaule. Suffisant pour faire mal. Et pour énerver sa proie. Pas assez pour l'assommer. *Loin de là.*

Le dealer balança la porte sur Malet. *Plusieurs fois.* Du liquide coula sous sa cagoule. Lui brouilla la vue. Un bourdonnement siffla dans ses oreilles. Une douleur immense explosa dans son genou. Il parvint de justesse à voir le dealer extirper un flingue de son fute. Il balança un grand swing avec sa barre de fer et toucha le dealer en pleine poire. Le flingue valdingua au bout de l'appart. Le flingue tira un coup de feu tout seul en touchant le sol. Le bruit résonna dans toute la cage d'escalier. Ce con se baladait avec une arme dans le calbute, sans la sécurité. En mode gangsta. Comme les scouts, *toujours prêt*.

OK, peut-être que *ça*, ça ferait réagir les voisins. Malet vit le dealer tituber vers le fond de son appart. Vers son pistolet. Malet n'y réfléchit pas à deux fois. Il prit ses jambes à son cou, direction l'ascenseur. Referma la porte derrière lui. Appuya comme un forcené sur le bouton du rez-de-chaussée, en priant pour que le dealer mette quelques minutes de plus avant de retrouver complètement ses esprits. Il ôta sa cagoule comme il put. Le sang commençait déjà à coller le tissu à ses plaies. Dans le miroir de l'ascenseur, le visage qui le regardait transpirait *la peur*.

Malet compressa sa blessure à la tempe avec la cagoule. Abandonna la barre de fer dans le hall de l'immeuble, près des boîtes aux lettres. Il boita le plus vite possible loin de la tour. Loin de Pantin. Loin du dealer. Loin du pognon.

Quand il rentra chez lui, Sadiya eut un petit cri d'horreur en découvrant son état. Malet baragouina une vague histoire d'agression. La jeune Bangladaise aida le vieil homme à panser ses plaies physiques. Pour les plaies morales, elle ne pouvait rien pour l'aider.

Le dealer n'était pas bien grand. Le dealer n'était pas bien costaud. Le dealer était la cible idéale. Mais Malet avait merdé dans les grandes largeurs. Malet était vieux. Malet était faible. Malet était fatigué. Malet était incapable de récupérer le fric tout seul. Malet avait besoin d'aide. Il devait faire appel à des pros.

Malet devait monter une équipe.

Chapitre 11
Jeudi

Andoni Guerrero, un mec recherché par toutes les polices d'Europe, s'évade en 2006 et simule sa mort pour que les flics le laissent pénard. Un an plus tard, il est lié de près ou de loin à l'assassinat de César Pelegri, un Corse connu dans le milieu du grand banditisme. Et derrière, il ne fait plus jamais parler de lui ? Comment c'est possible ?

– Je peux avoir de la pâte à tiner, s'il te plaît ?

– Quoi ?

– Tu peux t'occuper de la tartine de ton fils ?! Ça fait cinq minutes qu'il attend !

– Ah oui, pardon.

Romain tartina distraitement de chokolinette (sans huile de palme) la tranche de pain de mie grillé, avant de la balancer dans l'assiette du petit.

– *Choukran*, dit Yannis qui de toute évidence n'avait pas une nounou suédoise.

Guerrero s'était-il également fait descendre ? Ou est-ce qu'il s'était fait la malle à l'autre bout du monde ? À moins qu'il n'ait eu recours à la chirurgie esthétique, comme dans les vieux films noirs des années 1940.

– T'es pas avec nous. On peut savoir à quoi tu penses ? demanda Steph sur un ton qui signifiait clairement qu'il valait mieux qu'il revienne sur Terre *illico presto*.

– Désolé, des trucs de boulot.

– Rom, tu passes ton temps à te plaindre que tu détestes ton travail à l'IGPN, et pourtant, tu continues de te laisser bouffer non-stop. Tu peux pas couper de temps en temps ?

– C'est ce que je fais ! C'est juste que je suis pas bien réveillé, c'est tout !

Est-ce que les terroristes basques et les bandits corses avaient aussi du mal à déconnecter en rentrant à la maison ?

– Tu recommences !! Quand t'es à la maison, sois avec nous, punaise ! Regarde, Yanouche s'en met partout !

– Oui ben il s'en met partout parce qu'il a deux ans et demi. Je vais pas lui donner la becquée, non plus.

Romain essuya vaguement son fils qui s'était effectivement recouvert le visage et les mains de pâte à tartiner (sans huile de palme). Steph aussi était à table. Rien ne lui interdisait de prendre une serviette et de débarbouiller son gosse.

– Bonhomme, la nourriture c'est dans la bouche qu'il faut la mettre.

– La bouche de papa il est grand. La bouche de moi il est petit.

– Ouais, ben essaye de mieux viser.

En fait, le problème venait du fait qu'il se faisait griller. Ce qu'il fallait, c'était trouver le moyen que ça ne se voit pas quand il pensait à autre chose. Et de relancer la conversation de temps en temps, histoire de montrer qu'il était toujours là. *Impliqué.*

– Tu veux une autre tartine, mon chat ?

– Vouiiiii !

Rom jeta un coup d'œil en coin à Steph. Voilà, c'était ça la solution. *Montre-lui, mec !*

– Ta tartine, je la mets au grille-pain ?

– Ben voui ! Tu vas pas la mettre dans la douche !

Haha. Ce gosse était un tueur. Le petit avait plus de répartie que Laurent Baffie et Robin Williams réunis. Ils en chieraient à l'adolescence, mais au moins ils se marreraient bien.

Romain aperçut Stéphanie qui le fixait, un léger tremblotement au bord de la lèvre. Ses pupilles avaient pris une teinte encore plus noire que d'habitude.

– Quoi ?! Je pensais à Yannis ! Tu vas pas faire la gueule à chaque fois que je réfléchis, bordel ! Je pensais à Yannis !!!

– Bodel, fit la petite voix de leur fils, avec son sens toujours impeccable du timing.

Romain arriva au bureau en traînant les pieds. Steph avait un fichu caractère de cochon. Ils finissaient systématiquement par s'engueuler pour un oui ou pour un non. Mais en même temps, elle n'avait pas tort. Romain avait toujours vécu pour son travail. Il avait adoré être flic et arpenter les murs de la PJ. Adoré ses collègues. Adoré son taf. Même si celui-ci avait fini par lui porter sur les nerfs. Et oui, il détestait l'IGPN. Il avait le sentiment de jouer dans la mauvaise équipe. Mais alors pourquoi il ne pouvait pas s'empêcher d'y penser quand il était en famille ? Est-ce qu'il était réduit à ça ? Est-ce que quelque part, il n'était *que* son travail ?

– Oh je t'ai demandé si tu avais pu regarder le dossier que j'ai posé sur ton bureau hier ?

– Quoi ?

Le Charognard se tenait devant lui, les yeux interloqués.

– À quoi tu penses ?

– Je me suis embrouillé avec Steph, c'est rien. On fera la paix ce soir, comme d'hab.

Romain savait exactement ce qu'il se passait. Il en voulait à Steph et Yannis parce qu'il se sentait prisonnier. Oui, il était dépendant de son métier. Il n'existait pas sans lui. Mais à présent il avait l'impression de ne plus vraiment l'exercer, et donc de ne plus vivre. Rocca se sentait *mort* à l'intérieur. Et inconsciemment, il blâmait sa femme et son fils. Il avait quitté la PJ pour eux. Ce n'était pas de leur faute s'il n'avait tenu que six mois à l'OCRVP, avant de se faire virer comme un malpropre. Si Romain bossait aujourd'hui à l'IGPN, c'était pour sa famille. Il ne pouvait pas continuer à rejeter la faute sur eux. Romain devait assumer sa responsabilité. Mais entre s'en rendre compte et le mettre en pratique, il y avait un fossé digne du Grand Canyon.

– Alors, le dossier ?!

– Quoi le dossier, quel dossier ?

Le commissaire Charron soupira tellement fort qu'un courant d'air souleva les cheveux de Rocca en arrière.

– C'est pas possible, t'es pas avec moi ! Ça fait cinq minutes que je parle dans le vide !

– Oh tu vas pas t'y mettre, toi aussi ! Je vais le regarder ton dossier.

Rocca avait du mal à l'admettre, mais Charron avait raison. Ça ne pouvait plus durer. Trop de trucs lui prenaient la tête et venaient polluer son bon fonctionnement. Il était arrivé la même chose avec l'ordinateur de Steph. Romain n'était pas spécialiste, mais il avait bien pigé le problème. Le bidule était blindé jusqu'à la moelle et tournait au ralenti. Il avait fallu que Steph nettoie le bazar et vide le machin pour que le trucmuche fonctionne à nouveau correctement. Voilà ce qu'il devait faire. Se vider la tête et se nettoyer les neurones. Restait plus qu'à trouver comment.

Rocca ouvrit la chemise laissée par Charron. Peut-être qu'il parviendrait à se concentrer plus d'une minute d'affilée. Le dossier concernait les violences policières exercées durant les manifestations des Gilets jaunes. 1 mort. 613 blessés. 23 yeux crevés. 5 mains arrachées. Le bilan était catastrophique, le dossier plus que *brûlant.*

Le discours de la maison était le suivant : *les violences policières ont répondu aux violences des manifestants.*

Le bilan des manifestants n'était pas glorieux non plus, il est vrai. Ils l'avaient joué en mode insurrection. *Full* barricade. Le feu aux Champs-Élysées. Des dizaines de commerces pillés. Près de quatre-vingts incendies volontaires rien qu'à Paris. Des bâtiments entiers qui crament. Le Fouquet's détruit. Sans compter les abribus, les kiosques à journaux, ou les bagnoles réduites en cendres.

Le discours des manifestants était le suivant : OK, il y avait des casseurs. OK, il y avait des black blocks. *Mais bon nombre de manifestants pacifiques étaient devenus violents en réponse aux violences policières.*

Le serpent qui se mord la queue. Qui de la poule ou de l'œuf avait jeté la première pierre ?

Rocca s'en foutait. Il comprenait la grogne générale. Il la comprenait à chaque fois qu'il faisait le plein de sa Peugeot toute défoncée. Et il ne pouvait pas cautionner la violence. On ne tirait pas au Flash-Ball ou à la grenade de désencerclement au petit bonheur la chance, histoire de disperser la foule. On n'était plus en 1789. Ces armes de merde étaient considérées partout ailleurs comme des armes de guerre. Amnesty International, Reporters sans frontières, l'ONU, le Parlement européen, la Ligue des droits de l'homme, même le Syndicat de la magistrature... Le monde entier était révolté et se foutait de notre gueule. *Le pays des droits de l'Homme ? Dans ton cul lulu. Les journalistes, on leur tire dessus au LBD. Qu'ils ferment leur clapet. Et le droit des femmes on n'en parle même pas.*

Oui, Rocca comprenait. L'IGPN avait ouvert un total de 116 enquêtes suite à des plaintes de journalistes et de manifestants. Oui, les collègues avaient dérapé. Mais ce qui faisait profondément suer Rocca, c'est que ces armes, c'étaient les politiques qui les avaient mises dans leurs mains. C'étaient les politiques qui avaient donné l'ordre de tirer. *À quoi bon s'en prendre aux exécutants, quand on laisse les décideurs tranquilles ?* Le ministre de l'Intérieur avait démenti toute violence policière. Ben voyons.

Tout ça écœurait Rocca. Il avait besoin de prendre l'air. Il abandonna le dossier et sortit récupérer sa voiture. Une heure plus tard, il se garait en face de chez madame Torres, juste à temps pour voir la vieille Espagnole sortir en traînant son caddy derrière elle. Rocca attendit qu'elle tourne au coin de la rue, puis se précipita chez elle. Il ouvrit la porte de l'immeuble avec un passe qu'il avait gardé du temps de la PJ. Puis crocheta la serrure de son appartement.

Rocca se demanda ce qu'il foutait là. *Une connerie.* Une perquisition mexicaine, c'était une technique de ripou, pas de bœuf-carotte. Rocca se concentra sur le boulot. Il se mit en tête de fouiller la baraque. Proprement. Pas comme l'autre sagouin qui avait retourné la maison comme un cochon. Valait mieux qu'Asunción ne se rende compte de rien. Valait surtout mieux qu'il ne se fasse pas prendre sur le coup. Sinon, la messe était dite. Il avait beau être dans les bonnes grâces de Faugeron, c'était quand même le genre de coup pendard qui pouvait vous coûter votre place. *Une grosse connerie.*

Rocca fouilla l'entrée. *Nada.* Dans la chambre de la vieille, il trouva une pile de cartes postales et de lettres, toutes adressées à une certaine Amona, et signées Rafa. Sur certaines d'entre elles, l'écriture semblait très enfantine. Rocca en photographia deux ou trois. Elles n'étaient pas écrites en espagnol, mais dans un charabia qui devait être du basque. Et Rocca était incapable d'en déchiffrer un seul mot. Autant il avait quelques notions d'espingouin, autant le basque ressemblait à du chinois. Clairement pas une langue latine.

Dans le salon, près du téléphone (un vieux truc à fil où il fallait tourner le cadran pour composer le numéro), Rocca tomba sur un petit répertoire. Rocca photographiait le numéro d'un certain Rafael quand il entendit le bruit de la clé dans la serrure. *Une bonne grosse connerie.*

Rocca ne prit pas le temps de réfléchir. Le couloir menait à l'entrée, qui menait à la vieille. De l'autre côté, la cuisine. La vieille venait de faire ses courses, donc s'y rendrait probablement en premier. Rocca fila vers la chambre au moment où la porte s'ouvrait. Une fenêtre. L'appartement d'Asunción se trouvait au premier étage. Dangereux, mais jouable.

Il entendit la vieille se ramener de son côté. Rocca se plaqua au sol derrière le lit. Merde, elle venait chercher ses chaussons ou quoi ? Puis il entendit une porte s'ouvrir et se refermer. *Pas celle de la chambre.* Rocca mit un instant à comprendre. *Les chiottes.*

Il se releva d'un coup, ouvrit la porte de la chambre, fonça dans le couloir en essayant de ne pas trop faire grincer le parquet, contourna le caddy abandonné dans l'entrée et sortit de l'appartement fissa fissa.

En revenant à l'IGPN, Romain ne pouvait pas s'empêcher de se demander pourquoi il avait fait ça. *Parce que c'est mon métier.* Cette idée tournait dans sa tête de manière obsédante. *Mon putain de métier.*

Qui était ce Rafa qui méritait qu'on garde ses lettres ? Et qui était cette Amona à qui il écrivait si régulièrement. Amona, est-ce que c'était la version basque d'Asunción ? Un surnom ? Ou une autre nana ?

Rocca s'écroula sur le fauteuil de son bureau. Il passa les dix minutes suivantes à se ronger les ongles, avant d'allumer son ordi et de se connecter à Internet. Le dictionnaire basque-français lui donna la réponse. *Amona* voulait dire mamie.

Andoni Guerrero avait un gosse.

Chapitre 12

Dix-neuf heures trente-huit

La marche était interminable. Ses pieds brûlaient dans ses chaussettes trempées de sueur. Des ampoules s'y formaient les unes après les autres, en nombre suffisant pour remplir une guirlande lumineuse. Chaque pas semblait plus douloureux que le précédent. Ses mollets, durs comme la pierre, rendaient l'effort encore plus pénible. Son estomac criait famine. Le souffle court, les lèvres desséchées, Leonor tentait de suivre le rythme imprimé par le vieux barbu. Heureusement, l'état de son comparse, qui avait perdu pas mal de sang, obligeait le groupe à ralentir de temps à temps. Mais aucune pause ne leur était accordée.

La *puta* hollandaise qui les accompagnait tenta bien de les faire s'arrêter cinq minutes. Tout ce qu'elle gagna fut une violente baffe en plein visage. Et la suite du chemin se fit en silence. Leonor avait perdu toute notion de temps et d'espace. Elle ne savait plus depuis combien de temps ils avaient quitté la nationale, depuis combien de temps ils progressaient tant bien que mal dans cette *maldita* montagne. Elle n'aurait su dire s'ils se trouvaient en France, en Espagne, ou en plein cœur de la forêt amazonienne. S'ils marchaient en ligne droite ou en interminables ronds, passant et repassant inlassablement devant les mêmes arbres, les mêmes rochers, le même paysage.

Sa seule certitude ? Depuis qu'ils avaient franchi le sommet, ils descendaient presque continuellement. Et le vieux Basque qui leur servait de guide *connaissait* le terrain. Il savait où ils allaient. Ils progressaient à présent sur une petite sente qui facilitait quelque peu leur progression. Au moins, on ne risquait plus de se fracturer la cheville à chaque fois qu'on posait le pied au sol.

Au détour d'un virage, un petit bâtiment surgit soudain à travers la végétation abondante. Étaient-ils parvenus à destination ? Ça ne présageait rien de bon quant à la suite des événements. Ils étaient paumés à mille lieues de la civilisation et d'un éventuel secours. Mais au moins feraient-ils peut-être une halte ?

Les deux hommes jetèrent leurs sacs au sol. Leur guide aboya des ordres à son compère, qui tint les deux femmes en joue. Précaution inutile. Elles se trouvaient dans un tel état d'abattement et d'épuisement que même sans surveillance, elles ne seraient allées nulle part. De toute façon, Leo se sentait totalement perdue, en complet état de choc. Bien trop déboussolée pour tenter quoi que ce soit. Et avec l'étrange impression de vivre cette épreuve à travers un écran de télé. Plus spectatrice qu'actrice.

Elle observa celui qui était clairement le chef de ses ravisseurs s'éloigner de la maisonnette, compter ses pas, soulever un petit rocher et se mettre à creuser la terre. L'homme déterra un sachet en plastique qui contenait un trousseau de clés. Il revint vers eux et ouvrit la porte. Un nuage de poussière s'échappa de la pénombre. Ils pénétrèrent dans ce qui ressemblait à une cabane améliorée. Un abri de montagne qui pouvait accueillir un ou deux randonneurs de passage. Une petite table avec deux chaises. Une armoire bancale qui tenait debout par le pouvoir du Saint-Esprit. Un minuscule coin cuisine qui se résumait à un réchaud à gaz. Une cheminée. Et au fond, une pièce encore plus exiguë, avec une couchette une place. Pas de salle de bains. Pas de toilettes. Pas d'eau courante. Les femmes durent se soulager à l'extérieur, sous la vigilance du jeune blessé qui n'en perdit pas une miette.

Un récupérateur d'eau de pluie jouxtait la cabane. Le chef rapporta un seau d'eau et les laissa se désaltérer. L'eau était fraîche. Elle avait un léger goût de plastique, mais Leo vida son verre goulûment. Elle aurait bu une bouteille d'acide si ça avait pu étancher sa soif.

Puis le Basque alluma une flambée dans la cheminée et les deux femmes se rapprochèrent du feu, histoire de se réchauffer un peu. Leo évita tout de même de se coller de trop près à la blonde à moitié *desnuda* dans son minishort ridicule et son sous-tif de maillot de bain.

Le chef déplaça la table, retira un tapis usé jusqu'à la moelle et découvrit une trappe. Le couvercle de la trappe, métallique, dénotait au beau milieu de la vieille cabane en bois. L'homme déverrouilla la trappe en tapant un code sur le cadenas, puis souleva le couvercle. Un système de poulie fit se soulever le haut d'une échelle, au fur et à mesure que le couvercle s'ouvrait. L'homme rapporta les trois gros sacs de sport à l'intérieur de l'abri. Il les balança un à un dans la cave et descendit à l'échelle. Il resta cinq minutes à farfouiller en bas, puis remonta des armes et des munitions, quelques conserves qui devaient dater de la préhistoire et un kit de premiers secours.

Ils se partagèrent un bocal de pois chiches qu'ils ne prirent même pas la peine de réchauffer, puis l'homme redescendit à la cave et en ressortit avec un attirail de montagne. Cordes, tendeurs, mousquetons. Leo accusa le coup. Allaient-ils les embarquer dans une ascension impossible ? Aurait-elle la force de les suivre ? Qu'adviendrait-il si elle n'y parvenait pas ?

L'abandonneraient-ils en pleine nature, ou la tueraient-ils afin de ne pas laisser de témoins derrière eux ? Que cachaient-ils dans ces sacs si lourds, mais qui valaient d'être transportés à l'autre bout de la montagne ?

L'homme interrompit ses pensées en empoignant Leo par le bras. Il la poussa brusquement sur l'une des deux chaises, puis commença à la ligoter.

– *No, por favor !* gémit Leo en pleurnichant.

– *Silencio !* répondit l'homme en levant la main de manière menaçante. *Calla la boca.*

Il lui attacha les bras, croisés derrière le dossier. Puis ses jambes aux pieds de la chaise. Le *malparido* posa ses sales pattes sur les cuisses de Leo. L'humiliation et la peur mêlées glacèrent le sang de la jeune femme. Sa position forcée, les seins en avant et les jambes écartées, lui donnait l'impression d'être offerte en sacrifice.

– Tu parles, je te bâillonne, chuchota le Basque à son oreille. Tu choisis.

Leonor ne pouvait plus bouger que la tête. Elle se détourna au maximum du vieux Basque penché sur elle. La sueur perla jusqu'en bas de ses reins. Jamais elle ne s'était sentie aussi *vulnérable*. Mais l'homme se désintéressa d'elle et s'en alla attacher la *rubia*. Leo se réconforta en se disant qu'au moins elle restait plus couverte qu'elle.

La Hollandaise n'en menait pas large non plus. Elle n'avait pas eu l'occasion de se débarbouiller du sang qui avait giclé sur son visage et sa poitrine. Les stigmates du coup reçu commençaient à se voir très nettement. Elle avait un sacré œil au beurre noir. Son nez et sa lèvre tuméfiés devaient également la faire souffrir. Et leur marche forcée en forêt avait strié ses jambes et ses bras d'une multitude de petites balafres.

La blonde subit le même traitement que Leonor. Une fois les deux femmes ligotées, le chef se détendit et s'intéressa à son comparse. Le jeune avait le teint anémié et les traits creusés. Il tenait à peine sur ses jambes, il avait perdu *beaucoup* de sang. Le barbu le débarrassa de son fusil et posa l'arme contre le mur, à côté des autres. Il récupéra le saut d'eau et le kit de premiers secours, puis soutint le jeune jusqu'à la minuscule chambre du fond. Il l'aida à s'allonger sur la couchette et à retirer ses habits ensanglantés. Durant de longues minutes, l'homme s'appliqua à soigner ses blessures. Seuls les gémissements du blessé se faisaient entendre dans la cabane.

Pendant ce temps, un tas d'armes attendait, seul, sans surveillance, à deux mètres à peine. Impossible pour Leo d'en détacher les yeux. Si seulement elle pouvait en attraper une. *Juste une.* De quoi égaliser les forces en présence. Elle se rappela un vieux slogan publicitaire étudié en cours d'histoire. *Dieu a fait des hommes forts et des hommes faibles. Samuel Colt les a rendus égaux.* Leo n'aimait pas les armes. Leo n'aimait pas la violence. Mais la Nature avait fait d'elle une femme faible physiquement. Et la Nature avait fait de ces pourritures des hommes forts.

Leo tenta de tirer discrètement sur ses bras pour libérer ses mains, mais la corde s'enfonça plus profondément dans ses chairs et elle dut se mordre les lèvres pour éviter de geindre à son tour. Le Basque connaissait son affaire. Elle ne parviendrait pas à se libérer seule. Elle jeta un coup d'œil à sa voisine. La *rubia* semblait dans un état catatonique. Leo ferma les yeux et lança une prière à l'Univers. *! Ayùdame, por Dios ! Venez à notre secours, je vous en prie !*

Une fois le jeune pansé, les deux hommes se mirent à baragouiner dans leur langue. Le ton monta rapidement. Leo ne pigeait pas une broque de basque, mais elle crut entendre le mot *ibilgaliu* revenir plusieurs fois dans la conversation. Puis une ou deux fois le mot *automobil.* Ça, elle comprenait.

Le jeune ne paraissait pas d'accord avec l'ancien, mais le barbu eut le dernier mot. Il récupéra un pistolet, mit un fusil en bandoulière, puis sortit de la cabane sans un regard pour les deux femmes.

Elles se retrouvaient seules avec le blessé. Pour combien de temps ?

Leo regarda la *rubia*. La *rubia* regarda Leo. La *rubia* fit les gros yeux à Leo, lui désignant de la tête la chambre où le jeune était allongé. La *rubia* n'était pas si *catatonique* que ça. La *rubia* jouait la comédie. La *rubia* tenta de former des mots silencieux sur sa bouche. Leo comprit où voulait en venir la blonde. Leo n'était pas sûre de pouvoir jouer le jeu. La blonde dut comprendre. Elle haussa les épaules et fixa son regard sur la couchette.

Au bout d'un moment, le jeune croisa le regard de la Néerlandaise. Les deux s'observèrent intensément. *Con mucha tensión*. Le jeune se redressa sur sa couchette. La *rubia* n'avait pas envoyé de prière à l'Univers. La *rubia* avait décidé de prendre les choses en main. La *rubia* releva légèrement le menton. La *rubia* entrouvrit doucement la bouche. La *rubia* esquissa un sourire. La *rubia* passa leeeentement sa langue sur ses lèvres. Même avec la tronche à moitié défoncée, la *rubia* avait du sex-appeal. Le jour de son enterrement, elle ferait encore bander la moitié du cimetière.

Le jeune regarda la porte. Même absent, le vieux Basque gardait son emprise sur lui. Le jeune hésita. Un peu. Son débat intérieur lui faisait chauffer la cervelle. Mais il ne pouvait pas résister à la *rubia*. Personne ne pouvait résister à la *rubia*. Il se leva et claudiqua jusqu'au coin où les armes étaient posées en tas. Il récupéra un pistolet et se traîna vers la chaise où était attachée la Hollandaise. La *rubia* leva le visage vers le jeune. Le jeune se pencha sur elle. Leurs lèvres se rencontrèrent.

Ils s'embrassèrent *goulûment*. Soudain, le jeune sembla extrêmement pressé. Avec des gestes nerveux, il libéra comme il put la jeune femme.

La *rubia* se leva en se frottant les poignets. Elle embrassa son ravisseur en lui empoignant l'entrejambe. Le jeune émit un petit rire en lui désignant la chambre avec son arme. La *rubia* ondula des fesses jusqu'à la petite pièce, puis se retourna et lança un bref regard vers Leo en grimpant sur la couchette. D'un geste de tête, elle désigna le tas d'armes qui attendaient gentiment vers la cheminée.

Leo ressentit une bouffée de jalousie, mêlée à un sentiment d'admiration. Elle aurait pu être en string sur sa chaise, jamais elle n'aurait réussi à captiver aussi facilement l'attention du jeune Basque. Mais ce n'était pas le moment de se laisser aller. Elle tenta une nouvelle fois de se libérer en se tortillant comme elle put.

Le jeune repoussa un peu la porte de la chambre, offrant au couple une intimité toute relative. Bientôt, l'écho de leurs ébats emplit la cabane. Leo se mit à tirer de toutes ses forces. La morsure de ses liens n'en fut que plus douloureuse. Il fallait se rendre à l'évidence, c'était mission impossible. Leo gémit en pensant au sacrifice de sa camarade. Tout ça pour rien. Une nouvelle fois dans sa vie, elle se sentait totalement *impuissante*. Leonor ferma les yeux et entama une prière.

Dios mío, mon Dieu, faites quelque chose ! Envoyez-nous un miracle ! Ne nous laissez pas aux mains de ces assassins, je vous en prie !!

Puis elle ouvrit les yeux et se mit à pleurer en se souvenant qu'elle ne croyait pas en Dieu.

Troisième Partie

Vipère

Épinay-sur-Seine

Dom a cinq ans. C'est Noël chez les Zonga. Son père rapporte une PS2 à la maison. Le plus beau cadeau du monde. La famille est aux anges. La vie est belle dans la cité.

Dom a sept ans. Dom passe son temps sur la console. Il joue à Formula one. V-Rally. Gran Turismo. Dom aime quand ça va viiiite. Sa mère est inquiète. Trop d'écran. Pas assez de sommeil. Ses frères filent un mauvais coton. Ils n'ont pas le droit de jouer. Mais Dom a pigé le truc. Dom travaille à l'école. Il fait le nécessaire. Pas d'embrouille, pas de punition. Dom pige viiiite. Dom est un gentil garçon.

Dom a neuf ans. La PS2 a fait une attaque. Surchauffe. Ventilo dans les chaussettes. Dom est triste. En manque. Il ne fout plus rien à l'école. Plus de carotte, plus d'effort. Sa mère est inquiète. Son père lui propose un deal. Tu bosses. Tu fais le nécessaire. Et je t'emmène faire du karting. Dehors. En extérieur. Pas devant la télé.

Dom a onze ans. Dom fait du karting *tout le temps*. Dom aime quand ça va viiiite. Dom a un don. Dom est né un volant dans les mains. Dom est le Michael Schumacher du kart. Dom est la star du *tiéquar*. Dom a hérité d'un surnom. Dum-Dum. Comme la balle. Dom va viiiite. Et Dom fait du dégât. Sur le circuit, Dom est létal. Un putain de Fangio de la banlieue.

Dom a treize ans. Dom fait de la compétition. Son père serait fier, *s'il était resté dans les parages*. Mais son père s'est barré. Il a fui. *Hasta la vista baby*. Il ne donne plus de nouvelles. Un vrai Casper. Sa mère est inquiète. Dom va trop viiiite. Dom ne va plus à l'école. Dom veut être pilote. Ses frères filent un mauvais coton. Mais Dom est un gentil garçon.

Dom a quinze ans. Dom a une réputation. Dans le milieu du *racing*, on a entendu parler de lui. Le petit prodige. Le Wonder boy. Dom a passé les détections. Dom a tout déchiré. Personne ne va aussi viiiite que lui. Mais Dom ne peut pas entrer dans un centre de formation. Dom n'a pas quatre-vingt mille euros à dépenser par an. La Formule 1, c'est pour les fils à papa. Les bien nés. Les milliardaires. Pensez golf, pensez voile, et multipliez par dix mille. Dom a les boules. Sévèrement dégoûté. Dum-Dum est au point mort. Le pied sur la pédale de frein.

Dom a seize ans. Dom veut faire du rallye. Mais Dom doit patienter. Pour le rallye, faut le permis. Dom n'est pas patient. Dom aime quand ça va viiiite. Le rallye, c'est pas la Formule 1. Mais le rallye, c'est la course. C'est Colin McRae. C'est les deux Sébastien. Loeb et Ogier. Les Français qui ont tué le game. Le rallye GT ça va viiiite. Les stages rallye jeunes organisent des concours. *Gagne le concours et tu fais le stage*. Gratis. Mais pas avant dix-huit ans. Pour le rallye, faut le permis.

Et le permis, ça a un prix. Dom n'a pas un rond. Sa mère est inquiète. Ses frères filent un mauvais coton. Ses frères ne sont pas des flèches. Ses frères ont de mauvaises fréquentations. Ils traficotent avec les caïds du quartier. Pas assez pour rouler sur l'or, mais suffisamment pour becqueter à leur faim. Dom est un gentil garçon, mais Dom pige viiiite. Dom est un malin.

Dom n'a pas le permis, et alors ? Dom conduit bien. Putain, personne ne conduit aussi bien dans toute la région. Dom et les caïds du quartier sont faits pour s'entendre. *Filez-moi un volant*, c'est tout ce que Dom demande.

Dom a dix-neuf ans. Dom est pilote de course. Oh, pas sur un circuit, non. Pas devant les caméras de Canal. Mais sur les autoroutes d'Europe. Dom ne sera jamais pilote professionnel. Dom a un casier, désormais. Il ne passera probablement jamais son permis. Dom est grillé sévère. Mais Dom s'en fout. Dom est payé pour conduire. Il est payé pour conduire viiiite. Alors Dom est pilote professionnel.

Dom a vingt et un ans. Amsterdam-Paris : trois heures trente. Paris-Berlin : six heures quarante-cinq. Bilbao-Paris : cinq heures cinquante. Dom roule viiiite. C'est le roi du *go fast*. Dom ne roule pas que sur l'asphalte. Dom roule sur l'or. Ses boss l'ont à la bonne. Dom touche un pourcentage sur chaque transport. Une voiture ouvreuse quelques kilomètres à l'avant. Une voiture en renfort deux cents mètres à l'arrière. Mais c'est à Dom qu'on confie la voiture mulet avec la marchandise. Ou le pognon. Dom a un don. Et Dom est béni des dieux. Dom est verni. Dom a une sacrée chatte. Dom n'a jamais d'accident. Dom ne se fait jamais pincer. Et quand Dom se fait courser par les flics, Dom s'en sort. Dom s'échappe. Dom leur glisse entre les doigts. Parce que Dom va trop viiiite. Dom est un putain de fantôme. Une chimère. Un souffle. Un miracle. Dom est un vrai Casper. Comme son père.

Dom s'occupe de sa mère. Il la gâte. Dom est un gentil garçon. Dom n'a pas un mauvais fond. Il ne ferait pas de mal à une mouche. Mais sa mère est inquiète. Dom a arrêté ses études il y a bien longtemps. Il raconte qu'il travaille comme chauffeur. Dom gagne *très bien* sa vie. Ses frères filent un mauvais coton. Sa mère n'est pas bête. Elle sait calculer. 1 + 1 = toujours 2.

Mais Dom n'est plus un enfant. Dom est un grand garçon. Alors elle ne dit rien et elle prie. Elle prie, mais ses prières ne sont pas entendues.

Dom a vingt-deux ans. Les flics lui tendent une souricière. Dom se fait niquer en beauté. Dom roule deux kilomètres derrière son éclaireur. Communication constante avec les portables. Son poisson-pilote ne flaire pas le piège. Les flics sont bien cachés. La voiture ouvreuse passe comme dans du beurre. Aucun bleu à l'horizon. Ciel dégagé. RAS. Les flics sortent de leur cachette pile après son passage. Ils coupent l'autoroute. Devant et derrière. Dom se jette droit dans la gueule du loup. Viiiite. Trop viiiite. Bloqué de tous les côtés. La voiture en soutien tente de le sortir de là, manu militari. Ça défouraille à tout va. Les balles fusent viiiite. Les balles déchirent le métal. Les capots fument. Les pare-brise volent en éclats. Les bagnoles explosent.

Dom ne tire pas. Dom est un gentil garçon. Dom tente de se faire la malle. De profiter du bordel ambiant pour disparaître. Dom descend de voiture et abandonne la cargaison. Il y en a pour des millions. Sa bagnole est bourrée à craquer. Ses boss ne vont pas être contents.

Les balles transforment sa bagnole en vieux morceau de gruyère. Un nuage de coke s'envole dans les airs. La voiture mulet fume par tous les trous. Une fumée épaisse, qui vous prend à la gorge, vous brûle les yeux, vous attaque la gorge. Dom n'a jamais pris de drogue de sa vie. Dom est un gentil garçon. Sa drogue, c'est l'adrénaline. La vitesse. Dom ne peut pas s'empêcher de *respirer* la coke. Dom part viiiite. Dom décolle puissance mille. Dom s'envole dans la stratosphère. Dom tente de s'échapper de l'autoroute. De courir loin du bruit. De s'éloigner des coups de feu. De fuir la zone de combat. Ses gardes sont kapout. La voiture renfort saigne de toute part. Les coups de feu deviennent plus épars. Et se dirigent vers lui. Les balles sifflent à côté de ses oreilles.

Dom tente de courir au ras du sol. De bouffer le bitume. La coke s'insinue partout en lui. Dom voit que dalle. Ses yeux le brûlent. Sa gorge le brûle. Son cœur bat trop viiiiite. Dom est au bord de l'autoroute. Dom passe au-dessus de la barrière de sécurité. Tombe dans le fossé. Se relève. Grimpe de l'autre côté. Une barrière sépare le fossé d'un champ de blé. Dom grimpe la barrière. Un picotement vient lui chatouiller les côtes. Dom dégringole. La chute lui paraît *très* longue.

Dom est allongé par terre. Dom voit que dalle. Ses yeux le brûlent. Sa gorge le brûle. Sa poitrine le brûle. Un liquide chaud coule entre ses doigts. Dom s'est mangé une bastos, mais Dom n'a pas mal. Dom ne ressent plus rien. Dom est parti au royaume de la farine magique. Son cœur explose. Puis s'arrête. Dom est allé trop viiiite. Alors Dom va faire une petite pause, histoire de reprendre son souffle.

Dom a vingt-trois ans. Dom est en prison. Dom est en prison pour *très* longtemps. Dom et la vitesse, ça fait deux, maintenant. Dom doit tout faire l-e-n-t-e-m-e-n-t. Overdose et crise cardiaque. Les flics ont sauvé Dom. Dom a refusé de témoigner. Dom n'a balancé personne. Dom est un gentil garçon. Alors Dom est en prison. Dom ne peut plus aller viiiite. Les flics ont tué Dom. Dom a tué sa mère. Ses frères filent du mauvais coton. Dom était un gentil garçon. Sa mère a eu le cœur brisé. Sa mère ne pouvait pas voir ça. Sa mère ne pouvait PAS vivre ça.

Dom a vingt-quatre ans. Dom est tout seul. Et Dom est en prison pour *très* longtemps.

Chapitre 1

1984

Un fourgon blindé de la société SECSO détourné avant même sa sortie du garage. Prise d'otage de la femme du convoyeur. Une fois son circuit habituel terminé, échange du fourgon contre la bonne femme. Cinq cent mille francs.

Une agence du Crédit lyonnais. Braquage du coffre-fort et du guichet en pleine journée. Trois cent mille francs.

Une agence de la Caisse d'épargne. Cent douze coffres individuels forcés en pleine nuit. Sept cent cinquante mille francs.

Un fourgon blindé de la société de transport de fonds STF attaqué au bazooka. 1,5 million de francs.

Une agence de la Société générale. Coffre-fort et guichet. Quatre cent vingt-cinq mille francs.

Une agence du Crédit agricole. Quatre-vingt-six coffres individuels forcés un jour férié. Six cent mille francs.

Un fourgon blindé de la société Transbank pris en sandwich par deux camions bennes dans une ruelle à sens unique. Huit cent mille francs.

Une agence du Crédit du Nord. Soixante-deux coffres individuels forcés. Cinq cent soixante-quinze mille francs.

Andoni pouvait jubiler, son plan se déroulait à merveille. Son équipe enchaînait victoire sur victoire. Mais sa plus grande réussite était leur parfait *anonymat.* Le Basque avait bien retenu sa leçon. Son équipe était mobile. Ils se baladaient sur tout le territoire. Ne restaient surtout pas campés dans la même zone. Et ils changeaient constamment de modus operandi. Ils s'inspiraient de ce qu'ils lisaient dans la presse. Réutilisaient les techniques des collègues. Un coup en finesse succédait à un coup en force. La violence succédait à la ruse.

Résultat des courses : les journaux ne parlaient pas d'eux. Les flics n'avaient pas fait le rapprochement entre les différentes affaires. D'ailleurs, flics et journalistes ne leur avaient même pas donné de surnoms. Et pourtant, ils adoraient les surnoms. Les surnoms, ça faisait vendre. C'était l'étoffe dont on créait les gros titres et les légendes. Le Gang des Tractions Avant. La bande des Trois Canards. Le Gang des Blouses bleues, ou des Estafettes. La French Connection. Le public *adorait* ça. Le public en redemandait. Et c'était bien connu… Flics et journaleux *adoraient* le public. Ils vivaient pour lui plaire.

Rien de tout ça pour Andoni et ses camarades. Pas de surnom, pas de gros titre, pas de brigade de répression du banditisme aux fesses. Uniquement la satisfaction du travail bien fait. Et un sentiment de supériorité qu'il fallait parfois calmer pour éviter les débordements.

Le petit Pelegri rêvait de gloire et de coups d'éclats. À quoi bon briller, si c'était pour briller en secret ? Orsini, lui, voulait profiter de son fric. Vivre la vie de château. Champagne, caviar, coke et putes de luxe. Et il fallait clairement refréner ses dépenses pour éviter d'attirer l'attention. Abdelli voulait mettre le pays à feu et à sang. Il n'attendait qu'une chose, que leurs coups dérapent pour qu'il puisse tirer des poulets, comme à la foire. Jusqu'à présent, il était parvenu à maîtriser ses nerfs. Mais on sentait qu'il vivait constamment sur un fil et qu'il pouvait craquer à tout moment. Seul Thorent paraissait se satisfaire de la situation. Le Breton était un taiseux, un homme d'action. Et jusqu'à présent, l'action lui convenait à merveille.

Très vite, Andoni avait renoué le contact avec Lamonica, l'homme du FLNC rencontré à Marseille. Andoni travaillait désormais avec Orsini et Pelegri, deux Corses. Orsini, même s'il était tricard dans son île, avait un frère membre du FLNC. Andoni n'était plus complètement un étranger. Andoni avait des *liens* avec la Corse. Et Andoni était devenu un bon client.

Pistolets-mitrailleurs MAT-49 et MAT-10. Pistolets Herstal 9 mm. Fusils AK-46 et AK-47. Munitions à foison. Explosifs avec détonateurs. Quelques bazookas, grenades et autres mortiers. De la résine de cristal époxy et du circoflex pour fabriquer des explosifs maison. Des armes principalement françaises, vendues à la Libye, revendues au FLNC, et achetées en troisième main par Andoni. Quelques armes soviétiques ou allemandes acquises par les Corses auprès des mafias de l'Est. Suffisant pour créer un véritable arsenal. De quoi supporter la guerre des etarras durant un *long* moment.

Andoni pouvait enfin rentrer au bercail la tête haute. Durant des semaines, il fit des allers-retours entre la Drôme où il avait stocké les armes, et le Pays basque, rapportant ses achats par petite quantité. La plupart du temps, il remplissait de gros bidons métalliques avec armes, munitions et explosifs. Parfois, il ajoutait du matériel pour faire des faux papiers. Ou des liasses de billets. Des francs. Des pesetas.

Il enterra ses bidons dans des coins reculés du Labourd, de la Soule, et de la Basse-Navare. Des endroits paumés en pleine nature sauvage, où personne ne risquait de tomber dessus. Il dissémina par dizaines ses *zulos*, ses *caches*, aux quatre coins du Pays basque français. Il en cacha quelques-uns dans d'autres régions rurales, dans la Creuse, l'Yonne, l'Isère, le Finistère. Des *zulos* partout en France. Des trous dans la terre, dans la montagne, dans la forêt. Des bidons dans des entrepôts. Dans des caves sous des maisons. Dans des greniers sur des granges. Des *zulos* partout, et nulle part à la fois.

Andoni ne fit pas de carte précise avec l'emplacement de tous ses *zulos*. Andoni se la joua parcellaire. Quelques infos par-ci, quelques infos par-là. Il était le seul à savoir où se trouvaient toutes les armes. Andoni avait tout mémorisé. Il renfermait une véritable carte au trésor dans sa tête. Andoni était désormais *indispensable* à la cause.

Le 22 avril 1984, les leaders de l'ETA se retrouvèrent au grand complet pour célébrer l'*Aberri Eguna*, le Jour de la Patrie basque. Chaque année, pour le dimanche de Pâques, les partisans de l'indépendance se réunissaient pour cette fête. Depuis la mort de Franco, cette journée de célébration et de revendication n'était plus interdite dans la partie du Pays basque sous le joug espagnol. Et cette année, la ville choisie par les indépendantistes pour accueillir l'*Aberri Eguna* était Iruñea, la capitale de la Navarre. Mais hors de question pour les leaders de l'ETA terrés en France de traverser les Pyrénées et de prendre le risque de s'y montrer.

Depuis plusieurs mois, un nouveau groupe armé était venu se joindre à la guerre sale menée contre les etarras. Les Grupos Antiterroristas de Liberación avaient pris le relais des commandos de mercenaires constitués sous Franco et durant la transition démocratique. Les GAL étaient la réponse du gouvernement socialiste espagnol au refus du gouvernement français de collaborer dans la lutte contre l'ETA. *Ah vous voulez pas nous aider à dératiser votre plancher de la racaille terroriste ? Pas de soucis, on va se démerder.* Des commandos spécifiquement formés pour éliminer les etarras sur le sol français. Des recrues venues des milieux mafieux ou de l'extrême droite, ravies de se payer des extrémistes de l'autre bord.

Bayonne, Hendaye, Biarritz. Les villes du Pays basque français devenaient le théâtre d'assassinat d'activistes, de simples partisans ou même de citoyens français lambda, au mauvais endroit au mauvais moment, ou victime d'une erreur d'identité. Les GAL se foutaient bien de tuer des innocents. Tout ce qu'ils voulaient, c'était créer un climat de terreur pour obliger le gouvernement français à changer son fusil d'épaule face à la question de l'ETA. L'important, c'était le *message*.

Les *buruzagiek* avaient été touchés en plein cœur. Victor Etxeberría, l'un des cinq leaders de l'ETA qui avaient interrogé Andoni après la mort accidentelle du sympathisant kidnappé par son commando, s'était fait descendre dans un bar. Le bar avait été mitraillé depuis la rue, faisant en plus trois blessés collatéraux. C'était le plus gros coup dur porté à l'ETA depuis la mort de Guillermo Ibarzabal deux années plus tôt.

Etxeberría avait été remplacé à la direction par un camarade qu'Andoni ne connaissait pas. Depuis, les *buruzagiek* étaient en mode parano. Encore plus flippés qu'avant le départ d'Andoni pour la Corse. Les chefs avaient donc décidé de célébrer l'*Aberri Eguna* en secret. Ils se recueillirent sur la stèle de la charte d'Itxassou, qui commémorait la proclamation du droit à la souveraineté du peuple basque rassemblé. Puis se réunirent avec quelques invités triés sur le volet dans une maison à Ustaritz.

Non seulement Andoni était invité à la fête, mais Andoni en était l'invité d'honneur. Les *buruzagiek* l'accueillirent à bras ouverts. Andoni, le héros, le véritable *abertzale, le patriote* ! Olabarria l'embrassa comme un frère. Arzuaga le félicita chaleureusement. Même Irureta, qui ne pouvait pas le sentir depuis l'attentat de Valladolid, le remercia pour son dévouement à la cause. Tous se félicitèrent de l'avoir envoyé en Corse. Chacun réclamant le crédit de cette idée lumineuse.

Andoni avait dépassé toutes les attentes. Il avait tissé des liens durables avec les camarades du FLNC. Il avait monté un arsenal dédié à la cause. Il avait fait preuve d'initiative en allant chercher l'argent nécessaire à sa mission par lui-même. Marixol était fière. Ça sautait aux yeux. Marixol l'avait enrôlé. D'abord au comité de soutien, puis dans les rangs de l'ETA. Marixol lui avait confié la mission de Valladolid. Son attentat raté était un échec sur le plan politique qu'elle partageait avec lui. Son succès lavait cet affront. Son prestige rejaillissait sur elle.

Marixol avait pris sa place parmi les têtes pensantes de l'ETA à la suite de l'assassinat d'Ibarzabal, son compagnon et mentor. Marixol était une femme. Marixol avait l'impression de ne pas toujours être *légitime* aux yeux des camarades. Pourtant Marixol avait tout connu. La prison, le champ de bataille, les blessures de guerre. Mais quand on était une femme, même une combattante comme elle, il fallait se battre deux fois plus pour prouver sa valeur. Aujourd'hui, la réussite d'Andoni était *sa* réussite.

Andoni ne commit pas l'erreur de poursuivre Marixol de ses attentions. Au lieu de ça, il joua les fanatiques. Etarra jusqu'au bout des ongles. *Seule la cause compte.* Il évita la jeune femme comme la peste. Il avait parfaitement répété son rôle. *Regardez-moi. Je cite la charte d'Itxatssou. Je chante Gu gira Euskadiko gazteria. Je ne pense qu'à la Patrie basque. Je suis le fantôme d'Ibarzabal réincarné.*

Après le repas, vint le temps de boire et de fumer. Les convives se dispersèrent entre salon, jardin et terrasse. Marixol et Andoni se retrouvèrent enfin en tête à tête. Seuls pour la première fois depuis qu'il l'avait embrassée de force dans la ferme de Camou-Cihigue où il s'était entraîné sous les ordres de « San Guillermo », cinq longues années plus tôt. Marixol parla d'Ibarzabal, de solitude, de la vie qui passait trop vite.

Andoni parla de fusils et d'explosifs, de la cause, de la Patrie. *À fond dans son rôle.*

– Tu as changé, finit-elle par lui dire. Tu as mûri.

– J'ai pris conscience de la valeur des choses, mentit Andoni. J'ai revu l'ordre de mes priorités.

Cette nuit-là, ils firent l'amour pour la première fois. Ce fut bref, mais intense. Marixol lui avoua qu'elle n'avait laissé personne la toucher depuis la mort de Guillermo il y avait plus de quatre ans. Andoni ne lui dit pas qu'elle était la première femme avec qui il faisait l'amour. Depuis leur rencontre, Marixol avait toujours été *la seule et unique*. La femme de sa vie.

À partir de là, Andoni et Marixol furent inséparables. *Bikote eredu bat. Un couple modèle.* Liés par la ferveur et l'amour de la cause.

Évidemment, Andoni se foutait de l'ETA comme de sa première chemise. Andoni se foutait de *la cause*. Andoni n'avait qu'une seule cause. *Andoni.* Après des années de lutte, il avait fini par gagner sa guerre. Après des années de lutte, Marixol lui appartenait enfin.

Mais Andoni était un combattant. *Amaya da asiera. La fin est le début.* Désormais, Andoni allait devoir se trouver une nouvelle guerre.

Chapitre 2

Juin

Tous morts et enterrés. Six pieds sous terre. Ou en prison. Enfermés depuis de *longues* années. Tous les voleurs à la petite semaine, les cambrioleurs, les voyous liés au grand banditisme, toutes les ordures que Malet avait pu côtoyer de près ou de loin à l'époque où il faisait partie du 36, étaient portées disparues. Une véritable *extinction de masse*. Malet était un dinosaure. Un des derniers spécimens vivants issus d'une période révolue. Et il avait en face de lui la preuve parfaite des ravages causés par le passage du temps.

José Sartet n'était pas aussi vieux qu'il en avait l'air. Le patron avait quoi ? Douze ans de plus que lui ? Ça devait lui faire dans les soixante et onze, soixante-douze ans… Bien trop jeune pour croupir déjà dans un EHPAD de seconde zone. Mais Sartet avait des soucis de santé. Sartet avait fait la chute de trop. Et dernièrement, Sartet avait fait l'AVC de trop. Le patron avait des séquelles. La bouche coincée sur le côté. La bave sur le menton. Un bras mort ou presque. Une guibolle de traviole. Un goutte-à-goutte dans le bras. Le patron avait brûlé la chandelle par les deux bouts. Il avait du mal à se tenir assis. Il avait du mal à parler. Putain, c'était moche de vieillir. *On n'est pas tous égaux devant l'âge qui passe* se dit Malet qui savait qu'il y allait tout droit.

– Qu'est-ce tu racontes de beau, Lionel ? marmonna comme il put l'ancien commissaire.

Malet n'avait pas vu son ancien partenaire depuis des années. Après sa blessure et sa retraite forcée, il avait fini par couper les ponts. C'était trop difficile. Voir les collègues, les entendre parler boutique, ça lui rappelait trop sa mise à l'écart, son bannissement, sa vie volée par cette foutue balle.

– Bof, pas grand-chose. Le train-train habituel.

– Tu fais toujours dans la surveillance ?

La surveillance, c'était un bien grand mot. Malet avait bossé durant un moment comme agent de sécurité. Mais il avait fini par lâcher l'affaire. Sa jambe le faisait trop souffrir. Il ne pouvait plus faire les rondes, ni rester trop longtemps le cul vissé à une chaise. Depuis, il se contentait de sa maigre pension d'invalidité. Il se contentait de miettes. Mais aujourd'hui, les miettes *ne suffisaient plus.*

– À vrai dire, j'ai des ennuis, José. Je suis dans la merde et j'ai besoin de ton aide.

Sartet avait blagué à l'arrivée de son ancien camarade.

– Il t'est arrivé quoi ? T'as glissé sur une savonnette ?

Le vieux commissaire en retraite n'avait pas manqué de remarquer les traces sur son visage. La blessure à la tempe. La lèvre gonflée. Le nez cassé. Le copain avait dérouillé sévère. Et pas en tombant sous la douche. Malet s'était fait refaire le portrait. Poing par poing.

– Mon pote, tu connais ma philosophie, lui dit le patron. Entre collègues, on se serre les coudes. Mais je vois pas trop ce qu'un vieil infirme cloué dans son fauteuil pourrait faire pour te filer un coup de main ?

Sartet avait du mal à articuler. Il massacrait certaines consonnes et avalait certaines voyelles. Mais il ne mâchait pas ses mots. Le patron avait encore toute sa lucidité. Tant mieux.

Ça signifiait que Malet pourrait peut-être en tirer quelque chose. Il valait mieux. Il jouait sa toute dernière carte.

– J'ai besoin d'un nom, d'un contact. Je recherche quelqu'un qui soit du milieu.

Le patron fronça les sourcils.

– Quel milieu ?

– Grand banditisme. Vol à main armée. Ce genre de choses.

– Rien que ça ? Qu'est-ce tu cherches ? Tu veux monter sur un coup ? Regarde-nous, on est des épaves. On tient encore debout grâce à la rouille, mais on est bons pour la casse. Qu'est-ce tu veux faire avec ta patte folle, tes kilos en trop, tes problèmes de dos, d'arthrose ? Flic ou voyou, c'est un métier de jeunots.

– File-moi juste un nom, José. S'il te plaît.

– Rentre chez toi, ça vaudra mieux pour tout le monde.

– Je ne peux pas. Je te l'ai dit, j'ai des ennuis.

– Quel genre d'ennuis ?

– Le genre perso. Moins t'en sauras, mieux ça vaudra.

Le patron était raciste comme pas deux. Et misogyne. Inutile d'user sa salive à lui parler de Sadiya, il ne comprendrait pas.

– Écoute, ça fait des années qu'on s'est pas vus, reprit Malet. Vu ton état, la probabilité pour qu'on se revoie est on ne peut plus faible. Qu'est-ce que ça peut te foutre que je m'attire des emmerdes en pétant plus haut que mon cul ? Tout ce que je te demande, c'est de me filer un petit tuyau. En souvenir du bon vieux temps. Par solidarité masculine, ou professionnelle. Ou parce que je me suis mangé une bastos sous tes ordres, et que tu me dois bien ça. Peu importe, choisis ta raison. Mais file-moi un nom, bordel !

Sartet se tortilla dans son fauteuil. Dire que ce grabataire avait participé à flinguer Mesrine. Mieux valait tirer sa révérence *à temps* plutôt que de finir comme ça, tout seul, en mode zombie.

– Qu'est-ce tu recherches ? finit par dire le patron. Un spécialiste en particulier ?

– Non, je veux juste un vieux de la vieille. Un gars qui parle la même langue que nous. Idéalement, un pro que j'ai pu croiser dans le temps.

– T'es gentil, mais ça fait trente ans que t'as plus ta carte de pêche. Les années 1980, ça remonte à loin. Les gars de ton époque, ils sont dans le même état que moi. Quand ils sont encore là.

– Je sais. Mais il doit bien rester quelqu'un, quelque part, qui pourrait faire la blague.

L'ancêtre se creusa les méninges. Le patron avait toujours eu une mémoire phénoménale. Noms, adresses, numéros de téléphone. À la belle époque, Sartet avait le gotha de la pègre imprimé dans le cortex. Truands, michetons, gagneuses, voleurs, indics… Le patron était un vrai bottin à lui tout seul.

– Amrouni ? proposa le vieux.

– En cabane.

– Letreut ?

– Clamsé.

– Rost ? Ah non, il s'est fait descendre sur un coup il y a trois ou quatre ans. Cardinal ?

– J'ai essayé. Impossible à trouver. Un vrai Houdini. Complètement évaporé.

– Mouais. C'est chaud mon poulet, soupira le patron. Qu'est-ce que tu veux ? On fait pas forcément long feu dans ce turbin.

Malet souffla et s'assit sur le lit de l'ancêtre, juste à côté de la sonnette d'appel. Une fissure creusait un sillon derrière les quelques photos accrochées au mur face à lui. Sartet avec des collègues. Sartet avec le préfet de police. Sartet avec Pierre Joxe, quand il était ministre de l'Intérieur. Sartet récompensé.

Malet aussi avait reçu une médaille. Une médaille et une pension d'invalidité. Les deux pour la même affaire.

– Et du côté de l'internationale ? demanda-t-il au vieux, en désespoir de cause.

Sartet plissa les yeux sous le coup de la surprise. Il observa l'homme voûté qui se tenait à côté de lui. Lionel Malet. *L'arme fatale*. Un flic casse-cou au possible. Un véritable trompe-la-mort. Qui n'avait peur de rien ni de personne. Un as de la gâchette. Et qui ne craignait pas d'utiliser son flingue. Aujourd'hui ? Une loque qui s'était complètement oubliée.

– Tu veux vraiment fouiller de ce côté ? demanda l'ancêtre à la loque.

L'internationale. Leur plus grosse affaire. Le gang du Basque. Une équipe d'anciens terroristes plus barjots les uns que les autres. Des casseurs de première. Le Basque se cachait derrière le flingue qui avait bousillé la rotule de Malet. Le Basque utilisait des munitions à fragmentation. Malet l'avait toujours en travers de la gorge. Le Basque lui avait volé sa carrière. Sa famille. Après sa retraite forcée, Malet avait plongé. Alcool et antidouleurs. Apitoiement et dépression. Sa femme n'avait pas tardé à se faire la malle. Et avec elle, toutes chances d'avoir un gosse. Une descendance. Un foyer. *Andoni Guerrero*. Un nom honni.

– Qu'est-ce qu'ils sont devenus ? demanda tout de même Malet.

Guerrero était mort dans une tentative d'évasion. Avant ça, il avait croupi en prison. Et ça, grâce à *l'arme fatale*. Il avait au moins cette satisfaction. Le patron, lui, avait eu la peau de Pelegri. Mais les autres ?

– Le Lyonnais est en taule. Après l'arrestation, il a fait quinze ans de cabane, avant de replonger un an après sa sortie. Je crois qu'il est au quartier des VIP à la Santé.

– Orsini ?

– Cané. Il est sorti pour se faire dessouder ensuite. Règlement de comptes.

– Et le Breton ?

– Thorent ? Mort en prison. Le sida, je crois.

Malet regarda par la fenêtre. Quelque chose le dérangeait. Un détail. Une connerie. Un truc qui sonnait faux.

– Lionel, laisse la merde reposer. Laisse tomber. C'est plus de ton âge, mon ami.

Avec Sartet, ils avaient couru derrière l'internationale durant des années. Toujours un temps de retard. Ces mecs étaient *bons*. Ces mecs étaient des pros. Ces mecs étaient inarrêtables. Jusqu'au jour où le patron s'était dégotté la perle rare. Un *cousin* de premier ordre. L'indic leur avait offert le gang sur un plateau. Pris sur le fait, la main dans la banque. Seul Pelegri s'en était miraculeusement échappé. Malet avait présumé que Pelegri était la balance. Mais Sartet avait buté Pelegri en essayant de le coffrer des années plus tard. Qu'est-ce qui s'était passé ?

– C'était qui ton indic ?

– Quoi ?

– Pour l'internationale… Qui t'a rencardé ?

– Mec, tu sais bien que ce genre d'info, on la garde pour soi.

– C'était il y a trente ans. Ton indic il doit être mort à cette heure-ci. Allez, tu peux bien me le dire, maintenant ?

– Qu'est-ce que tu cherches, au juste ?

– C'était Pelegri ? Bien sûr que c'était Pelegri. Après l'arrestation du gang, t'as pas cherché à le choper. Si ça avait été un autre, tu l'aurais poursuivi jusqu'en enfer. Pour clore l'histoire une bonne fois pour toutes.

– Je suis fatigué. Laisse-moi maintenant. Ils vont venir me remettre au pieu de toute façon.

– Alors pourquoi t'as essayé de choper ton indic quinze ans plus tard ? Tu le laisses se balader en liberté, et puis bam ! Tu changes d'avis et tu décides de le coffrer... Est-ce que t'as essayé de l'arrêter, au moins ? Ou est-ce que c'était une exécution sommaire ?

Le vieux s'excita sur la sonnette d'appel. Sa main jouait à la tremblote. En mode Parkinson sous exta.

– Qu'est-ce qu'il y a ? Pourquoi t'es tout nerveux, tout à coup ? Qu'est-ce que tu me caches ?

Malet se rapprocha tout près de Sartet. Malet se pencha *juste* au-dessus de lui. Malet pouvait sentir la sueur du vieux couler à grosses gouttes.

– OK, suis mon raisonnement. On est en 1989. Hypothèse : Pelegri est ton indic. Il balance ses potes de l'internationale. Toi et moi, on arrête le gang. Je me mange une balle et je suis mis hors-jeu. Bye-bye Malet. Guerrero, Abdelli, Orsini et Thorent vont en taule. Pelegri disparaît. Flashforward, quinze ans après. Abdelli « le Lyonnais » et Orsini sortent de zonzon. Puis, Guerrero tente de s'évader lors de son transfert. Avec l'aide de qui ? D'Orsini ? Du Lyonnais ? Des deux ? Ça foire méchamment. Le Basque crame comme une merguez sur le grill. Le Lyonnais replonge. Orsini se fait descendre lors d'un « règlement de comptes ». Et toi, tu descends Pelegri. Pourquoi ? Qui a buté Orsini ? Qu'est-ce qui s'est passé ? Qu'est-ce qui s'est passé ?!

– Va te faire foutre.

Malet vit rouge. Une vague de fureur le submergea en une microseconde. Des années de douleur, de souffrance, d'humiliation, de frustration, lui explosèrent à la figure. Il empoigna le vieux par le paletot et le souleva de son fauteuil. Il secoua l'infirme dans tous les sens, façon Orangina. La perf se débrancha et s'en alla percuter l'armoire où l'ancêtre devait garder le peu d'affaires qui lui restait. Le vieux changea de couleur.

– Guerrero ! Guerrero !

– Quoi Guerrero ?!

– Il est pas mort !

Andoni Guerrero. Un nom honni. Le Basque lui avait bousillé la rotule. Lui avait volé sa carrière. Lui avait volé sa famille. Le Basque lui avait volé *sa vie*.

Malet posa toute une série de questions. Malet cogna de toutes ses forces. Malet s'explosa les phalanges. Malet repeignit la pièce en *rouge*. Au moins, l'ancêtre était sur place pour recevoir les premiers soins.

Malet sortit de la chambre. Dans le couloir, il croisa une infirmière attirée de force par l'inquiétant vacarme. Malet la rassura quelque peu.

– C'est rien. Il a glissé sur une savonnette.

Chapitre 3
Vendredi

Ça faisait un bail que les cartes postales avaient été envoyées. Les plus vieilles dataient du début des années 1990, *le cachet de la poste faisant foi*. Vu l'évolution de l'écriture du gamin, on pouvait évaluer sa naissance au milieu des années 1980. Probablement 1985-86, voire 1987-1988, si le môme avait été particulièrement précoce. En tout cas, aujourd'hui, le fils d'Andoni Guerrero devait avoir dépassé les trente ans. *S'il était toujours vivant.* La vieille Asunción ne possédait pas de cartes postales récentes de son petit-fils. Ce qui ne prouvait rien. Plus personne n'envoyait de cartes postales. Rocca avait arrêté d'en écrire au passage de l'an 2000. Voilà le vrai résultat du bug qui avait inquiété la planète entière en décembre 1999. Les cartes postales étaient mortes en même temps que les francs, les scoubidous, les appareils photos jetables, les VHS et les Spice Girls. Un reliquat d'un autre siècle.

Rocca passa le nom au crible des réseaux sociaux. Aucun Rafa Guerrero ne correspondait au profil recherché. Ou le Basque avait élevé son rejeton complètement en dehors des mailles du système, ou le môme vivait sous un autre nom. *S'il était toujours vivant.* Et s'il était toujours vivant, rien ne disait qu'il était en contact avec son père. *Si celui-ci était toujours vivant.* Rocca se souvenait avoir croisé Andoni en 2007, soit un an après sa mort présumée. Mais ça remontait à une douzaine d'années. Le Basque avait pu crever mille fois durant ce laps de temps. Un cancer, un rhume mal soigné, un accident de trottinette électrique, une peau de banane qui traînait sur le sol juste à côté d'un ravin. La vie avait tendance à vous jouer des tours. Et quand on bossait dans le terrorisme et le grand banditisme, l'espérance de vie était nettement plus courte que derrière un bureau, bien au chaud dans son fauteuil.

Sartet et Guerrero se connaissaient. Sartet avait arrêté Guerrero en 1989. Guerrero s'était évadé et avait simulé sa mort en 2006. Rocca et Sartet avaient croisé Guerrero en 2007. Sartet avait discuté brièvement avec Guerrero. Il ne l'avait pas arrêté, il ne l'avait pas dénoncé. Il l'avait laissé tranquille. Ce qui de fait, faisait de Sartet *le complice* de Guerrero.

Pelegri avait été l'indic de Sartet. Il avait permis l'arrestation de Guerrero en 1989. Douze ans plus tard, Guerrero avait-il dénoncé Pelegri à Sartet pour se venger ? Sartet avait descendu le Corse juste après leur entrevue avec le Basque. Rocca avait joué les figurants. Ils avaient pénétré la petite maison de banlieue, s'étaient séparés pour fouiller le domicile. Rocca avait entendu un coup de feu. Il s'était précipité dans le salon pour trouver Sartet, le canon de son arme encore fumant, et Pelegri, un trou au milieu du front.

– *C'était de la légitime défense, petit ! Dis, tu me crois, petit ?*

– *Oui, oui, patron !*

– *Il a sorti son arme, j'ai pas eu le choix...*

– *Je vous crois, patron.*

– *Alors on est bien clair ?*

– *Oui, pas de soucis. Il a sorti son arme, vous aviez pas le choix.*

– *Très bien, petit. T'imagines pas ce que les gradés peuvent t'emmerder quand t'as le malheur de tirer sans témoin.*

Tout ça ne rimait à rien. Pourquoi s'échiner à fouiller le passé, alors que des enquêtes sur les violences policières en marge des manifestations des Gilets jaunes l'attendaient patiemment sur son bureau ? Bordier et Charron avaient réparti les cent seize enquêtes en cours. Les bœufs-carottes avaient les mains pleines.

Rocca soupira et ouvrit l'un des dossiers qui lui étaient tombés dessus. Brigadier Olivier Guerby. Accusé d'avoir blessé quatre personnes dont un journaliste qui s'était retrouvé éborgné. Le journaliste avait fourni des vidéos de l'incident.

Grâce à un de ses collègues qui s'échina à lui expliquer le fonctionnement du logiciel de visionnage prétendument « super facile à utiliser », Rocca passa plusieurs heures à éplucher les enregistrements. Avançant laborieusement, image par image. Rocca n'était pas à l'aise avec la technologie. Pour lui, les films se regardaient au cinoche ou à la télé. Il avait fini par comprendre comment mettre un DVD sans faire fondre quoi que ce soit. Pour le reste, il était complètement paumé. Le concept de la TV à la demande le dépassait totalement. Le replay nécessitait des études scientifiques qu'il n'avait pas faites. Et il pensait que *streaming* était un gros mot courant de l'autre côté de l'Atlantique. Il laissait la gestion de Netflix à Steph qui était ravie de batailler avec son moteur de recherche à la con. Comme ça, tout le monde était content, et la paix des ménages était bien gardée.

Sur une vidéo, Rocca finit tout de même par reconnaître formellement Guerby. On le voyait distinctement utiliser un lanceur de balles de défense comme une arme d'attaque. On le voyait distinctement tirer avec un LBD *à hauteur de tête*. Mission accomplie. Guerby était foutu. Au revoir la police, bonjour le chômage. Et bonjour les dédommagements. Qui paierait la note ? Ça, c'était encore à voir.

Un petit ding vint saluer l'arrivée d'un message dans sa boîte mail. Le rapport qu'il avait demandé. Rocca regarda autour de lui. Personne en vue. Charron serait content. Rocca avait fait le job. Il pourrait même lui dire qu'il y avait passé la journée. Il mit la vidéo de Guerby de côté et ouvrit son mail.

Le rapport de l'arrestation de Guerrero, signé de la main de Sartet lui-même. Un pavé décrivant un sacré bordel. Cela dit, on décelait des blancs par-ci par-là dans la narration. Le vieux s'était toujours foutu de la paperasse. Il arrangeait la vérité à sa sauce, racontait ce qu'il voulait, taisait ce qu'il voulait. Ses silences étaient presque plus parlants que son discours. Il y avait eu de la casse des deux côtés. Mais comme d'habitude, le patron avait assuré. Le résultat, c'est tout ce qui comptait pour la direction. Et à l'époque, personne ne faisait du chiffre comme Sartet.

Guerrero s'était fait alpaguer. Tout comme ses complices Marc Thorent, Djamel Abdelli et Toussaint Orsini.

Qui pourrait aujourd'hui témoigner de ce qui avait bien pu se passer ? Impossible d'interroger le vieux. Sartet n'avouerait jamais. Il avait échappé à l'IGPN, et pourtant Charron en avait fait sa cible privilégiée. Mais le vieux était resté solide sur ses appuis, muet comme une tombe.

Rocca poursuivit ses recherches. Les associés du Basque ? Thorent était décédé. Orsini aussi. Pelegri pareil. Abdelli, lui, était en cabane. Mais Rocca ne pourrait jamais obtenir un droit de visite dans le dos de Charron. Il faudrait mettre Le Charognard au courant, et pour l'instant, il n'avait rien à lui vendre.

Les flics qui bossaient avec Sartet ? L'inspecteur Mandrichi. Rocca et lui s'étaient brièvement croisés avant que Mandrichi ne parte à la retraite. Les deux hommes n'avaient pas pu se blairer. De toute manière, Mandrichi était réputé pour être extrêmement fidèle au patron. Lefebvre et Perlaut étaient morts. Rocca ne les avaient jamais connus. Ils étaient de l'ancienne génération et n'avaient pas dépassé les quatre-vingts piges. Un seul nom pouvait faire l'affaire. Lionel Malet. Jeune inspecteur talentueux, blessé lors de l'intervention. Malet avait dû tirer sa révérence et quitter le 36.

Rocca se rappelait avoir entendu le vieux parler de lui. Malet était son petit protégé durant les années 1980. Son chouchou. Un superflic coupé dans son envol. Qu'est-ce qu'il était devenu ? Aujourd'hui, il aurait cinquante-neuf ans. *S'il était toujours vivant.*

Rocca trouva quelques traces de l'ancien flic sur le net. Malet *était* toujours en vie. Bonne nouvelle. Il ne restait plus qu'à le retrouver. Même s'il ne faisait plus partie de la maison lors de la mort de Pelegri en 2007, il pourrait peut-être lui en apprendre plus sur les relations entre Sartet, Guerrero et le Corse.

Rocca trouva une adresse à Bagnolet, pas très loin de chez lui. Parfait, il passerait interroger l'ancien flic en rentrant. Même s'il n'apprenait rien, ils pourraient toujours partager quelques souvenirs du vieux.

Une heure plus tard, Rocca sonnait au dernier étage d'un vieil immeuble. Après quelques secondes d'attente, il entendit une petite voix l'interroger derrière la porte.

– Police, madame. Je voudrais parler avec monsieur Malet, s'il vous plaît.

Rocca brandit sa carte devant l'œilleton. La porte s'entrouvrit juste assez pour qu'il puisse apercevoir le visage brûlé et rachitique d'une jeune Indienne. *Merde*, l'adresse n'était plus valable.

– Monsieur Malet sorti, *not here*, dit-elle doucement avec un fort accent.

– Mais c'est bien son domicile ?

La jeune femme acquiesça timidement.

– Vous pourriez me laisser entrer une seconde, s'il vous plaît ? Promis, je ne vous embête pas longtemps…

L'Indienne hésita un instant, avant de s'écarter pour laisser passer Rocca. Malet vivait dans une chambre de bonne. Dix mètres carrés à tout casser. Salon/chambre/salle à manger/cuisine/salle de bains, tout en un. Seules les toilettes avaient droit à leur propre placard individuel. Une odeur d'hôpital agressa les narines de Rocca, mélange de désinfectant, de maladie et de médocs.

– Vous vivez aussi là, madame ? demanda-t-il, intrigué.

Nouvel acquiescement timide. Un vieux flic en retraite et une jeune immigrée bourrée de cicatrices. L'un des deux était-il malade ? L'Indienne jouait-elle les infirmières ? Rocca pouvait difficilement imaginer un couple plus improbable. La vie ne vous jouait pas que des tours, elle réservait aussi des surprises.

– Comme je vous le disais, j'aurais besoin d'interroger monsieur Malet. Est-ce que vous pourriez me dire à quelle heure il rentre s'il vous plaît ?

– Lui parti. Voyage. Moi pas savoir *when he comes back. I'm sorry.*

– OK, pas de soucis. Est-ce que vous pourriez me donner un numéro où je pourrais le joindre, s'il vous plaît ? *A telephone number ?*

– *I don't have a phone, sorry.*

– *No, Lionel Malet's phone ?* Lui, pas vous.

La jeune femme secoua la tête en regardant ses pompes. L'Indienne se tenait prostrée dans un coin, les yeux baissés. Rocca avait envahi son espace et la pauvre frôlait la crise d'angoisse. Rocca sortit une carte de visite et la posa sur une étagère.

– Je vous laisse mon numéro, je repasserai plus tard. Vous pourriez demander à monsieur Malet de m'appeler quand il rentrera ? *He calls me, yes ?*

L'Indienne hocha la tête une dernière fois. Rocca sprinta pour sortir de l'immeuble et avaler une bouffée d'air frais. La bonne odeur de gaz carbonique remit rapidement son odorat d'aplomb. Que faire, désormais ? Il n'y avait pas vingt mille solutions pour trouver des réponses. En attendant le témoignage de Malet, Rocca devait trouver un moyen de rencontrer le Lyonnais en prison.

En fin d'après-midi, Romain retrouva Steph. Ils avaient rendez-vous au centre aéré. Ils voulaient inscrire le petit pour la semaine où ils bossaient et où la nounou serait déjà en vacances. Steph trouvait ça formidable que Yanouche puisse avoir un avant-goût de collectivité avant la rentrée à l'école.

– Vous faites quoi, comme activités ? demanda-t-elle sur un ton inquisitoire.

OK, elle trouvait peut-être ça formidable, mais il valait mieux montrer patte blanche tout de même.

– On fait des jeux, comme colin-maillard, ou poules-renards-vipères, par exemple, répondit un des gamins en charge des activités (seuls ses trois poils de moustache et son dossard rouge rassuraient sur le fait qu'il faisait partie des animateurs, et pas des enfants inscrits au centre).

– C'est quoi, ça, poules-renards-vipères ?

– C'est un jeu pour faire courir les enfants. Vous avez trois équipes… Les poules chassent les vipères, les vipères chassent les renards, et les renards chassent les poules. Du coup, quand une équipe gagne, elle est en danger, parce qu'elle chasse l'équipe qui chasse ses propres prédateurs. C'est une histoire d'équilibre. C'est une bonne leçon de vie.

Steph commença à se tortiller sur sa chaise. C'était jamais bon signe.

– Et qu'est-ce qui arrive aux enfants, quand ils sont « chassés » ?

– Ils vont en prison. Chaque équipe a sa prison.

– Et c'est obligé que ce soit une prison ? Ils peuvent pas être envoyés en colonie, ou sur une île déserte ??

Romain posa une main sur la jambe de sa femme.

– Chérie, c'est comme pour la balle au prisonnier, ou aux gendarmes et aux voleurs… C'est pas une vraie prison…

– Je sais bien que c'est pas une vraie prison !!

Romain retira sa main de la jambe de sa femme.

– Je demande seulement si c'est obligé que nos enfants jouent à des jeux violents ? Ils ne peuvent pas jouer à des jeux où personne ne chasse personne, où il n'y a pas de prédateur et de prison ??

– Mais enfin m'dame… C'est juste une activité sportive, pour que les enfants se dépensent…, répondit l'animateur qui n'avait pas encore mué. Sinon, on a des ballons…

– Voilà, tu vois ? C'est super les ballons ! dit Romain pour sauver le pauvre animateur des griffes de Steph.

Visiblement, le gamin n'avait pas encore été formé à « l'échange avec les parents ». Bah, il apprendrait vite. Ou il finirait au chômedu. C'était la dure loi de la sélection naturelle. Et s'il n'était pas content, il n'avait qu'à se plaindre à Darwin.

– Hé, les frites, c'est pas dans l'oreille.

– Pan pan ! Haut les mains en l'air ! Je suis Lucku Luke !

Steph tapa discrètement dans le tibia de Romain.

– Pardon, oui. Yannis, on ne joue pas avec la nourriture !

– Papa, tu savais que l'eau, elle monte des lavabos dans les nuages, et après elle redescend dans la pluie ?

– Non, je savais pas, mon grand.

Une fois à la maison, Romain avait préparé des burgers-frites pour tout le monde (un burger au jambon blanc pour le petit qui n'aimait pas les steaks hachés), et le repas avait débuté comme pour un soir de fête. Mais une idée était venue lui trotter dans la tête, et depuis il avait du mal à se concentrer. Après le repas, il s'éclipsa un instant pour faire une recherche sur l'ordi de Steph.

– Tu peux m'aider, papa ?

– Deux secondes, mon chat. C'est pour le boulot.

– Est-ce que t'as fini, papa ?

– Deux secondes.

– Est-ce que t'as fini, papa ? Est-ce que t'as fini, papa ? Oui ? Non ?

– Dans deux secondes, je t'ai dit.

– T'as fini dans deux secondes ??

– Steph, tu peux gérer le petit s'il te plaît ?

– Papa il a fini dans deux secondes, expliqua l'enfant à sa mère quand elle rejoignit ses hommes vers le bureau.

Rocca termina sa recherche, imprima une mosaïque de photos sur plusieurs feuilles A4, puis tenta le diable.

– Steph, je suis désolé. Je peux sortir un moment ? J'ai un truc à faire, sinon je vais pas dormir de la nuit. J'en ai pour deux heures max. On fera des câlins quand je rentre, c'est promis.

Steph approuva la requête en lui lançant un regard las. Romain l'embrassa tendrement en soufflant un *merci* à son oreille. Puis il souhaita bonne nuit au petit.

– En fait, c'est loup qu'aya dit au chapon rouge : « T'es un bébé ! »

– Tu lis très bien mon chéri, souffla-t-il à son fils qui tenait son livre à l'envers.

Puis il sauta dans sa Peugeot, direction l'A15 *via* l'A86. Il était presque vingt et une heures quand il sonna à l'appartement. Lorsque Asunción Torres ouvrit la porte, Rocca s'excusa platement pour l'heure tardive de sa visite. Il lui montra son trombinoscope maison. La vieille Espagnole chaussa ses lunettes et observa avec attention les différents portraits imprimés sur sa liasse de papiers.

– C'est loui.

– Vous êtes sûre ?

– J'ai oune très bonne mémoire des visages.

L'homme qu'elle avait désigné parmi des dizaines de candidats possibles comme étant *le policier* qui avait fouillé sa maison se nommait Lionel Malet.

Chapitre 4

Vingt et une heures six

Ça faisait un long moment que la végétation masquait la fumée. Alex s'autorisa une petite pause pour vérifier s'il n'avait pas dévié de direction. Il vérifia la boussole de son téléphone. Il avait beau ne rien capter, perdu en pleine forêt, la localisation GPS était toujours opérationnelle. Rassuré, il reprit sa marche en avant. Un frisson parcourut son échine. Le temps était en train de tourner à l'orage. La température chutait à vitesse grand V. Mieux valait ne pas trop s'éterniser.

La visibilité commençait à baisser très sérieusement. La lumière perçait de plus en plus difficilement à travers les arbres. La fatigue, la faim, l'obscurité, la peur, rendaient la descente plus dangereuse encore à chaque nouveau pas. Alex trébucha et dégringola sur plusieurs mètres. Quand le sol rocailleux ne glissait pas sous ses pieds, c'était une racine qui venait se mettre en travers de ses pas. Dans une heure ou deux, il ne pourrait plus prendre le risque de poursuivre ses recherches. Cela signifiait qu'il serait obligé de trouver un endroit où passer la nuit, seul, en pleine forêt. Sans rien pour le protéger du froid ou de la faune sauvage. Sans rien à manger. Sans rien à boire.

Alex n'avait rien d'un survivaliste. Il n'avait même jamais dormi dans un camping. Le truc le plus extrême qu'il avait fait, c'était de dormir dans une tente lors d'un festival de musique, et il n'avait pas fermé l'œil de la nuit. Tout cela était ridicule. Ridicule et *dangereux*. En cas d'apocalypse zombie, Alex serait le premier à crever. Avant le puceau binoclard qui passait son temps sur ses jeux vidéo. Avant la vieille fatiguée qui n'arrivait plus à lever ses fesses de devant la télé. Avant Leonor. *Le premier.*

Alex jura en frottant ses mains. Il s'était écorché les paumes en tombant une première fois quelques mètres plus haut, et cette nouvelle chute n'arrangeait pas les choses. Il vérifia qu'il n'avait rien de cassé. Son pantalon s'était déchiré au niveau du genou, mais le bobo en dessous nécessitait plus une dose de mercurochrome qu'une opération aux urgences. Alex avait mal, mais il survivrait. Du moins jusqu'à ce qu'il se fasse bouffer par un loup ou un ours. Alex n'avait même pas de quoi faire un feu. Poussé par la mode actuelle, il avait eu la mauvaise idée de passer à la clope électronique. Aujourd'hui, il regrettait amèrement de ne plus se balader avec un paquet de Malboro et le briquet qui allait avec.

Alex se releva tant bien que mal. Il pourrait encore marcher un peu avant de s'arrêter pour la nuit, et de mourir de soif ou d'hypothermie. Il observa une nouvelle fois la boussole. L'écran était fissuré, mais pour l'instant, son vieux téléphone tenait le coup. Alex s'apprêtait à reprendre son chemin lorsqu'il entendit un bruit sourd, à quelques mètres sur sa gauche. Le citadin se figea, les sens aux aguets. Ce son n'avait rien de naturel, d'animal. Non, ça avait été un coup sec, comme un pneu qui éclate, ou une porte qui claque. Un son qui semblait causé par *un être humain.*

Alex sortit du sentier sur lequel il progressait depuis une bonne demi-heure, et s'enfonça à travers les arbres. Quelques pas plus loin, une habitation surgit soudainement devant lui.

Sans ce bruit providentiel, il serait passé complètement à côté, et aurait poursuivi plus bas sans jamais la remarquer. Alex se baissa pour mieux voir. Il parvint à déceler à travers le feuillage un mince filet de fumée qui s'échappait du toit. La baraque n'était pas de première jeunesse. C'était une sorte de petit chalet en bois, paumé en pleine nature. Aucune trace de la présence d'êtres vivants à l'extérieur du chalet. Aucune route dans les parages. Et Alex ne voyait ni vélo, ni matériel de rando, ni sac, ni chaussures, ni bâton de marche posé contre le mur. Rien qui ne pourrait laisser présager que la bicoque soit habitée, si ce n'était ce petit feu de cheminée qu'il avait aperçu depuis le sommet de la montagne.

Leo se trouvait-elle à l'intérieur ? Et si c'était le cas, était-elle venue de son plein gré ? Là résidait toute la question. Alex repensa au van des Néerlandais. La blonde atomique. Les deux hipsters qui l'accompagnaient. Les deux Basques entraperçus aux toilettes. Est-ce qu'ils étaient *tous* là, dans cette minuscule bicoque ? Ça paraissait hautement improbable. Alex avait gravi une montagne pour en avoir le cœur net. Pour retrouver Leo. C'était le moment de vérité. Si Leo ne se trouvait pas là, Alex retournerait chez lui la queue entre les jambes, pour attendre d'hypothétiques nouvelles, tout seul à côté du téléphone.

Alex se déplaça avec mille précautions. Il se dirigea vers un pan du chalet aveugle. Prit le soin de ne pas faire de bruit. *Éviter de tomber, de casser une branche ou de faire rouler un caillou. Retenir sa respiration. Rien qui ne puisse attirer l'attention.* Puis longea la paroi extérieure. Personne devant la maison. La voie était libre. Il se rapprocha de la fenêtre, accroupi. Tendit l'oreille. Aucun son provenant de l'intérieur. Il fallait se lever. Jeter un coup d'œil. Voir si Leo était là. Pour cela il fallait passer la tête devant la fenêtre. S'il pouvait voir dedans, on pourrait le voir dehors. C'était un risque à courir. Avec un peu de chance, *ils* ne seraient pas tournés vers lui. De toute façon, il n'y avait pas d'autre solution.

Alex se redressa au ralenti, laissant seulement dépasser le sommet de son crâne. Un bref coup d'œil, et il se baissa précipitamment. Leo était là ! Assise sur une chaise dans une position très étrange… Leo était *attachée* ! Putain ! Alex avait vu juste. Elle était prisonnière. Mais de qui ? Et de combien de personnes ? Il n'avait vu qu'elle à l'intérieur. Si le bruit qu'Alex avait entendu était la porte du chalet qu'on refermait, est-ce que Leo avait momentanément été abandonnée par son ravisseur ? Et si oui, pour combien de temps ?

Le cœur battant à mille à l'heure, Alex se releva pour mieux regarder dans la maisonnette. Leo sentit un mouvement depuis sa vision périphérique et tourna la tête vers lui. Une expression de stupeur s'imprima sur le visage de la jeune Espagnole. Alex crut voir des larmes couler. Des pleurs de soulagement ou d'inquiétude ? Leo faisait des gestes de la tête. Des gestes en direction d'une porte au fond. Leo n'était pas seule dans la maison. Mais elle était seule dans la pièce. Alex n'aurait sûrement pas de *meilleure opportunité*.

Alex abaissa la poignée tout doucement. La porte d'entrée grinça, mais Alex l'ouvrit *pianissimo*. Une odeur de renfermé, mélangée à celle du feu de bois. Une petite cheminée qui crépitait. Leo ligotée sur une chaise. Une expression d'intense soulagement mêlée à une peur panique.

Alex posa un pied à l'intérieur. Le sol en bois lui foutait la trouille. Il jeta un coup d'œil sur la porte du fond. La porte du fond n'était pas complètement fermée. Elle était *entrebâillée*. À trois, quatre mètres à peine. Autant dire qu'ils étaient quasiment dans la même pièce. Alex se fit léger léger. Un doigt de pied après l'autre, il avança au ralenti. Des petits bruits provenaient de la pièce d'à côté. Alex se figea. La porte du fond resta immobile. Le bruit qu'Alex fit en déglutissant lui parut beaucoup trop *fort*. Son cœur jouait un solo de batterie. En mode hard rock bien vénère. Un vacarme étourdissant remplissait son espace interne et menaçait d'exploser dans le silence ambiant.

Alex se concentra sur Leo. Ses yeux implorants. Sa poitrine qui montait et descendait au rythme de sa trouille qui allait crescendo. Il fit un pas, puis deux, puis trois. Le quatrième fit craquer le plancher. Alex regarda Leo. Leo regarda la porte du fond. Alex regarda la porte du fond. La porte du fond ne bougea pas d'un pouce. Leo regarda Alex et lui lança un regard de détresse. *Bouge tes fesses et accélère le tempo fissa por favor, sinon on est tous les deux muertos.*

Alex s'approcha et la rejoignit enfin. Leo poussa un énorme soupir de soulagement. Elle se mit à pleurer à chaudes larmes. À lâcher prise. Alex l'étreignit de toutes ses forces.

Leo était attachée avec du matériel de varappe. Des sangles et des mousquetons. Impossible pour elle de se détacher. Pas trop compliqué pour Alex à défaire. Les sangles étaient extrêmement tendues. Alex dut tirer au maximum pour ouvrir le premier mousqueton. Leo se mordit les lèvres pour réprimer un cri de douleur. Les sangles avaient pénétré dans la chair. Leo extirpa ses bras du cordage. Des traces de brûlures imprimées en rouge vif sur sa peau. Alex récupéra les sangles au fur et à mesure pour éviter de faire du bruit.

Il détacha la jambe droite du pied de la chaise. Puis la gauche. Un mousqueton toucha le sol lorsque Leo enleva sa jambe. Un joli tintement résonna dans la pièce. Leo regarda la porte du fond. Alex regarda la porte du fond. La porte du fond bougea *imperceptiblement*. Des petits bruits provenaient de la pièce d'à côté. De légers grincements. Des respirations rauques. Des halètements.

Alex vit une deuxième chaise à côté de celle où Leo avait été attachée. D'autres sangles et mousquetons par terre. Une autre personne tenue en otage. Les bruits de la pièce d'à côté se firent plus forts. Un homme et une femme. Un couple en train de faire l'amour. Ou une femme en train de se faire violer ? Alex regarda Leo. S'était-elle fait molester ?

Alex désigna la sortie. Leo désigna la deuxième chaise, puis la porte du fond. Alex lança à Leo un regard interrogatif. Leo lança à Alex un regard suppliant. Leo aurait voulu partir d'ici *au plus vite*. Fuir avant que le barbu ne revienne. Se téléporter le plus loin possible. Mais Leo ne pouvait pas abandonner la *rubia* aux mains de ces tueurs.

Dans la pièce du fond, les bruits changèrent. Les petits gémissements laissèrent la place à des bruits plus indistincts. Difficilement identifiables. *Du mouvement. Deux corps qui se poussent. Des efforts. Une lutte ?* Alex et Leo échangèrent un nouveau regard. Un bruit très net. Un coup. Suivi par un léger cri de douleur. Masculin. *Un corps qui tombe. Un autre qui percute le mur.*

La porte du fond s'entrouvrit. Alex entraperçut la blonde atomique de la station-service, qui tentait de sortir. La blonde était nue. La blonde était spectaculaire. Mais la blonde disparut aussi vite qu'elle était apparue. Agrippée en arrière par les cheveux. Retenue contre sa volonté.

Leo ferma les yeux très fort. Dans la pièce du fond, la blonde se mit à crier. Un mélange d'anglais et de néerlandais, qui se mêlait à une voix masculine qui braillait en français et en basque. Leo aurait voulu disparaître et oublier cette *jodida montaña*. Mais quand Leo ouvrit les yeux, elle se trouvait toujours dans ce chalet sordide. Et la *rubia* criait des *No !* à en perdre haleine. Leo désigna le tas d'armes posé contre la cheminée.

Alex fit de grands yeux à la vue des armes. Il se retourna d'un air décidé vers Leo, et acquiesça d'un signe de tête. Puis il lui désigna la sortie, bloqua sa respiration et traversa le salon à pas de loup. Extrêmement conscient de la présence de l'inconnu à deux mètres à peine sur sa gauche, derrière une cloison fine comme du papier tue-mouche.

Alex opta pour un pistolet, plus adéquat qu'un fusil pour un face-à-face aussi rapproché. C'est ce qu'ils faisaient dans les films à la télé. Il soutint le revolver d'une main ferme. À part lors d'une partie de paintball, il n'avait jamais tenu un flingue de sa vie. Alex ne savait même pas s'il y avait une sécurité sur ce genre d'arme, et s'il y en avait une, il n'aurait jamais su comment l'enlever. Le pistolet était-il chargé ? Il n'en avait aucune idée. Et s'il était chargé, il ne savait absolument pas s'il aurait le cran de s'en servir. Tout ce qu'il savait, c'est que le type à côté était *occupé*, et qu'il aurait l'avantage de la surprise.

Il fit un pas en direction de la pièce du fond. La blonde ne luttait plus. Le gars avait recommencé son affaire. C'était maintenant ou jamais.

Alex se rapprocha de la porte légèrement entrouverte. Il pouvait voir un bout de la couchette. Et sur la couchette, il pouvait voir leurs pieds. Le type au-dessus, la blonde en dessous. Le type tournait le dos à la porte. Il ne pouvait pas voir Alex. Alors Alex s'approcha un peu plus.

Alex vit d'abord les fesses du type, qui allaient et venaient. Puis il vit le bandage qui entourait une partie de son torse, le transformant en momie. Et enfin il vit la blonde sous la momie, tétanisée, telle une statue. Le type avait une blessure à la tempe. Extrêmement récente. La blonde avait tenté de l'assommer pour s'échapper. Elle avait *raté son coup*.

Soudain, la blonde aperçut Alex, et la statue reprit vie instantanément. La blonde ouvrit grand les yeux et la bouche, dans une imitation muette du cri de Munch. Le type suivit le regard de la blonde et se retourna brusquement. Alex ouvrit la porte en grand et brandit son pistolet. Le type regarda Alex droit dans les yeux. Le type avait un flingue à la main. Le type *braquait* Alex.

Depuis la porte d'entrée du chalet, Leo hurla en entendant les coups de feu déchirer le silence.

Chapitre 5

1987

Les enfants débarquèrent en courant depuis le haut de la rue. Ils sautillaient, se bousculaient, se chamaillaient gaiement. Ils avaient tous entre huit et douze ans. Se connaissaient depuis la naissance. Aimaient se chambrer et se mener la vie dure. Et surtout, ils aimaient se retrouver tous ensemble, dès qu'ils avaient du temps libre, pour taquiner la balle. Chaque jour ils se battaient pour savoir lequel d'entre eux serait Johan Cruyff, lequel serait Jairzinho, lequel serait Gerd Muller.

Ils se dirigeaient vers le terrain vague derrière la *comandancia de la guardia civil* lorsque la bombe explosa. Le souffle projeta les gamins en arrière. Une vague de feu consuma leurs vêtements et fit craqueler leur peau. Des débris du mur de la *comandancia* s'écroulèrent sur eux. En quelques secondes à peine, ils furent brûlés, carbonisés, écrasés sous les décombres.

Andoni n'avait pas assisté à la scène. Seulement vu les photos dans les journaux, imprimées à vie dans sa mémoire. Mais Andoni pouvait sentir l'odeur des chairs consumées, comme s'il se baladait parmi eux. Andoni pouvait voir leurs petits corps, calcinés, recroquevillés, comme des pantins de cendre abandonnés sur le trottoir.

Le bébé pleurait depuis dix minutes quand Marixol entra dans la chambre.

– Tu aurais pu le prendre dans tes bras.

– Il a faim, dit Andoni pour toute explication.

Elle souleva l'enfant depuis son berceau, s'assit sur le fauteuil à bascule, dégrafa son corsage et lui donna le sein. Andoni était étendu sur le lit. Il fixait le plafond, immobile.

– C'est aussi ton fils, lui reprocha-t-elle.

Andoni se renfrogna. Il y avait des choses qu'un père ne pouvait pas faire. Elle ne pouvait pas comprendre ? Qu'est-ce qu'elle attendait de lui ?

Depuis l'arrivée de Rafael, la vie n'était plus la même. Avec Marixol, ils avaient tout d'abord vécu deux ans de rêve. Une existence cachée, isolée, à diriger dans l'ombre. Andoni avait mis ses activités entre parenthèses. L'ETA avait bien assez d'armes pour abreuver ses combattants. Il avait pu se concentrer sur une seule chose, satisfaire Marixol. Les deux amants s'étaient abandonnés l'un à l'autre corps et âme. Ils échafaudaient des plans, tiraient les ficelles, parlaient de la cause. Bien sûr, Andoni n'avait rien d'un leader d'opinion. Andoni n'était pas un penseur. Andoni n'était pas Ibarzabal. Mais Andoni avait bien appris ses leçons. Il en savait assez pour acquiescer et nourrir les conversations. Marixol menait la barque de leurs incessantes discussions et Andoni suivait le courant sans aucune difficulté.

Andoni était un homme d'action, mais l'inactivité ne lui pesait pas. C'est bien simple, il n'avait jamais connu pareil bonheur de toute sa vie. Sa principale activité consistait à faire en sorte qu'ils ne tombent pas dans les mains des GAL, les Grupos Antiterroristas de Liberación qui persécutaient les etarras. Les changements constants d'adresse, la parano ambiante, être tout le temps sur ses gardes, cela lui suffisait amplement. Andoni était un homme heureux. Et Marixol avait tout foutu en l'air.

Après un an de vie commune, Marixol avait commencé à changer d'attitude. Et de sujet de conversation. Elle parlait *un petit peu moins* de libération de la Patrie, et *un petit peu plus* de legs et de transmission. Si elle se battait, c'était avant tout pour les générations futures. Pour les enfants à naître. Pour *sa descendance.* Pour qu'ils ne connaissent pas la dictature et l'oppression. Pour qu'ils soient libres. Pour qu'ils vivent en paix.

Marixol avait trois ans de plus que lui. Elle avait *l'âge du Christ quand il était mort.* Quelque chose qui la faisait sérieusement réfléchir. Marixol avait les hormones qui battaient le rappel. Elle sentait l'horloge tourner et le tic-tac lui devenait insupportable.

Andoni freina des quatre fers. Il lui opposa des arguments tout à fait défendables. On ne pouvait pas élever un enfant correctement en cavale. Andoni et Marixol étaient recherchés par les GAL. Ça signifiait que le bébé aurait une cible sur la tête. Andoni et Marixol étaient recherchés par la police. Ça signifiait que le bébé n'aurait peut-être personne pour l'élever.

Andoni joua la carte de l'empathie et de la sensibilité. Mais Andoni avait beau mentir, il avait oublié une chose. Il ne pouvait rien refuser à Marixol. Andoni s'était transformé en fanatique pour elle. Il avait tué pour elle. Il s'était métamorphosé en machine de guerre pour elle. Andoni deviendrait père pour elle. Point barre. Question réglée.

Comme bon nombre d'etarras, Marixol était croyante. Les liens entre la religion et le mouvement indépendantiste avaient toujours été forts. Si *l'Aberri Eguna*, le jour de la Patrie basque, se célébrait chaque année le dimanche de Pâques, c'est parce que le Parti nationaliste basque avait voulu à sa création lui conférer une dimension sacrée. D'ailleurs, de nombreux curés participaient de près ou de loin aux affaires de l'ETA.

Marixol était croyante, mais Andoni ne la demanda pas en mariage. Dieu et lui, ce n'était pas une grande histoire d'amour.

Andoni ne s'était jamais intéressé à la religion, au grand dam de sa mère. Il avait séché le catéchisme, fuit toutes ces conneries de processions et de fêtes religieuses comme la peste. Il était baptisé, avait fait sa communion *parce que bon*, mais c'était tout. Et depuis Valladolid et ses minifootballeurs grillés comme des figurines de babyfoot en brochettes, Andoni n'avait plus aucun doute. Si Dieu avait jamais existé, Il lui avait définitivement tourné le dos.

Alors Marixol donna naissance à la fin de l'automne 1986, non pas à un petit Rafael Guerrero, mais à un Rafael Olaskoaga. Andoni reconnut la paternité du bébé, mais le déclara à la mairie sous le nom de sa mère. Marixol voulait une descendance, elle avait sa descendance. Fin de la discussion.

Oui, les choses avaient bien changé depuis l'arrivée du bébé. Fini la symbiose avec Marixol. Aujourd'hui, Andoni passait en deuxième. Il passait même en troisième, puisque le premier amour de Marixol restait la cause. Voire en quatrième, quand le fantôme d'Ibarzabal venait se glisser entre eux.

Andoni aussi avait ses propres fantômes qui venaient le hanter de plus en plus souvent. Ils prenaient la forme d'enfants venus taper dans un ballon sur un terrain vague. Depuis la naissance de Rafa, les cauchemars étaient remontés à la surface et ne lui accordaient aucun répit. Chaque fois qu'il fermait les yeux, il revoyait la scène en technicolor. Le jaune vif des flammes, la boule blanche et rouge de l'explosion, les cendres grises, les petits corps noirs comme du charbon.

Bordel, ces gamins auraient dû être à l'école à cette heure-là. Ce n'était pas sa faute s'ils s'étaient retrouvés au mauvais endroit au mauvais moment. Et puis de toute manière, ce n'était pas Andoni qui avait décidé de la cible. S'il n'avait pas remplacé au pied levé Joseba Martinez, le camarade décédé qui devait déposer la bombe à l'origine, un autre que lui l'aurait fait et le résultat aurait été le même. S'il fallait blâmer quelqu'un, autant s'en prendre à ceux qui avaient décidé de l'attentat. Merde, si quelqu'un devait rêver de cadavres de gosses cramés, ça devrait être Marixol. Après tout, c'était sa faute si ces enfants étaient morts.

Mais Marixol ne rêvait pas de pantins carbonisés. Toutes ses pensées étaient braquées sur un bébé bien vivant. Un bébé qui avait détrôné Andoni. Andoni avait tué Ibarzabal pour avoir le champ libre. Mais il ne pouvait pas tuer la cause. On ne tuait pas une idée. Il ne pouvait pas tuer une seconde fois Ibarzabal. On ne tuait pas un fantôme. Et il ne pouvait certainement pas tuer son fils. Non, Andoni l'avait dans l'os. Il était rétrogradé. Il n'y avait plus qu'à l'accepter.

Et puis un autre sentiment lui laissait un goût amer dans la bouche. Marixol commençait de plus en plus à le *rabaisser*. Oui, Andoni avait monté tout un arsenal pour la cause. Mais régulièrement, elle lui envoyait des petites piques venant remettre en cause son implication.

« Depuis quand tu n'as plus participé à une action directe ? »

Et depuis quand Marixol n'avait plus participé à une action directe ? Depuis Madrid ? *Bietan jarrai, suivre les deux voix*. Mais seulement quand ça l'arrangeait.

« Tu ne parles jamais de la cause. »

Andoni ne lançait jamais le sujet. Voilà qui aurait été plus juste. On ne parlait que de ça à la maison. Ça et du bébé.

« On dirait que tu n'es plus *abertzale*. »

Andoni n'était plus patriote ?! Valladolid, son séjour à la montagne, son entraînement à la ferme, les enlèvements, les liens avec les Corses, l'arsenal… Il lui fallait quoi de plus ?

« On dirait que tu ne crois plus en *l'ikurriña*. »

Le drapeau basque. Et alors ? Andoni ne croyait en rien.

« On dirait que tu es devenu un simple gangster. »

Un simple gangster ? Si c'était si simple, pourquoi tout le monde ne le faisait pas ?

« On dirait que tu es devenu un *maqueto.* »

Un non-Basque. Une insulte dans la bouche de Marixol. Le fantôme d'Ibarzabal, toujours là.

Guillermo est un penseur. Il est l'une des têtes de l'ETA. Toi, au mieux, tu ne seras jamais qu'une petite main. Des paroles d'un autre temps. Ce que Marixol lui avait dit à la ferme, la nuit où il lui avait volé leur premier baiser. Marixol cherchait de plus en plus la bagarre. Marixol le provoquait. Marixol voulait le faire réagir. Qu'il pète les plombs. Mais Andoni refusait de jouer. Pas question de se disputer avec elle. Pas question d'échanger des paroles qu'on regretterait ensuite. Andoni n'était pas très causant. Peu habile avec les mots. Et il n'était pas question que les tentatives d'engueulade de Marixol se règlent physiquement, à coups de tartes dans la tronche.

Non, Andoni n'était pas un penseur. C'était un homme d'action. Alors il décida d'une action qui réglerait tous ses problèmes. Une action qui calmerait Marixol pour un bon moment et qui l'éloignerait quelque temps des braillements du chiard. Il annonça à sa compagne qu'il était temps qu'il retrouve la lutte. *Biettan jarrai.* Discuter c'était primordial, mais il fallait aussi agir. Il la mit au courant de ses intentions, puis ils en parlèrent aux autres *buruzagiek.* Tout le monde fut emballé. Enthousiaste. Andoni l'*abertzale*, de retour parmi nous !

Andoni retrouva le camarade Vicente. Les deux hommes montèrent au chalet, là où Andoni s'était caché à son arrivée en France. Quelques mois auparavant, Andoni était retourné là-bas et avait transformé le refuge en *zulo.* Il avait fait installer un sous-sol équipé comme un bunker dernier cri, avec armes, explosifs, équipements de survie, réserves de nourriture, unité de soin.

Les deux hommes firent le ravitaillement, puis ils retrouvèrent deux *mugalaris*, des passeurs partisans de l'ETA, spécialisés dans la traversée de la frontière à pieds à travers la montagne. Direction l'*Hegoalde*, la partie du Pays basque sous le joug espagnol. Vingt heures de marche pour parcourir une courte distance à vol d'oiseau. Cette partie de la montagne était un véritable no man's land. Une zone impraticable, où il fallait suivre la frontière en parallèle avant de trouver un endroit où tenter sa chance. Les quatre hommes traversèrent au niveau du col de Lhurs. Pas le chemin le plus facile. Au moins, la vue était dégagée. Si des GAL ou la *guardia civil* se pointaient, ils pourraient toujours les tirer comme des lapins.

Dès la frontière passée, les *mugalaris* repartirent côté français, tandis que les deux etarras dormaient sous la tente. Le lendemain matin, deux autres *mugalaris* prirent le relais pour les guider côté espagnol jusqu'au village d'Isaba, où ils passèrent leur deuxième nuit chez des sympathisants. Les nuits suivantes, ils les passèrent à Saint-Sébastien. Le temps de prendre leurs renseignements et de peaufiner les détails.

C'était simple. L'ETA avait des yeux partout. Il y avait ceux qui étaient engagés dans la lutte à cent pour cent. Ceux qui étaient favorables, mais qui ne voulaient pas prendre de risques, seulement filer un petit coup de main. Ceux qui supportaient la cause, mais ne se mouillaient pas trop. Ceux qui en avaient marre, mais qui n'osaient rien dire. Et l'immense majorité, ceux qui avaient *la trouille*. Ceux qui regardaient leurs proches finir leurs jours en prison ou six pieds sous terre, et qui pensaient que tout ça n'en valait pas la peine. Ceux-là n'étaient pas d'accord, mais ils ne disaient rien. Parce que si vous vous mettiez l'ETA à dos, vous risquiez d'ajouter votre nom à la *longue* liste des victimes du conflit.

En l'espace de quelques jours, Andoni et Vicente surent tout ce qu'il y avait à savoir. Le jour J, Andoni vola une Renault 18 turbo blanche et se mit à suivre de loin le bus qui sortait de la caserne militaire. Le bus tourna à gauche sur Antzieta Pasealekua puis sur Lugañes Pasealekua. Il traversa la zone industrielle de Saint-Sébastien et se dirigea pour prendre la nationale en direction du Sud et de Saint-Jacques-de-Compostelle. À la sortie de la ville, le chauffeur du bus remarqua d'un œil distrait la voiture blanche qui le doublait à grande vitesse.

Un kilomètre plus loin, le chauffeur s'engagea sur la bretelle qui menait à la N-634. Le chauffeur appuya vivement sur la pédale de frein en voyant la voiture blanche *arrêtée* en plein milieu du passage. Il évita la catastrophe de justesse. Le bus freina net et le chauffeur parvint miraculeusement à dévier leur route vers la bande d'arrêt d'urgence. Le bus percuta légèrement la voiture, mais le chauffeur avait réussi à éviter le pire. Il soupira de soulagement sous les exclamations et les vivats des passagers. Ils l'avaient tous échappé belle.

Lorsque la R18 explosa, la déflagration éventra le bus et le coupa en deux. Un cratère se forma dans la chaussée, là où le véhicule-bombe se trouvait quelques secondes plus tôt. Une épaisse fumée noire s'échappa des entrailles du bus, qui avait perdu toutes ses vitres.

Andoni goûta le calme qui régnait après le fracas de la détonation. Après la stupeur, les premiers râles des victimes commencèrent à se faire entendre. Puis les premiers hurlements. Andoni mit son casque et grimpa derrière Vicente. La moto démarra au quart de tour et les emmena rapidement à Pampelune. Une semaine plus tard, ils étaient rentrés en *Iparralde*, au Pays basque français. Une semaine plus tard, Andoni avait retrouvé Marixol.

Le bus transportait une vingtaine de militaires et de fonctionnaires de l'état. Sept avaient trouvé la mort. Quatre avaient été gravement blessés. Marixol serait contente. Elle lui foutrait la paix durant quelque temps. L'attentat était une totale réussite. Coup de bol, le chauffeur, seul Basque du lot, s'en était sorti indemne. Aucune victime collatérale à déplorer. Aucun enfant qui passait dans le coin par malchance.

Andoni était ravi. Rien ne viendrait perturber son sommeil.

Chapitre 6
Juin

Sa souffrance faisait peine à voir. Sadiya ne quittait plus l'appartement. Elle n'avait plus la force de sortir. Elle pouvait encore se mouvoir dans la petite chambre de bonne, en utilisant le peu de mobilier à sa disposition comme béquille ou déambulateur. Mais sur une minuscule distance. Et c'était à peu près tout. Sadiya avait perdu son autonomie. Sadiya avait perdu son entrain. Sadiya avait perdu goût à la vie. Et maintenant, Sadiya allait plus ou moins perdre Malet. L'ancien flic devait s'absenter de plus en plus souvent. Il régla le problème en engageant au black une des demandeuses d'asile qui partageaient le foyer d'accueil avec elle à son arrivée. Il la payait une misère pour qu'elle fasse quelques courses et veille à ce que Sadiya ingurgite le minimum vital.

Tant pis si ça rognait sur le loyer. Il aurait deux ou trois échéances de retard, se ferait taper sur les doigts. Si son plan fonctionnait, il paierait ses dettes après avoir payé les frais d'opération de son amie. Si son plan échouait, alors il se foutait de ce qui pourrait arriver.

Sartet lui avait livré un nom. Asunción Torres. Malet avait bachoté. La vieille Espagnole s'était installée en France avec son second mari. D'abord dans le Pays basque. Puis en région parisienne. Aujourd'hui, elle était deux fois veuve. Du genre plus solide que ses hommes. Le premier mari d'Asunción s'appelait Guerrero. Un nom plutôt *familier*.

Maman Guerrero habitait un appartement, en fond de cour d'un petit immeuble de Taverny. La vieille sortait seulement de chez elle pour faire ses courses. Et comme elle vivait seule et qu'elle faisait les courses tous les jours, elle ne s'absentait que très peu de temps à chaque fois. Malet ne savait pas comment il s'en sortirait pour crocheter la serrure de l'appartement. Et une fois dedans, il avait clairement besoin de temps. Il ne savait pas exactement ce qu'il cherchait, ni où le trouver. Autant dire qu'il ne savait pas *pour combien de temps* il en aurait.

Bien sûr, il pouvait forcer le passage et attacher la vieille dans un coin, le temps de retourner la maison. Mais il ne voulait pas s'en prendre à elle. Il ne voulait pas de victime collatérale. Aucun innocent ne souffrirait pour Sadiya, il s'en était fait la promesse. Non, il fallait trouver un moyen de fouiller en ayant *tout le temps du monde*. Il fallait trouver un moyen de *ruser*.

Malet contacta une vieille connaissance, Aline Musson. Malet l'avait arrêtée une première fois pour prostitution au milieu des années 1980. Elle avait monnayé sa libération avec un enthousiasme qui avait convaincu le jeune flic de veiller sur elle. Durant les quatre ou cinq ans qui les avaient vus collaborer, Malet avait sorti Aline de la merde plus d'une fois, quitte à parfois se salir les mains. Et il ne l'avait jamais regretté.

Aujourd'hui, la fougueuse Aline avait pris cher. Elle ressemblait aux vieilles tapineuses parisiennes de la rue du faubourg Saint-Denis. Ses passes devaient se faire beaucoup plus rares et à des tarifs nettement plus bas. Malet lui remboursa son billet de train et lui fila cinquante balles d'avance. Cinquante de plus l'attendaient une fois le job effectué. Tout ce qu'elle avait à faire, c'était causer à une vioque et se taper l'incruste cinq minutes chez elle. Les cent euros les plus faciles à gagner pour une bavarde comme Aline. À la grande époque, elle s'était sortie plus d'une fois de situations foutrement dangereuses uniquement grâce à la tchatche et à son sens de la répartie.

Le plan fonctionna comme sur des roulettes. Aline embobina la vieille à son retour du marché, en deux temps trois mouvements. Cinq minutes plus tard, Aline s'invitait chez l'Espagnole. Elle y resta vingt bonnes minutes. Quand elle ressortit, elle retrouva Malet pour récupérer son deuxième billet de cinquante.

– J'aurais dû te demander plus, son café était absolument dégueulasse.

– Tu t'es baladée partout dans l'appart ?

– Oui chef. J'ai fait tout comme tu m'as dit.

– Merci ma belle.

– Tu sais qu'à ce prix-là on aurait pu faire autre chose que papoter dans une banlieue pourrave.

Elle avait ponctué sa réplique d'un clin d'œil qui se voulait aguicheur. Bordel, elle avait presque aussi mal vieilli que lui.

– Une autre fois, peut-être…

Aline posa un baiser sur les lèvres du vieux flic, en souvenir du bon vieux temps, et retourna en direction de la gare, heureuse de sa journée.

Malet sonna chez la mère Torres une heure plus tard. Il lui présenta sa vieille carte de police qu'il s'était arrangé pour garder, soi-disant par nostalgie et non pour s'apitoyer sur son sort. Il lui présenta le portrait-robot d'Aline qu'il venait de faire sur le rebord d'une table au bar du coin. La vieille ne tiqua pas sur la carte et voulut bien reconnaître la pute en préretraite dans le dessin rudimentaire de l'ex-flic. Coup double. Les portes du domaine Torres lui étaient grandes ouvertes.

Malet blablata sur le CV d'Aline. La présenta comme une voleuse à domicile, experte dans l'arnaque des personnes âgées. La mère Torres tomba des nues. Une femme si gentille, si prévenante. La bonne femme lui avait fait croire qu'elles se connaissaient. La mère Torres avait eu un doute. Mais la mémoire, c'était plus ce que c'était. Et la bonne femme était si bien renseignée. Forcément, elle devait la connaître, elle ne s'en souvenait plus. Et puis elle l'avait aidé avec ses courses.

Malet n'écoutait plus. Malet était parti en chasse. Soi-disant à la recherche d'empreintes, de preuves, d'affaires manquantes. Il fouilla recoin par recoin. D'abord méticuleusement. Et puis de manière de plus en plus *désordonnée*, au fur et à mesure que montait la frustration, et sa meilleure amie *la colère*. Lorsque Malet tomba sur la photo du Basque, la vieille parla de son défunt fils. Elle avait l'air sincère. Elle ne semblait pas au courant qu'il avait survécu.

– Dites, vous allez ranger après ? Parcé qué vous mé mettez oune sacré bordel, là tout dé même…

– Je ne fais que mon boulot, madame. Vous avez personne pour vous aider ?

– J'ai oune voisine qui est adorable, qui vient dé temps en temps.

– Personne de la famille ?

– J'ai mon petit-fils, mais ça fait longtemps qu'il né passe plous voir sa vieille amona.

Malet se redressa. Il n'y avait pas d'autres portraits que celui de Guerrero dans l'appartement. *A priori*, il était fils unique. Il tenta de garder un ton le plus détaché possible en posant sa question :

– Vous pourriez me donner les coordonnées de votre petit-fils ? On essaye toujours d'avoir un autre interlocuteur dans l'entourage de la victime, en cas de problème.

La vieille rechigna à lâcher l'info. De toute manière, elle n'était même pas certaine que son numéro soit encore valable. Elle finit par donner le nom, histoire de se débarrasser de ce satané flic qui était bien plus envahissant que la gentille arnaqueuse. Rafael Olaskoaga. Le gamin avait le nom de sa mère. Décédée, elle aussi. *Quand on vit par le glaive…*

Malet abandonna la vieille en lui servant deux phrases de baratin et partit en quête d'Olaskoaga. Avec un nom pareil, il ne lui fallut pas longtemps pour le loger. Le fiston habitait à Paris dans un immeuble craignos qui puait le crack et la pisse. Le fiston était un junkie. Un camé de première qui bossouillait à droite et à gauche pour pouvoir se payer son matos. Sa porte d'entrée s'ouvrit en soufflant dessus. La piaule était ce qu'elle était. Un lieu de défonce. Des détritus jonchaient le sol. Des seringues calcinées. Des sangles. Des mouchoirs ensanglantés. Des restes de bouffe, que se disputaient des nuées de cafards. Un cauchemar pour le département sanitaire.

Le fiston n'avait quasiment pas de meubles. Toutes ses affaires étaient par terre. Le matelas, par terre. La téloche, par terre. Les livres, par terre. Une pièce servait de salon/bureau. Pas de répertoire, pas de téléphone fixe. La nouvelle génération fonctionnait au portable. Tout dans la petite boîte magique. Par contre, des tonnes de paperasse, par terre. Des tickets. Des reçus. Malet fit de la lecture. Le fiston ne jetait rien. Cette maladie avait un nom, mais Malet ne parvenait pas à s'en souvenir. La crassitude ?

Un motif récurrent vint titiller l'intérêt de l'ancien flic. Des déplacements à intervalles plus ou moins réguliers. Une fois par mois. Ou tous les deux mois. Des déplacements en train. Toujours sur des weekends. Souvent pour des fêtes. Pâques. Toussaint. Ascension. Et toujours la même destination. Clermont-Ferrand.

Malet le sentait bien. Son instinct lui soufflait à l'oreille qu'il tenait le bon bout. Malet était tellement sûr de son flair, qu'il quitta le petit appartement. Il s'octroya quelques jours pour profiter de Sadiya et tenter de soulager un peu ses douleurs.

Le weekend suivant, il avait anticipé l'affaire. Il s'était fait un sac avec un petit casse-dalle, des jumelles, quelques fringues de rechange et un appareil photo numérique avec zoom qu'il avait chouré dans une grande surface. Merde, il ne manquerait à personne.

Olaskoaga sortit de chez lui de bon matin, le samedi, l'air relativement frais pour un camé professionnel. Il s'engouffra dans le métro et prit la 2 jusqu'à Nation, puis la 6 jusqu'à la gare de Bercy. Malet qui l'avait suivi sans difficulté, s'acheta un billet de train à une borne et accompagna le jeunot dans l'Intercités qui les mènerait à Clermont.

Un peu plus de trois heures trente de voyage à feuilleter un journal récupéré sur un fauteuil. À cogiter et à espérer. À se ronger les ongles jusqu'au sang. Malet perdait beaucoup de temps en misant tout là-dessus. Il fallait que ça rapporte au bout. Sadiya ne pourrait peut-être pas tenir encore très longtemps…

En sortant du train, Olaskoaga prit un bus jusqu'au quartier Saint-Jacques, à un quart d'heure au sud de la gare. Malet descendit derrière lui et le laissa prendre une dizaine de mètres d'avance. Il le suivit jusqu'à un petit immeuble de deux étages où le fiston s'engouffra. Malet fit mine de continuer son chemin, avant de revenir sur ses pas et de s'arrêter devant l'entrée de l'immeuble. Il s'agissait d'un vieil édifice des années 1950, perdu au milieu des cités et des immeubles plus récents qui poussaient sur les boulevards alentours. Seulement deux appartements. Aucun nom connu.

Malet se positionna un peu plus haut sur la rue. Il ouvrit le journal et fit semblant de lire durant une bonne partie de l'après-midi. Peu avant dix-neuf heures, le fiston sortit enfin de l'immeuble, accompagné d'un autre homme. L'autre homme était nettement plus âgé. Il avait les cheveux grisonnants. Une barbe très fournie. Il marchait les épaules voûtées, comme s'il avançait face au vent, bravant la tempête.

Malet n'eut même pas à les suivre. Les deux hommes traversèrent la rue dans sa direction. Passèrent juste devant le banc où il se tenait courbé depuis des heures.

L'autre homme avait changé. L'autre homme avait pris du poids. L'autre homme avait pris trente ans. L'autre homme avait pris des rides et des cicatrices. Mais le doute n'était pas permis. On était le samedi 15 juin et Rafael Olaskoaga avait rejoint son géniteur pour être avec lui le lendemain, jour de la fête des pères.

Bonne fête papa. Ton petit t'a apporté un cadeau. Il s'appelle Lionel Malet, et il a beaucoup de choses à te dire, Andoni Guerrero.

Chapitre 7
Lundi

Le Charognard abattit son poing sur la table. Le vieux commissaire fulminait. Rocca pouvait voir de la fumée s'échapper de ses oreilles, comme dans les dessins animés de Tex Avery.

– Tu as continué tes conneries dans mon dos, alors que je t'avais spécifiquement ordonné d'arrêter ?!

Rocca soupira. Si Charron ne se calmait pas, il n'arriverait jamais à le rallier à sa cause. Son partenaire était têtu comme une mule. Autant pisser dans un violon.

– J'ai rien voulu te cacher, la preuve, je t'en parle maintenant ! J'ai fait mon taf, j'ai bossé sur les affaires en cours, comme tu me l'as demandé. Et oui, sur mon temps libre, j'ai continué mon investigation. Tu m'as dit que c'était du vent, que j'avais rien. Alors j'ai creusé, et maintenant que j'ai du concret, je reviens te voir… Je t'ai pas fait d'enfant dans le dos !

Charron baissa un peu en température. Le commissaire était particulièrement soupe au lait. Pour quelqu'un d'intolérant au lactose, c'était le comble.

– Tout ce que je te demande, c'est de regarder les faits avec objectivité, insista Rocca qui sentait son interlocuteur ouvrir un peu sa garde. Guerrero bossait avec Pelegri au sein de l'internationale. Avec son équipe, Sartet parvient à coffrer tous les membres du gang, sauf Pelegri qui disparaît de la circulation. Des années plus tard, Guerrero simule sa mort lors de son évasion. L'année suivante, il rencontre Sartet et dans la foulée, Sartet descend Pelegri. Saut en avant. Il y a quelques semaines, Lionel Malet, ancien membre de la *team* Sartet qui a participé à l'arrestation du gang de l'internationale, fouille le domicile de la mère de Guerrero. C'était lui, le « flic » qui a débarqué chez elle avec une vieille carte de police. Avoue que ça t'intrigue... Qu'est-ce que peut bien chercher Malet ? Il est sur les traces de Guerrero, forcément. Pourquoi ? Vengeance ? Affaires ? Est-ce que Malet était aussi un ripou, comme Sartet ?

– On est certain que ce soit Malet qui ait rendu visite à la vieille Espagnole ?

– Elle l'a formellement reconnu parmi des dizaines de photos. Il y a zéro doute.

– Je suis d'accord que cette histoire pue et que ça soulève plein de questions intéressantes. Mais je vais te dire la même chose que la dernière fois... En quoi ça concerne l'IGPN ? Romain, tu en fais une histoire personnelle. Mais ça n'a rien à voir avec notre boulot. Ça ne nous regarde pas. Si tu y tiens, transmets tes infos à la PJ ou à la BNRBT et laisse-les travailler.

– Malet et Sartet, ça nous concerne pas ? Des flics qui fricotent avec des terroristes, ça nous concerne pas ?!

– Ex-flics, Romain. Sartet est à l'EHPAD et Malet a quitté la maison en 1990.

Rocca se massa les tempes. Il sentait la migraine pointer le bout de son nez.

– OK, c'est peut-être personnel, finit-il par reconnaître. Mais comment tu veux que ça le soit pas ? J'ai bossé avec Sartet. C'est lui qui m'a appris le métier. C'est mon témoignage qui lui a sauvé les miches dans l'affaire Pelegri. Je me suis fait manipuler en beauté. Et aujourd'hui, s'il se passe un truc grave avec Malet et Guerrero, je serais en partie responsable. Tu vas me faire croire que quand tu bassines tout le monde avec ta croisade contre les violences policières, t'en fais pas une affaire personnelle ? Quand on bosse longtemps sur un dossier, ça finit toujours par devenir personnel. Sinon, ça veut dire que t'es pas humain.

Le Charognard posa ses yeux de cocker triste sur son jeune partenaire. Romain prenait effectivement tout à cœur. Il avait fait la même chose avec Tariq M'Penza, le trafiquant qu'il avait traqué à la fin de sa carrière à la PJ. Puis avec le Monstre de l'Oise. Ce petit con n'abandonnerait jamais.

Rocca soutint le regard de son ami.

– J'ai besoin de clôturer le truc, Patrick. S'il te plaît. Ou je pourrai plus jamais me regarder dans un miroir. Je déconne pas.

Charron baissa les bras. Il ne pouvait qu'abdiquer.

– Très bien. Je t'aide à démêler cette histoire et à aller au fond des choses. Et de ton côté, tu m'aides avec ce bordel des Gilets jaunes. Je ne veux pas qu'on enterre cette merde.

Les deux hommes se serrèrent la main. Le deal était honnête. En cas de violences durant les manifestations, les Gilets jaunes étaient jugés en comparution immédiate. Mais on ne pouvait pas interpeller un flic en flagrant délit. Il devait impérativement y avoir une enquête. Qui traînait au minimum six mois. La loi prévoyait l'usage de la force pour disperser un attroupement, même en absence de voies de fait. Difficile dans ces conditions de punir ceux qui dépassaient les bornes. L'IGPN avait beau ouvrir une enquête à chaque blessure grave causée par l'usage du LBD, ce qui arrivait une fois tous les 337 tirs en moyenne, très peu aboutissaient. Rocca comprenait l'écœurement de son supérieur.

– Ça nous fait deux enquêtes pour le prix d'une. On va pas chômer, dit Rocca en pensant à Steph et à comment aborder le sujet s'il venait à multiplier les heures sup.

– Comment tu vas justifier le fait d'enquêter sur des flics retraités ?

– Je vais me démerder avec Faugeron. Le grand patron m'a à la bonne.

Charron grimaça. Il n'aimait pas le jeu auquel jouait son jeune partenaire.

– C'est quoi la prochaine étape ?

– Localiser Malet. C'est la priorité. Je suis sûr que si on le trouve, on mettra aussi la main sur Guerrero. Et en attendant, Fresnes.

– Il y a quoi à Fresnes ?

– Le Lyonnais.

Djamel Abdelli dit *le Lyonnais*. Vétéran de la guerre d'Algérie. Anarchiste. Assassin. Ancien membre du gang de l'internationale. Arrêté en 1989. Condamné en 1990 à vingt ans de réclusion. Libéré en 2005 pour bonne conduite. Arrêté de nouveau en 2006. Cette fois, il ne sortirait plus, à part les pieds devant. Incarcéré au QS de la Santé. Transféré à Fresnes quand la Santé avait entamé des travaux pour se refaire une beauté.

Faugeron jouait le jeu. Il aimait l'idée de dénicher de la merde sur les glorieux anciens, histoire de relâcher un peu la pression sur les flics actuels. Rocca apportait à son sens « une distraction bienvenue » à tout ce bazar ambiant. Pas sûr que le big boss apprécierait le revers de la médaille, quand Rocca aiderait Le Charognard à faire du ménage chez les bleus. *Chaque chose en son temps.*

En tout cas, le résultat était là. Charron et Rocca se trouvaient au parloir de Fresnes, avec autorisations, accréditations et tout le tralala. Le parloir de Fresnes ? Un sous-sol semi-enterré, régulièrement inondé, avec de la moisissure qui recouvrait la totalité des murs et une odeur de pourriture suffisamment forte pour écœurer un médecin légiste aguerri. Si la prison de la Santé était une vieille dame qui avait bien besoin de se rafraîchir, Fresnes était une grand-mère grabataire en soins palliatifs.

Le Lyonnais était étonné. Il n'avait pas de famille et ça faisait un bail qu'il n'avait plus reçu la visite de son avocat. De fait, il visitait le parloir de Fresnes pour la première fois.

– On dira ce qu'on voudra, mais le QS me manque. Au moins j'étais tranquille.

Le quartier des VIP à la Santé. Abdelli avait une cellule individuelle. Il ne voyait personne. C'est là qu'on enfermait les prisonniers à risque, pour leur protection. Ou dans le cas d'Abdelli, pour protéger les *autres* prisonniers. Ici, à Fresnes, Abdelli était mélangé au menu fretin. Il avait fallu répartir tous les détenus de la Santé parmi les établissements pénitentiaires de la région durant la longue durée des travaux. Les prisons qui étaient déjà toutes surpeuplées avaient vu un arrivage de nouveaux pensionnaires. Dans le cas d'Abdelli, personne n'avait dû se réjouir.

– Parle-nous un peu de tes copains de l'internationale.

– Pourquoi, vous écrivez un bouquin ? Je vais toucher des droits ?

– Guerrero et Pelegri. Il s'est passé quoi, entre eux ?

– Si vous faites un film, je veux que ce soit Roschdy Zem qui joue mon rôle. Il a la classe, lui.

Rocca jeta un coup d'œil à Charron. Le Lyonnais allait faire mumuse avec eux. Il n'avait rien à gagner à les aider. Il fallait lui filer un os à ronger. Rocca montra sa carte de pêche.

– Tu peux te détendre, Djamel. On n'est pas dans le cinoche. Tu connais l'expression, aide-toi et le ciel t'aidera ?

– Qu'est-ce que vous pouvez faire pour m'aider ? Vous pouvez me sortir de là ?

– Une remise de peine ? Non, faut pas rêver. Mais un déménagement, pourquoi pas ? Est-ce que ça te dirait Fleury-Mérogis ?

La plus grande prison d'Europe. Le QS. Une cellule rien que pour toi, avec ta propre douche. Et du chauffage qui marche. Pas comme ici où tu te pèles le cul un jour sur deux.

Le Lyonnais les regarda avec de grands yeux.

– Vous pouvez faire ça ?

Rocca continua de le travailler au corps.

– Tu vois mon collègue ici présent ? Eh bien monsieur le commissaire a ses entrées au ministère de la Justice. Si tu nous fais bander avec tes histoires, il passe un coup de fil direct. Et *arrivederci* Fresnes.

Charron leva un instant les sourcils en regardant Rocca, avant de poser son regard sur Abdelli, et de confirmer d'un acquiescement d'une subtilité absolue.

– Qu'est-ce que vous voulez savoir à propos de l'internationale ? C'était une belle bande de psychopathes. Aussi professionnels que barrés. Mais on se serrait les coudes. Et on aurait suivi Andoni jusqu'à la mort.

– Il était comment, Guerrero ?

– J'avais l'air d'un boyscout à côté. C'est l'homme le plus décidé que j'aie jamais rencontré. Une volonté de fer.

– Lui et Pelegri. Pourquoi c'est parti en couilles ?

– En 1987, Andoni avait fait une pause avec le gang, pour repartir avec l'ETA. Il a refait un attentat en Espagne. C'est le moment où Pasqua était ministre de l'Intérieur. Pasqua a changé son fusil d'épaule et la France s'est mise à aider l'Espagne dans sa lutte contre l'ETA. À faire des enquêtes communes. Ils ont remonté la trace des explosifs utilisés par Andoni jusqu'aux Corses du FLNC. Ça a foutu le bordel entre les Corses et les Basques. Après, Andoni a réactivé le gang, histoire de faire un nouveau gros coup et de payer une prime de dédommagement aux Corses. C'est là qu'on s'est tous fait choper.

– Sauf Pelegri.

– Sauf Pelegri.

– C'est Pelegri qui vous a balancés ?

Le Lyonnais observa Rocca dans le blanc des yeux.

– L'idée m'a traversé l'esprit.

– Et Pelegri s'est fait descendre peu après que tu es sorti de taule.

– Heureux hasard.

– Est-ce que t'as aidé Guerrero à s'évader ?

– Je vois pas de quoi vous voulez parler.

– Le nom de Sartet, ça te dit quelque chose ?

– C'est pas le poulet qui nous a arrêtés ?

– Oui. Tu l'as vu discuter avec Guerrero ou avec Pelegri ?

– Non. Mais j'imagine que si Pelegri nous a balancés, c'est à Sartet qu'il a bavé.

Rocca croisa le regard de Charron. Il pouvait lire dans ses pensées. Tout ça ne servait à rien.

– Est-ce que tu sais où on peut trouver Guerrero à l'heure actuelle ?

– Au cimetière d'Hendaye.

– Ouais, et ma mère, c'est la reine d'Angleterre. Merci pour rien, Djamel.

– Vous penserez à mon déménagement ?

– Bien sûr, ironisa Charron. J'ai déjà le doigt sur mon téléphone.

Un coup dans l'eau. Malet avait mis les voiles, il était introuvable. La jeune Indienne n'avait aucune idée d'où le trouver ni de comment le joindre. Bien sûr, ils pourraient toujours faire le pied de grue devant son immeuble en attendant qu'il veuille bien pointer le bout de son nez. Mais Bordier ne validerait jamais une planque pour attraper un flic à la retraite. Ils étaient dans une impasse. Ils allaient retrouver les Gilets jaunes et les tireurs de LBD. *Oh joie.*

Charron tapait sur la porte pour prévenir le gardien quand Rocca tenta une dernière question.

– Andoni a eu un fils, Rafael… C'est quoi son nom ?

– Olaskoaga. Comme sa mère. Un beau brin de femme, celle-là.

Rafael Olaskoaga. Malet avait disparu, mais tout n'était pas perdu. Rocca le sentait. Il se rappela un vieux proverbe. À bien y réfléchir, il n'était pas certain que ce proverbe existe vraiment, mais Rocca s'en foutait. S'il n'existait pas, il venait de l'inventer lui-même : *Trouve le fils, et le père apparaîtra.*

Chapitre 8

Vingt et une heures trente-huit

Leo observa Alex, interdite. Le bruit des coups de feu l'avait foudroyée sur place. Elle aurait voulu fuir, prendre ses jambes à son coup et courir. Loin de cette folie. Loin des hommes. Loin de tout. Oui, mais voilà, elle était figée. Les pieds comme prisonniers d'un bloc de glace. Et en face d'elle, à trois mètres à peine, son compagnon, qui avait réussi Dieu sait comment à retrouver sa trace, qui était parvenu à la libérer, et qui avait tout risqué pour sauver sa partenaire de galère.

La *rubia* avait offert ses charmes pour s'en sortir. Elle devait utiliser ses charmes pour tout dans la vie. C'était le genre de femme qui s'évitait un PV d'un battement de cils. Mais la *rubia* s'était sacrifiée pour essayer de les sortir de là. Et Leo avait envoyé Alex au casse-pipe pour tenter d'aider la *rubia* à son tour.

Leo contempla l'homme qu'elle aimait et qui venait de se faire tirer dessus. Elle n'en revenait pas. Il était toujours debout. Miraculeusement intact.

Alex prit une seconde pour vérifier, mais il n'était pas touché. Aussi invraisemblable que cela puisse paraître, il avait survécu à l'affrontement. La blonde atomique lui avait sauvé la vie. Elle avait reconnu le bonhomme qui l'avait reluqué le matin même à la station-service. Le bonhomme à qui elle avait essayé d'envoyer un message de secours quand il suivait leur van en voiture. Quand le jeune Basque avait appuyé sur la détente, elle avait repoussé son bras par réflexe. Le coup était parti dans le mur. Et le Basque avait lâché son arme.

Alex aussi avait tiré. Il avait tiré comme un manche. Comme quelqu'un qui n'avait jamais tenu une arme dans la main. Un premier coup dans le vide. La balle avait défoncé le matelas et soulevé un nuage de plumes. Puis un deuxième, par réflexe. Apeuré par le tir du type. Avec le recul de l'arme, le bras d'Alex avait dévié vers le haut et la gauche. Et cette fois il avait fait mouche. Il avait touché la blonde atomique *en plein dans le bide*.

Après un instant d'étonnement, la Néerlandaise se mit à hurler à pleins poumons. Alex se tourna vers la porte d'entrée.

– Merde, Leo, vient m'aider, bordel !

Les hurlements de la blonde réveillèrent Leo de sa torpeur. Elle pénétra dans le chalet, récupéra une arme près de la cheminée et se précipita vers la pièce du fond.

Sur un petit lit de camp, le jeune Basque tentait de venir en aide à la Hollandaise. La *rubia* pissait le sang. Les deux étaient aussi nus qu'un nouveau né. Mais Leo ne fut même pas choquée par la vue de ces deux sexes livrés au regard de tous. Elle était comme hypnotisée par la blessure de la *rubia*. Par le sang qui se répandait tout autour d'elle. L'image du van lui revint en mémoire. Les deux géants et la rigole visqueuse au sol de la camionnette.

Alex pointait toujours son pistolet sur le type. Le jeune Basque aussi était blessé. Sa blessure n'était pas fermée. Du rouge perlait à travers le tissu blanc de son bandage. Et du sang dégoulinait le long de son visage.

Mais Alex ne pouvait s'empêcher de regarder la blessure de la blonde. Alex avait tiré sur un être humain. Il avait blessé une innocente jeune femme. La blonde allait peut-être mourir. Alex allait peut-être devenir *un meurtrier.*

Le pistolet dans la main d'Alex tremblait dans tous les sens. Alex avait les yeux écarquillés, comme deux grosses balles de ping-pong. Alex était en mode full panique.

– Qu'est-ce qu'on fait ? Qu'est-ce qu'on fait, putain ?!

– *Cálmate !* Il y a une trousse de secours par là.

Elle trouva le kit, mais il avait déjà servi pour le jeune Basque. Leo se tourna vers lui.

– Il y en a d'autres dans le sous-sol ?

Le jeune homme hocha la tête. Leo se tourna vers son compagnon.

– Surveille-les. Et toi, enfile un pantalon, *pendejo.*

Leonor n'attendit pas la réponse de son preneur d'otage. Elle se dirigea vers la table, la déplaça en la tirant comme elle put, puis souleva le vieux tapis moisi qui recouvrait la trappe.

– C'est quoi, le code ?

Alex agita son pistolet sous le pif du jeune Basque. Il avait prouvé qu'il ne savait pas viser, mais qu'il pouvait tout de même appuyer sur la gâchette et causer pas mal de dégâts. Le jeune finit par répondre :

– 1304.

Leo tapa le code et le cadenas s'ouvrit comme par enchantement. Elle souleva le lourd couvercle de la trappe et une échelle métallique s'éleva vers elle. En bas, des néons clignotèrent et la lumière fut. Pas d'électricité dans le chalet, mais le sous-sol fonctionnait avec un groupe électrogène. Leo descendit dans la caverne d'Ali Baba.

Un sol bétonné, des murs en briques. Des étagères en métal. Des réserves de nourriture. Des armes, des explosifs. Un bunker en miniature. Leo enjamba les gros sacs de sport noirs que les deux Basques s'étaient trimballés depuis la nationale. Elle farfouilla dans les étagères et récupéra un nouveau kit de survie.

Elle se retourna vers l'échelle, mais s'arrêta, les yeux rivés sur les sacs. Il fallait qu'elle en ait le cœur net. On ne se baladait pas sur des kilomètres avec des sacs aussi lourds sans *une bonne raison*. Elle s'agenouilla et ouvrit la fermeture éclair du sac le plus proche. Leo s'arrêta de respirer. Souffle coupé, syncope, arrêt cardiaque. Au revoir la Nissan pourrie d'un autre temps. Terminées les études à rallonge avec pour seule perspective d'avenir un hypothétique boulot d'enseignante qu'elle ne décrocherait probablement jamais.

Leo repensa à son enfance dans le minuscule appartement de Huesca. Les semaines de cinquante heures de son père pour rapporter des miettes à la maison. Les ménages de sa mère pour mettre un minimum d'épinard dans les épinards. Les privations. La frustration. Les visites chez les copines pour pouvoir regarder *Un Paso Adelante* à la télé, et faire semblant d'avoir une vie normale. Le temps passé à cacher *sa honte*.

Adios vida de mierda, métro boulot dodo, huit heures par jour sur un écran, huit heures de sommeil, et que dalle pour moi. Leo avait les larmes aux yeux. Les sacs étaient bourrés à craquer. Des dizaines, des centaines, des milliers de billets, collés serrés en tas bien rangés, empaquetés dans du plastique. Pas le truc le plus écolo, mais on s'en fout, *joder* ! Leo avait devant elle *le prix de la liberté*. Une vie de rêve, à portée de main.

Leo abandonna momentanément son trésor de guerre. Elle remonta l'échelle l'esprit décidé, un kit de survie et deux lampes de poche à la main. Il fallait agir vite. Avant le retour du *jefe*. Combien de temps ça lui prendrait pour trouver une bagnole ? À quelle distance se trouvait le plus proche village ? Dans quelle direction il valait mieux partir ? Probablement vers le bas. Ce serait plus facile avec le poids des sacs. Et des armes.

Hors de question de partir les mains vides. Si elle se retrouvait de nouveau face à face avec le Basque, ils devraient défendre leur peau coûte que coûte. À deux contre un, ce serait jouable.

– C'est bon, t'as trouvé ?

En guise de réponse, Leo balança sur la couchette la trousse de secours. Le jeune homme s'était rhabillé à la va-vite. Et la blonde avait remis son short. Elle avait toujours les nichons à l'air, mais avec la blessure, ils faisaient moins envie. Ils pointaient moins. Comme s'ils s'étaient affaissés, accablés par le choc.

– Ça va, la balle a traversé, dit le jeune homme en nettoyant la plaie.

La *rubia* gémit de douleur. Elle n'avait pas l'air de trouver que ça allait.

– Alex, passe-moi le pistolet.

Dérouté, Alex jeta de grands yeux à sa compagne, mais s'exécuta.

– Va dans le sous-sol. Tu trouveras trois gros sacs noirs. Remonte-les s'il te plaît.

– Non, pas les sacs ! piailla le jeune Basque.

– *Cierra el pico*, lui intima Leo en le braquant vers la tête, un flingue dans chaque main.

Le jeune se tut et se concentra sur le pansement de la Hollandaise. Leo risqua un coup d'œil sur la salle à manger. Alex était descendu à l'échelle et tentait de remonter un premier sac. Leo reprit sa surveillance. En fond sonore, sur sa gauche, les halètements d'effort d'Alex. Sur sa droite, ceux de douleur de la blonde.

Alex eut besoin de quelques minutes pour terminer son labeur. Une fois terminé, il s'assit par terre à côté des sacs, en sueur et à bout de souffle.

– OK, ça suffit, ordonna Leo au Basque.

Puis elle se tourna vers la Néerlandaise.

– *You come with us ? Or you stay ?*

La blonde hésita. Elle regarda dehors. Vit la nuit tombée. L'obscurité ambiante. Toucha son bandage. Évalua sa douleur lancinante au flanc. Se vit en minishort, les jambes et les bras striés. L'œil à moitié fermé. La lèvre fendue. Et cette fatigue immense qui pesait sur ses épaules. Mais elle repensa au barbu qui avait descendu ses deux amis et répondit dans un souffle :

– *I'll come with you.*

Leo se retourna vers son kidnappeur.

– OK, au sous-sol. Descends, allez ! *Abajo, capullo !*

Le jeune Basque temporisa un instant. Comme s'il espérait le retour du *jefe*. Mais personne ne vint pour le sortir de là, et il finit par descendre l'échelle en se tenant les côtes. La blonde ne broncha pas en le voyant grimacer de douleur. Avec son bandage, elle ressemblait à une photocopie du Basque. À se demander lequel des deux était le plus amoché.

Alex se pencha vers le bunker.

– Heu, Leo ? Il y a plein d'armes en bas…

– Et alors ? Il va tirer sur les murs ?

Le jeune avait à peine posé le pied par terre que Leo referma le couvercle et bidouilla le cadenas.

– Aide-moi.

Les deux retournèrent la table et la posèrent les quatre fers en l'air sur la porte de la trappe. La blonde se leva et claudiqua vers eux. Au sol, les trois sacs attendaient leur bon vouloir.

– Chérie, t'es sûre que tu veux faire ça ? C'est de l'argent sale… Probablement volé. Il appartient forcément à quelqu'un.

– Il y a des assurances pour ça. On n'a pas vécu cet enfer pour repartir sans rien… C'est notre dédommagement.

Alex fit la moue. Il ne pouvait pas la contredire. Elle ne changerait jamais d'avis.

La blonde ne comprenait pas le français, mais elle regarda Leo et acquiesça d'un air résolu. Elle se pencha pour ramasser un sac, et dut le reposer immédiatement. La douleur était trop intense.

– *I'm so sorry*, gémit Alex qui se sentait horriblement coupable.

La blonde fit la moue. Son « sauveur » lui avait fait plus de mal que ses agresseurs. Mais elle préférait tout de même ça à *l'alternative*. Qui pouvait dire quel sort les Basques leur réservaient ?

– *That's OK*, murmura-t-elle en tentant un sourire malgré la douleur.

Elle essayait de lui remonter le moral ? *Oh, merde*. Pour Alex, c'était encore pire.

– Tu peux porter deux sacs ? demanda Leo en lui redonnant l'un des pistolets.

Alex mit le flingue à l'arrière de son pantalon, comme les trafiquants dans les séries télé. Puis il se baissa pour soulever péniblement les sacs. Quitter cet endroit maudit, c'était déjà pas de la tarte. Mais le faire en se coltinant ce poids terrible sur les épaules, ça paraissait invraisemblable.

– Non, impossible, dit-il en en reposant un.

– Alors on se contentera de ça, dit Leo en soulevant le sien.

Et tels deux pères Noël en mode Bonnie and Clyde, le couple retrouvé s'enfonça dans la nuit, leur butin sur le dos. Une Néerlandaise clopinant difficilement à leur suite.

Chapitre 9

1989

Andoni regarda le réveil. Quatre heures du matin, l'heure de se lever. Il s'habilla en silence, sans réveiller Marixol. Puis il s'arrêta un instant devant la chambre du gamin. Le petit dormait toujours avec la porte ouverte et la lumière du couloir éclairée. Andoni observa son fils, cet étranger, durant quelques secondes, avant de prendre la direction de la cuisine et d'avaler un solide petit-déjeuner.

À cinq heures, Andoni s'éloignait à pied de sa maison dans la pâleur de l'aube naissante. Il marcha sur cinq bons kilomètres avant de rejoindre le croisement de la départementale où il avait rendez-vous.

À six heures, une Alfa Romeo carottée la veille s'arrêta à sa hauteur. Au volant, César Pelegri, qu'il avait fallu convaincre de se taper l'aller-retour en pleine nuit. Andoni n'aimait pas conduire. Et il ne voulait pas dormir près de leur cible. Après tout, il faisait ça pour contenter les Corses, alors un Corse pouvait bien faire l'effort et se farcir un peu de route. César tirait la gueule. Ces derniers temps, César tirait toujours la gueule. À l'Ouest rien de nouveau.

La route se fit en silence. Pas de radio, pas de blabla. Ça convenait parfaitement au Basque. Quand il bossait, il n'aimait pas les distractions.

À huit heures, ils récupérèrent Orsini et Thorent devant leur hôtel en pleine zone indus. Ensemble, ils se dirigèrent vers le parking d'un euromarché désaffecté depuis sa fermeture l'année précédente. Le Lyonnais les rejoignit quelques minutes plus tard à bord d'un camion poubelle volé le matin même. Le gang de l'internationale *au grand complet.*

À huit heures trente, Pelegri repartit seul au volant de son Alfa Romeo. Les quatre hommes restants revêtirent des combinaisons d'éboueur, puis grimpèrent sur le camion. Abdelli et Andoni à l'avant. Thorent et Orsini sur les marchepieds à l'arrière.

À neuf heures dix, Pelegri se gara en face de la banque. Au même moment, le camion à ordures pénétrait dans la petite ville, ses quatre passagers cagoulés et armés jusqu'aux dents.

À neuf heures douze, le camion parvint en haut de la rue où était garée l'Alfa Romeo. Abdelli appuya sur la pédale d'accélérateur et lança son camion à pleine vitesse dans la vitrine de la banque. Le camion s'arrêta d'un coup, stoppé net dans son élan par le comptoir d'accueil. Orsini et Thorent sautèrent à terre et longèrent le camion pour pénétrer dans la banque par le trou béant de la vitrine.

Andoni, légèrement secoué par le choc, empoigna son fusil à pompe, plusieurs grands sacs de sport, et descendit de la place du mort. Abdelli avait fait de même côté conducteur. À l'intérieur de l'agence régnaient panique et confusion. Une pluie de verre pilé s'était abattue sur le sol, une fumée blanche s'échappait du moteur encore en marche du camion, et le système d'extinction d'incendie s'était déclenché, arrosant braqueurs et braqués d'un crachin continu. Andoni lança les sacs à ses comparses puis se précipita vers les employés et le pauvre client qui avait eu la mauvaise fortune de se rendre à la banque dès l'heure d'ouverture. Sous le choc, allongés par terre, sonnés, ensanglantés, les mains en l'air, la tête contre le lino, ils ne représentaient pas un grand danger.

Le regard braqué sur sa montre, Abdelli beugla :

– Trois minutes !

Devant le coffre, le directeur refusait d'obtempérer. Plus par peur que par défi. Mais ils n'avaient pas le temps d'attendre. Andoni tira une balle dans la main d'un des employés. Une balle de fusil à pompe tirée à un mètre de distance. La main était réduite en charpie.

– La prochaine c'est pour toi.

Le directeur sembla retrouver ses esprits. En tout cas il ouvrit le coffre précipitamment. Orsini et Thorent se ruèrent à l'intérieur pour s'emparer en priorité des liasses de Pascal et des billets de cent francs.

Abdelli, toujours l'œil sur le chrono :

– Deux minutes !

Orsini balança les deux premiers sacs remplis à Andoni. Le Basque en prit un et jeta l'autre au Lyonnais. Pendant ce temps, Thorent remplissait les deux autres. Andoni se dirigea vers la sortie de la banque et l'Alfa Romeo. Au loin retentissaient les premières sirènes.

Abdelli beugla :

– V'là les condés !

Andoni longea le camion, le fusil à la main et un sac sur l'épaule, prêt à traverser la rue. En face, *personne*. L'Alfa Romeo avait disparu.

– *Putakumea !!*

Dans la banque, Orsini et Thorent sortirent de la salle blindée avec chacun un sac en bandoulière. Abdelli s'apprêtait à rejoindre le Basque quand celui revint à l'intérieur.

– Changement de plan, tous au camion !

Habitués à obéir, ses hommes se précipitèrent sur le camion poubelle, balançant les sacs à l'intérieur. Abdelli enclencha la marche arrière, tandis qu'Andoni grimpait sur le siège passager, son sac sur les genoux, et les trois autres entassés entre le conducteur et lui. Les deux autres membres du gang reprirent leur place à l'arrière du camtar, arme au poing, prêts à en découdre avec la flicaille.

– Putain, il s'est passé quoi ? gueula le Lyonnais.

– Le petit s'est fait la malle, répondit Andoni en armant son fusil.

Devant eux, une Renault 18 turbo de la police déboula en haut de la rue.

– Fonce dessus.

– Chier !

Le Lyonnais appuya sur le champignon et le camion fonça droit sur le gyrophare. La bagnole remplie de flics fit la toupie avant de s'encastrer dans les voitures garées le long de la rue.

Le camion tourna à droite sur le boulevard et poursuivit sa course à une allure folle. Derrière eux, le bruit des sirènes se fit de plus en plus pressant, bientôt suivi par celui des coups de feus échangés entre l'arrière du camion et les voitures de flics. Au virage suivant, Andoni regarda dans le rétroviseur et vit le Breton tomber du camion. Est-ce qu'il était touché ? Ou il avait seulement lâché prise ? Il n'y avait aucun moyen de le savoir, le camion était déjà loin.

Une explosion caractéristique sortit le Basque de ses pensées. Ils venaient de perdre un pneu. Puis un deuxième. Le camion se transformait en cercueil à roulettes. Impossible à manœuvrer. Et la fumée qui s'échappait du moteur s'épaississait de plus en plus, bloquant la vue du conducteur. Abdelli aperçut trop tard le rond-point qui fonçait droit sur eux. Le camion à ordures bascula sur le côté en percutant l'îlot central.

Andoni apprit plus tard qu'Orsini s'en était sorti sans aucune égratignure. Il était tombé de son marchepied et avait atterri sur un parterre de fleurs. Certains salauds avaient une veine de cocus. Ça ne l'avait pas empêché de se faire pincer par les flics cent mètres plus loin. La chance a ses limites.

Abdelli avait eu moins de veine. La tête en sang, il était au mieux dans les vapes. De toute façon, il n'aurait pas pu bouger, écrasé qu'il était par le poids des sacs qui étaient retombés sur lui. Le sac, justement, c'est ça qui avait sauvé Andoni. Celui qu'il portait sur les genoux avait encaissé le choc et défoncé le pare-brise. Andoni s'était cogné au sac au lieu de transpercer la vitre la tête la première. *Qui disait que l'argent ne faisait pas le bonheur ?*

Le Basque s'extirpa du camion par le pare-brise. Il ne chercha pas à embarquer le pognon. Il retira sa cagoule et s'éloigna lentement du véhicule, pas à pas, le dos meurtri, la nuque raide et la jambe traînante. Andoni pouvait entendre en arrière-plan les voitures de flics qui s'étaient toutes arrêtées. Il continua son chemin, tout droit, vers le prochain coin de rue.

– Police, les mains en l'air ! Pas un geste, fumier !

Fatigué et meurtri, Andoni hésita une seconde. Un coup de feu en l'air retentit, brisant sa réflexion.

– Montre-moi tes mains, connard !

Andoni chercha à jeter son fusil, avant de réaliser qu'il l'avait laissé dans le camion.

– Je suis pas armé !

Andoni se retourna lentement, les mains bien en évidence. Le flic se tenait en face de lui, à quelques mètres à peine. Le flic chercha ses menottes dans sa poche. Une microseconde d'inattention. Largement suffisant. Andoni dégaina le flingue qu'il portait sur lui en permanence et toucha le flic en plein genou. Le flic s'effondra comme un canard abattu en plein vol.

Pas le temps de réfléchir. Andoni se mit à courir à perdre haleine. Le souffle court, le flingue se balançant au rythme des bras, le cœur battant trop vite. Oublier la douleur. Oublier les camarades. Tenir grâce à l'adrénaline. Trouver un moyen de *fuir*. Une bagnole, une bécane. N'importe quoi.

Andoni déboula sur une artère un peu plus fréquentée. Une voiture arriva en face de lui. Il braqua son flingue. La bagnole fit un écart et l'évita de justesse avant de se faire la malle en quatrième vitesse. Raté. La prochaine, il ne faudrait pas manquer son coup.

Une autre voiture arriva. Andoni se mit sur sa route, flingue en avant. Des papillons noirs brouillaient sa vue. Sa tête tournait. Mais hors de question de laisser passer sa chance. Andoni se mit en travers de la bagnole. La voiture freina sec. La voiture s'arrêta pile devant lui. Andoni se dirigea côté conducteur pour l'éjecter de son véhicule. Il ouvrit la portière. Le conducteur braquait un flingue sur lui. Le conducteur pissait le sang sur son fauteuil. Son jean était explosé au niveau de la rotule. Le conducteur était le flic qu'Andoni avait descendu deux minutes plus tôt. Ce salaud n'avait pas lâché l'affaire.

Alors qu'on lui tordait les bras dans le dos pour lui passer les menottes, Andoni regarda une dernière fois les nuages qui s'amoncelaient dans le ciel gris matinal. Les nuages. Le soleil. Marixol. Rafael. Maman. Il n'aurait plus l'occasion de les voir pendant *un long moment*.

Chapitre 10

Juin

Andoni traversa la rue, son journal sous le bras. Depuis la prison, il avait pris l'habitude de marcher vite en rasant les murs. De se faire le plus discret possible. Il avait développé cette manie et avait survécu grâce à ça. Ne jamais faire de vagues, toujours surveiller ses arrières. C'est pourquoi il mit très peu de temps à comprendre qu'il était *suivi*. Le Basque se détourna de son chemin habituel et au lieu de retourner chez lui se dirigea vers le PMU du coin. Il commanda un café à la volée et s'assit à une table du fond, adossé au mur des toilettes. Le regard fixé sur la porte d'entrée.

Quand Malet entra, Andoni ne reconnut pas le vieil éclopé. Malet parcourut le café du regard, vit Guerrero, hésita un instant, puis boita lentement dans sa direction. Inutile de tourner autour du pot. L'ex-flic s'assit devant lui, les yeux dans les yeux.

– Andoni Guerrero… Tu te portes bien pour un mort. Tu sais qui je suis ?

– Je devrais ? grogna le Basque qui avait du mal à contenir sa rage.

– On s'est mis à la retraite mutuellement.

Une lumière s'alluma dans les yeux d'Andoni à l'instant où la serveuse apportait le café. Le salaud de flic qui n'avait pas lâché l'affaire.

– Et pour monsieur, ce sera ?

– Rien du tout, monsieur s'en va, fit le Basque les dents serrées.

– La même chose.

La serveuse pivota sur ses hauts talons. Malet sortit *doucement* une enveloppe de sa poche intérieure, avec deux doigts, la paume *bien visible*. Il posa l'enveloppe sur la table et la poussa en direction du Basque.

– C'est quoi ?

– Une mauvaise nouvelle.

– Alors j'en veux pas. Reprends ta merde et disparais de ma vue.

Andoni repoussa l'enveloppe vers Malet. La serveuse revint et déposa machinalement la tasse et sa soucoupe sur l'enveloppe avant de s'éclipser une nouvelle fois. Les deux hommes se regardèrent longuement. Sans toucher à leur café. Malet brisa le silence.

– Toi et moi, on est de la vieille école. La famille avant tout, les liens du sang, le code de l'honneur et tout le bordel.

Il se leva difficilement et se tint légèrement penché, appuyé sur sa bonne jambe. On aurait dit la tour de Pise. Puis, il tapota l'enveloppe en regardant Guerrero avec un petit sourire satisfait.

– Prends le temps de regarder ça. Viens me voir après, faut qu'on parle.

Il fit demi-tour vers le bar en présentant son dos à son meilleur ennemi. Il laissa un billet de cinq sur le comptoir et sortit. Andoni se dit que s'il devait buter cette enflure, il le ferait de face, *les yeux dans les yeux*.

Le Basque retourna plusieurs fois l'enveloppe entre ses mains. Après quelques secondes d'hésitation, il déchira le papier kraft et vida le contenu sur la table où les deux cafés refroidissaient. Des photos d'Andoni, bien vivant, sortant de son immeuble.

Des photos de lui avec son fils. Des photos de ce bon à rien en train de braquer une pharmacie. Tout ça n'annonçait rien de bon. Surtout, ça soulevait une question. Et Andoni était à peu près sûr qu'il n'aimerait pas la réponse… À quoi jouait cette enflure d'ex-flic ?

Sur le dos de l'enveloppe était noté au feutre un nom, Boisbeaumont, et un horaire, onze heures.

Malet était assis sur un banc, à l'écart du chemin. À cette heure-là, le petit parc de Boisbeaumont était occupé par des couples de lycéens en train de sécher et de se câliner en cachette, et par quelques retraités en promenade. Il avait choisi cet endroit en se disant que Guerrero et lui passeraient pour faire partie de cette dernière catégorie. L'ancien braqueur arriva en avance, l'air mauvais, la main droite enfoncée profondément dans la poche de sa gabardine, probablement crispée sur la crosse d'un flingue. Plus lourd qu'avant, mais toujours aussi costaud, le Basque s'arrêta devant le banc, envahissant le champ de vision de l'ancien flic.

– Tu vas rester debout ?

– T'as une minute, alors gâche pas ta salive.

– Tout d'abord, laisse-moi te dire que j'ai un ami qui te regarde par la lorgnette de son viseur. Si tu fais un mouvement brusque, que tu fais mine de retirer la main de ta poche, ou que j'ai une crise cardiaque, tu tombes avec moi.

– Tu bluffes.

Il bluffait. Malet était venu seul. Il n'avait pas d'amis.

– Et si je veux te buter, j'enlèverai pas la main de ma poche. Je ferai un trou au travers.

– Tu prendras pas le risque, Guerrero. Il y a trop de balcons, trop de fenêtres, trop de passants. Et tu veux savoir pourquoi j'ai des photos de toi et de ton fils.

– J'ai pas de fils. J'étais pas là, j'étais en taule, tu te souviens ? Je le connais pas et il me connaît pas.

– Et maintenant, t'as l'occasion de réparer ça en lui sauvant la mise. Le retour du papa prodigue.

– La minute est terminée. Qu'est-ce que tu veux ?

– J'ai besoin de fric.

– Pardon ?

– Cent cinquante mille euros. Cent cinquante mille balles, et j'oublie que je t'ai vu et que ton fils est complice de ta cavale.

– Tu veux me faire chanter, toi ?

– Du fric, je suis sûr que t'en as planqué quelque part. Et si t'en as pas, tu fais un coup. Tu te démerdes, tu l'exécutes avec qui tu veux, mais tout ce que je veux, c'est ma part. 150 000, ni plus ni moins.

– Je vous connais pas, je sais pas qui vous êtes.

Guerrero pivota sur ses talons et s'éloigna à grands pas. Malet se précipita derrière lui, en sautillant avec peine.

– Fais pas le con, reviens ! J'ai pas de micro, tout le monde s'en fout… Si tu veux pas m'écouter, fais-le au moins pour ton fils !

Andoni fit volte-face et les deux hommes se retrouvèrent nez à nez.

– Donne-moi une bonne raison de ne pas te buter, là, maintenant, « pour mon fils ».

– Je m'en fous de ton gamin. J'ai monté un dossier sur vous deux, c'est ma garantie, c'est tout. De toute façon, il finira bien par se faire coffrer… Tel père, tel môme.

Guerrero choppa Malet à la gorge et arracha les boutons de sa chemise à la recherche d'un micro, puis le fouilla rapidement avant de le débarrasser de son arme.

– Argh… A-rr-ête… j'ét-ou-ffe…

Le Basque relâcha son emprise et Malet s'affala par terre, le visage cramoisi.

– Je t'ai dit… que j'é-tais pas… branché…

Une joggeuse arriva à leur hauteur. Andoni empocha le pistolet de Malet et l'aida à se relever.

– Il a fait un petit malaise, mais ça va mieux maintenant.

Tout en se malaxant le cou, Malet esquissa une grimace s'apparentant vaguement à un sourire. Il brandit un pouce levé en direction de la coureuse qui repartit indifférente, sa musique sur les oreilles.

Andoni se resservit un verre. Les deux hommes étaient désormais assis sur un vieux clic-clac tout défoncé. Andoni avait ramené le vieux flic chez lui parce qu'il ne voulait pas attirer l'attention dans la rue. Il s'était dit qu'il pourrait toujours agir tranquillement et se débarrasser du corps ensuite. Mais avant, il devait découvrir à quel point il était compromis. Le Basque en avait marre de courir. Et voilà qu'il fallait une nouvelle fois changer d'identité, de lieu de vie. Tout recommencer à zéro. À cause de cette épave qui avait fouiné au mauvais endroit.

– Pourquoi cent cinquante mille euros ?

Ce connard avait soi-disant un double du dossier. Comment être sûr qu'il disait la vérité ? Et si c'était vrai, comment mettre la main dessus ?

– C'est la somme dont j'ai besoin pour sauver une amie, répondit le flic.

Malet regarda autour de lui. L'appart minable de l'ancien braqueur ressemblait à sa pauvre chambre de bonne. Guerrero ne vivait pas dans le luxe. Guerrero n'avait clairement pas d'argent.

– Pourquoi moi ? Pourquoi pas un autre, plus jeune… Encore actif… Pourquoi t'es venu chercher un type que tu détestes et qui te déteste ? À cause de toi, j'ai pas vu mon fils grandir. La femme que j'aimais est devenue une étrangère pendant que je croupissais à l'ombre. À cause de moi, t'as perdu ta guibole et ton taf... Pourquoi ?

Malet soupira. Son genou lui faisait mal. Il devrait retourner chez le kiné.

– Ça fait trente ans que je suis sur la touche, comme toi. J'ai besoin de ce fric, Guerrero. J'en ai besoin. Je suis pas un méchant. Je suis pas capable de le faucher tout seul. Je vais faire quoi ? Tous les gens que j'ai connus sont morts et enterrés. J'ai pas d'alternative. Mais toi, je te connais et tu me connais. On a une histoire commune. Et on se ressemble, tous les deux. Regarde-toi, t'as soixante berges et t'habites dans un vingt mètres carrés miteux. T'as passé la moitié de ta vie en taule ou en cavale... T'as un fils qui braque des pharmacies pour se payer ses doses et qui va finir à la morgue si personne l'aide à décrocher. Comment tu crois que ça va se terminer ? Il te reste quoi ? Quelques années avant de plus être bon à rien ? Tu vas les passer dans ce taudis, en laissant crever ton fils, comme si t'étais toujours derrière les barreaux ?

– Qu'est-ce que ça peut te foutre ? Qu'est-ce que tu veux exactement ? Te venger ?!

– Non, je veux pas me venger. Ce qui m'est arrivé, c'est autant ma faute que la tienne, si ce n'est plus. J'ai perdu la moitié de ma vie en jouant les victimes. Je me suis laissé aller, tant pis pour ma gueule. Mais ça, c'est terminé. Qu'est-ce que je veux ? Je veux mon pognon. Je veux une juste compensation. Et je le veux pas pour moi, je me fous de ce qui peut m'arriver. Je le fais pour une amie. Aide-moi à trouver ce fric. Paye tes dettes et je te foutrai la paix. Voilà ce que je veux.

Andoni observa les sillons au creux de ses mains. Ces mains qui avaient volé, extorqué, tué, sans peine ni remords. Est-ce qu'il saurait encore, après toutes ces années ? Est-ce qu'il serait capable ? Et pourquoi ferait-il ça ? Avec la mort de Marixol, Andoni avait perdu son moteur. Il avait perdu la raison de se battre. Son fils ? Un étranger qu'il voyait de temps en temps, par obligation et par habitude. Un camé de bas étage, à la maigreur accentuée par sa grande taille et son allure dégingandée. Des mains qui avaient la tremblote et une pâleur à faire peur à un mort. La seule chose qui lui restait d'*elle*. De Marixol. Rafa avait ses yeux. Rafa avait son sourire. Rafa avait ses expressions. *Kaben zotz ! Putain de merde.*

– Si je le fais, je dis bien si, ce sera pas en prenant tous les risques tout seul pendant que tu attends pépère dans ton sofa. Ta petite tentative de chantage tu peux te la foutre où je pense. Si je fais un coup, tu viens avec moi.

Malet écarquilla les yeux. Il s'attendait à tout sauf à ça.

– Je… Je suis pas un braqueur…

– Eh ben maintenant si. Pas de liquide sans se mouiller les miches. C'est à prendre ou à laisser.

Malet avait abattu toutes ses cartes et le Basque avait repris la main. Malet était coincé.

– Si on fait le coup ensemble, je dis bien si, on s'attaque à de l'argent sale. Je ne veux pas de victimes innocentes.

Andoni émit un petit rire.

– Crois-en mon expérience, l'argent propre, ça n'existe pas.

– Pas de victimes innocentes, insista Malet.

Andoni observa l'ex-flic comme s'il venait de la planète Mars.

– Pas de victimes innocentes, finit-il par consentir. Si on fait le coup ensemble. Et je choisis la cible. Et l'équipe. Et c'est moi qui répartis le pognon. Si je reprends les affaires, ce sera pas pour des clopinettes. Toi, ta part se limitera à 150 000 balles.

– C'est tout ce que je demande.

– Si on fait le coup ensemble.

– Si on fait le coup ensemble.

Après un temps de digestion, le Basque finit par tendre la main. Malet la regarda un instant, comme un condamné observe la seringue qui va l'envoyer *ad patres*. Puis il la serra. *Un flic et un braqueur sont dans le même bateau. Les deux tombent à l'eau…*

Une fois seul, Andoni s'observa dans un miroir. Difficile de reconnaître le visage en face de lui. Son reflet lui envoyait l'image d'un étranger. Un absent. Un fantôme. Ça faisait un bail que le Basque avait arrêté de vivre. Pour survivre, il fallait se battre. Andoni allait se battre. Une dernière fois. Et quand tout ce cirque serait terminé, il mettrait une balle dans la tête de ce pauvre vieux flic et il quitterait définitivement ce pays de merde avec son fils. Malet avait raison. Andoni était encore en prison. Il avait lui-même érigé des barreaux tout autour. Il était grand temps de s'évader *une bonne fois pour toutes.*

Chapitre 11

Mardi

Rafael Olaskoaga. Un cambrioleur de pharmacies et de réserves d'hôpital. Un voleur à deux balles qui chourait les sacs des vieilles à l'arraché. Qui dévalisait les putes et les clodos. Le genre costaud avec les faibles et faible avec les costauds. Un minable. Son père en taule, il avait grandi plus ou moins en clandestinité avec sa mère, militante ETA, qui elle aussi avait connu la prison en Espagne. Une chouette enfance, assurément, qui n'excusait en rien son flagrant manque de classe.

L'emmerdant, c'est que lui aussi avait soudainement disparu. Et à peu près au même moment que Malet. Est-ce que Malet avait retrouvé la trace du père grâce au fils ? Est-ce qu'il y avait eu règlement de comptes ? Malet était l'homme qui avait réussi à arrêter Guerrero. Mais le terroriste avait blessé l'ex-flic, l'obligeant à prendre une retraite plus qu'anticipée. Tout ça puait la vengeance à plein nez. La question était : pourquoi maintenant ?

Rocca repensa à la jeune Indienne, au matériel médical et à l'odeur qui flottait dans sa chambre de bonne. Malet était-il mourant ? Il se savait peut-être condamné et avait décidé de régler ses comptes avant de partir ? C'était une possibilité. Comme il y en avait *des milliers d'autres*. Charron interrompit ses pensées.

– Olaskoaga a fait deux ans de prison. Il était en cellule avec un dénommé Dominic Zonga, qui avait pris dix ans pour trafic de drogue, et Matthieu Lenoir, qui en avait pris douze pour braquage de banque. Les deux sont sortis, maintenant.

– Tu veux aller les voir ?

– Tu sais comment c'est, la prison. Un vrai club de rencontre pour gentlemen.

Le Charognard avait raison. Rien de tel qu'un séjour en zonzon pour se faire un carnet d'adresses et des copains pour la vie. Si tant est que tu arrivais à survivre à tout le reste. Mais visiblement, ceux-là avaient survécu. Étaient-ils toujours en contact ? Ça valait le coup de vérifier.

Pour Lenoir, ce n'était pas gagné. Le seul contact qu'ils trouvèrent était celui de son ex-femme. Lenoir ne donnait plus de signes de vie. Il ne versait aucune pension, ne rendait jamais visite à sa fille, ne passait aucun coup de fil. D'ailleurs, Lenoir n'avait *a priori* pas de téléphone. Ses parents étaient décédés, et depuis la fin de sa conditionnelle, il était tout simplement sorti des radars.

Zonga, en revanche, était encore suivi par son juge d'application des peines et par un conseiller pénitentiaire d'insertion et de probation. Charron et Rocca passèrent quelques coups de fil. Depuis sa libération, Zonga se tenait à carreaux. Il bossait comme mécano chez un garagiste, évitait les problèmes, ne fréquentait plus les mêmes personnes qu'avant son emprisonnement. Un modèle de réinsertion. C'est simple, son patron ne tarissait pas d'éloges. Seul hic, Zonga n'était pas au taf depuis deux jours. Il s'était fait porter pâle. Une belle gastro des familles avec grosse déshydratation. Le médecin l'avait arrêté jusqu'à la fin de la semaine. À part ça, Zonga était un employé modèle. D'ailleurs, c'était sa première absence depuis qu'il bossait chez lui.

Charron et Rocca tentèrent de joindre Zonga par téléphone. Répondeur direct. Ils se déplacèrent jusque chez lui, dans un quartier chaud d'Argenteuil. Porte close. Son patron leur avait dit qu'il sortait avec une jeune femme qui habitait Asnières. Peut-être qu'il se faisait dorloter par sa chérie ? Mais là encore, ils tombèrent sur un os. La chérie était chez elle, mais pas de Zonga dans les parages. Elle leur conseilla de voir avec son patron. Selon elle, Dominic était en déplacement professionnel. Il s'était absenté toute la semaine pour aller à un salon automobile avec ses collègues.

Là, ça commençait à faire beaucoup. Zonga était le troisième porté disparu de l'histoire. Mais contrairement à Malet et Olaskoaga, Zonga avait *menti* pour couvrir son absence. Il n'était pas en train de prendre racine dans un grand trou au fond d'un jardin isolé de banlieue. Il avait pris le risque de flinguer sa conditionnelle en séchant son boulot et en baratinant sur l'endroit où il était censé se trouver. Rocca ne croyait pas au hasard. Deux gars qui disparaissaient, dans ce milieu-là, ça pouvait signifier plein de choses. Mais trois ? Au même moment ?

Charron prit le volant, direction le XIIe et le QG de l'IGPN rue Hénard. Une fois sur le périph, Rocca qui épluchait le dossier de Zonga, se mit à réfléchir à haute voix.

– Zonga a baratiné pour se libérer pour la semaine et compte retourner tranquillement à son travail lundi prochain. Ni vu ni connu. Qu'est-ce qu'il compte faire durant les prochains jours ? Et qu'est-ce qui pourrait potentiellement relier Zonga à Malet et Olaskoaga ?

– Zonga et Olaskoaga ont fait de la taule ensemble, dit Le Charognard en évitant de justesse un taxi qui roulait à cheval sur deux files. Malet et Olaskoaga sont liés par Guerrero.

– Exactement. Guerrero est un ancien terroriste et braqueur de banque. Malet un ancien flic. Olaskoaga un petit cambrioleur sans ambition. Et Zonga un trafiquant de drogue.

– Il est où, le lien ? demanda Charron en mettant un grand coup de volant pour doubler un camion par la droite.

– J'en sais rien. Tu veux pas que je conduise ?

– Non. Quand tu réfléchis comme ça, t'es dans tes pensées et tu regardes pas la route.

– Devant, ça freine ! Ça freine !!

– Ça va, je suis pas aveugle, râla Le Charognard en appuyant brusquement sur la pédale de frein.

Rocca qui détestait lire en bagnole sentit son estomac se retourner et ouvrit la fenêtre pour prendre une bouffée d'air.

– Qu'est-ce tu fous ? Tu fais entrer la chaleur, alors qu'il y a la clim !

Rocca ne répondit pas, les yeux fixés sur le dossier. Soudain il fit un bond sur son siège. La réponse venait de lui sauter à la figure.

– Bordel, sors à la prochaine !

– C'est bon, te vexes pas. Si tu veux ouvrir la fenêtre, ouvre la fenêtre !

– Zonga est bien tombé pour trafic de drogue, mais comme chauffeur de go fast.

– Quoi ?!

– C'est un putain de pilote. Lâche-moi ici.

Charron grimaça en sortant porte de Vincennes.

– Tu veux vraiment court-circuiter Bordier ?

– Je sais ce que je fais, répondit Rocca en sautant du véhicule. Je te rejoins tout à l'heure.

Cinq minutes plus tard, il pénétrait dans l'immeuble Le Garance, une curiosité architecturale en forme de gigantesque babybel, qui abritait depuis 2016 le ministère de l'Intérieur et plusieurs directions de service, dont celle de l'IGPN. Le fief de Faugeron. Le grand manitou lui avait fait du gringue. *Soyez mon ami et vous retrouverez la place qui était la vôtre.* Il était temps de vérifier si l'aristo pensait ce qu'il disait.

– Capitaine, heureux de vous revoir.

Rocca n'avait poireauté qu'une petite demi-heure. Pas mal pour toucher la pointe de la pyramide sans rendez-vous.

– Désolé de vous déranger, monsieur le directeur, dit-il en serrant la main du grand patron qui l'avait rejoint en dehors de son bureau.

– Pas du tout, vous ne me dérangez pas. J'ai toujours du temps pour mes hommes. Accompagnez-moi, je dois voir le ministre dans dix minutes, nous parlerons sur le chemin.

Rocca emboîta le pas de l'aristo à travers les couloirs modernes du ministère. Charron avait raison. Ce qu'il allait faire foutrait Bordier en rogne. Bordier était un superflic, intègre, respectueux d'un certain protocole. Bordier ne supporterait pas que Rocca soit passé directement au-dessus de lui. Mais Bordier n'aurait jamais accepté cette enquête. Il fallait voir les choses en face. Cette histoire ne concernait pas l'IGPN. Mais elle concernait Rocca. Et pour l'instant, c'est tout ce qui importait à ses yeux.

– J'ai suivi vos progrès avec votre collègue, le commissaire Charron. Il a fait de ces histoires de violences en marge des manifestations des Gilets jaunes son cheval de bataille.

– Oui. Il y a clairement eu des abus.

– Eh bien nous ferons tomber des têtes, dit Faugeron en changeant une nouvelle fois de direction à un croisement de couloirs. « Où finit la loi commence la tyrannie. » Mais ce n'est pas pour ça que vous êtes venu me voir, n'est-ce pas ?

Le babybel était monstrueusement étendu. Ce serait un miracle si Rocca parvenait à retrouver la sortie une fois leur randonnée terminée.

– Je vous avais parlé de la petite affaire sur laquelle je travaillais, histoire de laisser retomber la pression après la mise en examen du lieutenant Guerrab…

– Venez-en au fait, mon ami. Nous sommes presque arrivés.

Faugeron l'avait mené à un ascenseur. La fin de la balade ?

– J'ai suivi la piste d'un ancien inspecteur à la retraite qui fait semblant d'être toujours de la maison. Tout porte à croire qu'il est en train d'organiser un coup avec un ancien terroriste et braqueur de banque qu'on présumait mort, ainsi que deux autres repris de justice.

Rocca jeta un rapide coup d'œil à l'ascenseur. Dans deux étages il serait là. Faugeron n'avait pas l'air impressionné.

– On ne peut pas être tenu responsable de ce que font les policiers une fois qu'ils ont quitté notre sein.

– Le flic en question travaillait pour le commissaire Sartet. Et je pense que le commissaire a assassiné un autre braqueur pour le compte de cet ancien terroriste, alors qu'il était encore en fonction.

Le ding de l'ascenseur vint perturber le silence qui s'était soudainement abattu sur eux. Quatre employés du ministère se tassèrent au fond de la cabine pour laisser de la place. Faugeron ne bougea pas d'un pouce.

– Votre accusation est loin d'être anodine, siffla l'aristo.

– Je sais, monsieur le directeur.

Le grand manitou bloqua la porte de l'ascenseur de sa main. Un des employés soupira un peu trop fort. Faugeron lui lança un regard noir. L'employé baissa la tête. Un haut-parleur dans le plafond de la cabine laissait s'échapper en sourdine une version des *Quatre Saisons* de Vivaldi, jouée à deux doigts sur un clavier Bontempi. C'était pas la même musique d'attente pour Pôle Emploi ? Ils n'avaient vraiment aucune imagination au ministère.

– Qu'est-ce que vous attendez de moi, au juste ? s'enquit Faugeron.

– L'autorisation de poursuivre mon enquête. J'ai bien connu Sartet. J'étais présent le jour de l'assassinat. Je voudrais pouvoir clore cette histoire définitivement.

– Le commissaire Charron est-il au courant de votre investigation ?

– Oui, et il est d'accord avec mes conclusions.

Faugeron observa Rocca droit dans les yeux. Un des employés coincés dans l'ascenseur se racla la gorge, puis se fit tout petit de peur des représailles.

– Très bien, finit par dire l'aristo. Je vais demander à votre chef de délégation de vous détacher en mission spéciale. Vous ferez votre rapport directement à mon service.

– Merci, monsieur le directeur.

Le directeur de l'IGPN pénétra dans la cabine, au grand soulagement de ses occupants.

– Je suis comme tout le monde, capitaine. Je suis dépendant du travail de mes subordonnés si je veux me faire bien voir par ma hiérarchie. Alors ne merdez pas, lui intima Faugeron tandis que les portes de l'ascenseur se refermaient.

Rocca se retrouva seul, dans le labyrinthe des couloirs du ministère. Bordier en ferait une crise cardiaque, mais Rocca s'en foutait. Guerrero, Malet, Olaskoaga, Zonga… Il allait tous les retrouver. Il allait tous les arrêter. Il allait enfin laver son passé. Quoi qu'il en coûte.

Chapitre 12

Vingt-deux heures quarante-quatre

Immédiatement, la vision lui déplut. La porte du cabanon était grande ouverte.

Il pénétra à l'intérieur et la suite lui déplut encore plus. Tout d'abord, le chalet était vide. Un des sacs était abandonné par terre, non loin de l'entrée, au lieu d'être en sécurité dans le bunker. Les deux autres sacs ? Nulle part en vue. La table ? Retournée, les quatre pieds en l'air. Les chaises ? Renversées au sol. Les cordes ? Vidées de leurs occupantes. Le lit de camp ? Noyé sous des litres d'hémoglobine.

Andoni pensa à son fric. Andoni pensa à son fils. Andoni pensa à cet enfoiré de Malet qui l'avait obligé à sortir de sa retraite. À flairer de nouveau l'odeur du sang et du pognon. À cause de lui, l'etarra accompli, le leader du gang de l'internationale, le repris de justice en cavale, le Basque fou, était de retour. Et il avait les crocs.

Un seul sac ne suffirait pas. Andoni voulait la totale. Andoni *aurait* la totale. Le butin lui revenait de droit.

Le Basque repoussa la table. Vira le tapis. Ouvrit la trappe. Deux mètres en contrebas, au pied de l'échelle, son incapable de fils lui lança un regard contrit. On aurait dit un lapin pris dans les phares d'une bagnole. Comment deux femmes attachées avaient-elles pu se libérer, faire prisonnier son fils, et se barrer avec le fric ? Avec *son fric* ! Les liens étaient impossibles à dénouer. Pas sans aide extérieure. Rafa avait libéré les deux femmes. Andoni en aurait mis sa main à couper. Cet idiot avait voulu se taper l'une ou l'autre, voire les deux, et s'était fait avoir comme un couillon.

Rafa s'extirpa non sans mal du bunker, la tête basse et le regard contrit. Andoni fit *de gros efforts* pour garder son calme.

– *Non dago nire dirua ?*

Où est mon fric ?

– J'en sais rien, bredouilla Rafa. Un type a débarqué et m'a tiré dessus.

– Un type ? Quel type ?!

– Je sais pas, je l'avais jamais vu. Il m'a loupé, mais il a touché la Hollandaise. Et après, avec la brune, ils m'ont enfermé dans le bunker.

– La Hollandaise… C'est son sang sur la couchette ?

Rafa confirma d'un signe de tête. *La blonde, évidemment.* Andoni aurait dû s'en douter.

L'impact de la baffe projeta la tête de Rafa en arrière. Il s'écroula par terre, au milieu des cordes et des chaises, en émettant un petit son plaintif. Rafa aimait bien la Hollandaise. Même si elle faisait *semblant*. Même si elle avait essayé de l'assommer. Il n'avait jamais couché avec une femme aussi sexy. Qui aurait pu prévoir qu'un autre mec débarquerait ? Mais son père n'écouterait jamais ses explications. Son père n'aimait pas les excuses.

Rafael se releva non sans mal. Il mit les mains dans le dos pour tenter de masquer les tremblements à son père. La tremblote avait fait sa réapparition depuis quelques minutes. Rafa se sentait mal. Rafa avait grave la dalle. Rafa se sentait fatigué, irrité. Rafa savait ce que ça voulait dire. Rafa avait besoin d'un fix. Et vu l'état de ses nerfs, il avait besoin d'un fix *le plus vite possible*.

Andoni récupéra une gourde avec de la flotte, des armes, des munitions. Prêt à partir, il se tourna vers son fils et le regarda droit dans les yeux.

– Suis-moi si tu peux. Mais je veux pas entendre un mot, c'est compris ?

Rafael ramassa un fusil qu'il mit sur son épaule. En silence. Visiblement, il avait compris.

La lune, de sortie, baignait la montagne de sa lumière. Les étoiles constellaient le ciel. Alex aurait bien profité du panorama, mais il progressait tête basse, les yeux rivés sur le sol. Et de toute façon, à part en de rares occasions, la clarté lunaire ne franchissait pas le couvert des arbres. Sans leurs lampes torches, il aurait déjà abandonné.

Leo menait la marche. Comment pouvait-elle tenir le coup ? Comment pouvait-elle réussir à se frayer un chemin dans cette forêt impraticable, en portant ce sac qui pesait une tonne ? La blonde atomique tentait de suivre comme elle pouvait. La blonde atomique s'appelait Carice. Et à dire vrai, elle n'avait plus grand-chose d'atomique. Alex priait pour qu'elle s'en sorte. Si elle crevait là, dans cette forêt, il en ferait des cauchemars pour le restant de ses jours. Il se reverrait appuyer sur cette foutue détente, en boucle et en boucle.

– Leo ! Attends deux secondes. On fait une pause.

Il pausa son sac lourdement et entreprit des mouvements d'assouplissement, histoire de libérer un peu les tensions dans sa nuque et son épaule.

– Qu'est-ce que tu fous, *joder* ! On s'est déjà arrêté il y a cinq minutes !

– Je suis crevé, OK ? Je sais pas comment tu fais, mais moi j'en peux plus.

Alex n'avait pourtant pas l'air si épuisé que ça. Leo chercha la *rubia* du regard. Carice avait pris du retard sur eux. Elle n'arrivait plus à suivre le rythme. Quand elle parvint enfin à leur hauteur, Leo crut voir un spectre. La *rubia* avait perdu son bronzage savamment entretenu. Elle était plus pâle que le suaire du Christ. Avec ses blessures et le sang qui avait giclé, et l'avait marbré de la tête aux pieds, elle était bonne pour défiler à Halloween. Une vraie vision d'horreur.

Leo posa son sac au sol et l'ouvrit. Les liasses de billets étaient reliées entre elles par du plastique, formant des plaques d'une dizaine de liasses chacune. Chaque plaque pesait son poids et devait valoir des dizaines de milliers d'euros. Il y avait des dizaines de plaques dans le sac. À combien chiffrait la montagne de fric qui se tenait devant elle ? Peut-être un million. Peut-être plus.

Leo commença à vider le sac et à balancer le pognon à ses pieds. Elle n'avait aucune idée de la valeur d'une plaque. Elle en jeta plusieurs en se demandant combien elle balançait par les fenêtres. De quoi se payer une bagnole ? Une baraque ? Un château ?

Leo jeta encore quelques plaques par terre puis soupesa le sac. Il pesait encore quelques kilos de trop. Dix heures d'ostéo ne suffiraient pas à remettre son dos d'équerre. Mais ça ferait l'affaire. Elle se releva, remit son sac en bandoulière, et se dirigea vers la *rubia* pour la soutenir sur son épaule libre.

– On se relaie. Celui qui porte le sac plus léger aide Carice à marcher. Ça te va ?

Reconnaissante, la Néerlandaise glissa un *thank you* à l'oreille de Leo.

Alex regarda bouche bée la femme qui partageait sa vie depuis trois ans déjà. La personne qui se tenait devant lui était une parfaite inconnue. Bien sûr, il y avait de la peur dans son regard. Ce qui était parfaitement compréhensible étant donné ce qu'elle venait de traverser, et les sales types à leurs trousses. Mais il y avait aussi une détermination qu'il ne lui connaissait pas. Leonor avait toujours été une petite princesse, délicate et peureuse. Protégée par son père. Protégée par son mec. Merde, quelques minutes plus tôt, c'était bien Alex qui lui avait sauvé la mise et l'avait sortie de cet enfer. Et soudain, il avait l'impression de voir une espèce de Terminator au féminin.

Leo n'attendit pas que son compagnon réponde. Elle se retourna vers la pente, et recommença à descendre, la *rubia* appuyée sur elle. Pas question de poireauter une heure et de se faire rattraper par ces salopards de Basques.

Alex remit son sac sur l'épaule. Ce truc pesait vraiment un âne mort. En un sens, il pouvait comprendre Leo. Elle avait passé sa vie privée de bonbons, et elle se retrouvait d'un coup avec le ticket d'or qui lui ouvrait les portes de la chocolaterie. La famille d'Alex ne roulait pas non plus sur l'or, mais ses parents avaient toujours veillé à ce qu'il ne manque de rien. Ils l'avaient même assez gâté, il fallait bien le reconnaître.

Un hululement le fit sortir de ses pensées. En contrebas, le faisceau lumineux de la lampe torche de Leo semblait clignoter, apparaissant et disparaissant par intermittence derrière les arbres et la végétation. Les filles avaient bien dix ou quinze mètres d'avance. Alex accéléra dans leur direction et trébucha sur des racines. Puis il se prit une branche en plein visage. *Putain de forêt !* Il ne savait pas où donner de la tête, les éléments se liguaient contre lui et lui envoyaient des pièges de tous les côtés. Désormais, la lampe des filles n'était plus perceptible.

– Leo ! Bordel ! Attendez-moi !

Pas question de se perdre de vue *maintenant.* Ses parents l'avaient paumé sur une plage en Italie quand il avait cinq ans. Alex avait passé une heure atroce, avec des inconnus qui lui parlaient dans un charabia incompréhensible. Ces dernières heures passées à rechercher Leo, il avait ressenti le même sentiment d'abandon, fois mille. Il n'avait aucune envie de remettre le couvert, alors qu'ils n'avaient aucune visibilité et qu'un tueur rodait dans les parages.

Alex se mit à dévaler la pente, un bras en protection devant lui, les yeux grands ouverts à la rechercher d'un faisceau de torche. Les secondes défilèrent, sans le moindre indice quant à la localisation de sa compagne. Soudain, le sol remonta légèrement et Alex déboucha sur une petite route de montagne. Une départementale où il devait être difficile de se croiser à deux véhicules. Une route mal entretenue, au bitume fissuré et creusé par le temps, mais une route quand même. Alex se retourna vers la section de forêt d'où il avait émergé et s'égosilla à pleins poumons.

– Leo !!?

Leonor entendit la voix lointaine d'Alex. Comment s'était-il retrouvé aussi loin ? Ils étaient ensemble quand ils s'étaient arrêtés pour attendre Carice, et l'instant d'après il n'était plus derrière elles. Alors qu'elles avançaient à deux à l'heure dans cette jungle où on ne voyait pas à un mètre devant soi.

– On est là ! hurla-t-elle en se dirigeant vers lui.

Alex crut entendre sa compagne l'appeler, mais le vent qui soufflait dans les arbres pouvait l'avoir trompé. En un instant, le sentiment de panique et de désespoir qui l'avait habité quelques heures plus tôt rejaillit à la surface. Épuisé, à bout de nerfs, il balança le sac par terre lorsqu'une lumière surgit derrière les arbres. Alex laissa s'échapper un soupir de soulagement, mais la lumière prit des dimensions beaucoup trop importantes pour une simple lampe de poche, et un bruit de moteur se fit entendre.

– Leo ! Il y a une bagnole, on est sauvés !!

Cette fois, Leo entendit son compagnon distinctement. Elles n'étaient plus qu'à quelques mètres à peine.

Alex s'avança sur le bord de la route en faisant des grands gestes, aveuglé par les phares. La voiture s'arrêta quelques mètres devant lui. Une silhouette en sortit.

– Ça va ? Qu'est-ce qui vous arrive ?

– On est tombés en panne, avec ma femme. Vous pouvez nous déposer quelque part ?

– Bien sûr, répondit la silhouette. Votre femme, elle est où ?

Alex hésita un instant. Du coin de l'œil, il aperçut Leo derrière la frondaison éteindre sa lampe torche, Carice recroquevillée à ses côtés. Leo se tenait accroupie, à deux pas de lui. En tendant le bras il pouvait *presque* la toucher.

– Elle est restée à la voiture, finit-il par répondre à la silhouette.

Carice plaqua sa main sur la bouche de Leo. Le cri de l'Espagnole resta silencieux tandis qu'une rafale de mitraillette percutait son homme en pleine poitrine.

Alex eut à peine le temps de ressentir une vive brûlure dans le ventre. Il était mort avant de toucher le sol.

Quatrième Partie

Prison

Angers

Matthieu Lenoir a toujours été doué avec les chiffres. Depuis tout petit il est à l'aise dans les matières scientifiques, mais surtout, il excelle en maths. Il *aime* les maths. Les maths, c'est toute sa vie. Quand on s'appelle Matthieu, c'est quelque chose de prédestiné. Matt ne croit pas à la chance, mais reconnaît le pouvoir de l'imprédictibilité du hasard. Est-ce qu'il aime les maths parce qu'il s'appelle comme ça, ou ses parents l'ont-ils prénommé ainsi en pressentant qu'il aurait des aptitudes pour le calcul et la logique mathématique ? Matt n'a pas la réponse, mais Matt s'en fout. Matt a dix-huit ans, il a eu son bac avec mention très bien et ça lui suffit amplement.

Pour fêter ça, son père l'emmène passer le weekend à la Baule. Balade sur la plage, resto de fruits de mer. Une régalade. Le soir, histoire de marquer le coup, papa l'emmène au casino. Matt est un grand, maintenant. Dix-huit ans, ça se fête. Le permis, le droit de vote et le droit de jouer. Machines à sous, roulette, punto banco, blackjack... Matt hallucine. Matt gagne des sous. Matt a toujours été doué avec les chiffres. Matt enchaîne les black-jacks. Il a une chance de cocu. Et puis

Matt a un don. Matt calcule vite. Matt joue avec sa tête. Matt explose la banque en mode Rain Man. Il a démarré la soirée avec cent balles en poche. Matt joue jusqu'à la fermeture et quitte le casino avec trois mille euros. Matt est le roi du pétrole. Il repart de la Baule la tête dans les étoiles et un nouveau hobby préféré.

Matt fait math sup math spé. Il passe son CAPES et devient prof de maths. Matt n'a aucun effort à faire. Il est doué avec les chiffres. Il a vingt-quatre ans et il bosse au lycée Henri Bergson. Il sort avec une jeune femme qui s'appelle Aurélie. Aurélie est contente. Matthieu ne fait pas de vague. Il travaille et joue sur son ordinateur. Il ne passe pas son temps à sortir en boîte ou à faire l'imbécile en deux-roues avec ses copains. Il ne boit pas, ne fume pas. C'est le fiancé idéal. Tout le monde l'adore dans sa famille. Ça change de ses ex.

Oui, Matthieu joue sur son ordinateur, c'est son seul défaut aime-t-elle raconter en riant avec ses copines. Mais Matthieu ne joue pas aux jeux vidéo. Non, Matthieu joue sur Pokerstars et Winamax. Depuis plusieurs années, Matt est devenu un habitué des sites de jeux en ligne. Et Matt a le vent en poupe. Il gagne, facilement. Au début, des tournois à un ou deux euros. Puis ceux à dix ou vingt. Désormais, il joue des tables à deux cents, deux cent cinquante euros l'entrée. Quatre, cinq, six tables en même temps.

Matthieu touche un salaire de deux mille huit cent vingt euros net par mois. Pas mal pour un prof de maths titularisé depuis un an seulement. Oui, mais voilà, il gagne plus que ça chaque semaine avec le poker. Le poker, c'est scientifique. C'est une question de probabilités. Ça tombe bien, les probabilités, Matt, c'est son truc. C'est ce qu'il enseigne aux lycéens qui l'adorent. Matt c'est le prof le plus cool du lycée. La proba pour que son cours soit relou est extrêmement faible.

Matt a vingt-six ans. Il vient d'épouser Aurélie en grande pompe. Il faut dire qu'Aurélie est enceinte jusqu'au cou, et que ça se fait d'officialiser la chose. Le jeune couple vient d'acheter une superbe maison avec piscine, terrasse, quatre chambres, un salon de 40 m² et un jardin de deux hectares dans un village historique du Maine angevin. Matt gagne en moyenne vingt mille euros par mois. Son père ne comprend pas comment il a pu se mettre un crédit aussi gros sur la tête en bossant comme prof, surtout avec une femme qui ne travaille pas et qui compte clairement ne jamais travailler. Aurélie, elle, ne se pose pas de question. Matt paye les factures, ça lui suffit amplement. Pour l'instant, ce qui l'intéresse, c'est d'agencer la maison et de préparer la chambre de bébé.

Matt a vingt-sept ans. Charlotte ne fait pas ses nuits, mais c'est pas grave. Ses nuits, Matt les passe devant son écran d'ordi. Le bruit ne le dérange pas. Matt joue en moyenne entre dix et quinze tournois en simultané. Matt ne voit plus les cartes. Il ne voit plus les probabilités. Il ne voit plus que *l'argent*. Il voit la Jaguar qu'il pense acheter le mois prochain. Il voit le billard Chevillote qu'on doit lui livrer d'un jour à l'autre. Il voit le diamant qu'il va offrir à Aurélie pour leur anniversaire.

Ce soir-là, ce que voit surtout Matt, c'est les *bad beats*. Il a un beau brelan, FishOne70 touche sa couleur à la river. Il a une couleur, CrazyHand a la quinte flush. Il a un full, Canardkill2 a le full au-dessus. Matt perd. Et comme il joue gros, Matt *perd gros*. Matt a l'habitude. C'est normal, ça fait partie du jeu. Des fois on gagne, des fois on perd. C'est comme ça pour tout le monde. De temps en temps ça s'équilibre, la plupart du temps il est en positif. Comme il joue gros, un peu en positif, ça fait un max de blé.

Mais ce soir-là, Matt ne gagne pas. Matt joue quatorze tournois en simultané (jamais treize, on ne sait jamais). Matt perd les quatorze tournois.

Le lendemain, pareil.

OK, ce sont des choses qui arrivent. Matt en a entendu parler. Matt l'a vu chez d'autres joueurs. Une période noire. Tout tourne du mauvais côté. Oui, le poker c'est une affaire de mathématiques. Mais il y a une part de mystique qui l'accompagne. Matt sait jouer. Matt sait même *très bien* jouer. Il ne participe pas au circuit professionnel, mais il aurait les capacités. Matt connaît une période de déveine, ça arrive aux meilleurs.

Le problème, c'est que sa période « chat noir » joue les prolongations. Matt s'interroge. Matt commence à avoir des sueurs froides. Matt a les jetons. Matt a un *big* crédit sur le dos. Il a bouffé toutes ses économies. Et Matt commence à mal jouer. On joue moins bien quand on a la pression. Quand on a *la trouille de perdre*. Et Matt pourrait perdre *gros*. La banque commence à poser des questions. Matt ne rembourse plus. Matt ne veut pas perdre sa maison. Il aime sa maison.

Alors Matt se reconcentre. Matt reprend les bases. Matt rejoue petit. Matt joue du sûr, du placé, du facile. Matt gagne à nouveau. Matt gagne, mais un petit peu. Loin d'être suffisant. En attendant, ses collègues le trouvent changé. Plus distant, moins investi, fatigué. Il aurait des problèmes de couple que ça n'étonnerait personne. Matt n'est plus le prof le plus cool du lycée. Il est devenu blasé, comme les autres. Maintenant les jeunes lui préfèrent même le prof de techno, c'est dire.

Matt n'a plus un rond. Il doit du pognon *partout*. Pour tenter de se refaire, il s'est mis aux paris sportifs. Matt doit du blé à de *mauvaises personnes*. Matt ne commande plus les courses. Il va direct au magasin, remplit son caddy et se barre sans payer. Seul moyen de rapporter de la bouffe à la maison. Aurélie ne se rend compte de rien. Aurélie ne se rend pas compte de grand-chose. Aurélie s'occupe de Charlotte et d'Aurélie, c'est déjà pas si mal.

La banque lance un ultimatum à Matt. Vous avez un mois pour payer les arriérés, ou on envoie les huissiers et on saisit. Tout.

Signe du destin, la chance tourne et Matt retrouve enfin son mojo. Matt gagne à nouveau. Matt retrouve *la touch*. Matt se réconcilie avec les probas. En quinze jours il récupère de quoi rembourser la banque. Bingo ! Mais ça ne va pas le tirer d'affaire sur le long terme. Matt a un crédit de folie. Matt a un sacré train de vie. Matt doit retrouver ses gains mensuels de manière régulière. Alors Matt joue gros. Matt joue *très* gros. Matt a les capacités. Matt est doué avec les chiffres. Matt pourrait jouer sur le circuit professionnel.

Matt enfile son plus beau costume. Matt retourne au casino. Matt joue sur une table à dix mille euros la cave. Matt mise tout en une soirée. Matt connaît les probabilités. Des fois on gagne, des fois on perd. Il suffit de gagner *juste un petit peu*. À ce niveau de mise, c'est jackpot *baby*. Et on peut voir venir.

Matt. Perd. Tout.

Cette fois, c'est la grosse merde. Matt ne peut pas rembourser les types qui lui ont prêté du fric pour qu'il puisse jouer et qui menacent de lui péter les jambes. Matt ne peut pas rembourser la banque. La banque va lui voler sa vie. La banque va lui voler sa maison. Il ne peut pas laisser la banque lui voler sa maison. Alors Matt décide de *voler la banque*. C'est la seule solution logique qui lui vienne à l'esprit. Voler les voleurs. Anticiper. Préparer. Calculer. C'est une histoire de mathématiques et de probabilités. Matt connaît les probabilités.

Matt ne va plus au lycée. Matt délaisse ses cours. Matt évalue ses chances. Matt anticipe, prépare, calcule son coup. Matt choisit une banque qu'il connaît. Une banque peu protégée. Où le risque est minime. Placée dans un quartier familier, avec des itinéraires de fuite qu'il maîtrise sur le bout des doigts. Matt attaquera la banque au moment où il y aura le moins de monde possible. Éviter les témoins, les blessés, le danger. Maximiser le ratio risque/gain potentiel. Matt attaquera avec une fausse arme, une réplique, un jouet. Matt ne veut pas tuer quelqu'un. Et la peine encourue sera plus basse s'il se fait prendre. Matt a *tout* prévu.

Tout, sauf le système de protection des billets. Matt a dévalisé la banque. Matt est parti avec un gros paquet de pognon. Il a réussi son coup. Mais une fois dans la voiture, le sac de fric lui explose à la gueule. De l'encre partout dans la bagnole. De l'encre sur le pare-brise, sur les fenêtres, sur les billets, sur ses mains, sur son visage, dans ses yeux. La seule chose que peut faire Matt c'est foncer droit sur un poteau électrique.

Matt connaissait les probas. Matt a joué. Matt a perdu. Sa femme, sa fille, son boulot, sa maison, sa liberté.

Au moins on ne lui a pas cassé les jambes.

Aujourd'hui Matt calcule les probabilités de sortir de taule en vie. Il estime ses chances à quarante-six pour cent.

En *heads-up*, il jouerait cette proba les yeux fermés.

Chapitre 1

2006

Le temps arrêté, figé, suspendu. Le temps qui n'a plus de prise sur lui.

Andoni respirait, mangeait, dormait. Techniquement, il était vivant. Mais dans les faits, il était mort. En mode automatique. Un robot. Un zombie. Il lisait, parlait, marchait, quand on lui disait. Se lavait, s'habillait, chiait, quand on lui disait. À part picoler et baiser, il faisait tout ce qu'un être normalement constitué était susceptible de faire, mais *quand on lui disait.* Il pouvait physiquement voir les heures s'écouler, grain de sable par grain de sable par grain de sable. Le temps était une abstraction. Un concept irréel, intangible. Un lointain souvenir.

Toute sa vie d'adulte, Andoni s'était battu pour la liberté d'un pays, d'une région, d'un peuple. Tout ce qu'il avait gagné, c'était de pouvoir faire le mouton comme les autres, à dose microscopique. Marcher ? Un petit peu. Parler ? Un petit peu. Regarder la télé ? Un petit peu. Espérer ? Fallait pas rêver non plus.

Allongé sur sa couchette, les yeux clos, Andoni laissait ses pensées parcourir les cimes du col de Lhurs, la réserve naturelle d'Urdaibai, les rives de l'océan Atlantique à la sortie de

Saint-Sébastien. Surtout, il laissait ses pensées le réchauffer avec des images de Marixol.

Marixol la Sainte. Qui lui était restée fidèle, Andoni en était sûr.

Marixol la martyre. Qui avait aimé Ibarzabal et Andoni, le cerveau et le bras armé de la cause. Le serpent et la hache. *Bietan jarrai. Les deux voies*… Marixol qui les avait vus tous les deux se sacrifier pour la lutte.

Marixol la femme mûre. Qui vivait dans un monde différent, où le temps s'écoulait à la vitesse normale. Ses cheveux s'étaient striés de blanc. Des rides marquaient son visage et créaient du relief et des creux, à l'image du pays à qui elle avait voué sa vie. Mais son regard était toujours aussi farouche et sa volonté inébranlable.

Marixol la mère de famille. Qui avait élevé Rafael. Seule. Andoni avait vu son fils en de très rares occasions. Elle n'aimait pas l'amener en prison. Alors il l'observait grandir de loin, par procuration. Une photo par-ci, une vidéo par-là. Une visite au parloir pour ses dix ans. Mon fils cet inconnu. Tu savais que Rafa avait eu son brevet ? Son permis ? Une copine ? Non, Andoni ne le savait pas. Comment aurait-il pu le savoir ?

Au fil des années, Marixol s'était faite de moins en moins présente. La visite mensuelle s'était transformée en visite trimestrielle, puis en visite annuelle. Sa mère le tenait informé. Après la mort de son père, Asunción avait épousé un connard d'Espagnol, Jorge Torres Cuevas. Sa mère était devenue madame Torres Arotzaga. Rayé des listes le nom de Guerrero. Papa devait se retourner dans sa tombe. Bien évidemment, monsieur Torres ne supportait pas l'ETA. Monsieur Torres ne voulait pas entendre parler d'Andoni. Andoni le meurtrier, l'assassin, le monstre. Monsieur Torres comprenait ces braves flics espagnols qui torturaient le moindre sympathisant qui leur passaient sous la main.

Mais Andoni avait été arrêté par la police française. Il avait été condamné par la justice française. Jugé pour une série de braquages et de vols à main armée commis sur le sol français. Et emprisonné en France. Maman avait réussi à convaincre son mari de traverser la frontière. D'abandonner l'Espagne. Monsieur Torres avait renâclé. Mais monsieur Torres avait fini par accepter. Au fond, le Pays basque, c'était pas vraiment l'Espagne. Alors habiter à Paris ou à Pampelune, c'était du pareil au même.

Andoni était enfermé à la Santé, à Paris. Maman s'était trouvé un appartement à Taverny. Elle mettait une heure et quart pour rejoindre la prison. De toute façon, elle n'avait rien de mieux à faire. Alors elle visitait son fils. Aussi souvent qu'on l'autorisait. Et elle parlait de Rafael. Le tenait au courant. Remplissait les blancs de plus en plus vacants laissés par Marixol.

À un moment, monsieur Torres était parti. AVC. Dans son lit. Maman ne s'était rendu compte de rien. Elle n'avait pas eu l'air de mal le prendre. Veuve, elle connaissait. C'était un emploi familier. Elle avait perdu son premier mari. Et en un sens, elle avait perdu son fils. Elle était *rodée.*

Andoni ne se rappelait plus quand monsieur Torres avait cassé sa pipe. Il ne se rappelait plus quand Marixol lui avait rendu visite pour la dernière fois. Le temps n'avait plus de prise sur lui. Lundi ressemblait à jeudi, ressemblait à dimanche. Janvier ressemblait à juillet, ressemblait à octobre. 1991 ressemblait à 1999, ressemblait à 2004.

Sa mère ne lui rendait plus visite aussi souvent. Le gouvernement avait eu la délicatesse de le déménager. Plusieurs fois. Fleury-Mérogis. Deux heures de trajet. Et puis de plus en plus loin. Varennes-le-Grand, en Saône-et-Loire.

Saint-Quentin-Fallavier, dans l'Isère. Un trajet de plus en plus compliqué pour Asunción, qui en plus ne roulait pas sur l'or. À ce compte-là, elle aurait tout aussi bien pu rester chez elle, au sud des Pyrénées. Là où elle était née. Là où sa famille était enterrée. Mais redéménager maintenant ? Pour quoi faire ? De toute façon, il ne lui restait plus beaucoup de temps sur cette Terre. Et son petit-fils vivait en France, même si en grandissant il se faisait de moins en moins présent.

Aujourd'hui, Andoni ne voyait presque plus personne. Il parlait avec ses « proches » au téléphone. À l'occasion. Pour le reste, d'une prison à l'autre, son quotidien ne changeait pas vraiment. Des murs restaient des murs. Des barreaux restaient des barreaux. Partout le temps qui n'avance pas. Partout la même inactivité. Partout la même surpopulation. Partout la même insalubrité. Partout la même violence.

Andoni n'était pas vraiment emmerdé par les autres détenus. La plupart du temps il était à l'isolement et ne croisait personne. Et quand on le mêlait aux autres, sa réputation le précédait. Les prisonniers avaient tendance à longer les murs et à éviter son regard. Les gardiens en revanche aimaient régulièrement montrer qui détenait le pouvoir, qui commandait. Et comme ils n'avaient pas de prise sur lui, la seule chose qu'ils pouvaient faire, c'était de le dérouiller de temps à autre. Histoire d'affirmer leur supériorité.

Andoni s'en foutait royalement. Ce qui agaçait encore plus ses geôliers. Pour le Basque, ça faisait partie du job. Les camarades enfermés en Espagne vivaient *bien pire*. Lui-même avait commis bien pire. Ce n'étaient pas quelques coups de matraques, même distribués avec entrain et savoir-faire, qui saperaient sa force de caractère.

En prison, on bouffait de la merde. On voyait peu le soleil. En hiver on se gelait les couilles. En été on cuisait comme dans un four. Toute l'année on baignait dans la crasse et l'humidité. On avait beau être costaud, ça finissait par jouer sur l'organisme. Andoni se mit à avoir des pépins de santé. Problèmes intestinaux. Problèmes respiratoires. Problèmes de gencive. Ses dents se déchaussaient les unes après les autres. À Saint-Quentin-Fallavier, un soi-disant dentiste lui en arrachait à la pelle, comme un retraité débroussaille son jardin en retirant la mauvaise herbe par poignées. Le type ne faisait pas dans la dentelle. Pas d'anesthésie, pas d'instruments de précision. Une bonne paire de tenailles, comme au Far-West. Et il ne fallait pas compter sur la sécu pour vous payer des implants. La taule, c'était le royaume des édentés. À part ça, Andoni tenait plutôt la forme. Il faisait un peu de sport. Principalement de la muscu. Pas grand-chose d'autre à faire quand on est en prison.

En 2005, Andoni reçut des nouvelles troublantes du pays. Un etarra qu'il ne connaissait pas s'était fait arrêter. Cet *ergel hori*, *cet abruti de première*, s'était fait pincer avec une sacoche contenant un listing des membres actifs de l'ETA. Des noms, des adresses, des numéros de téléphone. Un cadeau tombé du ciel pour les porcs de la *guardia civil* qui s'en étaient donné à cœur joie. Les arrestations s'étaient enchaînées les unes après les autres. Parmi les victimes de l'imprudence de cet amateur de première, le camarade de longue date d'Andoni, Vicente Lacort.

Torture. Pression sur la famille. Promesse de réduction de peine. Quelle que fut sa raison de craquer – probablement un beau mélange des trois – le résultat était là. Vicente s'était mis à table. Au début, il avait essayé d'être le plus flou possible. De cafter des morts, ou des camarades déjà condamnés. Mais au bout d'un moment, il n'avait pas eu d'autre solution que de parler d'Andoni.

Andoni Guerrero Arotzaga. Les flics espagnols bandaient grave pour lui.

Valladolid, 1978. La commanderie de la *guardia civil.* Onze morts dont six enfants, huit blessés. Trop vieux, trop loin. Les familles n'avaient pas oublié. Elles n'obtiendraient pas justice, mais au moins, elles auraient la satisfaction de savoir que l'auteur de ce crime serait puni. Même si c'était pour un autre attentat.

Saint-Sébastien, 1987. Un autobus. Sept morts, quatre blessés. Des flics et des militaires. Et cadeau bonus, Vicente était *témoin direct.* Il était sur place. Il était complice. L'affaire était dans le sac. Andoni allait répondre de ses crimes. Andoni allait connaître l'enfer. Si la vengeance se mangeait froid, l'assiette sortait du congélateur.

L'Espagne fit la demande d'extradition en septembre 2005, pour un procès prévu l'année suivante. Le gouvernement voulait régler cette histoire avant le vingtième anniversaire de l'attentat. Oui, mais voilà, encore fallait-il compter sur la célèbre efficacité de l'appareil administratif français. Les mois passèrent avant que le transfèrement ne soit validé par le gouvernement, et un temps encore plus long fut nécessaire à son organisation.

L'ordre d'extraction finit par arriver. Le jour J, Andoni assista à la radiation de l'écrou à son établissement pénitentiaire. Puis il eut droit à une fouille minutieuse. On vérifia ses habits, ses chaussures, sa bouche, ses cheveux. On l'installa dans un fourgon, dans une cage individuelle, menottes aux mains, entraves aux pieds. Dix-sept ans de prison, le Basque connaissait la musique. Huit heures trente de trajet pour Saint-Sébastien. Avec un peu de chance, il aurait le droit à une pause pipi et un sandwich triangle. Mais mieux valait ne pas trop espérer.

Le convoi démarra. De son siège, Andoni apercevait un bout d'autoroute au travers du pare-brise. Deux gendarmes à l'avant. Un gendarme dans le fourgon. Contrairement à ses transfèrements précédents, Andoni était le seul passager. Logique, puisque cette fois il était expédié vers l'étranger.

Il pouvait physiquement voir les heures s'écouler, grain de sable par grain de sable par grain de sable. La route défilait, monotone. Le temps était une abstraction. Un concept irréel, intangible. Et puis soudain *le chaos*. Une violente explosion. Le fourgon qui sort de la route. Se retourne. Encore et encore. Le plafond qui devient le mur qui devient le plancher. En boucle. Le gendarme en face de lui projeté à l'autre bout du véhicule. Du sang. De la fumée. Des cris. Puis la fin des tonneaux.

Le temps arrêté, figé, suspendu.

Andoni qui a mouillé son froc. Protégé du choc par sa cage.

Andoni à l'envers, maintenu à son siège par ses menottes et ses entraves. Le métal qui lui entaille la chair. Le sang qui afflue dans la tête.

Andoni sourd et aveugle à cause de l'accident. Qui entend un buzz qui lui siffle dans les oreilles. Qui a la nausée. Qui a envie de vomir.

Andoni qui ne voit pas les flammes du moteur au travers du pare-brise brisé, mais qui perçoit leur chaleur.

Andoni qui reconnaît l'odeur de la chair brûlée. La même que dans ses cauchemars sur les enfants de Valladolid.

Andoni qui tombe dans les pommes quand la porte arrière du fourgon est ouverte au chalumeau.

Chapitre 2

Juillet

– Allez vous faire foutre, grogna Malet en claquant la porte. Ce sera sans moi.

Guerrero avait réuni une équipe. Ou plutôt, son fils avait réuni une équipe. Le vieux Basque était comme Malet. Un has been sans connexion. Une relique du passé. Un ermite tout juste sorti de la naphtaline. Bien sûr, Guerrero savait bosser à plusieurs. Il avait l'expérience et la carrure pour diriger un groupe et asseoir son leadership. Mais trente ans d'isolement, ça laissait des traces. Guerrero avait des absences. Des sautes d'humeur spectaculaires. Guerrero avait des moments d'hallucination où il semblait s'adresser à un ennemi imaginaire. Guerrero avait clairement *perdu la boule.*

Malet pensait avoir pactisé avec le diable. En fait, il avait pactisé avec un psychopathe de première. Il n'avait pas gagné au change.

Olaskoaga ne semblait pas se rendre compte de l'état de son père. Peut-être qu'il l'avait toujours connu comme ça. Ou peut-être qu'il était trop occupé à lutter contre ses propres démons pour capter quoi que ce soit. Olaskoaga se la jouait détox pour les nuls. Olaskoaga se la jouait « *clean* ». En attendant, il était surtout *en manque*. Est-ce qu'on pouvait compter sur lui dans le feu de l'action ? En l'état, Malet était persuadé du contraire. Après, de manière générale, est-ce qu'on aurait pu compter sur lui, même sans son addiction ? C'était peu probable.

Quoi qu'il en soit, Olaskoaga avait eu le mérite de faire venir du monde. Deux anciens codétenus. Un braqueur nommé Matt Lenoir. Le genre carré, la tête sur les épaules. Et pas con avec ça. Le type lui avait fait bonne impression. Au moins un qui avait l'air de savoir ce qu'il faisait. L'autre recrue s'appelait Dominic Zonga, mais tout le monde l'appelait Dum-Dum. Un jeune de cité censé être un as du volant. Le gamin donnait l'impression de ne pas savoir ce qu'il foutait là. De marcher sur des œufs. Pourtant, c'était lui qui connaissait le mieux la cible.

Avec Guerrero, ils avaient décidé de taper des trafiquants de drogue. Pas de crise économique pour les dealers, le marché des stupéfiants rapportait plus de trois milliards par an sur le sol français. Un sacré montant qui attirait forcément les convoitises. Ils ne seraient pas les premiers à tenter leur chance. Mais ils avaient un sacré avantage. Dum-Dum avait ses entrées. Il avait bossé pour eux. Il avait plongé, avait fermé sa gueule et purgé sa peine comme un grand. Ils le respectaient et il avait encore des contacts au sein de leur organisation. Grâce à lui, ils auraient des infos *de première main.*

Et puis quand ils se faisaient braquer, les trafiquants ne pouvaient pas aller se plaindre auprès des flics. Soit ils réglaient le problème eux-mêmes rapidement, soit ils finissaient par laisser tomber. Comme le trafic ne s'arrêtait jamais, les affaires courantes avaient tendance à reprendre le dessus. *Show must go on.* Pour les trafiquants, comme pour les artistes, le business n'attendait pas.

L'idée c'était de braquer un convoi. Pas un go-fast, comme l'appelait le grand public de manière exagérée. Les conducteurs de go-fast avaient pour consigne de se fondre dans le flot de circulation, pour justement éviter de se faire repérer. C'était seulement en cas de pépin qu'ils utilisaient leurs moteurs surgonflés pour mettre la gomme et tenter d'échapper aux keufs. Les porteurs se trimballaient en général entre 600 et 700 kg de cannabis en provenance du Maroc, pour une valeur d'1,5 million. Ou dans le cas de Dum-Dum la fois où il s'était fait choper, de la coke ou de l'héro qui venait d'Asie ou d'Amérique du Sud *via* le port de Naples.

Non, ce qui les intéressait, c'était le trajet *inverse*. Une cargaison de cash en direction de l'Espagne. Aujourd'hui, les trafiquants misaient sur du *low profile*. On évitait les conducteurs solitaires au profil trop identifié par la douane. On choisissait un gentil petit couple dans le besoin, engagé loin des cités. On les payait pour transporter quelques valises pour deux mille ou trois mille euros, et on leur filait un téléphone. Un ou deux ouvreurs à l'avant, un protecteur à l'arrière avec bidons d'essence pour éviter les stations-service, et des armes en veux-tu en voilà. Les flics appelaient ça du go-slow. Même si en vrai, ce terme correspondait plus aux mules qui se la jouaient comme Bourvil dans Le Corniaud, passaient de la came cachée dans la carrosserie de la bagnole, et ne se tapaient que des petites routes de campagne.

Une fois la cible décidée, Malet et les jeunes de la bande entamèrent un boulot de surveillance digne de l'époque où il bossait à la PJ sous les ordres de Sartet. Filatures, planques, balises collées dans les bagnoles. Toutes les techniques policières y passèrent. Guerrero, lui, refusait de montrer sa tronche. Il fut donc décidé qu'il resterait en arrière et coordonnerait les recherches. Dum-Dum était leur *insider*. Il lui suffisait de zoner de temps en temps avec ses anciens camarades et de laisser traîner ses oreilles. Olaskoaga, Matt et Malet se partageaient planques et filoches.

Ne restait plus qu'à trouver un plan d'action.

C'est là que les divergences d'opinion sonnèrent la fin de la récré. Guerrero était pour foncer dans le tas. En mode commando. Malet s'insurgea.

– On était d'accord. Pas de victimes collatérales.

– Et alors, j'ai pas dit qu'on buterait n'importe qui.

– Tu parles de défoncer la bagnole des porteurs. Dum-Dum dit que ce seront des mules engagées pour le trajet. Pas des gros dealers armés jusqu'aux dents, mais des pauvres gens lambda.

– Des pauvres gens qui ont accepté de transporter l'argent de la drogue.

Malet se retourna vers ses compagnons.

– Les gars, aidez-moi !

– Je suis d'accord avec Andoni. On fonce dans le tas.

Évidemment, le fils approuvait le père.

– Matt, dis quelque chose.

Lenoir se gratta le menton.

– Il y a pas trente-six solutions. Ou on les attaque avant le départ…

– C'est une place forte, imprenable. On a aucune chance, balança Dum-Dum sobrement.

– Ou on les attaque à l'arrivée…

– En Espagne ? Ou au Maroc ? demanda Olaskoaga. On a pas les infos. On sait pas comment ça va se passer, ni où ça va se passer. C'est infaisable.

– Reste la troisième option. On les tape sur le trajet.

– Pas comme ça, insista Malet. C'est pas possible. Ça va être un vrai bain de sang.

– Et alors ? s'enquit le Basque. Tant que c'est pas le nôtre.

Malet observa les quatre hommes qui préparaient le coup avec lui. Quatre repris de justice. Sans foi ni loi. Quatre hommes pour qui la vie d'une personne n'avait aucune valeur.

– Allez tous vous faire foutre, grogna Malet en claquant la porte. Ce sera sans moi.

De retour dans sa chambre de bonne, Malet ouvrit la fenêtre pour aérer. La chaleur estivale s'engouffra d'un seul coup. On crevait déjà de chaud sous les toits, mais là ça ne faisait qu'empirer les choses. Il referma le volet et la fenêtre et ouvrit le frigo, histoire de refroidir un peu la pièce.

Sadiya était étendue sur le lit. Elle n'avait plus la force de se lever. Elle n'avait plus la force de rien. Deux jours plus tôt il avait fallu appeler un médecin de toute urgence. Il avait voulu l'hospitaliser immédiatement. Malet lui avait expliqué la situation particulière dans laquelle la sans-papier se trouvait, et avait convaincu le doc de lui installer une perf à domicile. Sadiya n'en avait plus pour très longtemps.

Malet serra les poings. Tout ça était d'une injustice absolue. Cette pauvre fille allait crever pour rien. Sa vie valait mieux que tous ces salauds qui s'enrichissaient en fournissant du poison sous le manteau. Sa vie valait mieux que ces imbéciles sanguinaires qui s'apprêtaient à commettre un braquage en pleine voie publique. Sa vie valait mieux que ces « innocents » qui acceptaient de faire les mules et de fermer les yeux pour une poignée de billets entachés par la violence et la mort. *Putain de bordel de merde.*

Malet attrapa son téléphone et appela le Basque.

– Je marche.

– *Avec mon plan ?*

– Ouais.

– *Et tant pis pour les mules ?*

– Ouais.

– *Et tant pis pour les douaniers ?*

Malet releva la tête et observa un instant Sadiya dans son sommeil. Pour un peu, il aurait cru la voir sourire.

– On n'aura pas à se méfier des douaniers, finit-il par dire.

– *Pourquoi ça ?*

– Parce que les douaniers, ce sera nous.

Chapitre 3

Mercredi

Il l'entendit hurler de l'autre côté de la maison. Bon, OK, la maison n'était pas bien grande. Mais là, elle aurait pu tout aussi bien lui crier dans les oreilles. Le petit se ramena la tête basse, l'air tout penaud.

– Qu'est-ce qui s'est passé, mon chat ?

Romain savait très bien pourquoi Steph était en colère. Il lui avait annoncé la veille en rentrant qu'il partait en mission spéciale. Quand ? Demain matin. Là, maintenant ? Alors qu'elle croulait sous le boulot et qu'elle s'était inscrite à un vide-grenier pour samedi prochain ?! Oui, désolé. Et pour combien de temps ? Romain ne savait pas. Mais il promettait de faire au plus vite. C'était exceptionnel. Il espérait qu'elle comprenait. Visiblement, *elle ne comprenait pas*.

Romain avait dormi à l'auberge du cul tourné. Et maintenant, c'était le petit qui essuyait la tempête.

– Maman elle m'a dit quelque chose, elle m'a dit de répéter, j'ai dit je sais pas, elle m'a dit encore, j'ai dit je sais pas, elle m'a dit file…

Romain s'agenouilla pour se mettre à la hauteur de son fils.

– C'est parce que t'écoutes jamais ! Quand on te parle, qu'est-ce qu'il faut que tu fasses ?

– Je dis pardon.

– Non, ça, c'est quand tu fais une bêtise... Quand on te parle, tu fais quoi ?

– Je dis oui.

– Non... Tu dois écouter.

Le petit n'avait pas l'air convaincu. À vrai dire, il avait surtout l'air de penser à autre chose.

– Qu'est-ce que je viens de dire ?

– Je sais pas.

– Qu'il faut que tu écoutes quand on te parle !! C'est super important. Quand on te parle, tu dois... Tu dois quoi, Yannis ? Tu dois é... ? Écou... ?

– Écoucou ?

– Écouter !! Tu dois écouter !! T'as compris tout ce que je viens de dire ?!

– Oui.

– Qu'est-ce que j'ai dit ?

– Je sais pas.

Bon d'accord, confronté à ce genre d'interlocuteur, même le Dalaï-lama se mettrait à gueuler. Le petit pouvait survivre à n'importe quelle technique d'interrogatoire. Face à Yannis, les gars de la CIA à Guantanamo perdraient la boule en vingt-quatre heures.

– S'il te plaît mon chéri, papa doit partir quelques jours pour son travail. Alors tu fais un effort et tu écoutes maman, d'accord ?

– Oui papa.

– Je t'aime mon grand.

– OK.

Sur ces chaudes paroles, Romain rejoignit Charron pour partir pour cette mission spéciale validée par Faugeron. Bordier l'avait mal pris. Steph l'avait mal pris. Il y en avait au moins un qui s'en foutait comme de son premier body.

Le problème était simple. Andoni Guerrero, Rafael Olaskoaga, Lionel Malet et Dominic Zonga étaient tous les quatre portés disparus. En poussant un peu, on pouvait rajouter dans le même panier de crabes Matthieu Lenoir, ancien codétenu d'Olaskoaga et de Zonga, lui aussi introuvable pour le moment. Certains pouvaient être morts. Notamment Guerrero et Lenoir, hors radar depuis un bail. Mais la logique voulait que pour la plupart ils soient au même endroit, en train de préparer un coup. Et celui dont la piste était la plus chaude, était Dominic *Dum-Dum* Zonga. Si on retrouvait Zonga, on retrouverait sûrement les crabes qui l'accompagnaient.

Zonga avait un téléphone. L'idée était de faire géolocaliser son portable. Pour cela, il fallait l'aval d'un juge. L'article 8 de la Convention européenne des droits de l'homme était intraitable là-dessus. Des malfrats avaient déjà eu l'idée lumineuse de faire annuler leurs mises en examen, parce que les flics avaient demandé au procureur de la République l'autorisation de les faire géolocaliser par les opérateurs de téléphonie, au lieu de demander à un juge. Ce qui constituait une *ingérence* dans leur vie privée.

On vivait dans une société de contrôle où tous nos messages étaient écoutés, enregistrés, épluchés. On ne pouvait pas faire un pas dans la rue ou sur internet sans être suivi à la trace comme n'importe quel fiché S. Mais il fallait un juge indépendant pour se permettre de géolocaliser un suspect dans une affaire de meurtre, ou un trafiquant bien connu des services de police. Logique.

Faugeron leur laissait carte blanche. Mais il fallait suivre les règles. Pour déranger un juge, il fallait du concret. C'est pour ça qu'après cinq heures trente de route à se relayer au volant et à la radio (Radio Classique pour Charron, Oui FM pour Rocca), les deux compères de l'IGPN se retrouvèrent au fin fond de l'Isère, au centre pénitentiaire de Saint-Quentin-Fallavier, dernier domicile connu d'Andoni Guerrero. Saint-Quentin, un nom qui fleurait bon les concerts live de Johnny Cash ou B. B. King enregistrés en prison. Rocca avait les deux en vinyle. Ici aussi, l'ambiance était au blues, mais pas pour les mêmes raisons. Le centre pénitentiaire se trouvait au beau milieu d'une zone industrielle, à deux pas d'un entrepôt Amazon. Une autre forme de prison dans son genre.

– « Isère, Isère », chantonna Rocca en pénétrant dans l'enceinte sécurisée. « C'est toujours sur les pauvres gens, que tu t'abats obstinément »...

Charron le regarda avec des yeux de merlan frit. Le vieux n'avait pas la ref. Pourtant, Coluche, c'était de son époque. Mais Charron et l'humour, ça faisait deux et demi. Rocca aurait mieux fait de chanter *Les Portes du Pénitencier*. Là, il aurait peut-être touché sa cible.

Dans les bureaux administratifs de la prison, ils épluchèrent le dossier de Guerrero. Transféré de Varennes-le-Grand le 15 octobre 2002. Extradé vers l'Espagne le 23 mars 2006. Mort durant le transfèrement. Le fourgon s'était fait attaquer sur l'A89 à la hauteur des Martres-d'Artière, un bled paumé en pleine cambrousse à une vingtaine de bornes de Clermont-Ferrand. Le fourgon était sorti de l'autoroute, avait fait plusieurs tonneaux, avant de finir sa course dans un champ en contrebas. Les assaillants avaient ouvert la porte arrière du fourgon, mais n'avaient pas réussi à libérer Guerrero de sa cage. Le fourgon était aux prises avec les flammes et le prisonnier avait brûlé sur place, menotté à son siège. Tout comme les gendarmes de l'escorte qui n'avaient pas réussi à s'extraire du véhicule endommagé. Seul le gendarme passé au travers du parebrise n'avait pas complètement cramé, ce qui ne l'avait pas empêché de mourir sur le coup.

Les enquêteurs ne s'étaient pas donné la peine de faire une analyse ADN. Un cadavre calciné de la taille et de la corpulence du Basque se trouvait menotté dans la cage où le Basque avait été enfermé pour son transfèrement. Pour la forme, étant donné la tentative d'évasion et l'ouverture de la porte arrière du fourgon, ils avaient vérifié avec le dossier du prisonnier. L'identité de Guerrero avait été confirmée par le fichier dentaire de la prison. Les assaillants, eux, n'avaient pas été identifiés et ne le seraient jamais. Pas le moindre indice à se mettre sous la dent. Les témoignages recueillis n'avaient abouti à rien. Les assaillants étaient repartis comme ils étaient venus, les mains vides. Tentative d'évasion complètement loupée. Affaire classée.

– Bon, il y a pas trente mille solutions, ronchonna Le Charognard qui donnait toujours l'impression de râler quand il réfléchissait à haute voix. Soit tu t'es gouré, et le type que tu as croisé avec Sartet n'est pas Guerrero…

– C'est possible, mais alors il aurait un sosie… Ou un frère jumeau caché… Ou quelqu'un qui se serait fait de la chirurgie esthétique pour lui ressembler, comme dans *Opération Tonnerre.*

– Je sais ce que tu fais, tu utilises l'ironie pour décrédibiliser ma théorie, qui est pourtant de loin la plus sensée.

Rocca haussa les épaules, le plus innocemment possible.

– Pas du tout, ça peut tout à fait arriver dans la vie d'avoir un double maléfique qui prend ta suite pour te venger.

– Je t'emmerde… Ou, deuxième option, « nettement plus réaliste », c'est un double de Guerrero qui a pris sa place et qui est mort dans le fourgon.

– Dans ce cas, enchérit Rocca ignorant complètement le ton sarcastique de son collègue, ça voudrait dire que la tentative d'évasion ne serait pas si foirée que ça. Guerrero s'évade et laisse un double derrière lui pour tromper ses éventuels poursuivants. Plus personne ne le recherche et il est tranquille pour le restant de ses jours.

– Tu m'expliques comment tu peux prouver ta jolie théorie ? grogna Charron qui commençait à perdre patience.

– On déterre le cadavre.

– On sera confronté au même problème que pour la géolocalisation du téléphone. On n'aura jamais l'autorisation sans un semblant de preuve.

– C'est le serpent qui se mord la queue, putain. S'il faut une preuve pour obtenir la preuve, on n'avancera jamais à rien !

Charron soupira. Son jeune collègue avait raison. Mais le règlement, c'était le règlement. On ne pouvait pas y couper.

– Comment il aurait pu faire pour tromper tout le monde ? finit-il par demander, histoire d'apaiser un peu son camarade.

– Ses complices apportent un cadavre tout frais qui a plus ou moins la même corpulence que lui. Ils le foutent dans la cage à la place de Guerrero et laissent le feu faire son travail.

– Et pour les dents ? Ils lui font un dentier avec les chicots de Guerrero ?

– Il suffit de remplacer le fichier dentaire à la prison par celui du futur cramé.

– Ça veut dire de l'aide en interne, alors ?

– Ce serait loin d'être la première fois.

Le commissaire n'aimait pas du tout la tournure que prenaient les choses. Rocca s'enferrait dans son hypothèse et ferait tout pour prouver qu'il avait raison. Typique du biais de confirmation.

– Mettons que tu aies raison. Comment on le prouve ? On recherche le dentiste qui bossait à Saint-Quentin-Fallavier il y a treize ans et on le fait parler ? Si tant est que c'est lui qui a fait l'échange. Parce qu'à ce compte-là, ça pourrait être n'importe quel gardien, ou quelqu'un qui bosse à l'administration. Tu veux interroger tout le monde ?

– Si Guerrero est allé voir le dentiste, c'est qu'il avait un problème de dents, suggéra Romain qui avait très envie d'avoir raison.

– Tu sais que tu es doué pour faire des déductions ? Tu devrais en faire ton métier.

– Et s'il avait eu des problèmes avant, dans les autres prisons ?

– Tu veux dire que le dossier médical n'aurait pas suivi dans le transfert ?

– Franchement, on a des décennies de retard pour informatiser nos données. Tu penses qu'en France, il y a vingt piges, il y avait une sorte de suivi au niveau administratif, ou une centralisation des infos ?

Même s'il n'aimait pas donner raison à Rocca, Charron dut bien admettre que ça méritait quelques coups de fil. Chou blanc à Varennes. Chou blanc à Fleury. Mais jackpot à la Santé. Guerrero avait eu un abcès carabiné. Et le dentiste lui avait soigné plusieurs caries. En France, on était nul pour se refiler les données et partager les dossiers. Par contre, on ne jetait rien à la poubelle. Rocca bénit le trouble d'accumulation compulsive qui touchait l'ensemble des fonctionnaires de notre beau pays.

Quelques minutes plus tard, ils reçurent par mail le dossier dentaire de Guerrero établi à la prison de la Santé. Pas la peine d'être un spécialiste pour voir que cette bouche n'avait rien à voir avec celle enregistrée dans le fichier de Saint-Quentin-Fallavier.

Ils avaient leur preuve. Andoni Guerrero Arotzaga s'était bel et bien évadé lors de son extraction vers l'Espagne. L'ancien terroriste de l'ETA, converti en braqueur de banque, ennemi public numéro 1 d'Interpol qui avait établi une notice rouge et délivré un mandat d'arrêt international à son nom, se baladait en liberté *depuis plus de dix ans*.

La bonne nouvelle ? Aucun juge ne leur refuserait désormais la géolocalisation du téléphone de Zonga. La mauvaise ? D'ici quelques heures, ils seraient peut-être face à face avec Andoni Guerrero.

D'un côté du ring, Romain Rocca, soutien de famille, et son vieux partenaire pantouflard qui avait la fâcheuse habitude de se balader sans son arme. De l'autre, un salaud de la pire espèce qui avait probablement fait autant de victimes que le virus Ebola.

Comme l'avait conseillé Aimé Jacquet à Robert Pirès juste avant la coupe du Monde 98, il allait falloir *muscler leur jeu*.

Chapitre 4

Une heure sept

Courir.

Courir à perdre haleine.

Fuir le plus loin possible.

Tomber. Se relever. Tomber encore. Continuer. Coûte que coûte.

Alex était mort. Leo était seule. Seule au monde. Ses parents se trouvaient de l'autre côté de la frontière. Ses amis se trouvaient à Paris. Tous, à des centaines de kilomètres. Loin, trop loin. Sa vie venait d'éclater en morceaux. Tout ça n'avait aucun sens.

Ne pas penser. Ne pas réfléchir. Courir. Courir à perdre haleine.

Leo avait rebroussé chemin. Pourquoi ? Leo ne le savait pas. Elle avait suivi Carice. Carice l'avait tiré de sa léthargie. Sans Carice, Leo serait encore au bord de cette route. Leo serait encore avec Alex et ses tueurs. Leo serait *muerta*.

Ne pas réfléchir. Carice leur avaient fait rebrousser chemin, parce qu'elles ne pouvaient pas traverser la route. *Ils* étaient sur la route. *Ils* avaient tué Alex. Alex était mort.

Leo était épuisée. *Courir.* Ses jambes n'avançaient plus. *Courir à perdre haleine.* Carice pesait une tonne. *Fuir le plus loin possible.* Remonter la pente était au-dessus de leurs forces. *Tomber.* Tout ce chemin parcouru pour rien. *Se relever.* Pour voir Alex projeté deux mètres en arrière. *Tomber encore.* Pour voir Alex s'écrouler sur l'asphalte. *Continuer.* Alex était mort. *Coûte que coûte.* Leo était seule au monde.

Ne pas réfléchir ! Ne pas réfléchir ! Ne pas réfléchir !

Non, Leo n'était pas seule. Leo pouvait compter sur la *rubia.* Leo soutenait Carice *physiquement.* Carice soutenait Leo *moralement.* Les deux femmes se soutenaient *mutuellement.* Laquelle des deux portait l'autre ? Leo n'aurait pas su répondre.

En tout cas, les deux femmes revenaient sur leurs pas. Pourquoi ? Leo ne le savait pas. Leo ne savait qu'une seule chose. Courir. Courir et ne pas réfléchir.

Respirer. Respirer par le nez. Respirer par la bouche. Leo ne voyait rien. Leo avait perdu sa lampe torche. Leo avait perdu son arme. Leo avait perdu Alex. Leo avait tout perdu.

Courir.

Leo pensa à la voiture. La Nissan garée sur le bord de la nationale. Loin. Trop loin. Leo pensa à son ordinateur resté à l'intérieur. À sa thèse. À ses études. Leo ne finirait jamais ses études. Leo allait mourir sur cette montagne. Leo et Carice allaient mourir sur cette montagne.

Ne pas réfléchir !

Une éternité. Une éternité à courir. Une éternité à courir dans l'obscurité. Une éternité à tomber, se relever, tomber encore, continuer, coûte que coûte. À courir à perdre haleine. Une éternité à voir Alex projeté deux mètres en arrière. Une éternité à voir Alex s'écrouler sur l'asphalte. *Mort.* Une éternité à vivre seule au monde. Une éternité à mourir sur cette montagne.

Ne pas réfléchir !!

Courir.

Une éternité à sombrer dans le monde des *et si*. Et s'ils avaient grimpé la montagne au lieu de choisir de descendre en s'échappant du chalet ? Et si Alex ne s'était pas arrêté au bord de cette *jodida* nationale ? Et si elle avait conduit ses deux heures complètes au lieu de s'arrêter à cette station-service ? Et s'ils étaient partis en vacances deux jours plus tôt au lieu de rester à Paris pour aller à cette stupide soirée d'anniversaire ? Et si elle avait accepté les avances de Thomas au lieu de draguer Alex qui semblait nettement moins intéressé par elle ? Et si elle était restée en Espagne pour faire ses études ? Et si, et si, et si ?

Ne pas réfléchir !!

Et s'ils n'avaient pas pris les sacs de fric ? Ils auraient marché plus vite. Ils seraient arrivés à la route avant *eux*. Ils auraient réussi à s'échapper. Alex serait encore en vie. Alex ne voulait pas prendre les sacs. C'est elle qui voulait prendre l'argent. Sans elle, Alex serait encore en vie. Et si, et si, et si ?

Ne pas réfléchir !!!

Tout ça pour du fric. Le monde était fou. L'humain était fou. Leo était folle. Leo n'avait plus le sac. Le sac avec l'argent. Elle l'avait laissé au bord de la route. Avec Alex. Avec Alex, *mort*. Tout ça pour ça.

Ne pas réfléchir !!!!

Des branches qui griffent. Des branches qui frappent. Des branches qui vous attrapent et ne vous lâchent plus. Des branches qui bloquent la clarté lunaire et vous empêchent de voir où vous mettez les pieds.

Carice tomba à genoux. À bout de forces. Exténuée. La *rubia* n'en pouvait plus. Elle n'avancerait plus. Leo attrapa sa compagne d'infortune. La hissa sur ses jambes. Lui cria un *Vamos !* en plein visage. Il y avait eu assez de morts pour aujourd'hui. Leo reprit sa fuite, la *rubia* suspendue à son cou, agrippée à un restant de vie, à un fil ténu qui la liait encore miraculeusement au monde des vivants.

Et puis soudain une lumière. Fragile. Dérisoire. Un point incandescent dans le lointain. Leo pensa au bout d'une cigarette qui se consume. Leo pensa à Alex, quand il fumait au début de leur relation. Avant de passer à la clope électronique. Alex projeté deux mètres en arrière. Alex qui s'écroule sur l'asphalte. Alex. *Mort.*

Ne pas réfléchir !!!!!

Le point de lumière se mit à grossir. La lumière n'était pas constante. La lumière vacillait. Comme la flamme d'une bougie. Un minuscule phare dans la nuit. Une bouée de sauvetage. Leo courut vers la lumière, soutenant Carice par la seule force de sa volonté. Courant à perdre haleine. Pour ne pas être seule. Seule au monde.

La lumière provenait d'une fenêtre. Derrière cette fenêtre, il y avait un feu de cheminée. Un feu de cheminée, une table renversée, deux chaises, quelques cordes abandonnées au sol, et un peu plus loin une petite chambre avec une couchette, et sur cette couchette, le sang de Carice qui commençait à sécher sur les draps. Les deux femmes avaient rebroussé chemin. Les deux femmes étaient revenues sur leurs pas. Les deux femmes étaient de retour au chalet d'où elles s'étaient échappées avec Alex. Alex *mort* sur la route.

Ne pas réfléchir !!!!!!

Les types n'étaient plus dans le chalet, puisqu'ils étaient sur cette foutue route. Les types étaient en voiture. Les types voulaient l'argent. Ils avaient probablement récupéré les sacs. Celui que portait Leo. Et celui que portait Alex. Les types avaient ce qu'ils voulaient. Il n'y avait pas de raison qu'ils reviennent ici tout de suite. Non ?? Et puis les types étaient en voiture, désormais. Elle les entendrait arriver, si par malheur ils débarquaient de nouveau.

Les deux femmes s'approchèrent prudemment. Leo jeta un coup d'œil par la fenêtre. Leo regarda *à l'intérieur*. Personne en vue. Les types n'étaient pas revenus. Le chalet était vide. Les cordes, les chaises, la table, la couchette. La trappe, ouverte. Le barbu avait libéré le jeune.

Leo posa la main sur la poignée. Leo ouvrit la porte. Leo fit un pas à l'intérieur du chalet. Leo releva une chaise. Fit s'asseoir la *rubia*. Carice avait besoin de reprendre des forces. Carice avait besoin de boire. Carice avait besoin de soins *de toute urgence*. Carice avait perdu beaucoup trop de sang. Et Carice avait sommeil. Carice fermait les yeux.

Leo gifla la *rubia*.

– Hé ! *Stay with me !!*

La *rubia* ouvrit les yeux. La *rubia* sourit à Leo. Leo prit la main de Carice. Carice serra la main de Leo. Leo montra la trappe ouverte à la Néerlandaise.

– *I'll be back.*

La *rubia* l'encouragea d'un léger signe de tête. Leo descendit dans le bunker. Il fallait faire le plein. Nourriture, eau, armes. De quoi tenir jusqu'à la nationale. De quoi rejoindre les urgences. De quoi survivre à la nuit. De quoi fuir cette région, ce pays, cette folie.

Leo remonta plusieurs affaires. Elle s'approcha de la *rubia* pour lui faire boire de l'eau. Carice avait la bouche légèrement entrouverte, mais l'eau coula sur son menton. Carice ne buvait pas. Carice ne boirait plus. La *rubia* avait les yeux dans le vague. Un regard vide, sans vie, figé à jamais sur le néant.

Leo revit les deux Vikings dans le van.

Leo revit Alex allongé sur l'asphalte.

Leo éclata en sanglots et s'effondra aux pieds de la morte.

Et c'est là qu'elle le vit, à travers un rideau de larmes. Agenouillée sur le sol, la tête qui tournait, la nausée chevillée au corps, Leo se sentit sombrer dans un gouffre d'angoisse prêt à l'engloutir tout entière. Insignifiante à l'échelle de l'Histoire. Microscopique à l'échelle du Monde. Une poussière dans l'univers. Et bientôt, une poussière au fond d'un trou. *Tarde o temprano, nuestros cuerpos volverán a la tierra, cenizas a cenizas, polvo a polvo. Poussière, tu redeviendras poussière.* Leo ne croyait pas en Dieu. Mais Leo croyait dans le cycle naturel de la vie. *Rien ne se perd, tout se transforme.* Et son cycle à elle touchait à sa fin.

Devant elle se trouvait le troisième sac bourré de fric. Celui qu'ils avaient abandonné, parce qu'il était trop lourd pour Carice, et qu'Alex ne pouvait pas en porter deux à la fois. *Celui que les tueurs venaient récupérer.*

Elle entendit les deux Basques à l'extérieur du chalet. *Ils* commentaient le fait que la porte était ouverte. *Ils* ne faisaient même pas l'effort de parler à voix basse. *Ils* connaissaient leur place dans la chaîne du vivant.

Leo avait fait de hautes études. Leo avait étudié les philosophes présocratiques. Leo se rappelait parfaitement la citation d'Héraclite. *Manger ou être mangé, voilà le lot de tout être vivant.*

Leo n'avait aucun doute quant à *sa* place. Clairement, elle était le repas.

Chapitre 5

2007

Andoni n'avait pas fait de chirurgie esthétique. Pas besoin. Andoni n'était pas recherché. Andoni était mort. Officiellement décédé. Rayé des listes. Andoni Guerrero *n'existait plus*. Pour ne pas tenter le diable, le Basque s'était tout de même fait une nouvelle tête. Il s'était rasé le crâne et laissé pousser la barbe. Sa propre mère ne l'aurait pas reconnu. Cela dit, il ne lui en donnerait pas l'occasion. Elle pensait qu'il était mort et il ne la contredirait pas. Elle avait fait son deuil depuis son incarcération vingt ans plus tôt. La mettre au courant représentait un trop grand risque. Le jeu n'en valait pas la chandelle.

Andoni avait passé ses premiers mois de cavale caché dans une planque en pleine cambrousse, pas très loin de l'endroit où ses camarades l'avaient libéré. Orsini et Abdelli, ses deux fidèles lieutenants du gang de l'internationale, avaient pris vingt ans. Libérés au bout de quinze. Ils étaient sortis l'année précédente et avaient saisi la première occasion pour lui venir en aide. Thorent, lui, était mort en taule. Clamsé du sida selon la rumeur. Pas de bol, le breton avait toujours été fiable.

Pelegri, par contre, c'était *une autre histoire*.

César Pelegri. Le judas de la bande. Le traître. L'ordure qui les avait vendus.

Andoni l'avait connu tout minot. Le petit avait quinze ans à peine. Il l'avait pris sous son aile. L'avait traité d'égal à égal. L'avait considéré comme *un frère*. Aujourd'hui, le petit avait quarante-deux balais. Aujourd'hui, le petit était responsable de ses actes et de ses choix. Aujourd'hui, le petit était un homme. Un homme mort, pour être précis. Il ne le savait pas encore, c'était tout. Pour l'instant, ce *zakur bastart* restait introuvable.

Andoni voyait ses alliances se réduire comme peau de chagrin. Marixol avait coupé les liens avec l'organisation depuis l'arrestation d'Andoni. Il ne connaissait pas les *buruzagiek* actuels, et de toute façon, ils n'avaient de *buruzagiek* que le nom. L'ETA n'avait plus de chefs pour mener la bataille. L'organisation était moribonde. La lutte était consumée. Ne restaient plus que des braises, et personne pour les attiser.

Après avoir fait cramer le fourgon pénitentiaire, Orsini et Abdelli avaient été logiquement suspectés. Les flics les avaient mis sous étroite surveillance et le Lyonnais s'était fait pincer lors d'un braquage de PMU. Cette fois, il allait prendre perpette.

Restait Orsini. Le Corse. Le cousin de Pelegri. Trahi par sa propre famille. Toussaint avait toujours des contacts dans l'île de beauté. Mais Pelegri avait fait son trou. Il avait gravi les échelons. Pelegri était considéré comme *intouchable*.

En attendant, Andoni commença à sortir de sa cachette. En quelques semaines, il fit le tour de tous ses *zulos*. Il récupéra quelques armes. Mais surtout, il récupéra des faux papiers. Et il récupéra de l'argent. Beaucoup d'argent. Des montagnes de fric qui ne lui servait à rien. Andoni avait caché une fortune en francs et en pesetas. Aujourd'hui, on était passé à l'euro. Andoni l'avait dans l'os bien profond.

Voilà ce qui arrivait quand on perdait dix-sept ans de sa vie coincé derrière des foutus barreaux. On entrait en cabane avec des millions de côté. On ressortait avec des tonnes de papiers bons à se torcher le cul.

Heureusement, la Banque de France était tenue d'assurer le remboursement en euros des billets libellés en francs, dans un délai de dix ans à compter de la suppression de leur cours légal. Il avait jusqu'en février 2012 pour faire le change. L'Espagne, elle, laissait vingt ans pour changer sa monnaie. Seulement voilà, il ne pouvait pas se pointer au guichet avec une fortune en vieux billets, sans attirer l'attention sur lui. Il lui fallait un homme de paille pour faire le taf à sa place. Un homme digne de confiance, propre sur lui, qui n'attirait pas les regards. Qui faisait des demandes de remboursements multiples, dans différents guichets de la Banque de France, des agences de l'IEDOM, et au Banco de España. Un avocat véreux qui prenait *la moitié* de la somme en commission. Un voleur de la pire espèce.

La montagne de fric devint la colline de fric. Pas grave. Pour l'instant, ça lui assurait le minimum. En temps voulu, Andoni trouverait une solution. Andoni trouvait toujours des solutions. L'euro, c'était chiant à compter. À part ça, ça ne faisait pas de différence avec les francs ou les pesetas. Ça se conservait au même endroit. Quand il serait temps de se servir, il ferait ce qu'il fallait. Les braquages, c'était comme le vélo, ça ne s'oubliait pas.

Mais chaque chose en son temps. D'abord il s'occupait de Pelegri. Ensuite, il retrouverait Marixol. Puis, il renouerait des liens avec son fils. Enfin se poserait la question du futur.

Malheureusement, la piste que suivait Orsini se refroidit d'un coup. Le brave Toussaint avait fini par agacer avec ses sempiternelles questions. Il faut dire que ce grand couillon ne s'était jamais montré extrêmement finaud. Pelegri le fit descendre en bonne et due forme. Cinq balles dans le buffet. Une en pleine tête. Tant pis s'ils avaient une grand-mère en commun, le cercueil serait fermé pour l'enterrement. On ne confondait pas famille et business dans le milieu.

César Pelegri. *Little* César. Le petit devenu grand. Revendeur d'armes pour le FLNC. Membre influent du milieu corse et marseillais. Ses activités récentes couvraient un champ assez divers et varié. Réseau de prostitution. Blanchiment d'argent. Mainmise sur plusieurs cercles de jeux parisiens. Extorsion de fonds. Pour parvenir à le toucher, Andoni n'avait plus cent cinquante mille solutions. Il fallait se mouiller et *prendre des risques*.

Nuit du 5 au 6 août. Trois heures du matin. La journée avait été la plus chaude du mois. 33 °C à l'ombre. Sa cible dormait la fenêtre ouverte. Seul.

Andoni pénétra facilement dans le grand appartement. Trouva rapidement la chambre. S'approcha du lit sans aucune difficulté. Ce n'est jamais agréable de se réveiller en plein sommeil, le canon d'un flingue imprimé sur son front. Mais la surprise d'une agression nocturne fut vite remplacée par celle encore plus grande de voir Guerrero *en vie*. Malgré tout, José Sartet fit montre d'un calme certain. Le flic qui avait arrêté le gang de l'internationale savait maîtriser ses nerfs. Et surtout, il avait une farouche envie de continuer de vivre. Tant mieux. Ils avaient tout à gagner à s'entendre.

Pelegri était fini. Les règlements de compte attiraient trop l'attention. Le Corse était devenu complètement *parano*. Il voyait des traîtres partout. Flinguait ennemis et amis, sans distinction. Il était temps de lui dire bye-bye.

Sartet était un ripou. Une enflure de la pire espèce. Pendant des années, il avait touché sa part, s'était sucré sur le dos du milieu, choisissant qui tombait et qui pouvait continuer à bosser. Vous aviez un problème de concurrence ? Sartet était votre homme. Il suffisait de verser sa petite rente et il s'occupait de vous. Dirigeait l'enquête dans la bonne direction. Arrêtait ceux qui vous gênaient.

Pelegri était devenu l'indic de Sartet. Pas par obligation, mais par choix. Un choix stratégique, qui lui avait permis d'arriver en haut de l'échelle alimentaire. Maintenant, il était temps de reconsidérer ses amitiés. Sartet était à deux doigts de la retraite. La question était : voulait-il rester en vie pour en profiter ? La réponse était : oui.

Sartet eut du mal à joindre son ancien indic. Il tira quelques ficelles, fit délier des langues, remua le cocotier histoire de récolter des faveurs dues et oubliées en route. Mais au bout du compte, il parvint à contacter Pelegri et lui demander une entrevue. Le sujet qu'il voulait aborder ? Une potentielle reconversion. Sartet voulait soi-disant prendre sa retraite. Mais il ne se voyait pas arrêter pour autant. Il cherchait une petite activité pépère et distrayante. Et surtout, rémunératrice. Sartet avait une petite vie bien rangée. Sartet avait des frais, des maîtresses, un standing. Pelegri drivait plusieurs anciens flics qui bossaient pour lui et dirigeaient ses cercles de jeux. La demande était tout à fait crédible, et le Corse mordit à l'hameçon sans problème. Rendez-vous fut pris dans un grand pavillon de banlieue où Pelegri avait ses quartiers quand il venait en région parisienne.

Sartet retrouva Andoni pour lui faire part de ses avancées. Si Pelegri était difficile à trouver, le Basque lui, avait monté la parano à un échelon supérieur. Il utilisait des systèmes de communication dignes des espions de la guerre froide. Ou des terroristes habitués à la clandestinité.

Andoni donna rendez-vous au flic dans un terrain désaffecté longeant la petite ceinture. En voyant Sartet s'approcher, Andoni sentit son sang bouillir dans ses veines. Cet imbécile de *txakur* n'était pas seul. Il venait accompagné du freluquet qui lui servait d'équipier.

Sartet présenta brièvement Andoni comme étant un indic, puis demanda à son jeune collègue d'aller faire un tour, « le temps que les adultes discutent ».

– Pourquoi tu l'as amené ? demanda le Basque la mâchoire serrée.

Maintenant qu'ils étaient deux à avoir vu son visage, il devrait les buter *tous les deux*. Alors qu'à la base, il n'avait que Sartet à flinguer.

– Ça change quoi ? répondit le commissaire. Il n'a jamais entendu parler de toi. Tu t'es fait arrêter, il était encore à la maternelle. Et de toute façon, t'es mort l'année dernière.

– Tu cherches à te couvrir.

– Évidemment. Qu'est-ce que tu crois ? Que je vais prendre le risque de flinguer ton homme alors qu'il sera entouré de gardes du corps ?

– Qu'est-ce que tu vas faire, alors ?

– En sortant, je vais dire au gamin que tu m'as donné l'adresse d'un célèbre gangster corse recherché depuis des années. On va mettre sa baraque sous surveillance. Et au moment où il sera seul, ou peu accompagné, on rentrera en force pour l'arrêter. Malheureusement, il sera armé, il cherchera à se défendre et je serai obligé de l'abattre en légitime défense. La routine.

Sartet tendit nonchalamment la main. Andoni n'avait d'autre choix que de lui faire confiance. Sartet prendrait les risques nécessaires pour atteindre Pelegri. Andoni prendrait les risques nécessaires pour atteindre Sartet. C'était la solution la plus simple. La plus logique.

Andoni sortit l'enveloppe promise lors de leur précédente rencontre. Sartet palpa la liasse et dit :

– Je compte pas, je te fais confiance.

C'était faux, les deux hommes le savaient. Sartet vérifierait le montant à la première occasion.

– La suite quand ce sera fait.

Précision inutile d'Andoni, puisque c'était ce qu'ils avaient convenu. Le Basque observa Sartet rejoindre son collègue sur la voie ferrée désaffectée. Ce gros porc venait de toucher son dernier bakchich. Quand ils se reverraient, il ne lui donnerait pas de l'argent, mais du plomb.

Du plomb pour Sartet. Du plomb pour son jeune équipier, le lieutenant Rocca.

Après quoi, il dirait adieu définitivement à Andoni Guerrero et disparaîtrait pour de bon aux côtés de Marixol.

Chapitre 6

Juillet

Jeudi. Quinze heures. Barrière de péage de Lescar. Trois douaniers en attente. Un dans la cabine de péage. Deux dans un Citroën Jumper garé sur le bas-côté. Prêts à intervenir. Deux kilomètres en amont sur l'autoroute, deux hommes dans un véhicule de signalisation de la voirie. Malet et son équipe. Armés jusqu'aux dents. La trouille au ventre et l'adrénaline au taquet. Un combo *explosif*.

Deux jours plus tôt, une conversation anodine, au pied d'un immeuble d'une cité à Épinay-sur-Seine.

– Franchement, t'es sûr que tu veux pas venir ?

– Pour faire le porteur ?

– Non, gros, t'es ouf ou quoi ? On fait plus ça maintenant. Ils ont engagé un gentil petit couple de babtous, du genre papa maman. C'est eux qui se farcissent les valoches. Nous, on ouvre et on ferme la marche, c'est tout.

– Vous partez quand ?

– Jeudi. Mais on se tape la route pour Algésiras d'une traite. Vingt heures de bagnole en une étape. C'est pour ça qu'il nous faut deux conducteurs par caisse. On se prend quelques jours de vacances au bord de la mer aux frais de la princesse, et on se fait le retour la semaine suivante avec une autre cargaison.

Tu prends cinq mille pour l'aller-retour. Tous frais payés sur place. C'est un bon deal.

Dum-Dum siffla sa bière et balança la canette vers la poubelle. Elle rebondit deux fois sur le cercle avant de valider le panier à trois points.

– Je sais pas mec. J'ai un taf maintenant. Je bosse au garage. J'ai ma meuf. Je veux pas de problèmes.

– Hé, c'est toi qui sais, vieux. Je dis juste que c'est dommage qu'un talent comme toi reste sur la touche. En plus, tu sais comment ça se passe. L'ouvreur, il risque que dalle. Au pire, c'est la bagnole avec les porteurs qui se fait prendre en flag. Et c'est les civils qui trinquent.

– Tu passes par où ? Perpignan ou Bayonne ?

– Ni l'un ni l'autre. Ça chauffe trop de ce côté ces temps-ci. On passe par le tunnel de Somport.

– Ça fait un bout hors autoroute, ça ?

– Ouais. Mais en même temps, c'est plus tranquille à la frontière. Ça passe comme dans du beurre. Et on perd pas vraiment de temps. Après, c'est tout droit à partir de Saragosse. Allez viens, fais pas ton boloss !

– Putain, tu me mets un coup de pression, là. Pas cool.

Dum-Dum secoua la tête en jouant avec un caillou qu'il faisait rouler sous la semelle de sa chaussure. Il fit semblant de réfléchir, histoire de jouer le gars tiraillé. Que ça fasse réaliste.

– Je suis désolé, frérot. Si je viens, ma meuf va me mettre la hagra. Sans rancune ?

– Non, respect gros. Si t'as besoin de taffer, tu sais où me trouver.

– Merci mec.

Mardi. Départ prévu dans deux jours. Un trajet Paris-Algésiras *via* Bordeaux, Pau et Madrid. Deux mille kilomètres.

Le plan de Malet nécessitait une intervention en France. Et sur l'autoroute.

Ils étudièrent attentivement la liste des péages sur le parcours prévu. Saint-Arnoult. Monnaie. Tours centre/Sorigny. Virsac. Saint-Selve. Thèze. Et enfin celui de Lescar. Au-delà, c'était un bout de départementale jusqu'à Oloron-Sainte-Marie et puis la nationale jusqu'à l'Espagne.

Le choix se porta sur la barrière de Lescar, aux abords de Pau. La sortie 9 sur la Pyrénéenne. Le péage était relativement petit. Seulement trois files de chaque côté. Il était proche du Pays basque, où Andoni avait plusieurs points de chute potentiels en cas de coup dur. Et il se trouvait le plus loin possible du point de départ du convoi. Ils arriveraient là après sept heures trente de trajet dans les pattes. Ils seraient déjà un peu fatigués. Sans compter que la frontière s'approchant, le stress commencerait à pointer son nez.

Mercredi. Départ prévu *le lendemain*. Dominic Zonga, Dum-Dum pour les intimes, travailla son alibi. Il se fit porter pâle au garage. Il alla chez le médecin se faire faire un arrêt de travail jusqu'au lundi suivant. Puis il baratina sa chérie à propos d'un voyage professionnel. Une histoire à dormir debout à propos d'une invitation de dernière minute à un salon automobile, mais ça n'avait aucune importance. Sa chérie se foutait complètement des bagnoles. Elle avait décroché dès le début de son speech. Si elle avait du mal à s'endormir, elle lui demandait de parler de son travail. Elle trouvait son job plus soporifique qu'un tube de Valium.

Puis Dum-Dum partit avec Malet, Rafa et Matt récupérer Andoni à Clermont-Ferrand.

Dans la nuit du mercredi au jeudi, la bande pénétra dans la cour du siège de la douane à Toulouse en fracturant le portail et en désactivant le système de surveillance vidéo. Andoni,

Rafa et Matt s'introduisirent dans les vestiaires et dérobèrent trois uniformes rangés dans des casiers. Pendant ce temps, Zonga et Malet se faufilaient dans le parking pour dérober un Citroën Jumper. Malet avait du mal à suivre la cadence. Malet n'avait aucun souffle. Malet boitait bas. Il avait carrément une patte folle.

– Ça va aller, papi ? demanda Dum-Dum en faisant démarrer le Jumper.

– T'inquiète, grimaça Malet. La seule chose que tu peux présumer en voyant un fils de pute de mon âge, c'est qu'il a survécu à tous les fils de pute de ton âge qu'il a pu croiser dans sa vie.

Deux heures plus tard, la bande s'empara d'un véhicule d'intervention, de travaux et de service. Une des nombreuses camionnettes orange qu'on voyait régulièrement sur l'autoroute.

Hommes et véhicules se planquèrent dans un bled paumé à mi-chemin entre Lourdes et Tarbes. Pas besoin d'un miracle. Le plan était au point, les hommes décidés, les armes vérifiées et nettoyées. Plus qu'à attendre l'heure fatidique. Quelques heures interminables à essayer de fermer l'œil, histoire ne pas être trop crevé à l'instant T. Mais il était difficile de se reposer. La tension était à son comble. Le groupe puait la testostérone.

Jeudi. Quinze heures. Barrière de péage de Lescar. Trois douaniers en attente. Deux hommes dans un véhicule de signalisation de la voirie. Malet et son équipe. Le temps qui passe au ralenti. Dum-Dum dans la cabine de péage, avec le préposé au guichet. Qui guette les conducteurs. Attentif. Les yeux grands ouverts. Qui pense à sa copine. Qui pense à ses frères. Qui pense à sa mère. Qui se dit que c'est la dernière fois. Qu'on ne le reprendrait pas. Qu'une fois le job fait, il quitterait le garage et se barrerait à l'étranger. Qu'il monterait un circuit de kart.

Pour apprendre aux gamins à piloter. Aux gamins qui aimaient quand ça va viiiiite.

Malet qui tapote nerveusement son AK-47. Qui se gratte le genou. Celui qui lui fait mal. Qui a l'impression d'avoir cent deux ans. Qui se demande ce qu'il fout là. Qui pense à Sadiya. Qui pense à l'opération de la dernière chance. Qui se dit que dans quelques heures, ils seraient morts tous les deux, ou qu'elle serait sauvée. Qui ferme les yeux et entame une prière silencieuse pour que la deuxième option soit la bonne.

Matt qui tente de cacher un tremblement de plus en plus *inquiétant*. Matt qui pense à sa fille. Sa fille qui doit avoir douze ou treize ans. Qui calcule par rapport à son année de naissance. Qui se rend compte qu'elle va bientôt en avoir quinze. Qui se demande ce qu'elle fait. Ce qu'elle aime. Si elle se souvient de lui. Matt et sa grande gueule. Qui se la racontait en prison. Pour pas passer pour un débile. Pour un nullos. Matt qui a braqué une seule banque dans toute sa carrière. Et qui s'est fait choper *cinq minutes après*. Matt qui n'a rien d'un gangster. Qui a survécu à la taule principalement grâce à Dum-Dum. Et aussi un peu grâce à Rafa. Qui regarde le flingue dans sa main et qui prie pour ne pas avoir à l'utiliser. Matt qui n'a jamais tué quelqu'un de sa vie. Matt qui n'a jamais *tiré* un coup de feu de sa vie. Matt qui tremble maintenant comme si deux malabars albanais le secouaient dans tous les sens. Matt qui fait une véritable *crise de panique*.

Malet qui voit son partenaire partir en couilles. Le partenaire qui lui semblait *le plus fiable*. Le plus carré. Le plus expérimenté. Malet qui sort quelques banalités, histoire de. Malet qui serre son poing et se rentre les ongles dans la paume jusqu'au sang. Malet qui fait les comptes. Un vieux grabataire, un mec qui fait dans son froc, un pilote qui ne pilote pas, un psychopathe et un toxico. Voilà son équipe. Une belle brochette de *winners*.

Et puis soudain le téléphone. Dum-Dum qui a reconnu son pote dans la bagnole. Les ouvreurs qui sont passés. Le signal donné aux Guerrero père et fils.

Malet démarra le Citroën et vint se garer de manière à bloquer les deux files de droite. Dum-Dum intima l'ordre au préposé du péage de fermer la file de gauche. Maintenant, il s'agissait de faire le tri et de reconnaître les porteurs.

La première bagnole ? Une Seat immatriculée en Espagne. Un gros moustachu au volant, seul. Malet qui le laisse passer. Le péager qui regarde Matt. Qui le trouve un peu pâlot. Nerveux. Malet qui laisse passer une moto. Le péager qui regarde Malet. Qui le trouve un peu vieux pour un employé des douanes. Malet qui laisse passer un camion. Le péager qui regarde Dum-Dum. Qui remarque ses dreads peu réglementaires. Malet qui arrête une Ford Focus. Au volant, une bonne femme qui ne ressemble à rien. À la place du mort, un pauvre type, la trentaine insignifiante. Le couple qui chie dans leur froc à la vue des douaniers.

Malet qui braque sa kalach sur le couple façon Robert de Niro dans *Heat*. Qui leur ordonne d'ouvrir le coffre. Matt qui fait le tour de la bagnole. Le péager qui s'insurge. Dum-Dum qui l'assomme d'un coup de crosse bien placé. Le péager qui s'écroule. Dum-Dum qui sort de la casemate et qui hurle au couple de mettre les mains *bien en évidence*.

Matt qui ouvre le coffre. Matt qui voit des sacs de sport. Matt qui ouvre un sac. Le sac qui est bourré de fric. La voiture qui est remplie de sacs. Trois sacs dans le coffre. Deux sacs sur les sièges arrière. Du fric à ne plus savoir qu'en faire. Matt qui transfère les sacs dans le Jumper de la douane. Qui se met à rire. Qui ne peut plus s'arrêter. Mais qui s'arrête tout de même quand une rafale vient le toucher en plein vol. Parce que la cavalerie est là.

Deux hommes sortirent de la BMW qui servait d'escorte au convoi et arrosèrent la barrière de péage de plomb, semant la mort et la destruction. Téléportant immédiatement Lescar du sud de la France en plein Texas, en mode OK Corral.

Malet ferma les yeux. Malet pensa à Sadiya. Malet pensa à l'opération de la dernière chance. Dans quelques heures, ils seraient morts tous les deux, ou elle serait sauvée.

Malet ouvrit les yeux. Il épaula son fusil, jaillit de derrière la Focus et tira dans le tas.

Chapitre 7
Jeudi

Du temps perdu. Constamment. Rocca et Charron avaient transmis les fichiers dentaires à Faugeron. Le temps d'obtenir du directeur de l'IGPN le feu vert pour contacter le juge, il était trop tard. *On ne réveille pas un juge qui dort.* Pour la plupart des gens, le temps c'est de l'argent. Mais pour eux, le temps, c'était potentiellement des vies sauvées.

L'accord du juge était finalement tombé le matin suivant. Le temps de contacter l'opérateur… Le temps de mettre en place la géolocalisation… Maintenant, ils avaient une adresse. Le téléphone de Zonga était stationnaire, dans un bled paumé nommé Azereix, dans les Hautes-Pyrénées. Qu'est-ce qu'il pouvait bien foutre à cet endroit ? Mystère et boule de gomme. Les villes importantes à côté ? Pau, Tarbes, Lourdes. Une vingtaine de banques à Pau. Une vingtaine de banques à Tarbes. Une dizaine de banques à Lourdes. Un putain de cauchemar logistique en perspective. Le temps de rejoindre Azereix… Le temps, le temps, le temps… Depuis ce matin, une voix dans la tête de Rocca lui hurlait la chanson de Trust. *Enfin le temps perdu qu'on ne rattrape plus, qu'on ne rattrape plus.*

Charron et lui avaient passé la nuit dans un hôtel à Grenay, un village à quelques bornes à peine du centre pénitentiaire de

Saint-Quentin-Fallavieux. L'hôtel se trouvait à sept kilomètres de l'aéroport de Lyon-Saint-Exupéry. Ils abandonnèrent la voiture du Charognard sur le parking de l'aéroport et prirent un avion à destination de Toulouse-Blagnac. Ils auraient pu attendre l'avion pour Pau pour débarquer plus près d'Azereix, mais ça les aurait fait poireauter une heure trente. Depuis Toulouse, ils auraient un peu plus de route à faire, mais ils la feraient en compagnie de la brigade d'intervention et de la gendarmerie.

Ils les attendaient sur le tarmac. Flics et militaires. Cinq minutes après l'atterrissage, le convoi s'élança à travers la ville, gyrophares allumés, sirènes hurlantes. Cent à l'heure en agglo. Deux cents sur autoroute. Un véhicule blindé et un Volkswagen Amarok de la BRI, deux véhicules Fortress du GIGN. Une vingtaine d'hommes surentraînés, suréquipés, surmotivés. Ils avaient certes perdu du temps, mais ils avaient récupéré *des alliés*.

Dans le véhicule de tête, ils firent un mix, histoire de se mettre au point. Rocca et Charron se retrouvèrent face au major Machinchose de la BRI et au capitaine Trucmuche du GIGN. Rocca n'avait pas retenu leurs noms. De toute manière, ça n'avait strictement aucune importance. Ils n'étaient pas là pour créer des liens sociaux.

– On a reçu un coup de fil bizarre ce matin, brailla le major.

Il fallait gueuler pour couvrir le bruit de la sirène et du moteur.

– La douane nous a appelés, ils se sont fait cambrioler cette nuit.

– Où ça, à Toulouse ? hurla Rocca.

Le major fit un signe affirmatif.

– On leur a volé un véhicule et des uniformes. Vous pensez que ça peut être en lien avec notre affaire ?

Rocca lança un regard à Charron. Charron lança un regard à Rocca. Les deux hommes étaient d'accord.

– Si c'est le cas, ça change la donne. Ça veut dire qu'ils ne visent pas une banque.

– On intervient régulièrement avec la douane sur des interceptions de go fast, cria le capitaine du GIGN.

– Le téléphone qu'on piste appartient à Dominic Zonga, un ancien conducteur de go fast. Ça se tient.

– S'ils en ont après un go fast, la cible pourrait être n'importe où, s'inquiéta le major. Ce sera compliqué d'anticiper. L'idéal, ce serait de les appréhender sur leur base. Ils sont toujours à l'arrêt ?

Rocca consulta son téléphone.

– Pour l'instant oui. L'un d'eux en tout cas.

– Tant mieux, reprit le capitaine. Espérons qu'ils restent là.

– On a affaire à qui ? demanda le major. Vous pensez que ce Guerrero est leur chef ? Son dossier dit qu'il est mort.

– Oui, il a simulé sa mort pour sortir des radars. Il est plus tout jeune, mais c'est très certainement le plus dangereux de tous.

– Et ce Malet ? C'est un ancien flic ? s'enquit le major de la BRI.

Personne dans la maison poulaga ne voulait d'un nouveau Michel Neyret, le numéro 2 des flics lyonnais, condamné l'année précédente pour corruption et association de malfaiteurs.

– C'est un dur à l'ancienne, expliqua Charron. Ne le considérez pas comme un des nôtres. Ça fait trente ans qu'il ne fait plus partie de la maison.

– À part les hommes qui sont dans ce véhicule et dans celui derrière nous, je ne considère personne comme « un des miens », commissaire.

La suite du chemin se fit globalement sans dialogues, plus pour économiser leurs cordes vocales que pour autre chose. Il y avait quasiment deux heures de route entre Toulouse et Azereix. Ils parcoururent la distance en moins d'une heure. Le convoi sortit de l'autoroute à Tarbes et coupa les sirènes. Il était temps de se la jouer un peu plus *discret*.

– Équipez-vous, leur conseilla le major en leur tendant des gilets pare-balles de la dernière génération.

Charron récupéra une veste en kevlar en dodelinant de la tête, histoire de marquer sa désapprobation. Il n'avait pas signé pour ça. Se la jouer shérif dans un western de seconde zone. On ne réglait *rien* par la violence.

– S'il te plaît, prends une arme.

Rocca lui tendait un flingue. À lui. Pourtant, il avait appris à le connaître.

– Pas question.

– Merde, Patrick ! Fais pas le con ! Vaut mieux en avoir une et ne pas s'en servir, que d'en avoir besoin et de se retrouver complètement à poil ! Et complètement mort !

Au sein du véhicule blindé, les hommes observaient la scène sans l'ouvrir. De leur côté, ils sortiraient bien couverts. Et avec plusieurs couches.

– Regarde autour de toi, Romain. Tu crois vraiment que toute cette opération va reposer sur mes talents de fin tireur ?

Taser X26, Flash Ball, glocks 17, glocks 26, fusils d'assaut et pistolets-mitrailleurs Heckler & Koch, fusils à pompe Remington M870 Police, mitraillettes légères FN Minimi, grenades en tous genres. Les hommes de la BRI avaient fait le plein. Et ce serait encore pire avec les gendarmes du GIGN. La violence attirait la violence. Le feu engendrait le feu.

Ça faisait déjà bien longtemps que Patrick Charron avait décidé de ne plus jouer ce petit jeu-là. Depuis une maison de banlieue à Vitry-sur-Seine, du temps où il était encore *un bleu*. Depuis une blessure par balle et une médaille d'honneur. Depuis une promesse faite à sa défunte femme. Charron avait promis qu'il ne tuerait plus. Charron s'était promis qu'il ne tuerait plus. Il ne reviendrait pas sur sa promesse. Même pour coincer le pire salopard de la Terre.

Le convoi roulait désormais au ralenti. Ils traversèrent la commune d'Azereix. Croisèrent un petit vieux et un gamin qui les regardèrent passer, la bouche grande ouverte et les yeux écarquillés. Ils bifurquèrent à droite au milieu du village, se retrouvèrent à travers champs, puis s'arrêtèrent. La géolocalisation leur indiquait un chemin un peu plus loin sur la gauche. Cent mètres au bout de ce chemin, la vue par satellite leur montrait une casse de voiture, mi-décharge, mi-terrain vague. Et un ou deux bâtiments vétustes susceptibles d'abriter les cibles. Voilà où se trouvait présentement Dum-Dum Zonga, garagiste de son état, censé se reposer chez lui suivant les propos de son patron, et être en déplacement sur un salon automobile suivant les propos de sa petite amie.

Ils ne savaient pas si Guerrero, Malet et les autres se trouvaient avec lui. Ils ne savaient pas s'ils avaient déjà fait leur coup ou s'apprêtaient à le faire. Ils ne savaient pas s'ils étaient vivants, blessés ou morts. Ils ne savaient pas s'ils étaient armés jusqu'aux dents. Ils ne savaient pas s'ils étaient un, deux, ou quinze dans cette foutue casse. En y réfléchissant bien, *bordel*, ils ne savaient *vraiment pas grand-chose*.

Les hommes s'éparpillèrent. Les gendarmes du GIGN traversèrent un champ au pas de course, puis se mirent à l'eau dans le Mardaing, un petit ruisseau qui longeait l'arrière de la casse. Ils remontèrent le ruisseau, de l'eau jusqu'aux mollets. Sur les enceintes du véhicule blindé de la BRI, la voix du capitaine du GIGN leur parvenait chuchotée.

– En approche. R-A-S.

Rocca n'en pouvait plus. L'attente. Le doute. Les ongles qu'on ronge. Les questions qui fusent à mille à l'heure. Les pensées qui se bousculent. Guerrero était-il toujours en vie ? Avait-il réellement remonté un gang ? Dans quelle galère Malet s'était fourré ? Est-ce que Rocca avait eu raison de tout miser sur cette histoire ? Est-ce que ce foutoir lui ferait retrouver la PJ ? Ou, au contraire, l'enfermerait définitivement dans un placard ? Et si on lui ouvrait de nouveau les portes de la PJ, comment Steph le prendrait ? Et s'ils se plantaient, comment réagirait Bordier ? À coup sûr, il réclamerait sa tête. Est-ce que Faugeron se mouillerait pour lui sauver la peau ?

– En place.

La voix du capitaine. Les deux véhicules de la BRI s'élancèrent sur le chemin. Les gendarmes avaient encerclé la casse. Couvert la porte de derrière. Les flics, eux, débouleraient par la porte de devant.

– Top intervention !

Devant eux, un hangar et un cabanon. Les portes volèrent en éclats. Des grenades aveuglantes fusèrent. Une fumée blanche envahit l'atmosphère. Les hommes s'engouffrèrent. Un chaos maîtrisé. Un ballet. Un sprint. Quelques secondes d'intensité maximum et une réponse. Les lieux étaient *vides*.

Le cabanon était rempli de bric-à-brac plus ou moins en lien avec la casse. Des pièces de voitures datant de l'âge de pierre. Des outils vieux comme mes robes (ou *a minima*, comme les chemises de Charron). Des bidules rouillés et inutiles.

Le hangar, lui, avait abrité plusieurs personnes très récemment. Quelques matelas posés directement au sol. Des cartons de pizza et des bouteilles de bière vides. Des fringues de rechange. Des sacs avec des affaires personnelles. Dont le téléphone de Zonga.

Guerrero et sa bande avaient passé la nuit là. Ils les avaient loupés de peu. Le temps d'obtenir du directeur de l'IGPN le feu vert pour contacter le juge. Le temps de contacter l'opérateur… Le temps de mettre en place la géolocalisation… Le temps de rejoindre Azereix… Le temps, le temps, le temps…

Rocca sortit du hangar et se vida les poumons, en mode Bernie Bonvoisin balançant du 90 dB dans le *mike*.

– Aaaaahhhh !!!! Fait chier, merde !!

Et ces putains de paroles qui lui tournaient dans la tête. *Enfin le temps perdu qu'on ne rattrape plus, qu'on ne rattrape plus.* Le temps, c'était potentiellement des vies sauvées. Et là, ils ne sauvaient personne.

Rocca observa les gars de la BRI ratisser le périmètre. En vain. Désormais, ils ne pourraient plus géolocaliser Zonga et ses acolytes. Allaient-ils revenir ? Ou se diriger vers un autre point de chute ? Rocca observa les gars du GIGN se faire la malle et retourner fissa sur Toulouse. Charron et lui n'avaient pas leur mot à dire. Leur étiquette de mission spéciale n'était qu'un nom ronflant. Ils faisaient partie de l'IGPN. Pour les flics de la BRI et les gendarmes, ils étaient là au mieux comme consultants, au pire comme observateurs. Aussi utiles qu'un vaccin contre une maladie sexuellement transmissible injecté à un bébé. Avec Faugeron dans le rôle du ministre de la Santé un peu trop complaisant avec les Big Pharma.

C'est là qu'ils reçurent la nouvelle. Explosion sur l'autoroute A64, à quarante bornes d'ici. Trop tard pour sauver des vies. Mais peut-être suffisamment à temps pour mettre un terme à cette histoire.

Chapitre 8

Deux heures vingt et un

– Si vous approchez, je fous le feu au fric, *pendejos* !

Leo avait hurlé sans réfléchir. Un réflexe. Mais l'idée n'était pas si mauvaise. D'ailleurs, les deux tueurs avaient arrêté de parler. Elle ne les voyait pas. Elle ne les entendait pas. Mais elle pouvait *sentir* leur hésitation. Elle avait trouvé leur point sensible. Un levier de pression. Elle les tenait par les *cojones*. Pour l'instant.

Elle évita de toucher les pieds de Carice, et tira le sac vers le feu qui brûlait dans l'âtre, ou du moins ce qu'il en restait. La porte du chalet était grande ouverte. Les deux *gilipollas* étaient complètement invisibles, protégés par l'obscurité qui régnait à l'extérieur. De là où elle se trouvait, Leo ne voyait qu'un four noir. Une gueule béante, prête à l'avaler tout cru. *Ils* pouvaient être n'importe où. Devant, derrière. Sa position était intenable.

Elle ouvrit le sac et s'empara d'une plaque. Elle éventra le plastique comme elle put, en extirpa une liasse et la tint près des braises. Au bout de quelques secondes, les billets s'embrasèrent.

– Regardez, je rigole pas !

Elle balança la liasse enflammée à l'extérieur du chalet. La minuscule boule de feu atterrit dans les pierres, à un ou deux mètres de la porte d'entrée. Pauvre petit point lumineux, esseulé dans la nuit.

Leo s'empressa de vider la plaque en plastique, et mit le feu à deux autres liasses qu'elle balança à la suite de la première.

– Hé ! Du calme !

La voix du plus vieux. Le barbu. Celui qui avait assassiné Alex.

– Si tu brûles tout le fric, on n'aura plus aucune raison de te laisser en vie, *urdanga* !

Difficile de deviner d'où provenait la voix. Elle semblait à la fois lointaine et foutrement proche. En tout cas, elle ne transpirait pas la bienveillance.

– Sortez de là les mains en l'air. Laisse l'argent intact !

Gagner du temps. Gagner du temps à tout prix.

– On promet qu'on vous fera rien !

Gagner du temps pendant qu'elle vidait le sac par terre. Gagner du temps pendant qu'elle déchirait les paquets plastifiés à coup de dents et d'ongles. Pendant qu'elle faisait un gros tas au sol avec les liasses de billets. Pendant qu'elle préparait de quoi faire un joli bûcher.

– Qui me dit que vous allez tenir votre parole ?

– Va falloir nous faire confiance !

La voix du jeune, cette fois. Plus faible que l'autre. Limite geignarde. Implorante. Avec lui elle aurait peut-être pu s'en sortir. Mais il y avait aussi l'autre. Le barbu. Le *jefe*.

– On n'a rien à gagner à vous tuer. Tout ce qu'on veut c'est l'argent !

Leo avait beau être crédule, elle savait compter. Les deux Hollandais dans le van. Alex sur la route. Selon toute évidence, d'autres avant. Et probablement d'autres plus tard. Il n'y avait aucune raison qu'*ils* la laissent partir de là en vie. Sauf si.

– OK, *vale, de acuerdo* ! Je vais sortir ! Ne tirez pas !!

Les paquets étaient tous vidés. Elle reprit le sac et le remplit directement avec les liasses. Un bon gros tas de papiers consumables à la moindre étincelle. Ça tombait bien, des étincelles, elle en avait sous la main.

Elle épaula le sac, en le maintenant grand ouvert. Le sac se tenait moins bien, avec les liasses séparées les unes des autres. Mais Leo s'en foutait. C'était quitte ou double.

Andoni vit une des bonnes femmes sortir de la baraque. La brune. Le sac de fric à l'épaule. Une torche à la main. Cette connasse s'était fabriqué *une torche*.

Leo, dans un geste théâtral, brandit la torche bien haut. Leo pensa à la statue de la Liberté. Une statue de la Liberté *de chair et de sang*. Puis elle baissa la main et menaça les billets de la flamme, en bénissant son éducation catholique. *Gracias papá, gracias mamá.* Un barreau de chaise, un bout de drap ensanglanté et de l'huile de friture. Scout, *siempre listo. Toujours prêt.*

– Tu vas où, comme ça ?

Leo sursauta. Le barbu avait jailli de l'obscurité, se dressant devant elle. Le jeune se tenait quelques mètres en contrebas. Les deux hommes étaient armés. Les deux hommes pointaient leurs armes *sur elle*.

Ne pas paniquer. C'était elle qui menait le jeu. Elle qui tenait la torche. Eux qui voulaient l'argent intact. Leo approcha un peu plus la flamme des billets. Sa main *tremblait*, faisant tomber des étincelles sur les liasses. Menaçant de mettre sa menace à exécution *involontairement*.

– Je vais à votre voiture. Je prends la voiture, je vous laisse l'argent.

Un sourire carnassier étira la bouche du barbu.

– Il n'y a pas de route qui monte jusqu'ici. La voiture est garée plus bas. Il faut marcher à travers la forêt. Combien de temps tu crois qu'elle va durer, ta torche, *urdanga* ?

Par réflexe, Leo baissa le regard vers le flambeau. La flamme commençait déjà à faiblir. Le bout de drap imbibé d'huile se consumait *beaucoup trop rapidement.*

Andoni fit un pas en direction de la brune. Celle-ci eut un hoquet de peur. Sa torche s'abaissa encore de quelques millimètres. La flamme venait presque lécher le pognon. La flamme venait presque lécher *son* pognon.

– Je vais t'expliquer ce qu'il va se passer, *urdanga...*

Le Basque parlait d'une voix calme. Beaucoup trop calme au goût de Leo.

– Jamais t'arriveras jusqu'à cette voiture. Ta torche ne tiendra pas jusque-là. Tu le sais, et je le sais. Et laisse-moi te dire une bonne chose... Je paierais cher pour te voir crever à petit feu. Je crois même que je paierais exactement la somme qu'il y a dans ce foutu sac.

Un vent de panique s'empara de la jeune femme et lui glaça le sang. Un instant, la peur la paralysa sur place. Les deux Hollandais. *Morts.* Carice. *Morte.* Alex. *Mort.* Leo. *Morte, morte, morte.* Ne pas réfléchir !!!

– Non ! hurla le barbu.

Leo plongea la torche au milieu des billets et balança le sac sur le Basque.

Courir. Courir à perdre haleine.

En deux secondes, Leo était de retour dans le chalet. Elle claqua la porte derrière elle. Se précipita vers le bunker. Si elle parvenait à l'ouvrir assez rapidement, à s'enfermer à l'intérieur, à contacter des secours... *Si, si, si...*

Leo n'eut pas l'occasion de mettre son plan en pratique. Le tonnerre explosa soudain tout autour d'elle. Une pluie de feu et de débris s'abattit sur le chalet. Le cadavre de Carice s'écroula au sol, comme une poupée désarticulée. Leo plongea à terre, les mains sur les oreilles, tentant d'échapper au vacarme et aux balles.

Essayant de se faire *la plus petite possible*. De rentrer sa tête dans sa carapace. De se protéger de la violence et de la folie des hommes. De survivre au chaos, à la fatigue, à la douleur, à la mort.

Leo avait mal partout. Leo nageait dans le sang. Le sien, celui de Carice, elle ne savait pas. Est-ce qu'elle était grièvement blessée ou simplement choquée ? Elle ne savait pas. Est-ce qu'elle pouvait se relever ? Elle. Ne. Savait. Pas.

Ne pas réfléchir !!!

Et soudain, le silence. Un silence encore plus terrifiant que le vacarme de la fusillade. La porte, le mur, la fenêtre, tout n'était plus que gruyère. Le cadavre de la pauvre Carice, déchiqueté. Le chalet, une ruine ouverte aux courants d'air. La maison de paille, envolée. Mais même une maison en briques n'aurait pu la protéger de ce déferlement de violence et de haine.

Leo tenta de s'éloigner de *lui*. De ramper. Dans le sang et les bris de verre. S'éloigner coûte que coûte.

La porte explosa sous *ses* coups de boutoir. Sortit de ses gonds. S'effondra à ses pieds, *juste derrière elle*. Et *il* pénétra dans la maison. Tranquillement. Sans se presser. Sûr de sa force. Sûr de sa supériorité.

Andoni observa la *urdanga* se traîner par terre, affolée, misérable, prise au piège. Il s'était pris le sac en feu en plein visage. Il s'était partiellement brûlé. Il avait jeté de la terre pour éteindre les flammes et préserver *son* argent. Il en avait sauvé un peu. Mais une bonne partie s'était volatilisée. Partie en poussière. Réduite en cendres. Andoni était très en colère. Andoni n'avait plus été en colère comme ça depuis *très longtemps*.

Leo se retourna sur le dos. Elle vit Le Basque poser son fusil sur le rebord de la cheminée. Puis extirper un couteau du fourreau accroché à sa ceinture. La lame brillait dans le noir. La lame avait de drôles de crans qui devaient servir à découper le gibier. Leo voulut crier, mais aucun son ne sortit de son gosier.

– Je vais prendre tout mon temps, *urdanga*, susurra Andoni.

La haine déformait les traits du Basque. Leonor recula comme elle put. En se tortillant sur ses coudes.

– Je vais te saigner comme un goret.

Le barbu fit un pas dans sa direction, se délectant de cette course-poursuite au ralenti. *Ne pas réfléchir !!!*

– Je vais te dépecer, petit bout, par petit bout, par petit bout.

Leo se traîna le plus loin possible. Vers l'arrière. Jusqu'à la chambre du fond. Se traîner. Se battre. Survivre !!

– Je vais te taillader la peau sur toute la longueur des bras et des jambes, sur le ventre, la paume des mains, la plante des pieds et l'intérieur des cuisses.

Leo se cogna la tête contre le lit de camp. Elle ne pouvait pas reculer plus loin. Elle n'avait *nulle part où aller*. Elle ne pouvait pas s'échapper. Elle ne pourrait pas *lui* échapper.

– Je vais te découper les nichons et te les faire bouffer un par un.

Cet *hijo de puta* souriait. Cet *hijo de puta* prenait son pied. Cet *hijo de puta* aurait un orgasme en l'assassinant.

– Je vais te baiser avec mon couteau pendant des heures. Par tous les trous. Ceux que tu as déjà, et ceux que je vais te faire en plus.

Cet *hijo de puta* s'agenouilla devant elle. C'est là qu'à travers les larmes et le sang, elle le vit. Le pistolet.

– Et tout ça, je vais le faire pendant que t'es encore vivante, *urdanga*.

Le pistolet que le jeune Basque avait lâché quand Alex avait blessé Carice. Là, par terre, à quelques centimètres à peine.

– Je veux t'entendre gueuler jusqu'à ce que tes cordes vocales se brisent les unes après les autres.

Le Basque lui murmurait à l'oreille. Leo pouvait sentir son souffle fétide sur son visage. *Beaucoup trop près*. Elle tendit une main désespérée. Le pistolet était juuuuuste un peu trop loin pour qu'elle puisse s'en emparer.

– La dernière fois que j'ai tué quelqu'un pour mon plaisir personnel, c'était en 1979, *urdanga*.

Si loin si proche. Le visage du barbu collé à elle. Son doigt qui effleure la crosse. Qui repousse le pistolet deux centimètres *trop loin*. Hors de portée.

– Alors tu vois, pour moi aussi ça va être spécial.

Andoni fit glisser la lame de son couteau sur le visage de la brune. Un frôlement. Une caresse. Andoni fit descendre la lame de son couteau le long de son cou, de sa gorge, vers sa poitrine. Avec la pointe, il titilla son téton. Il pouvait le voir se durcir à travers son teeshirt. Oh oui, il allait prendre *tout son temps*. Il ferait en sorte que ce soit un moment spécial pour tous les deux.

– Papa !

La voix de Rafa, loin derrière. Andoni se redressa. La *urdanga* tenait un flingue. La *urdanga* le visait, lui !

Leo vit le Basque lever son couteau vers elle.

Leo appuya sur la détente. Encore et encore.

Leo vida le chargeur.

Chapitre 9
2007

Un parrain du milieu décède lors de son arrestation.

Andoni buvait du petit-lait. Sartet avait tenu parole. L'article restait assez vague. Un paquet d'affirmations au conditionnel noyé dans un beau monceau de conneries. Pelegri s'était fait abattre alors qu'il tentait de fuir à coups de revolver. Le pauvre con sortait à poil de sa douche, mais ça n'étonnait personne qu'il puisse s'essuyer les fesses un flingue à la main. On avait retrouvé chez lui trois cent mille euros en liquide et un beau paquet d'armes. Voilà qui plairait aux bonnes œuvres de la police.

Pelegri mort, il ne restait plus qu'à éliminer Sartet et son collègue, les deux hommes qui avaient vu le visage d'Andoni et pouvaient témoigner qu'il était encore en vie. Andoni se mit en chasse. Problème, la mort de César avait foutu un boxon pas possible. Sartet était dans le viseur de l'IGS. Impossible d'atteindre le vieux flic pour l'instant.

Andoni se rabattit sur son équipier, le lieutenant Rocca. Le bleu vivait à Montreuil avec une petite pas dégueulasse dans son genre. Dans un immeuble moisi, vers Robespierre. Andoni pourrait entrer chez eux en soufflant sur la porte. Il pourrait envoyer le flicaillon *ad patres* en deux temps trois mouvements.

Rien de plus facile. Mais si Rocca cassait sa pipe, Sartet pouvait prendre peur. Il pouvait se mettre à table. Balancer Andoni. À quoi bon tuer l'un pour laisser l'autre en vie ? C'était Sartet, le danger.

Andoni évalua les risques. Plus il traînait en région parisienne, plus il avait de chances de se faire remarquer. Si Sartet le balançait à l'IGS, il avouerait sa culpabilité dans le meurtre de Pelegri. Sartet fermerait sa gueule. Sartet était de la vieille école. Il ne craquerait pas. Et son partenaire ne savait pas qui il était. Le jeu n'en valait pas la chandelle. Andoni décida qu'il était temps de tourner la page. De faire confiance au *Destin*. De quitter Paris et de reprendre le cours de sa vie. D'essayer de recoller les morceaux de son histoire. Son histoire avec Marixol.

Il avait rencontré Marixol en 1971. Il avait seize ans. Elle en avait dix-neuf. Il n'y avait toujours eu qu'elle. La belle, la sauvage, l'indomptable Marixol Olaskoaga. Marixol la révoltée, qui distribuait des tracts à la sortie des lycées. Marixol la sorcière qui vous envoûtait avec ses paroles. Qui vous arrachait le cœur d'un regard. De la lave dans les veines. Des yeux noirs comme l'enfer. Une voix rauque et chaude. La peau mate et douce. Et un parfum… Un parfum qui vous retournait le bide plus vite qu'une cuite au Patxaran.

Andoni s'était transformé en fanatique pour elle. Andoni avait tué pour elle. Andoni s'était métamorphosé en machine de guerre pour elle. Andoni l'aurait suivie jusque dans les geôles fascistes si elle lui avait demandé. C'est ce qu'il avait fini par faire.

Aujourd'hui, Marixol avait cinquante-cinq ans. Andoni cinquante-deux. Dont vingt passés en cabane. Marixol lui devait vingt ans. Marixol lui devait presque *la moitié de sa vie*. L'heure était venue de réclamer son dû.

Andoni pista sa compagne jusque dans les montagnes pyrénéennes. Elle habitait dans une maisonnette en vieilles pierres à la sortie de Haut-de-Bosdarros, un minuscule village perché sur une colline. La bicoque ne payait pas de mine, mais la vue était imprenable. Le bourg était entouré de paysages au relief aussi tourmenté que sa relation avec Marixol. Après des années de lutte pour l'indépendance du Pays basque, elle avait fui la région pour s'installer à peine quelques kilomètres plus loin, au cœur du Béarn.

Andoni observa le nom écrit au marqueur sur la boîte aux lettres. Fini la clandestinité. Marixol s'affichait. *Olaskoaga.* Andoni hésita un instant sur le pas de la porte. Inspira profondément. Profita du moment. Ça faisait maintenant plusieurs années qu'ils ne s'étaient pas vus. Il allait revoir *sa femme.* Il allait revoir *son fils.* Tout reviendrait en ordre. Il frappa à la porte.

Lorsque Marixol lui ouvrit, elle poussa un grand cri d'effroi. Un fantôme se tenait sur son palier. Le fantôme d'une relation oubliée. Le fantôme d'une vie enterrée.

– *Zergatik ez didazu musu ematen ?*

Tu ne m'embrasses pas ?

Marixol resta interdite. Elle finit par le laisser entrer. Lui servit un verre. Ils s'assirent à table.

– Comment… ?

– Comment j'ai survécu ? C'était une mise en scène. Un spectacle. Andoni Guerrero est mort, je suis un homme nouveau.

– C'est… C'est formidable, Andoni. Je suis heureuse pour toi.

– Où est Rafa ?

– Il habite plus ici. Il a vingt et un ans, c'est un homme maintenant. Il passe me voir régulièrement.

– Tu vis seule ?

– Je ne suis pas sûre que ça te regarde.

– T'es ma femme, bien sûr que ça me regarde.

– Andoni, ça fait vingt ans...

– La faute à qui ?!

– Tu t'es fait arrêter pour braquages. Tu as volé, assassiné. Me dis pas que t'as pas mérité la prison. C'est la vie qu'on a choisie.

Andoni serra les poings. Il n'était pas venu pour recevoir une leçon de morale.

– C'est qui le plus monstrueux, Marixol ? La créature de Frankenstein, ou le savant qui l'a fabriquée ? Je suis peut-être un monstre, mais c'est toi qui m'as fait. Ne l'oublie pas.

– Qu'est-ce que tu veux ? Pourquoi t'es venu ? Tu l'as dit, Andoni Guerrero est mort. Pourquoi t'as pas tout simplement disparu ?

– Parce que tout ce que j'ai fait dans ma vie, je l'ai fait pour toi, tu m'entends ? Tout ! J'ai vendu mon âme au Diable pour toi ! T'es en train de me dire que j'aurais volé, assassiné, fait vingt ans de taule, tout ça pour rien ?!

– Tu l'as fait pour la cause ! Pour notre Pays ! *Euskadi ta askatasuna*... Patrie basque et liberté !

Andoni secoua la tête. Depuis tout ce temps, elle n'avait toujours pas compris. Il se sentait las. Il se sentait épuisé.

– J'ai fait un long voyage. Tu vas quand même pas foutre le père de ton enfant à la porte ?

– Non, viens, soupira Marixol. Tu peux dormir dans le lit de Rafa si tu veux.

Elle l'installa dans la chambre de son fils. *La chambre de son fils !* Vingt ans de taule et il n'avait pas le droit de dormir avec sa femme.

– Je sais bien qu'il s'est passé du temps et que c'est difficile. Je te demande juste de me donner une chance. Tu me le dois,

Marixol. Pour tout ce que j'ai vécu, tout ce que j'ai traversé. Pour Rafael.

– Je... Je sais pas. Je te promets rien, mais je vais y réfléchir.

Elle lui souhaita bonne nuit. Il se pencha pour l'embrasser. Elle tourna le visage, et il l'embrassa sur la joue.

Sur la joue. Des années de vie commune. Un enfant. *Sur la joue.* Un putain de bisou *sur la joue.* Andoni regarda le réveil. Deux heures du matin. Il n'avait pas réussi à trouver le sommeil. Sa femme dormait dans la chambre d'à côté. Andoni n'était plus en prison. Alors, qu'est-ce qui le retenait ? Qu'est-ce qui l'empêchait de se coucher aux côtés de la femme qu'il aimait ? *Tu vis seule ?* Bien sûr qu'elle vivait seule. Ça faisait vingt ans qu'elle vivait seule. Marixol la Sainte. Qui l'avait attendu.

Alors pourquoi ? Pourquoi cet accueil glacial ? Parce qu'elle avait eu peur. Elle avait ouvert la porte, l'avait vu et avait eu peur. Parce qu'elle le croyait mort. Le choc avait été violent. Il aurait dû la prévenir. Il aurait dû préparer le terrain. Il s'était précipité bêtement. Trop impatient de la retrouver. Il n'avait pas pensé à sa réaction. Elle n'avait pas dit non. Elle lui demandait du temps. Elle allait y réfléchir. Elle s'habituerait. Elle dirait oui.

Andoni regarda le réveil. Deux heures trente du matin. Elle ne s'était probablement pas endormie tout de suite. Elle avait eu le temps de réfléchir. Qu'est-ce qu'il foutait *là* ? Dans le lit de son fils ? Sa place était aux côtés de sa femme. Il ne lui demandait pas d'accomplir son devoir conjugal. Pas tout de suite. Mais au moins de partager sa couche. C'était la moindre des choses, bordel.

Andoni se leva. Andoni ouvrit la porte de la chambre, marcha dans le couloir, ouvrit la porte de la chambre de Marixol, de *leur* chambre, s'approcha du lit. Tout doucement. Sans faire de bruit. Marixol dormait. Sur le dos. Immobile. Belle. Aussi belle qu'au premier jour. Andoni souleva légèrement le drap, se coucha sur le matelas à côté de la femme qu'il aimait, *sa* femme. De profil. Face à elle. Face à *son* profil. Pour pouvoir la regarder. La contempler. La chérir.

Marixol dormait. Sur le dos. Immobile. Trop immobile. Marixol ne bougeait pas d'un cil. Marixol retenait sa respiration. Marixol ne dormait pas. Marixol faisait *semblant* de dormir. Marixol ne dit rien. Marixol ne râla pas. Marixol n'envoya pas Andoni se promener. Marixol avait *réfléchi*.

Andoni laissa sa main gauche s'approcher lentement de Marixol. Couvrir la distance qui les séparait. Se poser légèrement contre elle. Contre sa hanche. Andoni pouvait sentir le coton de sa culotte contre son doigt. Marixol ne dit rien.

Andoni se rapprocha un tout petit peu. Posa sa main droite sur le ventre de Marixol. Marixol dormait en tee-shirt. Marixol faisait *semblant* de dormir en tee-shirt. Marixol ne râla pas.

Andoni fit remonter sa main droite au ralenti. Jusqu'à effleurer le galbe du sein de Marixol. Marixol ne portait pas de soutien-gorge sous son tee-shirt. Andoni se sentit grandir d'un seul coup. À tel point qu'il en eut mal. Andoni avait mal d'amour. Physiquement et mentalement. Sa main grimpa la colline. Sa pression se fit légèrement plus forte. Il imprima de légers mouvements circulaires. Puis descendit la pente, s'attarda un instant dans la vallée, avant de grimper de l'autre côté, sur le deuxième sein. Marixol n'envoya pas Andoni se promener.

Andoni se rapprocha du téton. Commença à jouer avec. Sa respiration se fit plus sonore. Plus rauque. Plus bestiale. Sa main empoigna le sein. Se remplit de sa rondeur, de sa chaleur. Pendant ce temps, un doigt de sa main gauche se glissa sous la culotte, caressant la peau au niveau de sa hanche. Marixol avait *réfléchi*.

Andoni se redressa sur son coude. Passa la main droite sous son tee-shirt. Remonta vers la poitrine. Marixol était toujours sur le dos. Immobile. Trop immobile. Marixol ne bougeait pas d'un cil. Marixol retenait sa respiration. Marixol était comme une statue. Un satané réfrigérateur. Une chambre froide. Marixol ne disait rien parce qu'elle était *tétanisée*.

Andoni vit l'expression de dégoût sur le visage de Marixol. Andoni se mit en colère. Il aimait Marixol plus que tout au monde. Elle était la femme de sa vie. Il lui donnerait du plaisir et lui ferait changer d'avis. D'un coup sec il arracha sa culotte.

– Non !!

Marixol se mit à se débattre. À frapper Andoni au visage. À essayer de se libérer de son étreinte. Il pesa de tout son poids sur elle. Plaqua sa main droite autour de son cou, la repoussant contre l'oreiller. L'étranglant. Elle n'arrivait plus à respirer. Ses coups manquaient de force.

De sa main gauche Andoni la pénétra. D'abord un doigt, puis deux. Marixol adorait ça. Elle avait toujours adoré ça. Il la ferait mouiller, elle aurait un orgasme et ensuite il la pénétrerait. Il la posséderait, comme il l'avait toujours possédée.

Marixol arrêta de se débattre. Elle tordit son bras vers l'arrière, glissa la main sous son oreiller, en sortit un minuscule pistolet. Un flingue de petite fille. Elle braqua son joujou miniature sur la tête d'Andoni. Andoni observa le canon, incrédule. Il s'agissait d'un neuf millimètres. De loin, ça piquait un peu. De près, ça vous laissait sur le carreau, un beau petit trou dans le crâne.

Andoni retira sa main. Andoni relâcha Marixol. Marixol toussa, à la recherche d'une bouffée d'oxygène. Marixol pleurait de rage. Marixol avait les traits transfigurés par la haine. Andoni se prit la tête à deux mains.

– Je comprends pas… Je t'aime… T'es la mère de mon fils… T'es ma femme…

– Je suis pas un objet, *putakumea* ! Tu peux pas débarquer après tout ce temps et me baiser comme si j'étais ta pute.

Je suis pas un meuble ! Je ne t'appartiens pas ! Je ne t'ai jamais appartenu !

Andoni vit rouge. Andoni revit *San Guillermo*. Sa tête renversée. Ses mains tranchées.

– Et Ibarzabal, tu lui as appartenu ?

– Oui, si tu veux tout savoir !! cracha Marixol. J'ai aimé Guillermo plus que tout ! J'étais à lui corps et âme ! Jamais je ne t'ai aimé comme lui ! Tu ne lui arrives même pas à la cheville, *kabroia* !

Andoni regarda le canon droit dans les yeux. Et au-delà du canon, la femme qu'il aimait. La femme qui le détestait. Marixol avait raison. Elle ne lui appartenait pas. Il avait cru la posséder durant une courte période, mais tout ça n'était qu'une putain d'illusion.

Lorsqu'il reprit la parole, sa voix était calme et posée.

– C'est moi qui l'ai buté, ton Guillermo. Je l'ai attaché à une chaise dans votre petite cuisine, je lui ai brûlé les doigts, j'ai noyé ses poumons, je lui ai coupé la main et j'ai écrit « Viva España » sur le mur avec son sang. J'espère que t'apprécies l'ironie. Ton Guillermo n'est pas mort pour la cause. Il est mort pour que je puisse te fourrer pendant toutes ces années. Tu penseras à ça à chaque fois que ton fils viendra te rendre visite.

Andoni ferma les yeux. Il était prêt. Il entendit le coup de feu mais ne ressentit rien. Lorsqu'il osa enfin regarder, il vit la femme de sa vie la tête en arrière. Du sang éclaboussé partout sur le mur et la tête de lit.

Et pour la première fois de son existence, Andoni se mit à pleurer.

Chapitre 10
Juillet

Malet épaula son fusil, jaillit de derrière la Focus et tira dans le tas. En quelques secondes, le pare-brise de la BMW des suiveurs se transforma en passoire. Des petits trous, des petits trous, encore des petits trous. Malet se la jouait poinçonneur des Lilas. Malet se la jouait inspecteur Harry, Rambo et John McLane réunis. Malet distribuait la colère de Dieu, à une cadence de six cents coups par minute.

Le couple qui jouait les passeurs occasionnels n'en menait pas large. À bord de la Focus, ils criaient, saignaient, priaient. Mais les deux lascars dans la BM, c'était une autre paire de manches. Ils étaient armés. Ils étaient pros. Ils connaissaient la musique. Ils avaient ouvert le feu. Criblé la Focus. Détruit la casemate. Descendu Matt. Et maintenant ils visaient le vieux douanier qui tentait de les flinguer avec sa kalachnikov. Les douaniers n'utilisaient pas de kalachnikov. Les deux lascars savaient très bien à quoi s'en tenir. Il ne s'agissait pas d'une tentative d'arrestation. Il s'agissait d'un *braquage* en bonne et due forme.

Lascar numéro un appela la voiture des ouvreurs pour les prévenir, pendant que lascar numéro deux tentait d'abattre le troisième faux douanier. Un *renoi* qui lui semblait familier. *Peut-être un gars des cités ?*

Malet était à sec. Il s'abrita devant le capot de la Ford pour recharger.

Dum-Dum brailla dans sa direction.

– Matt ?

Pour toute réponse, l'ex-flic fit non de la tête. Leur camarade n'était peut-être pas mort. Pas encore, du moins. Mais Malet avait vu plusieurs balles lui traverser le cou et la gorge. Si le pauvre respirait encore, il vivait ses derniers instants sur cette planète. Malet avait vu suffisamment de gens crever sous ses yeux pour reconnaître un condamné quand il en voyait un.

Le silence tomba sur eux. Malet pouvait entendre les cliquetis des armes qu'on rechargeait deux bagnoles plus loin. La situation versait dans le *statu quo*. Deux contre deux. Flingues contre flingues. C'était du cinquante-cinquante. Il profita du répit momentané pour changer de position. Prendre de l'angle. Il quitta l'abri relatif qu'offrait la Focus pour se cacher derrière le poteau du péage, dans la file d'à côté. Dum-Dum se trouvait sur la file opposée. La Focus et la BMW l'une derrière l'autre, dans la file du milieu. Avec un peu de chance, ils pourraient encercler les lascars. Les prendre par les flancs.

Malet avança, recroquevillé près du sol. À la hauteur du guichet carte bleue, il se redressa et se prit deux balles dans le buffet. Lascar numéro deux avait anticipé son déplacement. Dum-Dum arrosa dans sa direction, permettant à Malet de reculer derrière le poteau. Malet ouvrit grand sa chemise. Les balles n'avaient pas complètement traversé son gilet en kevlar. Ce qui n'empêchait pas la douleur de l'impact. Lascar 1 et 2 reprirent de plus belle.

Malet ne vit pas la camionnette orange arriver. Il ne l'entendit pas non plus, le vacarme des armes couvrant largement le bruit du moteur. En revanche, quand Guerrero père et fils se mirent à mitrailler la BM par-derrière, ils touchèrent rapidement les bidons d'essence que transportaient les suiveurs pour faire le plein sans passer par une station-service. La BM s'enflamma, puis explosa. La déflagration propulsa le véhicule dans les airs. Et ça oui, bon sang, Malet l'entendit.

Il s'extirpa de sa cachette. Une colonne de fumée noire s'élevait déjà haut dans les airs. Matt gisait par terre, bel et bien trépassé. Le couple dans la Focus ? *A priori* décédé. Le péager ? Toujours dans les vapes. Probablement touché lui aussi. Olaskoaga se tenait les côtes, visiblement blessé. Et il avait la tremblote caractéristique des camés en manque. Dum-Dum et lui étaient miraculeusement indemnes. Guerrero transvasa les sacs encore dans la Focus dans la camionnette orange.

– On se sépare. Avec Dum-Dum, vous filez avec la bagnole de la douane. Rafa et moi on reste avec la camtar de la voirie. On se retrouve plus tard au point de rendez-vous.

Derrière eux, les quelques voitures arrivant au péage ralentirent en voyant la BM cramer. Pour prévenir toute tentative d'approche, Andoni tira une rafale en l'air. Les nouveaux arrivants eurent l'intelligence de s'arrêter à bonne distance.

– On dégage !

Dum-Dum ouvrit la file de gauche pour laisser passer la camionnette de la voirie, avant de grimper au volant du Jumper. Malet monta à l'arrière. Avec l'argent.

– Ça va, papi ?

– Toujours vivant.

Matt avait eu le temps de transvaser deux sacs avant de mourir. Le fric était emballé dans du plastoque. Des liasses de cent euros. Dix liasses par plaque. Une plaque suffirait à son bonheur. Une plaque sauverait Sadiya. *Nom de Dieu*, Malet avait réussi. Il embrassa une plaque de pognon, et ferma le sac, juste à temps pour entendre jurer Dum-Dum.

– Putain de bordel de merde !!

Devant eux, une bagnole arrivait à toute blinde en sens inverse sur la départementale. La voiture des ouvreurs.

– Ils sont où les Basques ?!

– Loin devant. C'est nous contre eux, papi. Attache ta ceinture, ça va frotter.

Malet rejoignit Dum-Dum à l'avant et suivit ses conseils. Devant eux, les ouvreurs se mirent en travers de la route pour leur bloquer le passage. Ils firent feu. Dum-Dum braqua le volant et percuta la voiture à l'avant du capot. La bagnole pivota sous le choc et se mit en chasse du Jumper. Au loin, Malet crut déceler le bruit des sirènes. Il connaissait cette musique par cœur.

– Il faut qu'on change de caisse rapidement.

– Faut déjà qu'on arrive à se tirer de là, papi.

Les coups de feu brisèrent le pare-brise arrière. Percèrent la porte à faux.

– Gamin, c'est le moment de me montrer pourquoi t'es là.

Dum-Dum regarda son partenaire. Il était là parce qu'il aimait quand ça allait viiiite. Dum-Dum se rappela la PlayStation à la maison. Dum-Dum se rappela les circuits de kart. Dum-Dum se rappela les essais en Rallye. Dum-Dum se rappela les go fast. Dum-Dum se rappela cette *sensation*. Ce kiff incomparable. L'impression de voler. De déjouer la mort. D'évoluer *sur un fil*.

Dum-Dum appuya sur le champignon. Dum-Dum extirpa de ce cercueil ambulant la moindre énergie, la moindre étincelle de puissance à sa disposition. Dum-Dum aimait tirer le maximum de sa machine. Dum-Dum zigzagua entre les voitures. Derrière eux, la voiture des ouvreurs suivait le rythme. Dum-Dum connaissait bien le conducteur. Dum-Dum avait parlé avec lui il y a deux jours à peine sur les marches d'un immeuble de cité à Épinay. Le conducteur s'appelait Djibril, en hommage à un footballeur qui courait viiiite. Djibril avait dix-neuf ans. Djibril conduisait bien. Mais pas aussi bien que Dum-Dum.

Dum-Dum évita de justesse un camion. Se faufila entre une moto et une vieille guimbarde toute rouillée. Puis freina soudainement. La voiture des ouvreurs les percuta par l'arrière, juste assez pour endommager leur moteur. Puis il accéléra de nouveau. La voiture des ouvreurs crachotait de la fumée. Elle avait le hoquet. Dum-Dum fit mine d'avoir lui aussi des problèmes. Il roula *un poil plus lentement*. Fit semblant d'avoir du mal à rester en ligne droite. D'avoir du mal à contrôler la direction. Laissa suffisamment d'espace pour se faire doubler par la droite.

Djibril tenta le tout pour le tout. Il enfonça la pédale d'accélérateur et tenta le dépassement, prêt à tirer sur les passagers du Jumper. Dum-Dum ralentit et braqua complètement le volant vers la bagnole de Djibril, vers leurs assaillants, vers la ravine qui longeait la route.

Les ouvreurs basculèrent sur le côté. Loin derrière. Définitivement hors course.

Dum-Dum reprit le contrôle du Citroën, parvint de justesse à les maintenir sur le bitume et poussa un cri de victoire. Rien de tel qu'une bonne course-poursuite pour se sentir *vivant*. Dum-Dum aimait quand ça allait viiiite.

C'est là qu'il sentit l'étreinte violente se refermer sur sa poitrine. Sa mâchoire se crisper. Son bras gauche s'irradier. L'angoisse l'envahir. Ce serait son dernier coup.

Dum-Dum pensa à sa mère. Dum-Dum pensa à ses frères. Dum-Dum pensa à sa copine. Dum-Dum pensa au vieux assis à côté de lui. Dum-Dum pensa à la montagne de fric à l'arrière. Au circuit de kart qu'il allait ouvrir. À la belle vie qui l'attendait. Dum-Dum aimait quand ça allait viiiite. *Voilà ce qu'on écrirait sur sa tombe.*

Telle fut sa dernière pensée, quand le Jumper volé la veille à la douane vira soudainement de bord et vint percuter de plein fouet le véhicule qui arrivait en face.

Chapitre 11

Jeudi

Deux morts dans la voiture des passeurs. Deux morts sur le bitume, vraisemblablement membres de la voiture escorte, les deux cadavres largement détériorés par l'explosion de leur véhicule. Par terre à côté de la Focus, un douanier décédé qui avait tout l'air d'avoir la tronche de Matthieu Lenoir, l'ancien compagnon de cellule d'Olaskoaga et de Zonga. L'employé du péage blessé, commotion cérébrale et blessure par balle, emmené aux urgences à Pau. Quelques témoins sous le choc, pris en charge par la gendarmerie locale. Des centaines d'impact de balles, de douilles et de débris. Une voiture cramée. Un cratère dans le bitume de la taille d'une pastèque. Une barrière de péage transformée en zone de guerre à la Beyrouth.

La voiture des passeurs était vide. Aucune trace résiduelle de drogue. Le jeune couple transportait probablement du cash. Une cible logique pour Guerrero et Malet qui n'allaient pas s'amuser à jouer les dealers, et qui n'avaient peut-être pas les connexions pour faire de la revente en gros.

Les gendarmes tentaient de récupérer les images des caméras de surveillance. Selon toute vraisemblance, il y avait eu deux véhicules pour effectuer l'embuscade. Un véhicule de la douane qu'on avait retrouvé sept kilomètres plus loin, victime d'un accident. Et un véhicule d'intervention et de travaux. Des témoins avaient vu un homme tirer à la mitraillette avant de monter dans la camionnette à la place du passager. Le véhicule orange avait franchi le péage, suivi peu après par la camionnette de la douane qui se trouvait de l'autre côté de la barrière, côté sortie.

Des gendarmes emmenèrent Charron et Rocca sur le site du deuxième accident. Personne ne s'étonnait plus que deux représentants de l'IGPN se baladent ainsi sur le terrain à la poursuite de dangereux malfaiteurs. La situation dans son ensemble avait versé dans le bizarre et l'irréel.

La D146, appelée également route d'Aubertin. Une portion de la départementale hors commune, à double sens, avec une voie de chaque côté. Une mercos s'était mangé un platane. Ou un pin. Enfin, un arbre, quoi. La bagnole avait des stigmates sur les côtés. Elle avait joué les autotamponneuses avant de s'envoyer dans le décor. Un mort côté passager. Le conducteur en avait réchappé, s'était traîné quelques mètres plus loin, avant de se faire récupérer par les secours, puis arrêté, une fois la voiture identifiée comme étant celle des ouvreurs.

Un kilomètre plus loin, le Citroën Jumper dérobé à la douane de Toulouse était sorti de sa file et avait percuté de plein fouet une Opel Astra qui arrivait en face. Le conducteur de l'Astra avait dû voir le Jumper lui arriver dessus. Il avait bifurqué sur la droite pour tenter d'éviter la collision et avait reçu le choc directement sur lui. L'airbag s'était bien déclenché, mais n'avait pas suffi face à la décélération soudaine, les viscères projetés sur la paroi de la cage thoracique, les jambes broyées par le métal. Il était probablement mort sur le coup. En tout cas, c'est ce que Rocca lui souhaitait.

Le Jumper portait aussi les stigmates d'une lutte acharnée. Il était criblé de balles, cabossé de toute part. Sa calandre complètement encastrée dans l'aile avant gauche de l'Opel. Les airbags s'étaient également ouverts suite à la collision. Sur le siège conducteur, Rocca reconnut Dominic « Dum-Dum » Zonga. L'homme qu'ils avaient pisté jusqu'ici. Il semblait relativement intact. Son dossier indiquait qu'il souffrait de problèmes cardiaques depuis une overdose subie le jour de son arrestation. Un malaise cardiaque, ça restait dans le top 10 des raisons de déviation sur la route. Peu de chance que Zonga se soit endormi au volant, qu'il ait picolé comme un trou, ou envoyé des SMS en pleine course-poursuite.

Restait la place du mort. Le siège passager du Jumper était *vide*. L'airbag s'était déclenché, ce qui était habituel. Il y avait quelques traces de sang sur la toile du coussin gonflable. Et surtout, la portière était grande ouverte. Elle n'avait pas trop souffert du choc, mais il avait probablement fallu forcer un peu pour réussir à l'ouvrir. Il y avait des traces de semelles un peu partout sur l'intérieur de la portière. Le mécanisme de la serrure était arraché. Le passager avait fini par décoincer la porte à coups de latte.

Charron s'approcha de son partenaire.

– Cinq matelas par terre dans le hangar à Azereix.

Rocca compta sur ses doigts.

– Zonga, mort. Lenoir, mort. Restent Guerrero, Olaskoaga et Malet.

– Deux dans le véhicule d'intervention et de travaux, puisque des témoins ont vu le type à la mitraillette grimper côté passager au moment où la camionnette décollait.

– Et un ici sur la place du mort. Probablement déguisé en douanier.

– Probablement.

– Et qui se balade à pied dans les parages.

– Qui se baladait à pied. L'accident a eu lieu il y a plus d'une heure. Il a pu trouver un moyen de transport.

Rocca souffla. Il détestait ce sentiment d'impuissance, lorsque la passivité s'imposait à eux. Et que la seule chose à faire, était d'attendre.

– Regarde, il y a des baraques à cent mètres à peine. Il y en a tout le long de la route. Il y a autant de chances que notre passager mystère se soit fait la malle, que de possibilités qu'il se cache dans une maison pour lécher ses plaies.

– Qu'est-ce que tu veux faire ? demanda Le Charognard. Quadriller le terrain ? Bloquer la route à cent kilomètres à la ronde ? Fouiller tous les domiciles de la région ?

– C'est ce qu'il faudrait faire, oui.

– On a ni les moyens ni l'autorité pour ça.

– Je sais.

– Alors pourquoi tu en parles ?!

– Ouais, moi aussi, ça me fout les boules.

Les deux hommes observèrent leurs pompes en silence. Rocca pensa à Faugeron. Ça ne sentait pas bon pour son retour à la PJ. Au moins avaient-ils récupéré une grosse somme d'argent. Deux sacs pleins à craquer sur le plancher du Jumper. Mais le fric était plus qu'abîmé par les nombreux impacts de balles. Est-ce que les billets gardaient leur valeur quand ils étaient *troués* ?

À dix-sept heures, ils reçurent la nouvelle par radio. Le véhicule de signalisation de travaux avait été retrouvé abandonné sur l'aire de l'Adour.

– Vous auriez pas un atlas ? demanda Rocca au gendarme venu les avertir.

Devant l'absence de réaction de son interlocuteur, Rocca lâcha l'affaire et sortit son portable. L'aire de l'Adour se trouvait sur l'A 65, à cinquante bornes du péage de Lescar. Les petits futés avaient fait demi-tour et repris immédiatement l'autoroute en sens inverse, puis abandonné leur camionnette une demi-heure plus tard à la première station-service. De là ils avaient pu partir à pied, ou retrouver des complices. Ils avaient pu remonter vers le Nord, ou même revenir sur leurs pas à bord d'un autre véhicule et passer sous leur nez sans aucun souci. L'aire de l'Adour était la même qu'on aille vers Paris ou vers l'Espagne. Andoni Guerrero était bien trop malin. Il avait l'habitude de la cavale. Il ne réapparaîtrait plus. Rocca en aurait mis sa main au feu.

Restait le passager mystère du Jumper. Si Guerrero était resté avec son fils, ça signifiait que le faux douanier était Malet. À coup sûr, lui traînait encore dans le coin, Rocca l'aurait parié. Il le sentait au plus profond de son être. Ils avaient augmenté leurs chances en transportant la moitié du fric chacun. Maintenant ils allaient se retrouver pour faire le partage de ce qui restait. La part du fric qui se trouvait dans le véhicule de la voirie. Et qui désormais circulait quelque part.

– Tu veux aller à l'aire de l'Adour, voir la camionnette ?

Rocca ne répondit pas. Inutile de creuser cette piste. La camionnette serait vide. Guerrero savait ce qu'il faisait. Ils pourraient peut-être en apprendre plus grâce aux caméras de vidéosurveillance, mais là aussi il fallait attendre. Et les gendarmes pourraient leur communiquer leurs avancées.

– Viens, on va se balader dans le coin. Malet est toujours dans les parages.

Charron n'avait jamais vu Romain comme ça. Son jeune partenaire était têtu, borné, bordélique, caractériel, incapable de suivre les ordres, mais il avait aussi un *sacré flair*. Et il fallait respecter l'instinct chez un bon flic.

Les deux hommes se mirent à sillonner les alentours. Quadriller la zone. Explorer le voisinage. Faire du porte-à-porte. Interroger d'éventuels témoins. *Avez-vous vu un homme passer ? En uniforme, la soixantaine, cheveux grisonnants ?* Des réponses négatives. Le temps qui passe. Des nouvelles des caméras qui tombent enfin. Olaskoaga formellement reconnu à la station-service avec un inconnu, la soixantaine, barbu. *Guerrero*. Les deux hommes filmés en train de monter à bord d'un van Volkswagen. Avis de recherche en cours.

Charron et Rocca continuèrent leur quadrillage et tombèrent *enfin* sur une piste. La fenêtre d'une voiture fracturée. Les fils de la batterie arrachés et connectés au démarreur. Mais la voiture n'avait pas démarré. Les bagnoles modernes étaient équipées d'un antidémarrage intégré dans la clé électronique. Pour voler ce type de caisse il fallait hacker le système. Facile pour un voleur muni d'une antenne munie d'amplificateurs pour relayer le signal de la clé. Impossible pour Malet.

Quelques mètres plus loin, ils tombèrent sur une maison dont la porte d'entrée avait été forcée. La maison était vide. La salle de bains avait été visitée. Malet avait abandonné chemise et gilet pare-balles. Il s'était servi dans l'armoire à pharmacie. Avait tenté de se nettoyer. Du sang sur le carrelage par terre. Du sang sur des serviettes de bain. Du sang dans le lavabo. Sans assistance, Malet n'irait pas loin.

Et puis quelques minutes plus tard, ils le virent enfin. Assis, seul, en plein champ. Adossé à un round baller. Son marcel blanc qui ressortait comme une tache sur le foin. Le regard perdu dans le vide. L'ancien partenaire de José Sartet. Inspecteur décoré pour sa bravoure. L'homme qui avait coffré Guerrero, avant de s'allier avec lui des décennies plus tard. Lionel Malet. Une épave échouée en plein désert.

Charron appela les renforts. Mais ils ne couraient aucun risque. Malet n'irait nulle part. Il avait abandonné. Ce n'est qu'une fois arrivés à une dizaine de mètres devant lui qu'ils le virent. Le Beretta 92 qui pendouillait négligemment au bout de son bras.

– Ça fait un petit moment qu'on vous cherche, dit posément Rocca. Vous avez besoin d'aide ?

Malet leva les yeux vers les nouveaux arrivants. Le regard résigné, l'air triste, il semblait porter tout le poids du monde sur ses épaules tombantes.

– Tout ce que je voulais, c'était l'aider. « Sauvez Sadiya, elle le mérite. »

Rocca jeta un coup d'œil périphérique vers son collègue. Charron se tenait légèrement en retrait, sur son côté droit. Il ne fallait pas compter sur lui en cas de pépin. Le Charognard n'était pas un homme de terrain. Au moins, il avait gardé sa veste en kevlar.

Rocca posa discrètement sa main sur son SIG Sauer. En réponse, Malet posa son Beretta sur ses genoux.

– Vous voulez parler de la jeune Indienne qui habite avec vous ? Elle est malade, c'est ça ?

Malet observa l'homme qui se tenait devant lui. Un flic, sans aucun doute. Comment il pouvait savoir ça ?

– Cent cinquante mille euros. J'ai fait ça pour cent cinquante mille malheureux euros.

Malet dodelinait nerveusement de la tête. Il avait le teint pâle. Les traits tirés. Des taches de sang maculaient son maillot de corps et son pantalon. Son Beretta gigotait nerveusement sur ses genoux, comme un poisson frétillant hors de l'eau.

– Vous avez besoin de soins. Mon collègue va vous appeler une ambulance, d'accord ?

– Non, pas d'accord.

Malet leva le Beretta. Pas vraiment pointé sur eux, mais un peu quand même. Rocca écarta les bras et éloigna les mains de son SIG Saueur.

– Doucement, l'ami.

Charron fit un pas de côté pour se mettre *derrière* son partenaire.

– Pas question que j'aille en taule, reprit Malet. Vous savez ce qu'on leur fait aux anciens flics, en prison ?

Et puis de toute façon, Malet avait promis. Elle serait sauvée, ou ils mourraient tous les deux. Et il était homme de parole.

Malet s'attarda un instant sur le soleil couchant derrière les deux flics à contrejour. Le ciel était strié de couleurs d'une beauté à couper le souffle. Orange, rose et violet se mariaient à merveille au sein de nuages de plus en plus menaçants. Au loin, les masses sombres des sommets des Pyrénées semblaient vouloir rejoindre ce feu d'artifice de pastels, jalouses du tableau qui se peignait au-dessus d'elles.

Malet baissa la tête. Un mince filet d'air s'engouffra dans son maillot de corps poisseux. Le temps était sur le point de tourner. La chaleur qui les étouffait depuis de nombreux jours menaçait d'exploser à tout instant.

Malet pensa à Sadiya, seule, dans sa petite chambre de bonne. Il pensa à ce couple dans cette voiture au péage. À ce chauffeur sur la départementale. À Dum-Dum et à Matt qui avaient encore la vie devant eux. Ils ne pourraient plus apprécier la simple vision d'un soleil couchant sur la montagne. Oui, la vie de Sadiya avait plus de valeur que la sienne. Mais est-ce qu'elle valait tous ces morts ? Qui pouvait décider du prix d'une vie humaine ?

Bordel, tout paraissait si simple au départ. Un cambriolage pour payer une opération. De l'argent qui ne manquerait à personne. Et c'était réglé. Un peu de justice dans un monde injuste, c'était trop demandé ?

Malet observa le flic qui se tenait devant lui, les mains légèrement en l'air, à hauteur de ses épaules. Son vieux partenaire qui faisait dans son froc, à moitié caché derrière lui. Il s'agissait de bien calculer son coup. Malet ne voulait pas se rater. C'était sa dernière chance.

Rocca décela un changement d'expression chez Malet. Il était passé d'une profonde introspection à une soudaine résignation. Il vit le Beretta osciller légèrement de droite à gauche. Puis s'arrêter net. Malet avait affirmé sa grippe.

Rocca baissa imperceptiblement sa main droite en direction de son holster. Le holster était ouvert. La sécurité enlevée. Mais encore faudrait-il être sacrément rapide. Rocca était loin d'être habile dans cet exercice. S'il avait vécu à l'époque du Far-West, son premier duel aurait aussi été son dernier.

Soudain, Malet leva la main. Rocca cria.

– Non !!

Le coup partit, suivi d'un second.

La tête de Malet pencha en direction du sol. Puis son corps suivit le même chemin. Et il finit par s'affaler complètement sur le côté. Charron avait fait mouche. Un doublé net et précis au niveau du cœur. Comme à l'entraînement.

Rocca remercia chaleureusement son ami. Charron s'était fait violence et avait suivi ses recommandations. Mieux valait porter une arme et ne pas s'en servir, que de ne pas en avoir et d'en avoir besoin. Une doctrine digne de l'équilibre de la terreur qui avait amené le monde à l'escalade nucléaire, et au bord de l'annihilation.

Rocca pensait avoir bien cerné la personnalité de Malet, cet ex-flic au bout du rouleau qui s'était trouvé une possibilité de rédemption en essayant de sauver cette Sadiya. Il attendit que Le Charognard se soit éloigné pour vérifier sa théorie. Il n'avait pas crié *non* à Malet. Son *non* s'adressait à Charron. Malheureusement, son équipier ne l'avait pas compris.

Rocca inspecta le Beretta. Il soupira en voyant qu'il avait raison. Malet était à court de munition. Son chargeur était vide.

Chapitre 12

Vendredi 26 juillet 2019, six heures douze

Andoni se vidait de son sang sur la place du mort. Le symbole aurait pu lui foutre la trouille, mais Andoni savait qu'il ne crèverait pas. Andoni était increvable. À la fin des temps, quand l'Homme aurait fini de détruire son habitat à coup de réchauffement climatique et de bombes atomiques, les seuls êtres vivants qui resteraient sur cette planète seraient les cafards et Andoni *fucking* Guerrero.

Certes, la mort de Marixol lui avait ôté toute envie de vivre. Il aurait préféré dix mille fois qu'elle réserve sa balle pour lui. Qu'elle coupe le fil et débranche la machine une bonne fois pour toutes. Il aurait préféré mourir ce jour-là, même si en un sens, c'est aussi ce qui était arrivé. Mais la mort psychique et la mort physique étaient deux choses bien distinctes. Et si son cœur avait rendu l'âme, son corps lui, ne voulait pas rendre les armes.

Dans le coffre, ils transportaient ce qui restait du butin. À peu de chose près, l'équivalent d'une part. Peut-être une part et demie. Tout ce qu'ils avaient pu sauver. Andoni aurait aimé rafler plus. Andoni aurait aimé rafler *la totalité*. Malet et Dum-Dum s'étaient barrés avec une partie du pognon. S'ils faisaient la connerie de les rejoindre au point de rendez-vous, il les abattrait tous les deux. En espérant que ça ne poserait pas de problèmes à Rafa. Dum-Dum était son ami. Son pote de prison. Rafa était encore jeune. Il comprendrait vite la règle la plus importante du métier. Il n'y avait pas d'amis.

Andoni tourna la tête vers son fils. Rafa avait insisté pour conduire. Soi-disant parce qu'il était dans un meilleur état. Mais le gamin était plus sensible à la douleur. Il conduisait complètement recroquevillé sur lui-même. Le visage grimaçant. Pâle comme la mort. Une main sur le volant, une main sur sa blessure. Qui lui faisait *mal.* Rafa souffrait comme jamais. Encore pire que le jour où il avait retrouvé sa mère *hilda. Morte.* Seule dans son lit. Un flingue à la main. Sa cervelle répandue partout sur le mur.

– Qu'est-ce que t'as voulu dire ?

Andoni fronça les sourcils.

– Quoi ?

– Qu'est-ce que t'as voulu dire, tout à l'heure, quand t'as menacé la fille ? Tu lui as dit que la dernière fois que t'avais tué quelqu'un pour ton plaisir personnel, c'était en 1979…

– Occupe-toi de la route.

Rocca inspecta les taches de sang délavées sur le bitume. La pluie avait noyé les stigmates de la violence. Le corps avait été embarqué. Ne restaient plus sur la petite route abîmée que quelques traces pour témoigner de la disparition d'un homme.

Le mort s'appelait Alexandre Arno. Ses papiers dans son portefeuille indiquaient qu'il habitait en région parisienne. Les gendarmes avaient retrouvé le van Volkswagen dans lequel étaient montés Guerrero et son fils à la station-service, garé sur le bord de la nationale de l'autre côté de la montagne. À l'intérieur, deux Néerlandais, raides comme la justice. À quelques mètres du van, une Nissan garée elle aussi sur le bord de la route. La Nissan appartenait à cet Alexandre Arno.

Charron avait les yeux dans le vague. Il n'avait pas fermé l'œil de la nuit. Il ne s'était même pas donné la peine de descendre de voiture. Le Charognard aurait besoin de beaucoup de temps pour se remettre. Si tant est qu'on pouvait se remettre de ce genre d'événements. *Vivre avec*. Ça faisait partie du job. IGPN ou pas, ils étaient des flics. Des flics et des hommes. La nuit, on ne dormait pas sur ses deux oreilles. On n'était pas seul avec ses pensées. Une tripotée de visions cauchemardesques venait quotidiennement vous rendre visite. Histoire de ne pas oublier. Histoire de rester humain. Ou on l'acceptait, ou on se tirait une balle dans la tête. Le Charognard, comme les autres.

Rocca s'étira en observant la végétation qui s'étendait devant lui. Qu'est-ce qui s'était passé dans cette foutue montagne ? Il avait le sentiment qu'ils ne le sauraient jamais. Un peu plus haut, au cœur de la forêt, un incendie s'était déclaré. C'est en montant l'éteindre que les pompiers avaient découvert la dépouille d'Arno. Un vieux chalet avait cramé du sol au plafond. À l'intérieur, un autre mort, tout calciné. Il faudrait attendre le résultat de l'autopsie, mais vu les dimensions du cadavre, il s'agissait probablement d'une femme.

Heureusement, la pluie avait grandement aidé le travail des soldats du feu. Ils avaient rapidement maîtrisé l'incendie qui était resté circonscrit au bâtiment. Sous les décombres, les pompiers avaient découvert une sorte de bunker, avec notamment des armes et du matos de survie. Est-ce qu'il s'agissait d'une planque de Guerrero, datant de son époque à l'ETA ? Qui était cette morte ? Pourquoi Arno s'était retrouvé lié à tout ce bordel ?

Qu'est-ce qui s'était passé dans cette foutue montagne ?

Leonor marchait sur le bord d'une route. Était-ce la même qu'hier ? Elle ne le savait pas. Tout ce qu'elle savait, c'est que la route allait quelque part. Dessus, il y avait des gens qui roulaient. Qui partaient de chez eux pour aller au travail, en vacances, ou rendre visite à des proches. Des gens qui avaient un but.

Leonor avait eu un but, autrefois. Mais elle ne parvenait plus à se souvenir duquel. Toutes ses aspirations, tous ses désirs, tous ses projets, s'étaient envolés dans cette minuscule chambre au fond d'un vieux chalet perdu dans les hauteurs.

Leonor avait tué un homme. Du moins, elle lui avait tiré dessus. Plusieurs fois. Même à bout portant, c'était difficile de toucher quelqu'un. Le pistolet pesait une tonne entre ses doigts. Chaque coup de feu faisait se soulever l'arme et la repoussait en arrière. La peur faisait trembler sa main. Mais elle l'avait touché, elle en était sûre et certaine. Une ou deux fois. Peut-être plus.

L'*homme* était sur elle. Prêt à la tuer. Et même pire… Prêt à lui faire *mal*. Alors elle avait tiré. Elle avait tiré jusqu'à ce que l'arme refuse de cracher le plomb et la mort. Elle avait beau appuyer sur la gâchette, le pistolet ne tirait plus. Elle avait fini par se relever, avait ouvert la fenêtre au-dessus de la couchette et s'était enfuie dans la nuit. Sous l'orage naissant.

Mais cette fois, il n'y avait eu personne pour lui courir après. L'*homme* s'était effondré en arrière. L'*homme* se tenait la poitrine. L'*homme* avait du sang qui s'écoulait de son ventre. L'*homme* était très certainement mort. Ou s'il ne l'était pas, il avait compris qu'il n'avait rien à gagner à continuer à s'en prendre à *elle*.

Leonor avait regrimpé la montagne, dans le noir, le froid et le vent. Elle avait franchi le col sous une pluie diluvienne. Redescendu la pente de l'autre côté. Elle avait rejoint la route. Quelle route ? Elle ne le savait pas. Était-ce la même qu'hier ? Leonor s'en foutait. Toutes les routes se ressemblaient. Tous les hommes se ressemblaient. Une route ou une autre, ça revenait au même.

– 1979, c'est pas l'année de la mort d'Ibarzabal, l'homme qu'aimait maman ?

– L'homme qu'aimait ta mère avant moi, tu veux dire.

Rafa jeta un coup d'œil sur son géniteur. Un bloc de granit. Un monolithe. Sans émotion ni empathie. Comment sa mère avait pu l'aimer ? L'avait-elle aimé ? Andoni était plus une machine qu'un homme.

– Regarde devant toi.

Rafa redressa la course de la voiture et émit un grognement de douleur. Il avait besoin de soins. Son père aussi. Mais chez lui, ça ne se voyait pas. Peut-être qu'il aurait dû le laisser conduire. Peut-être qu'il aurait dû le laisser dans le chalet. Peut-être qu'il aurait dû refuser de faire ce coup avec lui. Peut-être qu'il aurait dû l'oublier et ne pas tenter de créer un lien après son évasion et sa mort présumée. Quel lien, d'ailleurs ? Andoni ne l'avait pas élevé. Andoni n'avait rien fait pour lui. Est-ce qu'Andoni avait déjà fait quelque chose pour quelqu'un d'autre que lui ?

– Maman ne s'est jamais remise de sa mort. Tu le savais, ça ? Quand j'étais petit, elle me parlait tout le temps d'Ibarzabal. Elle me parlait de son combat, de ses idées. Elle me parlait jamais de toi.

Andoni garda les yeux fixés sur la route qui défilait devant eux. La mâchoire bien serrée.

– C'est toi qui as tué Ibarzabal, pas vrai ? Pourquoi ? Pour maman ? Pour pouvoir coucher avec elle ?

Un temps. Long comme une journée en prison. Puis la voix d'Andoni, sèche et abrupte :

– Parce que je l'aimais.

– Toi, t'as aimé quelqu'un d'autre que toi-même ?

La voix de Rafa transpirait l'incrédulité et le dégoût. Andoni serra les poings.

– Me fais pas la leçon. Ne crois pas que t'as tout compris de moi. Oui, j'ai aimé ta mère. Je l'ai aimée plus que n'importe qui sur cette planète. Bien plus que moi. C'est même la seule chose que j'aie aimée dans ce foutu monde de merde !

Rafa ne regardait plus la route. Il conduisait au jugé, en mode automatique. Toute son attention focalisée sur sa mère. Sa mère et son « père ».

– J'avais jamais fait le lien, putain. Maman est morte quelques mois après que tu t'es évadé. C'est toi qui l'as tuée ?

– Qu'est-ce que tu racontes ? Je l'aimais, je te dis !

– Oui, mais toi, elle t'aimait pas. T'es sorti de prison. Ça faisait vingt ans qu'elle était libérée de toi. Et t'es venu la voir, c'est ça ? Tu l'as retrouvée. Le lit dans ma chambre était défait, elle avait reçu de la visite ce jour-là. Jamais elle se serait suicidée ! Elle allait bien. Elle menait enfin une vie paisible. Qu'est-ce qui s'est passé ?

– Il s'est rien passé.

– Tu lui as dit ?

Long silence malaisant. La voiture qui zigzague méchamment. Les yeux de Rafa braqués sur Andoni. Qui scrutent, jugent et condamnent.

– Tu lui as dit. T'as pas pu t'empêcher. Tu lui as dit que tu l'avais tué. Que t'avais tué Ibarzabal, l'amour de sa vie. Et qu'elle avait eu un enfant avec un assassin. Un monstre. Elle l'a pas supporté, et elle s'est suicidée. T'as assassiné ma mère, fils de pute !

Rafa braqua brusquement le volant sur le côté. La voiture fit une embardée et coupa la route du véhicule qu'ils venaient de doubler. Choc brutal. Tête-à-queue. Puis un deuxième choc. Et un troisième. Les voitures qui s'encastrent les unes dans les autres. Un bruit de métal froissé, de crissement de freins et de hurlements.

Andoni crut reconnaître sa voix dans le concert de cris, mais sans en être complètement certain. Il repensa à Valladolid. Il repensa à Saint-Sébastien. Alors c'était ça que ça faisait ? Le chaos. La fin du monde. La mort en face. En un sens, c'était beau et spectaculaire.

Et puis la gravité reprit ses droits.

Andoni avait déjà connu plusieurs accidents. Le jour de son arrestation. Le jour de son évasion. Mais c'était la première fois qu'un accident lui enlevait son fils. Le Basque regarda le jeune homme qui l'invectivait quelques instants plus tôt. Quelques instants plus tôt, Rafa ressemblait à un mourant. Maintenant, il ressemblait à un cadavre.

Andoni repensa à Marixol. Rafa était le portrait craché de sa mère. Jusque dans la mort. La même expression de déception sur le visage. *Tout ça pour ça*, semblaient-ils dire. C'était une excellente remarque.

Andoni s'extirpa du tombeau en métal. Il plissa les yeux. Le soleil commençait à s'élever dans le ciel matinal. Il mit sa main en protection et observa l'horizon. Il ne savait pas où il était. Il ne savait pas où il allait. Il ne savait pas ce qu'il ferait s'il parvenait à s'en sortir. S'il marchait tout droit devant lui, il arriverait forcément quelque part. La destination n'importait pas. Tout ce qui comptait, c'était de foutre le camp d'ici. Le plus loin possible. Un pas après l'autre.

Il tituba sur l'asphalte. Sa jambe droite refusait de se plier. Son pied gauche traînait derrière lui. Ses plaies par balle ruisselaient de toutes parts. Lui aussi était mourant. Ça faisait quarante ans qu'il était mourant. Depuis son premier attentat. Depuis les enfants brûlés qui jouaient au foot toutes les nuits dans ses rêves. Quarante ans d'agonie, mais toujours debout. C'était sa malédiction.

En attendant, Andoni continuait d'avancer. Un pas après l'autre. Toujours vivant. En dépit du bon sens.

Rocca leva la tête. La route où Arno avait trouvé la mort ne rejoignait pas le chalet directement. Un chemin s'en approchait quelque peu, mais il fallait tout de même faire une bonne partie à pied. Si Arno avait fui le chalet en flammes, il était descendu plus ou moins en ligne droite. Jusqu'à cette route. Jusqu'à son trépas. S'il était arrivé par la route, pourquoi il n'était pas venu avec son véhicule ? Guerrero avait abandonné le van sur l'autre versant. Arno sa Nissan. Étaient-ils tous venus dans un troisième véhicule ? Se connaissaient-ils ? Étaient-ils complices ?

Qu'est-ce qui s'était passé dans cette foutue montagne ? Peut-être aurait-il la réponse à cette question en faisant le chemin inverse. Il n'y avait qu'un seul moyen d'en avoir le cœur net.

Rocca abandonna momentanément Charron. Il franchit la petite ravine qui séparait la route de la forêt et s'engouffra entre les arbres. Il prit la direction du chalet. Ou plutôt de ce qu'il en restait. Seul dans ses pensées.

Est-ce que c'était une simple histoire de malchance ? Le pauvre couple, au mauvais endroit, au mauvais moment ? Lui et sa compagne disparue. Arrêtés au bord de la route, avaient-ils été pris en otage ? Lui, avait eu le temps d'aller voir les gendarmes. Guerrero aurait embarqué la compagne d'Arno. Et Arno l'aurait pourchassé jusqu'ici ? Jusqu'au chalet. Comment, puisqu'il avait laissé sa voiture. Ça n'avait aucun sens. Ils n'étaient tout de même pas tous montés jusqu'ici *en marchant* ?

Un détritus attira l'œil de Rocca. Même là, en pleine nature, à des lieues de toute forme de civilisation, l'Homme trouvait le moyen de balancer ses poubelles par terre. Le capitaine allait enjamber le déchet lorsqu'une image bien particulière capta son attention. Rocca se baissa pour mieux l'observer. Derrière la crasse, la terre et les feuilles, derrière la boue séchée et les traces laissées par la pluie de la nuit précédente, derrière les couches épaisses de plastique, Rocca distingua une image. L'image d'une arche plus précisément. Une arche sur fond vert. Une arche en plusieurs exemplaires.

Rocca frotta le plastique. Au-dessus de l'arche, il vit un 1, un 0 et un 0. En double, en triple, en quadruple. En plein d'autres mots en -uple.

Voilà probablement pourquoi Arno avait fui le chalet pour trouver la mort un peu plus bas. L'argent, le fric, le pognon, l'artiche, le flouze et toutes ces sortes de choses. L'argent était le mot de la langue française qui devait avoir le plus de synonymes. L'argent était le meilleur ennemi de l'Homme. Un Dieu pour qui on se sacrifiait depuis des siècles.

Au fond, c'était toujours la même rengaine. À quoi ça servait d'être le plus riche du cimetière ?

Une voiture s'arrêta à la hauteur de Leonor. Mais le chauffeur fronça les sourcils en découvrant l'état de la jeune femme.

– Ça va, mademoiselle ?

Leonor regarda le conducteur comme s'il venait de la planète Mars. Puis elle vit son reflet sur la vitre de la voiture. Le visage noir de terre, strié par des coulures blanches laissées par les larmes et la pluie. Les cheveux sales et hirsutes. Des éraflures et des cicatrices de la tête aux pieds. Son teeshirt et son jean trempés, déchirés, ensanglantés. L'image lui fit penser aux victimes de tremblements de terres, ensevelies sous les décombres. Voilà, elle ressemblait à une victime de catastrophe naturelle. Non, c'était faux. Elle ressemblait à une *survivante* de catastrophe naturelle. Pas du tout la même chose.

Elle sourit au conducteur.

– Moi, ça va. Vous devriez voir la tête de l'autre.

– Je peux faire quelque chose pour vous aider ?

Elle regarda l'intérieur de la voiture. Le conducteur était seul. Puis elle fixa l'inconnu droit dans les yeux, étonnée de ne *pas* avoir *peur*.

– Je veux bien faire un petit bout de chemin avec vous, si c'est possible.

– Bien sûr. Vous allez où ?

Leonor haussa les épaules.

– Ailleurs.

La voiture démarra. Dans quelle direction ? Leonor n'aurait su le dire. Ce n'est qu'en traversant le tunnel du Somport qu'elle comprit qu'elle passait en Espagne. Pourquoi pas ? Elle ferait la bise à ses parents, histoire de les rassurer. Mais elle ne s'éterniserait pas. Où irait-elle ? Leonor n'en savait rien. Leonor s'en foutait. Tous les chemins étaient possibles. La destination n'importait pas. Seule comptait la route.

Et des routes, il y en avait partout.

Épilogue

Romain observa le moniteur. La jeune femme respirait sous assistance. Rocca n'était pas médecin, mais il avait suffisamment vu de séries. Les constantes de Sadiya étaient bonnes. Pouls, température, tension artérielle. Tout semblait en ordre. Le chirurgien s'était montré confiant. Les chances pour que la greffe tienne étaient très élevées, malgré l'état catastrophique de la jeune Indienne lors de son hospitalisation en urgence. Dommage que Malet n'ait pas été là pour voir ça. Son sacrifice n'avait pas été vain. Un don anonyme avait sauvé la jeune femme. Un don en liquide. Des beaux billets de cent euros. Tout neufs ou presque. Comme quoi, bien utilisé, l'argent pouvait tout de même avoir du bon.

Guerrero avait été retrouvé en train de marcher sur une autoroute. Il avait parcouru plusieurs kilomètres, en plein milieu de la chaussée, alors qu'il souffrait de multiples fractures et de trois blessures par balles, dont deux assez sérieuses. Selon toute logique, il n'aurait jamais dû survivre. Mais il semblait mué par une volonté implacable.

Romain avait le sentiment que Guerrero avait cherché à se faire prendre. Comme s'il refusait la porte de sortie que le destin lui tendait. Comme s'il refusait la facilité. Guerrero aurait pu s'échapper. S'il l'avait vraiment voulu. D'une manière ou d'une autre. Mais il avait *choisi* de se faire prendre. De se faire prendre vivant. Guerrero voulait être *puni*. Enfin, c'était la théorie de Romain. Comment savoir ce qu'un barjot pareil avait en tête ?

Charron avait pris sa retraite. Sa décision avait été soudaine. Le Charognard et lui étaient rentrés de leur périple dans le sud pour voir les flics sur lesquels ils enquêtaient *récompensés*. Le ministre n'avait pas fait dans la dentelle. Il avait gratifié près de neuf mille membres des forces de sécurité d'une belle médaille de la sécurité intérieure. Parmi les heureux élus, les flics impliqués dans les enquêtes concernant les violences policières lors du mouvement des Gilets jaunes.

Voilà pourquoi Faugeron avait validé leur périple. Leur « mission spéciale » était de la poudre aux yeux. Un nonosse pour mieux éloigner Charron de son combat pour la justice. Faugeron faisait perdurer la règle secrète de la police. Une règle qu'on se transmettait de génération en génération, et qu'on appliquait coûte que coûte. *Face aux flics, il ne peut pas y avoir de victimes. Seulement des coupables.*

Rocca avait bousillé ses chances de retrouver la PJ. Pas grave. Steph était ravie. Et puis il y avait du boulot à faire à l'IGPN, maintenant que Le Charognard s'était retiré de la vie publique. Il y avait *beaucoup de boulot.*

Romain embrassa Yannis.

– Ça va *malékoum* ? demanda le petit.

Le gamin avait été pris à l'école privée. Comme quoi, à partir du moment où on raquait, ils prenaient tout le monde.

Une fois Yannis couché, Romain s'affala sur le canapé. Steph à ses côtés. Il n'était même pas tard. Ils avaient le temps de se regarder un film.

– Tu veux mater quoi ? Action, comédie, intello chiant ?

Une soirée en amoureux… Depuis combien de temps, ça ne leur était pas arrivé ? Le petit qui rentrait à l'école, Romain qui se mettait à apprécier son boulot, Steph qui prévoyait de se lancer dans un nouveau projet professionnel qui lui apporterait plus de sens. Ils allaient enfin pouvoir profiter de leur couple. Ils allaient enfin pouvoir profiter de leur famille. Sans courir. Sans se battre contre l'horloge, l'agenda, les impératifs. Ils allaient enfin pouvoir profiter tout court. De la vie, de *leur* vie. La sortie du tunnel était en vue. Tous les trois, enfin peinards.

Et pour le moment, tous les *deux*, enfin peinards. Ils n'étaient peut-être pas obligés de regarder un film, après tout.

Romain se pencha vers Steph des images lubriques plein la tête. Steph se tourna vers lui et dit :

– Rom, je suis enceinte.

Et merde. Lui et sa grande gueule… Il avait encore pensé trop vite.

Aucun animal n'a été blessé durant l'écriture de ce livre.

Romain Rocca reviendra.
(probablement)

Remerciements

Un grand merci à toute l'équipe des éditions Prisma pour leur confiance et leur soutien, en particulier à mon éditrice Ambre Rouvière, à Vesna Veljkovic et à Chloé de Jerphanion.

Merci à tous mes primo-lecteurs pour leurs retours avisés : Caro, Lydie, Michel, Nessym, Kamel, Marie et mon conseiller technique, le brigadier-chef R. Sans vous, ce roman ne serait pas le même (et il serait moins bien).

Merci à tous·tes les lecteurs et lectrices de la Petite Rouge qui ont permis que ce deuxième opus voie le jour.

Merci à tous ceux qui m'ont envoyé des photos de mon roman prises durant leurs vacances. N'hésitez pas à m'en faire parvenir de nouvelles, je me ferai un plaisir de les poster sur mes réseaux sociaux.

Un grand merci à tous·tes les chroniqueurs et chroniqueuses qui ont parlé de la Petite Rouge sur les réseaux, notamment : mon_univers_du_polar, thrillersandco, lisez. du. polar, evathebooklover, celineluciejch, mini_lee116, cindymartin.13, liresiplaisir, harmonylectures, emilie077985, et tous les autres ! Navré pour ceux que j'ai oubliés !! C'est en grande partie grâce à vous que le bouche-à-oreille a fonctionné !

Merci à toutes les librairies qui ont défendu mon premier roman, et notamment l'Utopie, Au Gray des mots, la Plume d'Orry, le Pain de livres, la petite librairie Heusy, et bien entendu, Folies d'encre. C'est toujours chouette d'être mis en avant à domicile. Je vous confie ce nouvel opus en sachant qu'il sera entre de bonnes mains.

Merci à la bibliothèque de Mauves-sur-Loire et à tous les lecteurs qui ont décerné le prix polar à la Petite Rouge.

Et enfin, merci à Jean-Laurent Poitevin et Nicolas Beuglet de m'avoir ouvert les portes de l'édition.

Benjamin

Sous la direction de : Ambre Rouvière
Correction : Nord Compo
Composition : Nord Compo
Conception graphique de la couverture : Nord Compo
Illustration de couverture : © Prisma Media avec l'aide de l'IA MidJourney

PEFC
10-31-1601
Ce produit est issu de forêts gérées durablement et de sources contrôlées

FABRIQUÉ EN FRANCE

Depuis 2009, Prisma Media met en place une politique d'achat écoresponsable. Ainsi, près de cent pour cent du papier de nos magazines est certifié PEFC (gestion durable des forêts). La fabrication des livres des Éditions Prisma s'inscrit également dans cette démarche.

Dépôt légal : septembre 2024 – n° d'impression : 2406.0051
Achevé d'imprimer en France par : Aubin Imprimeur